# TRPGプレイヤーが異世界で最強ビルドを目指す

## ヘンダーソン氏の福音を 6

Mr. Henderson Preach the Gospel

### ヘンダーソンスケール

【 Henderson Scale 】

タイトルのヘンダーソン氏とは、海外のTRPGプレイヤー、オールドマン・ヘンダーソンに因む。
殺意マシマシのGMの卓に参加しつつも、奇跡的に物語を綺麗なオチにしたことで有名。
それにあやかって、物語がどの程度本筋から逸脱したかを測る指針をヘンダーソンスケールと呼ぶ。

Author
Schuld
Illustrator
ランサネ

ミカ
Mika
エリザ
Elisa

エーリヒ
Erich
泣きすぎて腫れぼったい目を閉じ、
妹と友人達の熱を感じながら
寝直すことにした。
起きた時、皆で気恥ずかしげに笑うことになろうと、
この尊い一時を楽しみたくなったのだ。
ツェツィーリア
Cecilia

「アタシの方が
アンタより強い！
それを分からせてやる!!」

ディードリヒ
Dietrich

「大抵の酒房より
アンタの方が美味しいよ。
おかわり!!」

椀を受け取って
匙でかっ込む姿は、
小さな子供そのものだ。
「毎食これなら、本当に
部族に連れて帰りたい
くらいね」

## ヘンダーソンスケール
【 Henderson Scale 】

- -9 ： 全てプロット通りに物語が運び、更に究極のハッピーエンドを迎える。
- -1 ： 竜は倒れ、姫は国元に帰り、冒険者は酒場でエールを打ち合わし称え合う。
- 0 ： 良かれ悪かれGMとPLの想像通り。
- 0.5 ： 本筋に影響が残る脱線。
  EX）妙だな、集まったキャラ紙が全然ハンドアウトに見合った設定に見えない。
- 0.75 ： 本筋がサブと入れ替わる脱線。
  EX）やっぱり自己紹介の時点で何か違うぞ。私はシリアスな戦場の傭兵シナリオと前もって告知をしたのだが、これはどう見ても学園物のイロモノ生徒会だ。
- 1.0 ： 致命的な脱線によりエンディングに到達不可能になる。
  EX）本筋からは外れていないけど、ノリがっ……ノリがっ……!!
- 1.25 ： 新しいセッション方針を探すも、GMが打ち切りを宣告する。
  EX）どうすんだよもう。隊長は無口ロリだし傭兵はメイド服着てるし、仲間はエセ日本文化に染まってたり年齢詐称セーラー服JKだし。私(GM)、このイロモノ共にシリアスなキャラを絡ませなきゃいけないの?
- 1.5 ： PCの意図による全滅。
  EX）ギャグのノリで超常の力を振るわれると困るんですよ。
- 1.75 ： 大勢が意図して全滅、或いはシナリオの崩壊に向かう。GMは静かにスクリーンを畳んだ。
  EX）シナリオは進んでいるが、私のやりたかった雰囲気とは全く違う。
- 2.0 ： メインシナリオの崩壊。キャンペーンの終了。
  EX）GMは無言でシナリオを鞄へとしまった。
- 2.0以上 ： 神話の領域。0.5～1.75を経験しつつも何故かゲームが続行され、どういうわけか話が進み、理解不能な過程を経て新たな目的を建て、あまつさえ完遂された。
  EX）全ての企みは軽いノリと殴れるなら殴っとけの雰囲気で粉砕され、00年代の壊れギャグ的な空気に流されずいぶし銀ロールをした敵は、雰囲気にそぐわぬ異物となり果てたものの、味方は勝利し世界の崩壊は免れた。終わりよければすべてよし、とは誰が謳った言葉だったか。

Aims for the Strongest
Build Up Character
The TRPG Player Develop Himself
in Different World
Mr. Henderson
Preach the Gospel

# CONTENTS

It is the Story,
Data Munchkin
Who Reincarnated
in Different World
PLAY REAL
TRPG

# TRPGプレイヤーが異世界で最強ビルドを目指す 6

ヘンダーソン氏の福音を

Mr. Henderson Preach the Gospel

Aims for the Strongest
Build Up Character
The TRPG Player
Develop Himself
in Different World

Author
Schuld

Illustrator
ランサネ

## マンチキン

【Munchkin】

①自分のPCが有利になるように周囲にワガママをがなりたてる、聞き分けのない子供のようなプレイヤー。
②物語を楽しむことよりも自分のキャラクターのルール上での強さを追求する、ルール至上主義者なプレイヤー。和マンチとも。

# 序章

### T《テーブルトーク》R《ロール》P《プレイング》G《ゲーム》

【 Tabletalk role-playing game 】

いわゆるRPGを紙のルールブックとサイコロなどを使ってアナログで行う遊び。

GM（ゲームマスター）と呼ばれる主催者とPL（プレイヤー）が共同で行う、筋書きは決まっているがエンディングと中身は決まっていない演劇とでも言うべきもの。

PLはPC（プレイヤーキャラクター）をシートの上で作り、それになりきってGMが用意した課題をクリアしつつエンディングを目指す。

現在多数のTRPGが発行されており、ファンタジー、SF、モダンホラー、現代伝奇風、ガンアクション、ポストアポカリプス、果てはアイドルとかメイドになるイロモノまで多種多様。

小さな卓から溢《あふ》れかえりそうな数の料理が、食欲を誘う湯気を立てていた。

前菜は人参《にんじん》や蕪《かぶ》に白い竜髭菜《アスパラガス》を蝲蛄《ザリガニ》と一緒に蒸して、塩や酢で味を調えた温野菜《リプツィガー・アラライ》。これはセス嬢の故郷であるリプツィ近隣の郷土料理であり、質素で調理が簡単ということもあって聖堂の炊き出しでも間々見られる素朴な料理である。

その隣でぷりっとした艶やかに白い木の葉形の姿を横たえているのは、魚と玉葱《たまねぎ》のすり身を混ぜた焼き物だ。ミカの一族がやってきた北方極地圏の郷土料理で、鱈《たら》と玉葱の甘みを活《い》かした魚介ハンバーグといった風情である。脂の乗った鱈と玉葱の甘みをサッパリした檸檬《レモン》で締めて頂くのが粋らしい。

中央にてデンと居座る主菜は、大奮発して鹿肉ではなく牛肉を使った葡萄酒煮込み《ザウアーブラーテン》だ。赤葡萄酒《ぶどうしゅ》に玉葱や林檎《りんご》、他沢山の摺《す》り下ろした野菜を加えた我が家秘伝の漬け汁――といっても、母上は娘以外に教えるつもりがないようだったので見よう見まねだが――へ三日三晩つけ込み、丁寧に丁寧に蒸し焼きして仕上げた。蕩《とろ》けるような肉が漬け汁を再利用した琥珀《こはく》色のソースを身に纏《まと》って、誘いかけるような光を発している。

そして、隅っこに置かれているものの、否応《いやおう》なく視線を惹《ひ》き付けられるほどの存在感を放つのが林檎のパイ。甘く煮詰めた林檎の上に格子状の生地が乗った伝統的な形ではなく、櫛形《くしがた》に薄く切った林檎の甘露煮を放射状に敷き詰めた姿は、まるで咲き誇る大輪の華。

他にも帝国人のご馳走《ちそう》といえばコレ、となる塩漬け肉の煮込み《アイスヴァイン》やミカの故郷の味その二である骨付きの羊肉《ラムチョップ》に団栗《どんぐり》でかさ増しした北方人のパン。

合間合間にこれまた奮発した白パンや、どんな場面でも帝国人としては欠かせない黒パンに腸詰め《ヴルスト》を並べ、箸休めの乳酪《チーズ》を敷き詰めた食卓の賑《にぎ》やかさといったら、騎士階級を招いても失礼にならない豪勢さであった。

「いやぁ、なんだか凄《すご》いことになったね」

「荘《しょう》のお祭りみたいですね、兄様《あにさま》」

「ああ、なんて豪華……罪深さすら感じます」

食卓の料理は全て、出来合を買ってきたのではなく持ち寄ったものだ。

温野菜はセス嬢が炊き出しの合間に自前で用意した食材を使い、鱈と玉葱の練り物はミカが故郷の味を思い出しつつ下宿にて作り、牛肉の葡萄酒煮込みは私が清水《きよみず》……この場合は帝城の星毯庭《せいたんてい》から飛び降りる覚悟で牛肉を仕入れて作った。

相変わらず正気を疑うような値段だった。如何《いか》に飼料が前世ほど安価でなく――改めて玉蜀黍《とうもろこし》は偉大なんだなって――食うためだけに肉を飼育するのが貴族向けだけとはいえ、まぁ高い高い。良い部位なら一塊で剣一本買えるような、とんでもない値段だったからな。そりゃあ田舎じゃ農耕用のが寿命か事故で死んだ時にしか食えんわ。

まぁ、お祝いなんだし、これくらい奮発してもいいかという気分だったから、別に構わんがね。

それと、林檎のパイは皆が料理を作ると小耳に挟んだらしい〝灰の乙女《グラウ・フラウ》〟が本気を出した結果である。どうやら家事妖精《シルキー》として、子供達《たち》が作る料理に負けてはいられんと種族特有の誇《プライド》りを擽《くすぐ》られた結果の産物である。正直、帝都北部の貴族街にあるサロンで出しても見劣りしない品なので、主賓《ホスト》として短刀を入れるのに腰が引ける。

「でも、こんな日だからいいですよね。潔斎派といえど、お祝いまで質素にしなければいけないという則《のり》もなし。きっと夜陰の神も許してくれます」

「そうそう、お祝い事は目一杯やるべきだ」

「そうですね。じゃあ、色々揃《そろ》いましたし……」

料理を前に姦《かしま》しくやっていたミカとセス嬢、そしてエリザの三人は顔を見合わせて間を計った後、何度も練習したらしく見事な調和で以《もっ》て快哉《かいさい》を叫んだ。

「「「エーリヒ（兄様）、お勤めご苦労様でした」」」

「ありがとう!!」

それに応え、ちょっと上等な葡萄酒――エリザがアグリッピナ氏の倉庫からくすねてきた――を注いだ酒杯を掲げると、正に打てば響くとばかりに各々の酒杯がぶつけられた。

そう、小春日和というには少し気の早い秋。十五歳になった私の成人を祝うと共に、アグリッピナ氏の丁稚《でっち》から晴れて〝お役御免〟となったことを祝う席であった。

つい先日、遂《つい》にアグリッピナ氏が自領から見出《みいだ》した家宰と護衛の騎士数人、それと一〇人からなる小姓隊への業務引き継ぎが済んだ。

逆説的に言えば、今まで一人で彼等《かれら》全員分の仕事をしていたことになるが、それはよかろう。済んだことだ。もう思い出したくもない。

ウダウダ文句を言いながらも大勢と面接し、やっとのことで使い物になると思われる人物を見出してきたアグリッピナ氏も大変だったろうが、仕事を途中で引き継ぐ私も本当に大変だったんだよ。

むしろ、下命すれば終わりのアグリッピナ氏と違い、私は残された新人達が引き継ぎ不足や不備で迷惑を被ると可哀想《かわいそう》どころではないので、ねじ切れるかと思う程に胃が痛かった。往々にして、鳥が跡を濁さず飛び立とうと思えば、今までしていた仕事を片付ける以上の苦労が伴うものなのである。

まぁ、家宰として就くことになった忠臣エアフトシュタット子爵――先の一件でご褒美として昇爵した――の御次男殿が実務面でも人格面でも大変できた御仁だったため、彼が来てからかなーり楽にはなったが、それでも苦難の道だったのだ。全三〇回の最終目標が世界を救う系のご大層な超ロングキャンペーン並みの難事だったとも。

とはいえ、もし私の人生が小説だったら、本当に地味で絵面が映えないので、全部省略されてしまうんだろうなぁ……。

冗談はさておき誰が発起人になるでもなく、三人がお祝いしようと打ち合わせをして催してくれた会は、各々ができる限りを尽くして盛大に始まろうとしている。

ミカは中性時でも気分によって服装を変えるようになったのか、今日は草臥《くたび》れつつあったローブを脱ぎ捨てて古着屋で買ってきたらしい娘衣装で愛らしく着飾っていた。

微《かす》かに波打つ輪郭を覆う黒髪と深い知性を湛《たた》えた琥珀の瞳、そして柔らかな印象を受ける瓜実《うりざね》の顔つきは歳《とし》を重ねるにつれ益々《ますます》性別不詳の妖しい美しさに磨きがかかり、大して酒も入っていないのに酔いそうになる。

これで男性時には黒髪を後ろに撫《な》で付けて堂々とした男性用の宮廷語で朗と声を上げ、女性時は長くなる髪を淑《しと》やかに結い上げて覚え直したらしい女性用の宮廷語で貞淑に喋《しゃべ》るのだ。もう、この三つが順繰りに入れ替わる落差が実にクラッとくる。

一方で永遠に朽ちることのないセス嬢は常と変わらず僧衣を纏い、楚々《そそ》とした僧侶の出《い》で立《た》ちを崩すことはない。今日は微かに紅をさしているようで、普段は血のように瑞々《みずみず》しく赤い唇が少女らしい桜色に染まっていた。

化粧をしていることにミカと一緒に驚いてしまったが、どうやら先輩から「誰かの晴れの日をお祝いするのですから」と捕まって色々玩具《おもちゃ》にされたらしい。控えめながら落ち着いた美少女といった風貌がより少女らしい色彩によって無垢《むく》に演出された姿は、見慣れた顔であっても息を飲むほど可愛《かわい》らしかった。

そして、何より目を惹くのはライゼニッツ卿《きょう》のお針子衆が全霊を尽くしたのか、花の精霊が降臨したのではと錯覚する程に麗しく飾り立てられたエリザだ。優しい朱色の中に鮮やかな黄色の差し色が光る秋色の午餐服《ごさんふく》は、このまま舞踏会に飛び込めば王子様が見初めてしまいそうな完成度。

一体どこの灰被り姫《シンデレラ》が迷い込んだのかと思って、玄関に南瓜《かぼちゃ》の馬車が停《と》まっていないか確認してしまったよ。

まぁ、実際は彼女が魔法使いになるのだが、もし本当に南瓜の馬車が停まっていたなら、帝城にカチ込みをかけて王子様とやらが本当にエリザに相応《ふさわ》しい男か〝実力を以て〟確かめに行ってしまうところだった。

友人達と妹がお祝いのために身を飾り、腕を振るって料理を持ち寄ってくれた嬉《うれ》しさが湧き上がり、杯を乾《ほ》して体に入った酒精の代わりに同量の涙が溢れそうになる。

ああ、私はやり遂げたのだ。

「ああっ……美味《うま》い！」

「うん、いいお酒だ。格別だね」

「わ、私には少し渋いですね……」

「セスも蜂蜜を入れたらよかったんですよ。私はたっぷり入れました」

「い、いえ、でも、ちょっとそれは……二人とも生《き》で美味《おい》しそうにしてますし……」

酒を交わしながら朗らかに笑っていると、故郷を出てからの苦労も、帝都に来て雇用主の腐れ外道が貴族になって以降の艱難辛苦《かんなんしんく》すらも報われた心地だ。

何度心が折れかけたか。

航空艦に乗れたのは仕事であったとはいえ人生でも指折りの思い出になったが、魔導炉の不調とかで不時着することになって肝が冷えるのを通り越して凍り付いたり、リプラー子爵の末路を知った〝特別にどうしようもない連中〟が半ば自爆に近い暗殺劇を企画したりと書類の上だけで片付かない問題も盛りだくさんであった。

特別な食事《毒殺》を出してくれた相手にお礼《報復》すること十数回、視察中に泊まった旅籠《はたご》に火を付けられること二回、アグリッピナ氏に取り入ろうと私を標的にしてくるあれやこれ《拉致・襲撃》を退けること二〇と余回、皇帝によからぬお話をしようと《冤罪をでっちあげようと》する相手の代わりに陛下に真実をお教え《偽造の証拠を突きつける》すること三回。

そして、暗殺や襲撃を撃退した回数はもう数えたくない。

本当に、本当に忙しかった……。何かもう、荘を出た当初に稼がなければならなかったエリザの学費一五ドラクマ+αが果てしないと思っていた過去が、生温《なまぬる》く感じてしまうくらい。今なら学費数年分と生活費に衣装代と諸々《もろもろ》の費用を自分で稼いだ方が楽だったと確信できるよ。

だが、それももう過去の話だ。私は解き放たれた。表層的には煌《きら》びやかでも、裏側は帝都地下の浄化槽が綺麗《きれい》に見える社交界からも、可能と不可能の際の際を見極めた無茶振りをブン投げてくる無慈悲な雇用主からも!!

勝利の美酒とは、誠、これほど美味い物だったのか……。

「さて、食事の前に渡す物を渡してしまおうか」

「渡す物?」

次を注いでいると、ミカが荷物から小袋を取りだしてきた。セス嬢も「ああ」と手を打ってから懐から小さな包みを取り出し、エリザまで小箱を座席の陰から持って来たではないか。

「成人のお祝いだよ。君、僕には渡すのに自分は貰《もら》わないつもりでいたのかい？」

「えっ!?　いや、あれは郷里のご家族が遠いから、代わりにと……」

　本来、成人祝いとは若者の前途を祈って家族や縁深い大人から贈られる物である。同年代が贈り合うようなものではないのだが、彼の郷里は遥《はる》か遠く北にあることもあって物流が弱い時代では届きづらい。

　彼は彼で師匠からも貰っているだろうし、家族からも後援となっている代官を通してその内に届くとしても、当日に何もないのは可哀想かと思って兵演棋の駒を一式贈ったのだ。ナリはこんなでも、内面は大人であると自認しているため、どうしても記念日にお祝いせねば落ち着かず、魔導院で成人を迎えたと祝いの品を自慢しあっている学徒達を羨ましそうにしているミカが忍びなかった。

　勿論《もちろん》、ただの兵演棋の駒ではない。普通の駒にも〈寵児〉《スケールⅨ》に至った器用を全力で発揮した渾身《こんしん》の一品を揃えたが、更に冒険者は私、僧侶はセス嬢、そして魔導師《マギア》にミカとエリザを象《かたど》った私達の思い出になるものにしたのだ。

　大層喜んでくれて、その日は一日それでずっと指していたが……よもや私も貰えるとは。

「さぁさぁ、開けて開けて」

　一日も始まったばかりだというのに、何度泣きそうになればいいのかと男の意地で涙を堪《こら》えていると、次々に祝いの品を並べられたので開くことにした。

「おお……！」

ミカの袋に入っていたのは、小振りな折りたためる円匙《シャベル》だった。携行性を高めるため軽い合金……それも魔導合金でできており、先端には何らかの術式が付与されている。

「実習で作ることがあってね。ほら、僕らは造成魔導師になったら大勢の労働者に働かせることもあるだろう？　そういう時、円匙や鶴嘴《つるはし》に掘りやすくする補助術式をかけて回ることがあるのさ」

運河の拡張や治水目的での堤防構築などは、何も全て造成魔導師が魔法で行っているのではないらしい。それだけ大規模な改変を行うには膨大な魔力が必要になる上、術式が綻んだりする危険性もあり、同時に将来補修が必要になった時、作った人間と修理する人間の術式の相性が悪いと大事故に発展しかねないため、インフラの構築には泥臭い人の手が入ることも多いそうな。

「術式を定着させる練習にもなるから、師匠にお願いして良いのを一つ貰って、頑張って術式を付与させてみたんだ。野営することが多いなら、こういうのが一本あると便利だろう」

「ああ！　穴を掘る機会は幾らでもある。これは心強いな!!」

道なき道を行く冒険者にとって、戦う次に大事なのが行軍だ。水を得るためや便所を作るために穴を掘ることも多ければ、時には雪や泥を掻《か》き分けて進むこともある。携行性の高い円匙は、快適な野営を支える上で天幕や寝袋並みに重要な装備である。

そんな重要な装備を初《しょ》っ端《ぱな》から高品質な魔法の道具で揃えられるなんて。私は帝国一の果報者な冒険者ではなかろうか。

円匙の鋭さや持ち手の頑丈さ、折りたたむ部分が何度動かそうが軋《きし》まぬ頼もしさに惚《ほ》れ惚《ぼ》れしていると、セス嬢がそわそわし始めたので彼女のくれた包みを解くことにした。

「これは、髪留め……なんて綺麗な」

「拙《つたな》いものですが、私が祝福させていただきました。お恥ずかしながら、本体は大伯母上からのお下がりですけど」

袋の中から出てきたのは、銀の髪留めだった。質素で宝石の飾りなどがついてはいないが、蔦《つた》模様が透かし彫りされた本体は上品に美しく、どの場面で身に付けても恥ずかしくないもの。

蔦は、その頑丈さと石壁にさえ繁茂する力強さによって不滅や不屈の象徴として貴族が愛好する物の一つである。そこに夜陰の神の寵愛《ちょうあい》も篤《あつ》き乙女が直々に祝福をかけたとあれば……その価値は計り知れない。

「旅路の中でも貴方《あなた》の綺麗な御髪《おぐし》が乱れぬように、と祈りを捧《ささ》げました。夜陰の神は乙女の守護神でもありますから、髪を艶やかにする加護もあるんですよ」

「汗臭い男が身に付けるには過ぎたる物のように思えますが……嬉しいです」

「気に入ってくれて何よりです。それに銀ですから、本当に路銀に困った時にお役立ていただければと」

「ははは、心臓を質に入れても、これを売り払ったりはしませんよ」

まさかの二重の気遣いをされていたとは。いや、たしか僧が聖印や持ち歩く祭具に貴金属を使うのは、いざという時の路銀や施しのためでもあったか。実にらしい気遣いである。

「それと、吸血種《ヴァンピーレ》では聖人祝いに銀器を贈る文化がありまして」

「ほぉ、その意図は？」

「戒めのためです。血を吸う鬼に落ちることなかれ、という祈りと、長い生の中で贈られた時の心を忘れぬように」

種族的な願いも込めて、か……質量的には軽いのに精神的にずっしり重い贈り物を貰ってしまった。これは大事にせねば。銀器は大切に使わないと直《す》ぐ曇るからな。銀食器の扱いは知っているが、念《ねん》の為《ため》に簡単な手入れ道具を仕入れておくとしよう。

「エーリヒはヒト種《メンシュ》ですから、生に倦《う》むことはないでしょうが、どうかそれを見る度、私といたことを思い出して貰えればと」

「……では、セス嬢。私は初心と若い日々を忘れることなく過ごし、そしていつか、貴方に成人のお祝いを返しますよ」

「その頃に僕らは幾つさ、エーリヒ」

「孫がいる歳の爺《じじい》になってるだろうが、むしろ今より動かせる金は増えてるだろうさ。精一杯豪勢に行くぞ。君も一枚噛《か》みたまえよ」

「うーん、仕方ない、他ならぬ我が友の願いであり、もう一人の友のためだ。これは長生きしなくっちゃ」

「ふふ、楽しみにしていますね。二人はきっと、素敵な歳の取り方をするでしょうから」

セス嬢が成人する頃には、私達《たち》は揃《そろ》って七十も近い爺《じい》さんだ。これは大変だぞと定命ジョークで笑っていると、非定命はそれを眩《まぶ》しい物でも見るような目で見守っていた。

折角だからと雑に束ねていた髪を髪留めで丁寧に纏《まと》め直してから、次は自分の番だと体を小刻みにゆすり始めた――この面子《メンツ》だと、たまにだが年相応の所作を見せてくれるのがとても嬉しい――エリザの小箱を開く。

「これは……香水？」

「はい！　心を込めて作りました!!」

小箱の中に入っていたのは、硝子《ガラス》の小瓶だった。厚手だが、よくよく見れば見慣れた魔力の波長が感じられる。

これは、アグリッピナ氏が術式をかけているようだ。恐らく、空間拡充系の術式で、見た目よりずっと中身が入るようにするお約束のアレである。空間遷移ほどではないが、かなり高位の魔法であるため滅多に使われない物を、よくぞ使ってくれたものだな。

「使ってみても？」

「是非！」

感想を聞きたくてうずうずしていたらしい彼女に聞けば、喜色が溢《あふ》れ出しそうな返事がきたので、早速手首に塗ってみる。

「おや、優しい匂いだね。石鹸《せっけん》のような、花のような……」

「私、こういった匂い好きですね。お布団からしたら、幸せに眠れそうです」

体温に反応して香りを発する香水は、二人がお世辞抜きの感想を口にするとおり柔和な印象を受ける良い匂いだ。薄れつつある前世の日常的な記憶から、洗濯に使っていた上等な柔軟剤の匂いの記憶が湧き上がる。

花《フローラル》のようという程これ見よがしではなく、しかし石鹸と断ずるほど庶民的でもない香りは、何ともなしに故郷の母を思い出させた。

「兄様の匂いに調整して作りました。何処《どこ》に付けていっても不相応にならなくて、どの種族でも嫌にならない匂いを頑張って考えたんです」

小さな胸を張って、漫画なら後ろに「ふふん」や「ふんす」という書き文字が見えそうなくらい自信満々で成果を誇る我が妹は、やっぱり世界で一番可愛《かわい》らしい。

「冒険者になったらお風呂に入れない日も多いでしょうけど、少しでも気分が華やげばと想《おも》って用意しました。それと、清潔で良い匂いなら依頼主様からも印象がいいかと想って」

こんなに可愛らしい妹から熱心に想われて、しかも専用に——貴族の間では、香水は本人の体臭に合わせて作る一品物《カスタムメイド》が基本だ——香水を仕立てて貰えるなんて。私は世界一幸福な兄であるなぁ。これぱっかりは断じて異論を認めん。

「ありがとう、みんな。本当にありがとう……全部大事に使わせて貰うよ。そして、その度に皆の顔を思い出す」

涙を流すのは辛うじて堪えたが、感極まりすぎて少し鼻声になってしまった。

「気に入って貰って何よりだよ」

「ええ、本当に」

「はい。少し不安だったんです。やっぱり兄様も男の人ですから、格好好《かっこい》い物の方がいいかなぁとも思ったんですが」

「でも、依頼主との印象のことも考えるなんて、やっぱりエリザは気が利いているね」

ミカから褒められてはにかむエリザ。この二人の仲が深まっていると分かる光景に、私も自然と笑顔が緩むのであった。

さて、贈り物も終わったし、冷める前に頂こうと糧への感謝と祈りを捧げて食事が始まった。思い思いに気になった物に手を伸ばし、酒杯を空けて、感想を告げあって楽しい時間が流れていく。

あれだけ沢山あったご馳走《ちそう》が、あっという間に食べ盛りの胃に呑《の》み込まれて消えていった。主菜の後の楽しみであった林檎《りんご》のパイも勢いが衰えることなくペロッと呑まれて、慌てて酒のアテとして追加の乳酪《チーズ》や干し肉を切ることになろうとは。若い体の燃費の悪さ、そして楽しい食卓の食欲増進作用を各々少し甘く見ていたようだった。

エリザが工房から失敬してきた葡萄酒《ぶどうしゅ》を含め、持ち寄っていた果実の漬け込み酒や蜂蜜酒が半分以上なくなり、全員良い具合に出来上がってきた頃、ミカがふと言った。

「いやぁ、楽しい場のお酒は実に美味《おい》しい。晩餐会《ばんさんかい》に顔を出していると、どれだけ良いお酒でも味が分からないからね」

「晩餐会……そうか、師匠の付き合いとかか」

まぁね、と応えて冷えた井戸水で割った蜂蜜酒をやっていた彼は、良い感じに酔っ払ってきて一手指南して差し上げます、などと唐突に言い出したセス嬢から兵演棋の手解《てほど》きを受けているエリザを見て続けた。

「学徒でもあるけど、成人すると柵《しがらみ》も色々ね。魔導師《マギア》は何処まで行っても官僚的な側面が拭えないから……」

「華やかなりし社交界から逃れることは能《あた》わず、か」

「魔導院にい続ける限りはね。遠くに隠棲《いんせい》するか、巡検でもしていれば話は違うけれど、覚えが目出度《めでた》くないと研究費用が出ないから。研究員の碌《ろく》だけじゃ、金の掛かる分野を学ぶ身としては、とてもとても」

嫌だ嫌だと首を振る彼を見ていて、エリザもその世界に踏み込むことになると思い出してしまった。

だからだろうか。こんな烏滸《おこ》がましい願いを口にしてしまったのは。

「我が友……私の妹を。エリザを頼むよ」

私は、そう間を空けずして帝都を発《た》つ。長年の夢にして目標であった冒険者になるために。

それは、私自身のためにエリザを見栄《みえ》の都に一人置き去りにすることに他ならない。

幾らアグリッピナ氏が、そろそろ内弟子から聴講生にしてもいい領域に仕上がったといい、私自身が彼女の成長を実感できても、まだ十の子供なのだ。それこそ、私が丁稚《でっち》となった年齢より二つも幼い。

十歳なんて、前世じゃまだ小学校の中学年。親にも兄弟にも甘えたい盛りじゃないか。それなのに貴族の子弟も多い魔導院に行く彼女を残し、私は私がしたいことをしに行く。

これを無責任と言わずになんと言える？

決めたはずなのに。エリザともアグリッピナ氏とも相談し、全員が納得したはずなのに、心の中にささくれのように残るのだ。

本当は彼女が魔導師《マギア》として、〝帝国臣民として最低限の生存権を認められる〟まで見守ってやるべきだったんじゃないのかと。

「……冒険者かぁ」

酒杯の中で祝いの席に相応《ふさわ》しくない面をして睨《にら》み返してくる男を睨《ね》め付けていると、ミカが感慨深そうに溢《こぼ》した。

「僕はてっきり、コネを作って君も魔導師《マギア》になってくれるものだとばかり思っていたよ」

酒杯を回して弄び、中の酒が回る様を伏し目がちに見る彼も酔いが回ってきたのか随分と物憂げに見えた。良い葡萄酒なんだからと、ろくに薄めもせず楽しんでいたから酔うのも早かったのだろう。

「なんだい急に。私はずっと冒険者になりたいと言っていたじゃないか」

「そうだけどね、精力的に働いている君を見ていたら、もしかしてと思ってしまったのさ。妹君の学費の心配も必要になったなら、あそこまで苛烈に働く必要はなかっただろうに」

不意に彼の手が伸びてきて、私の鼻先を擽《くすぐ》った。そこは確か、暫《しばら》く前に戦った時に傷ついた場所であったか。

「こんな目立つところに面傷《おもてきず》まで負うくらい頑張るなんて、普通じゃないよ」

鼻先に続き、頬、額、唇と過去に負った傷の箇所を指がなぞっていく。どれもこれも一年間の数えきれぬいざこざで負った傷であり、傷跡は可愛くないからと宣《のたま》う妖精《アールヴ》共のご加護により古傷として残ることはなかった。

「……残らなくて良かった。本当に」

よく覚えているねと言いたくなるくらいに消えてしまった数々の傷跡をなぞり、彼はまた酒杯を干した。お酌をしてやると遠慮なく半分ほどをがぶりとやって、細く悩ましい息を吐く。

「ちょっと期待していたのさ、後輩としてエリザと一緒に教えを請いに来る君をね」

「本当、急にどうしたんだいミカ。それこそ、仮にそうなっても私と君では学派も目指すところもきっと違うだろうに。私の雇用主は払暁派だよ」

「学閥を越えた友誼《ゆうぎ》なんて珍しくもないさ。確かに黎明《れいめい》派は孤立気味ではあるけれど、中天派の蝙蝠《こうもり》達を見たまえよ、あの交友関係の節操のなさは中々のものだよ」

そこで例として出しながら蝙蝠とディスるあたりどうなんだと思わないでもないが、私は友の酔っ払って脈絡のない話にきちんと付き合ってやった。

こういう彼自身、友誼を結んだ相手の少なさに苦労していることを知っているからだ。

師から教わることは大事だけど、他の講義もあるので魔導院内で身の振りを学生目線で教えてくれる先達がいないのは大変だ。論文や感想文一つとっても記述の定跡《やり方》があり、友人がいなかった彼の苦労が絶えないことは、丁稚の身に過ぎない私では完全に理解してやれないものの、日頃の姿を見ていればよく分かる。

聞けば聞くほど、ほんわかしてぬるま湯のような日本の大学に通った人間からしては「はぇー、きびしい」としか思えない環境である。代返とか過去問とかの巫山戯《ふざけ》た単語が欠片《かけら》も出てこないのは、流石《さすが》は魔法・魔術のガチ勢しかいない最高学府というべきか。

あの地は猶予期間《モラトリアム》を楽しむ場所ではない。自己を錬磨し、至るべき場所へ向かうための場所。ただ漫然と身を置く者を受け入れるような学び舎《まなや》ではないのだと改めて認識させられる。

私はそこについて行ってやれない。仮に帝都に残ってアグリッピナ氏に仕え続けたとして、魔導師《マギア》にならない私では踏み込めない領域。

分かったつもりではいるとも、いつまでも守ってやるのが兄貴の優しさでないことは。

それでも、守ってやりたいと思ってしまうのは、どうしようもないじゃないか。

「まぁ、僕の細やかな願望も一緒に裏切っていく、どうしようもない兄貴の君だが……」

「ぐぅ」

「他ならぬ我が友の願いだ。僕らの妹のことは心配するな」

力強く宣言し、酒杯を掲げる彼の横顔は私の知らない顔だった。

自立しようとし、誰かを助けようと腹を括《くく》った大人の表情をしていた。

「だから、貸し一つだよ？　安くはないから、覚悟しておいてくれたまえ」

「……かしこまりました、偉大なる教授殿《Professor》。何に代えてもご恩に報いましょうぞ」

「ん、苦しうないぞ冒険者、返礼を期待する」

恒例となった劇を模す大仰なやりとり。私たちの間ではお約束になってしまった遊びをしてクスクスと笑い、小さく酒杯を打ち合わせて中身を乾《ほ》した。

「それに、囮《おとり》が多いに越したことはないからねぇ」

濃い酒精混じりの溜息《ためいき》に、思わず私も溜息を重ねてしまった。

多方面に気を遣って上手《うま》く逃げ続けていたが、危惧していたことが遂《つい》に起こってしまったのだ。

それは昨夏。私とミカが毎度の如《ごと》く副業として随分板に付いてきた駒売り業を終え、夕飯の買い出しで市場を彷徨《うろつ》いていた時のことだ。

あろうことか、一般庶民が買い物に訪れるような南の下町区画にて、ライゼニッツ卿《きょう》に捕捉されてしまったのである。

彼女は元々地下の一般庶民であり、学生時代はボチボチ苦学していたとのことでお買い得な品を求めて市場を彷徨くことがあったそうな。今の私達《たち》のように仲間達と集まって、少ない小遣いを工面して皆で蜂蜜や砂糖、季節の果物を買って砂糖《ジャム》漬けや蜂蜜漬けを作って日々の彩りとすることを楽しみにしていたという。

そして、疲れた時は——覚えが死ぬほどあるため、こればかりは強く言えん——娘時代を思い出し、光学的に自分をヒト種《メンシュ》に偽装する術式を用い、昔日の思い出に浸るべく市場を訪れることがある。

そう、私達は運悪く、その息抜きに鉢合わせてしまったのである。

人混みの中で見たことのある金髪を見かけた彼女は、隣で一緒に買い物をし、品物を見て肘で小突き合っている麗しい黒髪の少年——その時は男性体だった——を一目で気に入ってしまった。

普段世話している弟子の友人なら声を掛けても合法、なる訳の分からぬ理屈を脳内で捻《ひね》り出した悍《おぞ》ましき死霊《レイス》は、欲求のままに動いて我々に声を掛け、抗《あらが》う間も与えずいつもの仕立屋に連行と相成った次第である。

あの時はホラー映画の登場人物の気持ちが嫌というほど分かった。後ろで荒い息が聞こえたと思って振り返れば、両手を肩の高さに持ち上げてワナワナさせつつ、限界が近そうな表情をしている死霊《レイス》が立っているのだ。

そりゃあ「ひっ……」と情けない声も出るわな。

後はもうめくるめく倒錯の時間に、ライゼニッツ卿が作ろうとしていた檸檬《レモン》の蜂蜜漬けの代わりにドップリだ。主従シチュがどうとか宣って、仮縫い状態の豪奢《ごうしゃ》な服を着たミカ

の隣に並ばせられたり、椅子に座った我が友の足下に座らせたりと訳の分からんことを何時間もやらされて、あの人の性癖の広さと業の深さは留《とど》まるところを知らぬと再確認させられた。

　しかもミカが中性人《ティーウィスコー》であり性別の転換があると知らされた時は、体が薄くなるほど感極まっていらしたからな。「なにそれ尊い!!」と叫んで悶《もだ》える姿は、本当に限界が近かったのか消えそうになるくらい薄くなっていた。

　一瞬、そのまま神の膝元に召されてしまえ、という考えがよぎったのは秘密である。

　分かっているとも。度し難い変態であっても、あと少しで元が付くことになる雇用主の大事な後ろ盾であることは。

　ただね、我が友まで巻き込んで、頭の螺旋《ネジ》をとばした着せ替え人形にさせられていると、思うところも一つ二つあるものさ。

「二人なら頑張れることもある。心配するな、我が友」

「……ありがとう」

「おいおい、ここで礼を言うのは無粋だろう。僕らの妹だ、任せたまえ」

　改めて二人で笑い合っていると、対照的な悲鳴が聞こえた。

「狡《ずる》い！　それは狡いです!!」

「狡くはありませんよ、エリザ。立派な定石の一つです」

　どうしたのかと身を乗り出してみれば、それはもう見事に詰んだ盤面が広がっていた。

「でも、皇帝を背負っているから近衛《このえ》が取れなくて、横道は勅使と夜警が塞いでいて、遠間の道も竜騎が利いてて……これじゃあ騎士と竜騎が無料《ただ》取りです！」

「駒の特性を活《い》かした立派な定石ですよ。さぁ、どうします？」

流石セス嬢、えげつないことをなさる。条件が整えば取られない、または取ることで不利益を被る駒で戦線をガッツリ制圧しつつ大駒を嫌らしい所に配してエリザの軍勢をボロボロにしている。

しかも、聞こえていた駒音からしてお得意の早指しもやっていたようだし、これは誘われて同じ速度で打ってしまったエリザでは、どうしようもないか。四駒落として貰《もら》ったとはいえ、知識と経験の差が出てはなぁ……。

「兄様ぁ……」

うるうるとした目で私を見上げてくる妹を助けてやりたい気持ちはあるが、できることと言えば沈痛な表情を作って頭を振ることくらい。

すまないエリザ、これはもう最短で七手、どれだけ粘っても一五手で詰んでる。

言わんとしていることが分かったのだろう。エリザは残念そうに自ら皇帝の駒を倒して負けを認めた。

「うう、兄様になら負けたことないのに……」

「……？　それは妙ですね。エーリヒは私と互角の戦績なのですが。ここ何局かは負け越していますが……」

「あーあ、また君はそういうことをする」

悔しそうに下唇を噛《か》んで盤面を見下ろしているエリザは、情緒面が大人びてきているものの〝何故《なぜ》〟を深く探求できる領域には至っていない。日常や感情、魔法に関しては知識も情緒も育ってきたけれど、やはり普通の子供らしい部分には子供そのものの感情が残る。

まぁつまり、子供らしく複雑に物事を考えずに遊ぶのが彼女の精神衛生によいだろうと思って、やりたいようにやらせてやっているだけだ。

そんなものだろうさ、十の子供がする遊びなんて。

私もそうだ。色々なゲームのキャラが乱闘するゲームでコンボ云々《うんぬん》を覚えたのは中学の頃だし、低学年の頃は見た瞬間焼いた方が良い鳥よりもパワーとタフネスがデカいワームに惹《ひ》かれ、一ドローの重さやハンデスの悪辣さなんぞ知らず青い目の龍に焦がれていた。

何か知らんが勝った！　楽しい！　負けた、悔しい！　と単純だが、積み重ねていった方が深みの出る感情というものもある。

だから私がエリザに接待プレイをしたって良いのだ。それに社交として兵演棋を好む尊いお方も少なくないので、後々アグリッピナ氏から〝手解《てほど》き〟を受けることを考えたら、何も考えず楽しめた思い出が最初にあった方が幸福ではないだろうか。

最初から勝ち負けを効率だけで叩《たた》き込んで、遊びそのものに拒否感を抱いてしまっては、人生があまりに味気なかろうよ。

「よし、任せなさいエリザ。兄様が仇《かたき》を討ってあげよう」

が、それはそれ、これはこれ。妹を泣かされて――実際に涙が零《こぼ》れた訳ではないが――黙っていては兄貴が廃《すた》る。ここは一丁、格好《かっこ》好《い》いところを見せる好機。

……だったのだが。

心地よい駒の音色とは逆しまに、胃を絞り上げられるような一撃がぶち込まれた。

「え？　あれ？　えっ？　いや、まだ、こっちに騎士が利いてて、冒険者が残ってるから……」

「いや、エーリヒ、これ多分詰んでるよ。一一……？　いや一二？」

「惜しいですね、ミカ。キッチリ一三手です」

頭を高速で回し、盤面と手駒を考え、全ての手段を〈多重併存思考〉が許す限り模索してみるも……残念ながらセス嬢が言うとおりだった。詰んでいる。キッチリ一三手、私の軍勢は譲位しようが皇帝を逃がそうが、どうあっても負ける盤面に追い込まれていた。

「あっ……」

「あ？」

「ありま……せん」

笑顔で言葉を引き出そうとする聖女の微笑に追い込まれ、絞り出すように言う他なかった。

「えっ、ちょっ、ま……どこから？　えーと、え？　いや、この盤面までは悪くなかったはず。いやだけどここで竜騎を〝討たせた〟ってことはないだろうし……」

盤面に張り付いて手順を浚《さら》っていくも、何処《どこ》が原因でこれ程にどうしようもない盤面に持って行かれたかが全く分からない。何も失敗はしていなかったはず、悪手は指していなかったはずなのだが、何処が敗着に繋《つな》がった!?

一切の過ちを犯さぬまま敗北に至る。まるで文字通りの魔法が如き指し筋に脳みそがねじれるようだった。負けた悔しさもあるが、これほど見事にやり込められた悔しさで反吐《へど》が出そうである。三国志で趣味かなにかの如き勢いで憤死していく軍師や武将の気分が今はよく分かった。

まるで分からず親の敵のように盤面を睨《にら》んでいる私を、してやったりとご満悦の表情で見下ろしているセスに感想戦を頼むも「教えません」と弾むように言われてしまった。普段は絶対しないような意地悪をするほど私を負かしたのが嬉《うれ》しかったらしい。

「も、もう一局！　もう一局だけ!!」

こ、これでは体面が!?　面目が!?　あれだけ大見得切って、一〇〇手行かずに負けるのは格好悪過ぎやしないか!?

エリザのしらーっとした視線に心臓を握りつぶされるような辛《つら》さを感じつつ、無様に頭を下げてお願いしてみたが返ってきた返事は素気ないものだった。

「なりません、エーリヒ。弔い合戦が二度も三度もあっては道理がとおりませんよ。まず、自分の仇を討ちなおしてからですね」

聞き分けの悪い子供を窘《たしな》めるような口調でありつつ、その実表情は笑みを堪《こら》え切れていない。淑女らしからぬニヤニヤした笑みを隠そうともせずに彼女は人差し指を口の前に添え、残念でしたと宣《のたま》った。

うぐぐ、確かに格好付けて自信満々に挑んだ手前、負けたからといってもう一局指して、そこから更にエリザの仇討ちをやり直すのは……なんだ、剰《あま》りにも美しくない。

だけど、だけどぉぉぉ……。

苦悩の余り礼儀もかなぐり捨てて――彼女も許してくれるだろうという打算もあってだが――頭を抱え身をうねらせる。

負けてはならない場面で見事に負かされたことと、癖の強い《トリッキーな》指し筋を好む棋士として「こういう風に勝ってみてぇ」という感想が出てくる鮮やかなやり口で、正統派《脳筋》のセス嬢に負けてしまったことが相まって内臓を炙《あぶ》られているような悔しさがとまらねぇ。

さっきエリザの情緒教育のことで子供の時のゲームを引き合いに出したが、よもや私があの頃の気持ちを切々と思い出させられることになろうとは。あああ、クソ、友人の兄から強キャラや強テーマで手も足も出ないほどに負かされて、唇を噛み破るほど悔しかった記憶が痛い……。

「うふふ、久しぶりの快勝でした。古い定石も馬鹿にしたものではありませんね」

教えませんと言ったにも拘《かか》わらず、上機嫌に少しだけネタばらししてくれるセス嬢……ああ、棋譜か!?

「一時期伯母上も愛好していらっしゃったようで、書斎にあったのです。今では対策されてしまっていて年季が入った愛好家には通じないようですが、初見であれば刺さるような手筋がいくつも」

ぐぬぁー！　その手があったか!!

だが狡いとは言うまい。私みたいにひたすら指したり一人で回したりして勉強する方法も当然アリだが、先達の棋譜を漁《あさ》り指導を受ける方法もまた正義。そんな手筋にメタを張った先人達がいるのであれば、データ愛好者として否は断じて突きつけまい。

分かった、もう何も言うまい。悪いのは知らなかった私と、負けた私の両方なのである。

「では、今日は私の勝ちということで。たまには私が勝ち逃げしてもいいでしょう」

「ぐぅ……いいでしょう……なら次は私も勉強して正面から打ち破ってみせましょう」

「ええ、楽しみにしています」

もう自棄《やけ》だと酒杯に残り少ない酒を注いで頭を冷やしていると、セス嬢が対面で急に姿勢を正した。何事かと私も酒を置いて姿勢を正せば、彼女は鳩血色《ピジョンブラッド》の目でじぃっと目を見つめつつ口を開く。

「いいですかエーリヒ、勝ち逃げされるのは悔しいでしょう？」

「……ええ。とても」

なら、とツェツィーリア嬢は盤面から駒を一つ取り上げた。駒売りをしていた時、彼女が買っていってずっと愛用していた駒。お得意の戦術を支える女帝――皇帝に騎士と同じ能力を与える――の駒は、私がセス嬢に影響されて作った、厳かに瞑目《めいもく》し玉座に座する吸血種《ヴァンピーレ》の女性を象《かたど》った物だ。

「私に勝ち逃げされるのが悔しいなら、何があっても死んではいけませんよ。いつか帝都を離れ、元の僧院に戻るでしょうが……必ずまた一局を共にしましょう。これは、その時まで預けておきます」

手を取って掌《てのひら》に握り込まされた小さな駒が、凄《すさ》まじい重さを持っているように錯覚した。単なる木と塗料の塊なのに、同質量の黄金よりも重く重く、掌を地面に縫い付けんばかりの主張をしていた。

技術的には拙《つたな》いものの、ずっと愛用して兵演棋ができるとなれば持ち歩くほど気に入ってくれた品。それ程に重い約束だと彼女は言いたいのだろう。

いいだろう、私も悔いを残して終わりたくはない。これからずっと、誰かと兵演棋をやって勝っても引っかかった小骨のようなこの一局が残っていてはスッキリしない。

「はい、必ずや。勝ってこれを返却いたしましょう」

駒を握りしめ、誓いの言葉を口にした。

嘘《うそ》にできない尊い約束が増えていく。何処までも重くあるが、私に積み上がっていくそれは重荷ではなく、体を支えてくれる礎石のようでもある。

人は約束があるからこそ、堪えねばならぬ場で堪えることができ、死力を振り絞る場においで実力以上の力を発揮できることがあるものだ。

それがシステムに組み込まれたＴＲＰＧがあるほど、人と紡いだ絆《きずな》と約束は強い力を持つのだ。特段、これによって物理的なバフがかかりはしないけれど、護《まも》らねばならぬ約束が増える程、強く強く私は私を死なせてはならないと思える。

さて、大事なお守りにもなったし、これは小さな袋でも作って首からぶら下げておこうかと思ったら、鼻をすする音が聞こえた。

見れば、エリザが膝の上で両手を強く握って震えていた。顔は真《ま》っ直《す》ぐに上げて耐えようとしていたが、鼻を啜《すす》り上げる音は止まらずに鼻頭が真っ赤になってきた。見開いている目は涙で限界まで潤み、それが瞼《まぶた》に押し出されるのを恐れるように瞬《まばた》きを耐えているが……やがて、限界が来たのか彼女は泣きながら私に縋《すが》り付いた。

兵演棋の盤が倒れ、駒が飛び散る中、私の腹に顔を埋《うず》めたエリザの叫びが響く。

「やっぱり……やっぱりいっちゃやだぁ！　あにさまぁ!!」

「エリザ……」

すっかり染みついた貴族としての立ち振る舞いは消え去り、目の前にいるのは小さな幼い十歳の子供。全ての見栄《みえ》と頑張りを拭い去った、素のエリザがそこにいた。

成長して笑顔で見送ろうとしてくれていても、やはり彼女はまだまだ小さいのだろう。寂しそうに悲痛な声で泣き叫ぶ妹にできたのは、無意識のままに抱きしめてやること。

「エリザ、私は、私は……」

「あにざまぁ……！　あにざまに、したいごどじでほじいけど、さびじいです！　いっじょにいでほじい!!」

「エリザ……!!」

ここで本当にいい兄貴なら、どうするべきなのだろうか。優しく諭して慰めてやるべきか。それとも、やっぱりもっと一緒にいるよと自分を曲げてでも側《そば》にいてやるべきなのか。

だが、私は情けない兄貴だ。そのどちらもできない。あろうことか、私まで悲しくなって涙が流れる始末である。

先程、積み上がる約束は人を強くするといったが、強く戒めるものでもある。

私は私が私自身に課した、冒険者となる夢を考えて動いている。そして、マルギットと交わした忘れ難い夕日の下での約束のためでもある。彼女は今も、あの故郷で技術を磨いて待ってくれていると分かるから。男の独りよがりで勝手な願望ではなく、彼女だから約束を信じて待ってくれていると分かるのだ。

私が危ない時、精神的に揺らいでいる時には、いつも耳飾りが鳴る。分かち合った片側を付けているマルギットが窘めるように。

それでも、私はエリザをちゃんとケーニヒスシュトゥールに帰れるようにするとも約束していた。兄貴として自分自身に刻んだ誓いであると同時、故郷から、家族から離れたくないと泣く彼女を説得するために。

二つの約束が同時に成立することは難しい。後援を得ることによって、また彼女自身の頑張りによって私がいなくともエリザの身が固まってきたからといって、私が自分の夢のために去ることはよいものかとずっと悩んでいた。

エリザが後押ししてくれたから踏ん切りがついたのもあるが……それでも、彼女は寂しかったのだろう。

そして、今日この壮行会で皆が私と将来の話をしたり、別れの話をしたりしたことで改めて実感してしまった。私が彼女と一緒にいられなくなることを。

人生とはなんと難しいのだろう。どの約束も私にとって大切で、エリザもマルギットも、そしてミカやセス嬢も等しく掛け替えのない存在だ。もし、どうしようもない状況で私が命を投げ出すことで誰かが助かるなら、何の迷いもなく首を捧《ささ》げられる程に大事な人達《たち》。

どうして人間は、全てを平らかに、完璧に熟《こな》すことができないのだろう。

一所にしか存在できず、自由に動けないことがここまで悩ましいと感じられることが他にあろうか。もしも〈空間遷移〉が完璧に使えて、帝都と冒険者の舞台を自由に往《ゆ》き来《き》できたならと思わずにいられない。

しかし、有人の〈空間遷移〉は〈神域《スケールⅨ》〉と〈寵児《スケールⅨ》〉に至る能力を一つずつ抱える私であっても剰りに遠い。半遺失技術と化して、魔導院ですら十全に扱える人間が何人もいない技術は、今まで手に入れた熟練度全てを費やしても少し足りない頂《いただき》である。

分かってはいる。これが使えるだけで八割方のシナリオが崩壊するようなぶっ壊れ技術であるからこそ、軽々に使えぬよう世界が戒めて難しくなっていったことくらい。

それと同じように、人間関係にも都合が良すぎるこれは、世界にとって不都合でさえあるのだろうよ。

それでもだ。実現していれば、最愛の妹の悲しみを少しでも和らげる技術があると知っているからこそ、悔やまずにいられなかった。

この答えに正解がないのは分かっていても、何処か、どんなズルをしてでもいいから正解があったんじゃないだろうかと思うのが人情ではなかろうか。

いつの間にか、泣き声は二つから四つに増えていた。

ミカも小さく涙しており、セス嬢も微《かす》かな嗚咽《おえつ》を上げている。

四人は何時《いつ》しか一塊になって抱き合い、別れを惜しむ涙を流し続けた。

距離がずっと重かった時代、東京から大阪に行くよりも遠い距離を離れるとなれば、それは今生の別れに近しかった。

況《ま》してや私は冒険者。命のやりとりをする仕事に憧れ一本で身を投じようとしている。

二人とも、一緒に挑んだ冒険の経験から目の前の男が相当に〝しぶとい〟ことは分かってくれていても、不死の存在ではないと重々承知している。

魔剣の迷宮とてミカの支援がなければ体は袈裟《けさ》懸《が》けに両断されて、今頃は渇望の剣の取り巻きとして迷宮を彷徨《さまよ》っていたことであろう。

セス嬢のお家騒動でも彼女が助けに来てくれるのが一分、いや三〇秒遅かっただけで原形を残さぬ挽肉《ひきにく》にされていた。

そして、一歩間違えばくたばるような事態はアグリッピナ氏のお付きをしていた時にも両手の指でも足りないだけあった。私がいたせいで頓挫した計画があったと知った有力者が、じゃあ下準備としてぶっ殺しとくかと〝私を対象として〟刺客を送り込み毒殺を試みたことがあったのだから。

何度も怪我《けが》をして帰ってきた私を見ている彼等《かれら》は、しぶといコイツが死ぬなんてないと思っても不安を消せる訳ではない。

人間が人間である限り、それがどのような種族であれ不安と心配を切り離すことはできないのだから。

前途を祝ってやりたいと、成功を信じていても不安になった二人は、私達兄妹にあてられて涙を抑えきれなくなったのだろうか。

元々酒を入れすぎていたこともあり、私達はいつの間にか泣き疲れて寝てしまっていたらしい。

気が付いたら、全員が寝台の上にいた。普段は私一人で使っている寝台は、大人になりつつある少年少女三人と子供一人を納めるには小さすぎて、抱き合っても狭いくらいだった。

どうやら、見かねた灰の乙女《グラウ・フラウ》が運んでくれたようだ。

ぼんやりとした意識の中で皆を感じる。エリザは私の胸に縋り付いて縮こまるように眠り、ミカはそんな私達を正面から抱え、セス嬢が背中から腹に手を回してエリザごと背を抱いている。

成人するいい年こいた男が、それどころか精神年齢では既に五十路《いそじ》の男がしていいことではなかったが……分かち難い人達との別れの儀式と思って見逃して貰《もら》おう。

泣きすぎて熱を持った腫れぼったい目を閉じ、妹と友人達の熱を感じながら寝直すことにした。起きた時、きっと年甲斐《としがい》もないと背伸びしたことを宣《のたま》って、皆で気恥ずかしげに笑うことになろうと、この尊い一時を楽しみたくなったのだ。

まだ外は暗く、夜は明けていない。心地好《ここちよ》い時間を楽しんでも、咎《とが》められることのない時間だ。

この暖かさを忘れない限り、ここに帰って来ようと強く思うことができる。どこに行こうと、どれだけ激しい戦いに揉《も》まれようと………。

【Tips】絆の力。時に世界を差配するＧＭ《ゲームマスター》はＰＬ《プレイヤー》の熱いロールや、これまでの展開を勘案して死に瀕《ひん》したＰＣ《プレイヤーキャラクター》に慈悲をかけることもある。それが許されるのがＴＲＰＧのよい所の一つである。

青年期
# 十五歳の初秋

## パーティーの解散

パーティーに参加しているPCの目的が分かれ、同道するに足る理由がなくなった場合は一党が解散することもある。多くはエンディングの後、友情を抱えてそれぞれの道に進んでいくことになるが、一度結んだ縁は簡単に解けることはない。

イケメンと美少女見本市みたいな帝城の侍従待合室に浸され続けたせいで、狂ってきた美的感覚が更に狂う日々を送っていたが、それも終わりと思うと中々に感慨深い。

思い返すと青臭さ、そして尊さのあまり気恥ずかしさを覚える壮行会から数日。引き継ぎも済み、同時に私がアグリッピナ氏の側仕えとして侍《はべ》る日々にも終わりが訪れた。

本日を以《もっ》て側付き合い含めて全ての仕事はお終《しま》い。新規に編成された侍従隊の練成も必要十分な段階に至ったため、私の任務は晴れて完了となった次第である。

高々側仕え組の雇用に〝練成〟などと大げさな、とは言ってくれるな。最も主人の側近くに侍り、時に手足の延長として貴人に接することもある手足は、いわば社会人にとっての靴や爪に近い。

乱れていたり汚れていたり、そもそも格が見合っていなければ即座に馬鹿にされる代物なのだ。名刺を差し出す手の爪が伸びて垢《あか》が詰まっていれば、どれだけ綺麗《きれい》なスーツを着ていても軽く見られるのと一緒で、ここが主人の格に合致していないならば側仕えだけではなく主人自身の格が落ちるのだから。

それに、側仕えとは便利なリモコン拾い機ではなく、いざという時は主人の盾となって真っ先に死んで、護衛が駆けつけて来るまでの時間を稼ぐ役でもある。

この美形見本市に詰め込まれた美男美女共の殆《ほとん》どが、何かしらの武芸を修めている気配を発していることからして、そこら辺から拾ってきただけの美形を放り込んで「はい、完成!」とはいかないのもご理解いただけよう。

あと、何やかんや主人からの言付けを伝えたり、書簡の代筆を行ったり、時に密書を懐に呑《の》んで出かけていく必要があることからして、全くの無力では危なっかしいのだ。私だって何度もアグリッピナ氏の情報を抜くために襲われて、まぁまぁな目に遭わされて来たのだから、従僕と暴力は切っても切れない関係にある。

つまり、武芸者としても一角とまでいかずとも一端の力量が必要で、高貴な人間の前に出しても恥ずかしくない教養と礼儀作法を身に付けていて、そこから更に主人の機微を察して動ける人間を用意せねばならなかった。

ここまで難易度が高ければ、編成に際して教育ではなく〝練成〟と形容しても断じて過言ではないのである。

ああ、漸《ようや》くこの肩身が狭い空間から解放されるのかと思うと、まるで風呂にでも入ってきたかのようなサッパリした心地だ。広いようで狭い界隈《かいわい》だからな。できるだけ縮こまって生きていても、新興の大貴族へのやっかみやら、私自身の低い身分――農民の四男などアリみたいなものだ――への当《あ》て擦《こす》りなど、とても心地好い場所じゃなかった。

半ば部外者に近かった魔導院の方がまだ息がしやすい環境から解き放たれる感覚は、きっと酷《ひど》いブラック会社から退職した爽快感に勝るとも劣るまい。

早くお仕事終わらないかなぁ、と気配を消して時が過ぎるのを待っていると、酷く薄くて鈍い気配が近寄ってくるのが分かった。

定位置と化しつつある隅っこの長椅子《カウチ》――侍従達は繋《つな》がりを作る雑談に忙しいため、ここに座る人間は珍しい――で体を横に退《ど》ければ、大きく空けた空間にずるりと落ちてくる影が一つ。

「こんばんは」

「はい。こんばんは。よい夜ですね」

挨拶を交わし慣れてしまった気配は、つい昨年殺し合った百足人《センチピードニイ》のナケイシャ嬢であった。

今日も燃えるような色合いの髪と蜂蜜色の肌が見事なまでに艶を放ち、整い過ぎているあまりに特徴がない顔を一分の隙もない無表情で武装している。

そして、驚くべきことに以前この手で斬り飛ばした三本の腕は、上質ながら従者が纏《まと》うに相応《ふさわ》しい、嫌らしくない贅沢《ぜいたく》さの従僕服の中でキッチリと存在しているではないか。

何ともまぁ贅沢なことに、彼女は四肢の再接合施術を受けて僅か二月ほどで戦線に復帰してきたのである。

たしかに知識こそあったものの、よもやここまで綺麗に接げるものなのかと驚愕《きようがく》させられた。四肢を断った程度では、金持ちの私兵は優秀ならば戦線復帰してくると恐れるべきか、それとも自分に何かあってもどうにかなると安心するべきか、どうにも複雑な気分であった。

「また奇遇ですね。先週に続いて今晩の意見交換会でもドナースマルク侯と同席することになるとは」

「街道整備と新規基幹街道敷設の是非を問う集まりですから。経済に聡《さと》い主を持つ者同士、何かと縁もありましょう」

　こりゃあ完全に決着を付けるなら、お互いに心の臓を抜き取るか首を刎《は》ねるかせにゃならんなと度肝を抜いてくれた彼女とは、いつの間にかすっかりと打ち解けていた。

　というのも、今宵《こよい》アグリッピナ氏が参加している意見交換会――という名を借りた宴席――の主題通り、お互いの主が経済的に帝国へ食い込むことで権勢を維持、躍進することを主戦略としているため、嫌でも会う機会が多いのだ。

　それにあの外道も図々《ずうずう》しいというか、ドナースマルク侯の肝が太すぎるというべきか、館一件更地にして神話生物めいた怪物を呼び出す大喧嘩《おおげんか》をしておきながら、お互いに利があると思えば協力し合うという謎ムーブを見せ付けてくれるときた。

　お互いに同じ目的を持って行動するとあれば、密偵同士……いやまぁ、私は丁稚《でっち》なんだけど、とりあえず過去の遺恨などなかったかのように連携を取らざるを得ないのが、生き馬の目をぬく社交界の業深さ。

　彼女とは互いの名を交換していることから分かるとおりにボチボチの付き合いとなっており、闇夜にて剣を振るう際には合力して敵を排除したこともある。

　利得のためならかつての敵に胸襟を開くに留《とど》まらず、何の躊躇《ためら》いもなく肩を組む社交界のおっかなさはさておき、殺し合いにならないなら私も邪険にする程でもないかと思ったため、こうやって待合室で無聊《ぶりょう》を託《かこ》っている間に情報交換をする間柄となった。

無論、お互いに当たり障りのない内容だけを話しつつ、それでいて双方の主君の情報を少しでも搾り取ろうと腹の底を読み会う〝穏当〟とは到底呼べぬ友交ではあったが、こうして付き合ってみると彼女も悪い人物ではなかった。

基本的に物騒な思考の持ち主ではあるが、それで尚《なお》も私の知人の中では第四位くらいの常識人であるため、話題さえ選べば話が弾まなくもない。それぞれの好物くらいは知っている関係になったものの、いつ上司から「邪魔だから殺しといてね」と言われるか分からないだけあって実に緊迫感のある友人付き合いであった。

「それで、一つ小耳に挟んだのですが。暇を貰うことになったそうですね」

無難の極みと言える気候の話を挟んだ後――やはり防寒具あっても、百足人《センチピードニイ》には帝都の冬は辛《つら》いそうだ――彼女が唐突に切り出した。

耳が早いことで、と思うが特段隠している訳でもないので、各地に諜報員《ちようほういん》を散らしているドナースマルク侯なら知っていても不思議ではない。この程度ならば、ウビオルム伯爵の参画する閥に縁故があれば誰でも知れること。情報漏洩《ろうえい》しているぞとの脅しや揺さぶりではあるまい。

それに私もやっと重荷を下ろして、楽しくもないドロドロした社交界から足抜けできるのだ。主の不利益にならない程度であれば、表面上は友人と言える相手に身の振りくらい話しても罰は当たらんだろう。

あと、これは予測と言うよりちょっとした予言なのだが、高確率で彼女とはまた面を合わせることになると思うのだ。

何せ私はアグリッピナ氏が騎士に取り立ててやろうか？　だとか、養子にとってウビオルム伯爵領を相続させてやろうか？　みたいな節操もない勧誘攻勢を仕掛けられている身分。どうせ野に解き放ったふりをしつつ、後足に紐《ひも》を一本括《くく》っておくくらいのことは呼吸と同じ気軽さでやっているだろうから、また面倒な仕事を投げつけられるのが確定的に明らかである。

だとしたら味方としても敵としても遭遇する可能性は、ドナースマルク侯の手の広さからして極めて高いため、情報を渡しておいても悪いことにはなるまいよ。

「ええ。どうやら主の眼鏡に適《かな》わなくなったようで、暇乞《いとまご》いを聞き入れていただけました」

「そうですか。それはそれは……ウビオルム伯爵も随分と配下に対する不慊於心《ふけんおしん》の激しい方のようで」

「単に我が身が主人の要望に応えられなくなっただけですよ。事情があってやむなく連れていた丁稚よりも、高貴なる血を引く自領より見出《みいだ》した者達《たち》の方が優れていただけの話。おかしなことがありましょうや」

「蜥蜴《とかげ》を突いて竜の首を獲《と》った、と嘯《うそぶ》く者は多いですが、よもや海竜が己を魚だと嘯くことがあろうかと、おかしさを表情に出さぬのに必死ですよ」

なんて宣《のたま》っているが、表情は毎度の如《ごと》く整いきった鉄面皮でいらっしゃる。相も変わらず口唇を微動だにさせず喋《しゃべ》る様は不気味であるが、そこから妙な美辞麗句が飛び出してくると尚更《なおさら》おっかない。

「では、その後の身の振りはもうお決めになっているので？」

「ええ。長く空けておりますので、まずは郷里に帰ろうかと。そこで暫《しばら》く孝行でもしてから、幼少期よりの夢でも叶《かな》えてやろうかなと」

「夢、と仰《おっしゃ》いますと？」

「冒険者ですよ」

至極当然のように応えてやれば、滅多に表情筋を動かすことのない彼女の顔が歪《ゆが》んだというか緩んだ。ポカンとしているとするべきか、憮然《ぶぜん》としているというべきか実に悩ましい顔だが、なんだか一本取ってやったような気分だった。

「それはまた、奇特な転職先ですね」

「私は元々、我が身一つで何処《どこ》まで登れるかしか考えていない功名に憑《つ》かれたガキの一匹に過ぎませんので」

「功名、というならば今を時めく有力貴族の懐刀という評価だけで十分すぎるのでは？」

「女人には分かりませんかなぁ」

世が世なら多方面からタコ殴りにされそうな発言ではあるが、それでも性別によって理解できるできないはあると思うため、これればかりは否定させまい。

「世界最強……男児なら一度は夢見るものですよ。それを追ってみようかと」

案の定、ナケイシャ嬢は「何言ってんだコイツ」と見たことのない奇妙な虫でも見るような目で私を見ていた。

だが、これぱかりは偽りでも名目上のお題目でもなんでもない。

私が憧れ、幾多演じてきたキャラ紙の英雄達と同じ興奮を味わいたい。そして、あわよくば二つ名を囁《ささや》かれ、詩の一つも吟じられ、さて古今の冒険者で最強を決めるとしたら誰でしょうと後世の与太話で名が挙がるくらいになってみたいのだ。

さて、誰だっただろうか。男なら一度は夢見る地上最強、なんて心を擽《くすぐ》る文句《フレーズ》を口にしたのは。

結局の所、男なんて幾つになろうと強くなりたいと思って生きている生物だ。

それが男としての理想像、夫や父親としての姿、大勢をひれ伏せさせる権力者としての威容であるなど到達点は様々だが、誰だって一度は地上で己が一番となることを夢に見る。

たとえ従僕であろうと主人の一番となることを目指し、階級が低かろうと最も役に立つのだという自負を抱くように、頂点を希求しない人間は殆どいるまい。

私は……その中で、ちいとばかし稚気が強く、剣で遊ぶのが止められなかっただけの話なのだ。

「ふむ……一番、一番ですか。なるほど、そう言われれば、少し分かる気がします」

「おや、分かりますか？」

「ええ。不肖の身ながら、一族の最高傑作などと驕《おご》った称号を恥ずかしげもなく受け取っていた時期もありまして」

また豪儀な称号だな。ただ、彼女は私が立ち合った相手の中でも、上位の使い手であったため驕りではないと思う。死合うことになっても負けるつもりはないが、また状況が整えば十分に私を殺しうる相手なので、決して軽んずることはすまい。

「しかし、つい昨年、上には上がいると自負を完膚なきまでに叩《たた》き折られたばかりでして」

見れば、彼女は私に冷たくも熱い、ともすれば殺気に近い熱情を秘めた視線を注ぎながら体を掻《か》き抱いていた。普段は短外套《たんがいとう》の裾に畳んで隠している二対四本の下二本を晒《さら》し、自らの腕を愛《いと》おしむようにさすっていた。

渇望の剣にて私が叩き斬った箇所だ。

指がなぞる場所、これには嫌というほど覚えがあった。

「幼少期以来の敗北でしたので。思うところは多々ありますとも」

なるほど、冷めたように見えて、彼女も地上最強の密偵に憧れは抱いていたのか。

そして、私はその憧れと自負を完全に叩き潰してしまっていたらしい。

まぁ、客観的に見てアレは完全に私の勝ちだったしな。四対一で全員を半死に追い込んで、彼女も手を三本喪失。そのまま逃げずに戦っていれば、間違いなく今頃はリプラー子爵邸跡地にて、凄惨に切り刻まれた雑多な亡骸《なきがら》と共に一つの墓穴へ放り込まれていた。

となると、へし折った側としては、いつか期待に応えんとならんかな。

剣士として。武芸者として。

「それはそれは。得難い敵を得られたようでなにより。人を一番強くするのは……」

「この者だけは我が手で殺す。そう強く誓える敵の存在ですからね」

……高め合える宿敵《ライバル》の存在、と言いたかったんだが、よもや千倍くらい物騒な物言いに変換されるとは思わなんだ。

いやはや、百足人《センチピードニイ》は凶暴性が強い亜人だとは聞いていたが、彼女も筋金入りだな。鋼を圧延して作ったような鉄面皮の下で、これ程の感情を煮えたぎらせていたとは。

「まぁ、全ては物騒な世界での話。ドナースマルク侯の従僕に過ぎぬ身には、あまりに遠い世界の話ですが」

「全くですな。単なる一匹の冒険者になる男にとっても遠い話で」

態《わざ》とらしいことを言って一息吐《つ》いた後、彼女はふと思い出したように右手を顎に添えた。

「そういえば、ウビオルム伯爵が何やら新しいことを始めると聞きましたね。奇譚《きたん》を集めるやら、稀覯書《きこうしょ》を集める道楽めいた集団を作るとか……口さがない者達は、私設の諜報部隊だろうと囁いておりましたが、なるほどなるほど」

「……いや、あの、ナケイシャ嬢？」

「それで冒険者、それで各地に奇書稀覯書を買いあさる者達を放つ。なるほど、ああ、なるほど」

あれ、ちょっと、何か変なこと考えてません？　それ、アグリッピナ氏がストレス解消のために、唸《うな》る程積み上がった財貨の注ぎ先の一つとして立ち上げた純粋な道楽ですよ？まだ知らぬ、放っておいたら後の世に残らない本をできるだけ拾い上げよう、なんて猟書家《ビブリオマニア》めいた本人の性癖を充足させるだけの存在ですよ？

これぱっかりは私も関わっていたから断言するけど、そんな物騒な企《たくら》みじゃないですよ？　それこそ、隠《かく》れ蓑《みの》にしても、より公的で腹を探りにくい部署を行政府内にでっち上げたみたいだから、後世の歴史オタや仮想戦記好きが喜んで弄びそうな存在では……。

「いえいえ、皆まで言う必要はありませんよ貴方《あなた》。単なる独り言ですので。いや、楽しみが増えました」

「ですから、ねぇ、ちょっと」

「ご出世、おめでとうございます。心からお祝いいたしますよ」

何やら本気で妙な勘違いをされているようだ。表舞台から退いて密偵専業になる口実として、暇を出されたと思われている？

あらゆる物に裏や別の意味が含まれる世界に頭の天辺《てっぺん》まで浸《つ》かって生きてると、全ての発言が意味深に聞こえて仕方ないんだろうなぁ、と他人事《ひとごと》のような感想を抱きつつ、これはこれで大変よろしくない気がする。

ドナースマルク侯の手は帝国の辺境にも届いているだろうから、何かする度に報告が行って深読みされたらたまらんぞ。

「だから、それは誤解でして。私は単に年季が明けただけ……」

「また次に会う時は、いずこかの暗がりでしょうね。再会を楽しみにしています」

が、しかし、運が悪いことに彼女は衣擦《きぬず》れの音も立てずに立ち上がってしまった。ドナースマルク侯が用事を終える頃合いなので、帝城から帰るのだろう。

引き留めようと伸ばした手は虚空だけを掴《つか》み、代わりに土産として笑顔を賜った。

口腔《こうこう》に収納された大顎を遠慮無く覗《のぞ》かせる、種族本来の笑顔を。

静かに閉じられる扉を前に、これはアカンやつや、という確信を抱いた私は暫く動くことができなかった。

大顎を打ち鳴らす者が、〝次は殺す〟と明確に告げていたから。

だから、まぁ、アグリッピナ氏の思念に一発で応えられなかったことは、どうか目こぼししてくれまいか……。

【Tips】名目上は全く無害そうな部門が、その特性を活《い》かして諜報活動に従事していた例は歴史上に多い。ライン三重帝国においても街道保全局の一部門が貴族の内調要員として密偵の巣窟と化しているように、大っぴらに広範囲を移動できる部門が隠れ蓑として適している。

帝城から引き上げるために乗り込んだ馬車の中で、笑顔の仮面をかなぐり捨てた主人は相当に不機嫌なようだった。

「何かありましたか？」

「ちょっと狙ってた公共事業を掠《かす》め取られたのよ。あのニヤケ面……組織力を活かされると流石《さすが》に此方《こちら》が一枚か二枚劣るわね」

どうやらドナースマルク侯とやり合ってきて、敗北なさったらしい。相手も建国期から帝国にのさばって、未《いま》だ陰りを見せぬ古豪の一家。既に舞台が万端整っての殴り合いなら負けないとしても、全ての分野で有利とはいかないのが貴族の政治。

今回は相手が得手とする土俵だけあって、軍配が向こうに上がったようだ。

「本来は私の隷下にある下級貴族の発注で上手《うま》く行ってたんだけど、そっちが決闘で負けて頭首が動けなくなったせいで駄目になったわね。やっぱり温《ぬる》い天領での政治に慣れた貴族は駄目だわ」

「……公共事業の入札って、そういうものでしたっけ？」

おかしいな、かなり真っ当かつ統制が利いた官僚機構が統治する三重帝国なのに、公共事業の入札で、どうして建設機械でドツキ合って優劣が決まるバカゲーみたいなことがまかり通っているのだろう。

普通、入札でケリがついたら、そこで終《しま》いだろうよ。何で決闘《タイマン》で解決を図るんだ。頭決闘者《デュエリスト》でいらっしゃる？

「届け出が受理された決闘なら合法だから、通るのよね……ったく、要らない欲を出すから。ここら辺の無能もちょっとずつ入れ替えていかないと、どっかで予定が狂いかねないから急がないといけないわね」

身辺の整理は済んだものの、汚職と腐敗に塗《まみ》れたウビオルム伯爵領内の貴族人事は、就任から然程《さほど》時が経《た》っていないこともあって未だ盤石とは言い難い。

明らかに擁護できない罪状に手を染めた連中――人身売買とか、前世でいう白い粉的なアレとか――のお家を三つほど言い訳も聞かずに取り潰し、頭首と後継者は処刑。更に五親等まで公職追放の上で所払《しまながし》いに処す厳しい処断によって風紀を引き締めているため大人しくはなったが、本質的な無能《ポップする》さまでは抑えきれないので如何《いかん》ともし難いところである。

有能なのが一族から生えてくるのを待つは長命種《メトシエラ》であっても悠長過ぎるからか、少しずつ使える駒と入れ替えていく予定ではあるが、完遂するまでが長いためアグリッピナ氏の苦境は最低でも四半世紀は続きそうだった。

やっぱあん時に殺しとくべきだったかしら、と買い損ねたグッズを惜しむのと同じ気軽さで生死の処遇を語る外道を乗せた馬車は、魔導院までの短い道程をあっという間に踏破して塒《ねぐら》へと導いた。

馬丁に馬車と兄弟馬を預け、工房に降りて私書箱を覗く。配下や関係者から届く私信から帝国発の公文書が半日空けただけで片手で掴みきれない量が届くので、これの仕分けをせねばと思いつつ部屋に入ると……そこには天使がいた。

「似合いますか？　兄様」

裾がふわりと広がる流行の意匠に従ったローブで着飾った、天使と見紛《みまが》うほどに麗しい美少女。すなわち我が最愛の妹《エリザ》が私を出迎えて微笑《ほほえ》んだ。

濡《ぬ》れるような黒い光沢は上質な絹地《シルク》の証拠。胸元に軽くひだ《ドレープ》を作って夜会服のように美しく、しかし学徒として華美過ぎぬよう気を遣われた造詣は、優れた感性を持つ設計者と職人の確かな技術が香る。

縦横に走る東方調の幾何学模様《アラベスク》の刺繍《ししゅう》は真珠色の特殊な糸によって施され、設計者にして作者であるアグリッピナ氏曰《いわ》く特別な防御術式が施されているそうな。

そして共生地の肩掛け《ケープ》は魔導師《マギア》の証《あかし》である頭巾《フード》を足すと同時に、頭巾特有の野暮ったい印象を愛らしく塗り替える。二の腕までを隠すそれもたっぷりの襞飾り《フリル》と刺繍で豪奢《ごうしゃ》に飾られており、普通のおしゃれ着にはない神秘的《ミステリアス》なかわいらしさを醸し出していた。

「世界で一番可愛《かわい》いよ」

素直にそんな感想が零《こぼ》れた。異議を唱える者は我が前に並べ、送り狼《シュツヴォルフ》の錆《さび》にしてくれる。

「ありがとう存じます」

すっかり堂に入ってしまった女性向けの宮廷語、そして花の綻ぶような笑みを浮かべてエリザは聴講生への昇格祝いを抱きしめた。

「兄様達《たち》が出かけられた頃、丁度仕上がって届いたんです。嬉《うれ》しくって、我慢できずに着てしまいました。間に合うか、心配だったから」

エリザは今年の冬、十歳になるのと同時に正式な聴講生として魔導院に受け容《い》れられることとなる。そして、進学に伴って必要となる魔導師《マギア》の装束が師匠――あと、どこからか嗅ぎつけてきた変態《フォン・ライゼニッツ》──によって贈られた。

「兄様に恥じることのない、立派な魔導師《マギア》になれるよう勉《つと》めますわ」

胸にかき抱く短杖《ステッキ》が彼女の意に応えるかの如《ごと》く煌《きら》めいた。

子供にはちょっとした大きさの短杖《ステッキ》は、アグリッピナ氏が何処《どこ》からか引っ張ってきた古杉──曰く、重要な霊地の中心に立っていた木の枝をちょろまかしたとか──を軸とし、神銀《ミスタリレ》の装飾で複雑な蒼《あお》に輝く宝石を頂いた見るからに豪奢な逸品。

蒼い石榴石《ガーネット》という世にも珍しい宝石は、魔導的に集中を補助すると共に強い破邪の加護を与えるという。そして光の質によって色を変じる性質は、転変の魔導の補助にも優れるそうな。

お値段を考えるとちょっと吐き気を催しそうになる品だが、お代は全て後援者がポンと弾んでくれたとアグリッピナ氏はさもどうでも良さそうに語っていた。

ぐぬぁー、ブルジョアジー……市場で買う野菜や塩漬け肉の値段に一喜一憂している私には分からない世界過ぎる。帝都《こっち》に来てから頻繁に襲われる、鎌と金槌《かなづち》を手が欲してしまう衝動は一体何だ。

「頑張るんだよエリザ」

これから魔導師《マギア》を志す者として、今まで以上に大変な勉学に挑むことになる妹の頭を優しくなでてやった。この柔らかな髪の手触りを暫《しばら》く味わえなくなるのかと思うと、肋《あばら》の隙間から心臓に短刀を叩《たた》き込まれるような心地にさせられる。

「はい。精一杯頑張りますわ、兄様」

荘《しょう》を離れるときの甘えた度合いが嘘《うそ》のように思える朗らかな笑みと共に、彼女は首飾り《チョーカー》を弄《いじ》った。

「だって、何時《いつ》だって見守ってくださるのでしょう？」

揺れる飾りには仔猫目色《キトンブルー》の宝石が嵌《は》めこまれていた。私の目とよく似た色合いの藍玉《アクアマリン》は、石榴石と違ってアグリッピナ氏の個人的な収集品である。

杖《つえ》の核とする宝石が何がいいかと選ぶ段で、ずらりと並べられた師の私物の中から、これを見出《みいだ》したエリザは一目で気に入ったらしい。

だが、短杖《ステッキ》の頂《いただき》に据えるのは適性から外れているとして却下されてしまう。それでも「兄様の目と同じ色だから」と大層気に入っていたので、別の形で身につけられないかと粘った結果、アグリッピナ師は妥協案として装飾品に使ってくれた。

まぁ、エリザと私の我《わ》が儘《まま》だったので、実はこの首飾りの支払いは私持ちだったりする。ここ一年、アグリッピナ氏の使いぱしりや護衛をした報酬として譲るという大幅なオマケをしてもらったが、実際に買うとなれば普通の人生なら何周必要になるのか。

何を冗談をと笑うかもしれないが、宝飾品の価値は前世とは比べものにならないのだ。なにせ纏《まと》うだけで格式に繋《つな》がる装身具は、貴種達にとっては立派な武装となる。

故に価値として領地に等しいとか、小国一つでも足りないとかいう慮外の代物が世間には一定数存在する。

この藍玉は〝そこまで〟の品ではなかろうが、私の一年の労働分ってことは屋敷が一つくらいは建てられるのではと見込んでいる。

だってまぁ、それくらい貰《もら》わんと割に合わんからな。普通の丁稚《でっち》がやらない仕事をどれだけ片付けてきたか。ちょっと運が悪かったらダース単位で死ぬ無理ゲーを乗り越えてきたんだから、過剰な評価とは言わせんぞ。

「これが見守ってくれている兄様の目だと思い、私はここで頑張ります。そして、いつか一人前の魔導師《マギア》になって、兄様を迎えに行きますね」

「……ああ、私は何時だってそこからエリザを見守っているよ。どれだけ物理的な距離が離れようと、私達はいつだって一緒だ」

過酷も過酷な労働《ブラック》はさておき、大事な衣装のお披露目は兄様が一番に、と待ち構えてくれていたことが心の底から嬉しい。

これは彼女の自立の一歩を証明する物だからだ。

魔導師《マギア》になり帝国から再び臣民として、制限なき自由な一個人として認められる階《きざはし》を彼女自身の足で登り始めたと思うと、感極まって涙腺が緩みそうになる。

泣くな、愚か者。もう泣き言はお互いに壮行会で十分過ぎるほど言い尽くした。その上でエリザは私に「頑張ってきてください」と見送ってくれようとしているのだ。

ここで私が泣いたら駄目だろうに。一番心細くて辛《つら》いのは、エリザなのだから。

「どうか、ご武運を。兄様」

「ありがとう、エリザ。エリザも頑張るんだよ」

　感情を抑えるように小さな……それでも、大きくなった彼女を抱きしめた。回す腕の余白はどんどんと小さくなり、顔が埋もれるのが腹から鳩尾《みぞおち》になって、見下ろした頭頂が近くなる。

　折角のローブに皺《しわ》を寄せぬよう優しく抱いていると、潤んだ瞳が見上げてくる。こぼれ落ちそうになる感情を全て内側に秘め、複雑に輝く父譲りの琥珀《こはく》の色は、照明を反射して金色にも映る。

　この瞳が映すのが、幸せな未来でありますように。

　私は目一杯の祈りを込めて、彼女の額に口づけを落とした。

　額への接吻《せっぷん》。それは祝福を意味する。

　あらん限りの幸福と幸運が、この子の道行きで待っていてくれますようにと………。


【Tips】聴講生。魔導院における見習いであり魔導師《マギア》ではない。地方の代官により推挙される、教授に見込まれて弟子になる、入学金を積んで認められるなどの限られた手段によってのみ、魔法使いや魔術師とは一線を画する世界の扉に触れることが許される。

　一度魔導院に入れば親の縁故は殆《ほと》ど意味をなさず、純粋に成果によって評価される。教授の位を持つ者達は、その位に誇りを持つが故に実力が満たぬものに魔導師《マギア》の称号を与えはしない。

エリザとの大事な時間の後、大量の私信を素早く仕分けを済ませて訪れた工房でアグリッピナ氏は珍しく正装のまま机に座っていらした。

「さて、満足した？」

「ええ、まぁ」

決裁待ちの書類が山積するようなこともない、宮中泊という肩書きが嘘のようにすっきりしている――優秀な為政者は過労死などしない程度に仕事を余所《よそ》に振るのだ、と帝室が憤死しそうなことをのたまっていた――執務机に座った雇用主は煙管《きせる》から煙を一つ吐いて対面に座るよう促した。

荷物が届いた気配。そして、いつもはちゃんと出迎えるエリザが師の帰参を察しつつも私室から出てこなかったことから、何をしていたか予想していらしたようだった。

こういった絶対に邪魔すべきではない《クリティカルな》人の機微を正しく理解し、好意的に見えるよう運用してくる辺り本当に度し難いんだよな、この人。人の心がないとかじゃなくて、分かった上で気が向いたら尊重しつつ、いざ必要となったら完全に無視してくるんだもの。

悪辣さでいったら、むしろ徹頭徹尾の腐れ外道に徹してくれた方が分かりやすい分マシとさえ思える。

「こちら届いていた私信です。いつも通り優先度に従って色をつけておきました」

「ご苦労様。さてと、これは後で読むとして……あの子へのお祝いは渡したから、貴方《あなた》へのお祝いも渡さなければね」

「え？」

予想していなかったことに目を瞬かせれば、彼女は机の引き出しから神話の絵図が美麗に象眼された箱を取り出したではないか。それが〈見えざる手〉で押し出され、独りでに開かれる。

みれば、年季の入った煙管盆であった。しかもアグリッピナ氏が愛用していた一式ではないか。

よくよく観察すると、彼女が燻《くゆ》らせている煙管は見慣れぬ新しい物と入れ替わっており、初めて出会った時から使っている螺鈿《らでん》の細工が施された煙管は箱に収まっている。

「成人したでしょう？　だからこれは多少なりとも魔法を教えた師としての成人祝い。ローブが一端の魔導師《マギア》の証なのが三重帝国の倣《なら》いであるように、煙管も一人前の証でもあるわ」

三重帝国の煙草《たばこ》は、いわゆるナス科植物のタバコを燃やして吸引するタバコではなく、香草や薬草、香木などを加工し作ったハーブ煙草の類いである。葉に魔法薬を染みこませることもあり、嗜好品《しこうひん》であると同時に医薬品の側面もある。

葉に浸透した魔法薬を――または、葉そのものが魔法的な薬効を持つものを――肺から取り込み血中に混ぜ込む煙草は、鎮静作用をもたらす我々がよく知る煙草よりもずっと多用途な代物だ。

魔導師《マギア》や魔法使い達は煙草を集中力の上昇や魔力の滋養に用いており、アグリッピナ氏のそれは煙に術式を溶け込ませた特殊な仕様だったと聞いている。

「魔導師《マギア》ではなくても、魔法使いとしては使いでのあるものよ。市井の者でも吸うことはあるから怪しまれはしないでしょ」

「ありがとうございます。でも、これは愛用の……」

「贈り物を使わなきゃ外聞が悪い身分になったのよ。だからあげるわ。使わないのももったいないし」

すごい物を貰ってしまったな。

恐る恐る手に取ってみると、長めの煙管は見た目よりずっと軽く、手に吸い付くような滑らかな手触りをしていた。

煙管盆には幾つか葉を納めた煙草入れも付属しており、それぞれ精神安定用だの魔力滋養だのと効用を記した附票が蓋に貼り付けてあった。

「煙草はおまけしてあげる。後で作り方を教えてあげるから、なくなったら自弁なさいな」

「ありがとうございます。調合書まで……」

贈った後の分までは面倒を見切れないもの、と余所を向いて煙を吐いているのを照れ隠しと見るのは思い上がりであろうか？

「あとそれね、少し魔法を使ってあって見た目以上に煙草が入るわよ」

「あー……どうりで。葉っぱの量に比べて随分と長い間吸っていられるなと前から不思議だったんです」

「三口くらいで一々灰出して葉っぱ詰め直すとかめんどくさいじゃない」

だとしても空間拡充術式なんて、煙管なんぞに軽々しく使う物じゃないと思うけどね。絶対に。

凄《すご》い物を貰ってしまったと、見慣れてはいたが手に取ったことのない煙管をしげしげと見つめていると、煙管に視線を注ぐ私と同じ位熱心に雇用主が此方《こちら》を見ていた。どうやら贈り物は、直《す》ぐに目の前で使って貰いたい気質であったようだ。

「一服、ご相伴に与《あずか》っても？」

「どうぞ」

だから、本来は煙草なんぞ同格同士でなければ同じ空間で燻らせてはならぬと百も承知の上で許しを請うた。促されるままに葉を詰め、魔術で火を付けて一口吸い込めば……むせるように甘い煙に咳《せき》が止まらなくなる。

まだこの若い体に煙草の煙は重かったらしい。タールもニコチンもないけれど、若く敏感な感覚器には些《いささ》か早かったと見える。

思い出すなぁ、前世の付き合いで初めて呷《あお》った紫煙の味を。あの時も味なんて全く分からなくて、煙さと酷《ひど》い苦さ――貰ったのが一箱二〇〇円の安煙草だったのもあるが――に苛《さいな》まれ、何が楽しくて吸ってんだと思ったものだ。

「ふふ、少し早かったみたいね。ま、無理に吸うことはないわ。魔力を使いすぎた時にでも使いなさいな」

「ありがとうございます」

望外の成人祝いに喜んでいると、今度は羊皮紙が二巻き飛んできた。何事かと思って開いてみれば、それはカストルとポリュデウケスの権利書ではないか。

「これは雇用主としての退職祝い……という名目の下げ渡しね」

理由を聞いてみれば、あの二頭は買い入れて随分と経《た》っており、もう十歳になるという。三重帝国での馬の平均寿命は一五から二〇年ほどだそうで、十歳といえば乗用馬や馬車馬としては年齢的にそろそろ引退させてやる歳《とし》だ。

勿論《もちろん》これは貴族での基準である。力が衰え始めた老馬に馬を牽《ひ》かせたり乗ったりするのは、買い換える金も無いのかと侮られることに繋がるのだから。

田舎であれば立てなくなる最後の最後まで馬は働き続ける。普通であれば、あの兄弟も安く領内の誰かに下げ渡されることになるか、実績もあるのだし領主牧場で繁殖用に回されるのだが、アグリッピナ氏は私によく懐いているから成人祝いにくれてやると仰《おつしや》った。

これはちょっとやり過ぎではなかろうかと思った。何せ老いたりとはいえ、彼等《かれら》は元々きちんとした軍馬種血統の良質馬だ。優れた脚に衰えた気配など欠片《かけら》もなく、今でも遠駆けに連れ出せば私でも疲れるほどの走りを魅せられる彼らは十分現役で働けるのに。

大学入学祝いに外車を二台も貰うようなもんだぞ。どんな石油王の家だ。

たしかに私もあの二頭のことは好きだし愛着もあるけれど、馬は維持費が……。

「それくらい稼ぐ能力がなければ冒険者なんかで出世できやしないわよ。課題の一環だと思いなさいな。それとも無理？」

辞退しようと思っても、そう言われれば「できらぁ！」と言うしかなくなってしまった。ここで尻込みするようなら、やめとけば？　と言われると反論できなくなる。

えーと、馬房を借りたり水をやったり、何より沢山必要になる飼い葉を考えると……け、ケチれば一年で一ドラクマはいかんはずやし、い、いけるいける。必要となる削蹄《さくてい》とかすり減る蹄鉄《ていてつ》の交換費とか、たまのお洒落《しやれ》で鬣《たてがみ》を整えてやることを考えてもなんとか……なる、うん、しよう。

年間予算が金貨を超える事実に声を盛大に震わせながらも、私は馴染《なじ》んだ馬たちを有り難く受け取った。これで名実ともに私の馬になってしまったから、妖精達《アールヴたち》の攻勢がどうなるか恐ろしいな。

「でー、これがー……」

「えっ、ちょっ、まだあるんですか？」

更に何か取り出そうとする元雇用主に驚いて声をかければ、彼女はニヤッと笑って円形の袋を取り出した。

帝都で見たことがある職工同業者組合の焼き印を捺《お》された革袋に収まっていたのは、一枚の円盾《ラウンドシールド》であった。

木製の本体を薄い金属板で補強したそれは緩やかな凸形に成形されており、中央には剣《けん》戟《げき》をいなすための金属製の半球が据えられていた。くすんだ灰色の錆止《さびど》め塗装だけが施された簡素極まる円盾は、乱戦に備えた軽装の歩卒が携行する品である。

戦列を組むには頼りなくとも飛来物から十分に身を守り、閉所や乱戦時でも邪魔になりにくい平民のための武器。

されど、かなり手の込んだ品でもあった。中央に握り《グリップ》が備えられた単純な構造ながら、それも革一本の安上がりな物ではなく鋳金の保持力が高い物が使われていた。その上、前腕にガッチリ固定できるよう革帯ともう一つの握りが奥側にもうけられているではないか。

直ぐに手放せるよう軽妙に扱う中央の持ち手。小手に据え付けてがっしり受け止める奥側の持ち手。状況に応じて自由に使い分けられるよう、そしてどちらの用途で使ってもそれぞれの握りが邪魔にならぬよう考えられた設計になっている。

ううむ、この華美さを投げ捨てて性能を突き詰めた意匠と設計。見目こそ質素なれど、かなり金がかかっておるな……。

持ってみろと促されたので手に取れば、それは見た目の重厚さに反して随分と軽かった。鍛えた人間基準での軽さではあるが、これなら担いで行軍しても然程《さほど》重荷にはなるまい。

また〈戦場刀法〉は戦場で振るわれる武器の運用を前提としたスキルであるので、片手剣と併用しても邪魔になることはない。盾の習熟に関するアドオンは持っていないが、絡めて使うことは十分に可能だ。

盾は単なる防具に非《あら》ず。槍《やり》の穂先や投射物を受け止めるに留《とど》まらず、時には剣や槍を払って攻撃を通す道を拓《ひら》く先駆けとなり、また時には盾自体で敵を打擲《ちょうちゃく》することもできる打撃武器にもなるのだから。

「この盾は餞別《せんべつ》……であると同時に課題ってところね」

「課題、ですか？」

しげしげと盾を観察し、試しに構えてみているとアグリッピナ氏は唐突にそんなことを仰った。

「エーリヒ、冒険者をやるならできるだけ魔法使いであることを隠しなさい」

「それは身分を隠せと言うことですか？」

「違うわ。割と長い間、貴方の戦い方を観察していたけど、魔法を軽々しく使いすぎるのよ」

叱られるほど乱用した覚えはないのだが、彼女は教師らしく人差し指を立てて私に懇々と自説を説いた。

曰《いわ》く、私の戦法は三重帝国にあまりない形であり、それだけで十分意表を突けるのだから隠しておけとのことだ。

使うなとは言わない。一目で使っていると分からない程度に工夫し、その上で活用しろと師は仰った。

「貴方は純粋に剣技を磨き上げた剣士だと相手に納得させるだけの実力がある。故にこそ、相手が魔法を使わないと勝手に思い込む。その美味《おい》しい隙を手早く放り投げるのは勿体《もったい》ないと思わない？」

まぁ、理屈は分かるか。私だってガチガチの脳筋だと思って相対した敵が、いきなり魔法をブッパしてきたらビビるもの。驚きで反応が鈍ることもあれば、心に隙が出来て抵抗に失敗することもあろう。

「もっと決定的な瞬間を意識し、それまで温存するのよ。魔法があると分かってしまえば、相手も魔法がある前提の動きをしてくる。貴方《あなた》、もし自分の完全な写し身と戦うとしたら、鍔《つば》迫《ぜ》り合《あ》いはする？」

「絶対しませんね」

自分のことだから種は全部割れているから当然ではあるが、やる訳がない。一瞬でも拮《きっ》抗《こう》したならば、そのまま〈見えざる手〉で握った他の剣や、昨年鹵《ろ》獲《かく》して以降愛用している東方式の弩弓《クロスボウ》を叩《たた》き込んでお終《しま》いである。

というか、実戦で何度も使った。真っ当な剣の腕を磨き、魔法使いと相対しても動きで翻弄できるよう鍛えた相手が哀れではあるが――申し訳ないとは思わん――サクッと決めるために。

「雑魚を始末して腕が立つのに専念したいのは分かるけれど、だとしても軽々に使いすぎなのよ。そのせいで高い力量を持った剣士に魔法を警戒されて、やりづらそうにしている場面が二度三度では済まなかったわね」

「……お恥ずかしい限りで」

言われてみれば、幾度かそういった所があったな。突撃してくる刺客を魔法で一気に始末したら、本命らしい頭目がかなりの使い手でガチンコを強いられて苦労したことが。

実際、魔法というのは来るのが分かっていれば割と何とかなるものである。

術式を練る際に何かしらの隙が発生するし、対象を空間や個体に選んだ所で回避は不可能ではない。

私が日常的にやっている、相手の視線や構えを読んで飛矢を避けているのと同じく、魔法も動きを読まれると回避されてしまうのだ。

また、回避以外の選択肢を取ることも可能になる。退《ひ》いて射程から逃れて不発させる。障害物に身を隠して照準を切る。何らかの盾を用意して被害を軽減する。パッと思いつくだけでも対策のしようが幾らでもある。

撃ったら勝ち確、なんて高度極まる魔法や奇跡は魔導院の教授、または相当に高位の僧以外は持ち合わせていない。当たったら殺せると、撃ったら相手は死ぬの間には、とてもとても広い隔たりが存在することを忘れてはならん。一発殴れば勝ちが決まる強力な手駒《クリーチャー》でも、出すのを邪魔されない《can't be countered》という一文がないなら信用しきれないのと同じである。

「戦闘でも政治でも、知られていないのが最も強力で、知らないのが何より恐ろしいものよ。心得て上手《うま》く戦いなさい」

魔導師《マギア》の戦闘は効率を考えながら、初見殺しと分からん殺しを両立させるのが肝である。

ライゼニッツ卿《きょう》に教えられた、払暁派戦闘魔導師の心得が自然と思い返された。

彼女も聖母の如《ごと》き笑みとは対照的なことを言っていたではないか。敵が何が起こったか分からないよう、一瞬で殺すのが肝要であると。

「一応の師としての助言であり、丁稚《でっち》である貴方に贈る最後の餞別よ。もっとエグいやり口があるんだから、折角なんだし極めてみなさい」

「言い方ぁ……」

「あら、気づいてなくって？　随分と悪辣なことしてるのに」

悪い笑みを作って私を揶揄《やゆ》してくるが、別にこれといって酷いことをした覚えはない。

精々、思考領域と〝手〟のキャパに余裕があったので相手の靴紐《くつひも》同士を結びつけてやったり、服を引っ張って同士討ちさせたり、面倒な時はベルトを引っこ抜いて下半身の風通しを良くしてやった程度ではないか。

それ以外では精々扱いやすい短剣で七方向同時攻撃の理不尽を叩き付けるコンボを作ってみたくらいで、悪辣と言われるほどではない。

悪辣というのは出会った瞬間リアクションも取れず確殺されるくらいの理不尽さになってようやく見合う評価だ。

そこから発展してネタが割れていようが全てのデータが公開されていようが「これってどうすれば死ぬの？」と歴戦のデータマンチが首を捻《ひね》るようになって、漸《ようや》く見合う評価である。

つまり、アグリッピナ氏と正々堂々やり合って勝てる領域。

今の私なんてまだまだだよ。

「タネの割れた手品に価値はない……かび臭い黎明派《れいめい》の箴言《しんげん》の中で唯一価値があるものよ。刻みなさいな」

外連味《けれんみ》たっぷりの笑みと甘い香りの煙草《たばこ》、もう聞き慣れてしまった声と香は、しかし私を送り出すための別れの言葉として形を結んだ…………。


【Tips】煙草。新大陸産のナス科植物の煙草ではなく、香草などを加工して作られる一種の薬品。元々は魔女医が処方する喉や肺の薬であったが、魔導技術の発展により様々な用途が見出《みいだ》された結果、中央大陸西方では自立した大人の趣味、あるいは魔法使いの道具として広まった。

貴種には愛好する者も多く、中には最高の味を楽しむため湿度を管理した煙草専用の部屋を置くほどでもあり、三重帝国においてはある程度高貴な趣味としても普及しているが、健康目的で吸う民草も少なくない。


貰《もら》ったお祝いを纏《まと》めて、じゃあ帰ろうかなと思っていると滅多に聞かない声を聞いた。

「あっ」と間抜けな響きのそれは、アグリッピナ氏との中々長い付き合いに入ってからあまり聞いたことのない声だ。

どうかなさいましたかと振り向けば、彼女は実に珍しいことに決まりが悪そうに。そして、少し恥ずかしそうに頭を掻《か》いて小さな箱を手にしていた。

「しまった、順番を間違えたわ。これも仕上がってるんだから、先に渡しておかないといけなかったのに」

「え？　まだ何かあるんですか？」

「あー、かっこわる。これ、私が観客だったら脚本に文句言ってるわね。まぁ、いいわ……持ってきなさいな」

感傷たっぷりに渡された品々と対極の乱雑さで投げ寄越《よこ》された小箱を訝《いぶか》りながら開いてみれば、羅紗《らしゃ》で包まれた台座の中に一つの指輪が収まっていた。

これといって凝った装飾も宝石も据えられていない地味な指輪。特筆すべきところと言えば、麗《うら》らかな午後の陽《ひ》を再現した光の下で艶《なま》めかしく光る黄金色。

鍍金《ときん》ではない。大きさに反して掌《てのひら》で妙に存在を主張するそれは、金無垢《きんむく》の指輪であろう。

よくよく見れば、蠟印《ろういん》には使えない程度の薄い刻印でウビオルム伯爵家の家紋が刻印されているではないか。

「剣と笏《しゃく》の双頭鷲《わし》……って、コレは」

「感状の代わりよ。あの子の衣装と一緒に持って来られてたのね。もっと早く気付けばよかった」

指輪の内側には、ウビオルム伯爵アグリッピナよりケーニヒスシュトゥールのエーリヒの功労に報いるべく下賜するものである、と流麗な筆記体で文字が刻まれていた。

感状、つまり主人が部下に対して発行する「よく頑張ったで賞」だ。

「いいんですか？」

「これくらい出しておかないと家中で私の評判が悪くなるのよ。大人しく受け取っておきなさい」

しかし、それは単なる感謝状と違って大きな意味を持つ。売上げがよかったら上長から貰える賞状の類いではなく、履歴書の賞罰欄に書けるような物……いや、これ自体が立派な履歴書となるものだ。

地下の者が新たな主君を得て仕官を望むなら、力量を示す必要があるが、同時に身分がどれだけ正しいかを証明する必要が出てくる。

誰だって海の物とも山の物ともつかぬ者を懐に入れるのは抵抗があるものだ。それに変なのを雇って内側をボロボロにされては堪《たま》らないため、仕官するにあたって何かしらの証《あかし》が欲しくなるのは当然のこと。

荘《しょう》において聖堂が管理する人別帳、行政府が握っている都市戸籍と並び、その者が何処《どこ》で何をしていたかを強力に保証するのが感状だ。発行した貴族や騎士が、この者は自分の配下として、これだけの功績を上げましたよと余人へ明確にする書状や物品の強力さは目を見張る。

授与者と繋《つな》がりがある家を訪ねてこれを見せれば一宿一飯どころか、旅に必要な物資と路銀の支援だって簡単に受けられるであろうし、どこか別の貴族に仕えたいと見せれば評価が何段も上がって仕官も簡単となる。

困難な冒険を乗り越えた冒険者に貴族や王が渡す剣に指輪も、この類いの報償であるからして、ある意味貰えて当然とは言えるのだが……。

私は手の中で重さを主張するこれが、恐ろしい複合爆薬に思えてならなかった。

「あのう、これ、貰わないと駄目ですかね？」

「駄目」

何言ってんだ？　と疑問に感じている様子もなく外道は良い笑みを浮かべていた。

いやね、だってね、これを持ってるってことはアグリッピナ氏の縁者であることの証明にもなってしまうことでしてね。

要は「コイツ、あの女の差し金か!?」と要らん勘違いをされることに繋がりかねんのだ。

じゃあ捨てちまえば良いじゃんとか、金だから売ればよくね？　とも言えない。名目上は主人が部下を思い遣《や》って下賜した物をぞんざいに扱ったら、後でどんな口実に利用されるか分からん。

不敬。その一言が人間の首を飛ばすのに十分過ぎる理由となる世界で、上司からの心遣いを無下にすることは絶対に許されないのである。仮にコレが何を意匠にしたかも分からん珍妙な陶芸であっても、寄越された以上は家法として大切にせにゃならんってこった。

嫌だなぁ。この人、多分どっかで私を使う算段として持たせるつもりだよ。アグリッピナ氏の関係者であることを証明できるのが輝く場面って、それ絶対何かしらの修羅場に割り込む時じゃない。そして、そんな所は絶対に酷《ひど》い目に遭っている最中でしょう。

黄金でできた地獄への切符……かぁ。せめて片道ではなく、往復であって欲しいもんだ。

「上手く使えば損はしないでしょう。大事に使いなさいな」

「……これが活躍しないことを祈っていますよ」

「それに、冒険者が嫌になったら戻ってくる時にも役立つでしょ」

「はぁ？」

「偉そうな依頼主、貴族が投げる無茶な要求、仕事を果たしても報酬をケチろうとする小物。やっすい食事に薄い葡萄酒《ぶどうしゅ》、何日も風呂に入れない旅路と流血が絶えない地味な仕事……英雄譚《りそう》と仕事《げんじつ》の落差に嫌気がさして止《や》める冒険者も多いそうね」

割と良く聞く話ではあるとも。冒険者は要するに使い捨てても惜しくない駒であり、手勢を使うには面倒な仕事の投棄先。数多《あまた》詠《うた》われる華々しい英雄譚《えいゆうたん》の裏側には、誰にも認知されず死んでいった多数の骸《むくろ》、そしてその何百倍もの認識すらされぬ地味な仕事が埋まっているのだ。

神代に神々が協定を結んで作り出した制度と言えば聞こえは良いが、形骸化しちまえばそんなものに過ぎぬ。

この現実に打ち拉《ひし》がれて冒険者を辞す者も少なくないし、憧れに追いつこうと無茶をして屍《しかばね》を晒《さら》す者も同程度に多い。

いつか憧憬という名の細い杖《つえ》が折れて、宮仕えの方がよかったと思い直す日が来ると思われたのだろうか。

絶望に膝を屈して冒険者という称号を呪う日が訪れない……とは断言しないけれど、地味さに嫌気が来て諦めるといった堪え性《こらしょう》のない真似《まね》は絶対にすまい。

沈《ま》して、彼女が言う大変さより、ここ一年で味わった艱苦《かんく》が下回るとは想像し難い。

食事が豪華だろうと疲労が極まれば味はどんどんしなくなり、どこそこ産の当たり年とかいうご大層な附票がついた葡萄酒とて、何が混ぜられているか分からん状態では泥水と同義。ふかふかでコイルの入った寝床も夜襲の心配があれば大の字に広がって寝ることも適《かな》わず、豪華な湯殿をじっくり堪能している隙もない。

だとしたら、好き好んで飛び込んだ苦労の方が遥《はる》かに上等であろうよ。安心して食えるならばごった煮の戦場粥《がゆ》や、天幕の下で広げる地面の固さが分かるうっすい寝床の方が極楽とさえ言える。

「使える駒は幾らでも欲しい状況なのよねぇ。ほら、今は新型航空艦の工廠《こうしょう》建築地の策定で色々混み合ってるし？」

それは知ってる。むしろ、ちょっと関わってるから事態の混み合い具合と混迷度合いをよく理解している。

揉《も》めん訳がないでしょ。ライン三重帝国の今後を占う肝いり事業、その主幹ともなる量産を視野に入れた航空艦の建造工廠を新しく作るなんて。試験艦を作っていたこぢんまりとした箱じゃ足りんから、新規建造から修理・整備まで熟《こな》せる立派なのが欲しいのは分かるが、絡む利権の大きさを考えたら手を出さない方が馬鹿であろうよ。

最終的には二〇隻以上作って全土に配備する五〇年がかりの計画とはいえ、広い国土に三箇所しか作らないとあれば、数百年間吸い上げられる利益の大きさに誰だって目が眩《くら》むわ。

建造に求められる鉄鋼業と林業の公金注入による発展。関係者が集結することによる人口増加。増えた口に放り込む必要がある物を担いで意気揚々とやって来る商売人共。

さてはて、黙って突っ立っているだけで、年間どれだけの金が転がり込んでくるでしょうか。

既に社交界は策定地となる場所の取り合いで大喧嘩《おおげんか》状態だ。ウビオルム伯爵主導だけあって一箇所はウビオルム伯爵領内で堅かろうが、残り二つは名目が立てば誘導することも適う。

ならば、獲《と》りに行かねば帝国貴族を恥ずかしくて名乗れぬぞ!!　とばかりに出世欲が旺盛な貴族達《たち》の蠢動《しゅんどう》は始まっている。

この大量に送られてくる私信も、土地策定において便宜を図ってくれというものが多分に含まれていることは想像に難くない。

「だから、私はいつだって貴方《あなた》の帰参を歓迎するわ、エーリヒ。そうね、護衛騎士の椅子を空けておくから気が向いたらいつでも帰ってきなさいな」

文官がいいなら、そっちの椅子も幾らでもあるけど、と宣《のたま》う主人に私は最高の笑顔を作って返答した。

「ぜってぇー嫌です」と。

「そう。それは至極残念ね……ま、気長に待つとするわ。ああ、それとね」

「はい。まだ何か？」

「貸し一つ……忘れないようにね？」

低い低い、一切の遊びを排除した声音が地の底から這《は》い上がるように耳の中を擽《くすぐ》った。

それはもう鼓膜を通り過ぎて、脳に直接絡みつかんばかりの重みを持つ言葉。

使おうと思えば使えるそれを温存し、私を帝都に縛り付けないのが不穏でならない。外に出した方が、何か面白いことをして上手《うま》く利用できるようになるとか考えられてないだろうか。

これまた最期の最期、恩賜の指輪に続いて重い物を投げ寄越してくれたものである……クソッ、どうせならちゃっちゃと使ってくれれば気が楽なのに…………。

【Tips】貸しと借りは、常に同レートで取引される訳ではない。持ち出される時が悪ければ、何倍もの利子を取り立てられることをお忘れなきように。少なくともこの界隈《かいわい》には、出資法も貸金業法も存在しないのだから。

下宿を引き払えば、これにて晴れて予定していたお役目は全日程終了。

あとは、そう日を空けずに帝都を脱することとなる。いくらブラック勤務が常態化した我が職場とはいえ、出立の前日まで働けと宣う鬼のような環境まではないのだ。

そして、皆との別れも済ませている。当日に押しかけてドタバタしてはいけないからと、敢《あ》えて顔を合わせないようにしようと決めたのだ。これから長旅に出る人間の出端《でばな》を挫《くじ》いてはならないという心遣い。

そして、どれだけ言い聞かせても別れ惜しい自分を納得させるために。

「三年か」

思えば長くいたものだ。貴族の丁稚《でっち》として妹の学費を稼ぐ期間となれば、破格の短さではあるけれど。普通、一年で数十ドラクマを必要とする学費を丁稚仕事で稼ごうと思えば、足腰が立たなくなるまで働いたって間に合わんからな。

最初は五年で上がれたらいいなと思って故郷を出たが、冷静になると驚異的な短期間だ。これは荘のみんなも驚くだろうな。

何より、迎えに行くと約束した彼女も。

軽い足取りで歩けば、この魔導院も、帝都も名残惜しさすら感じられた。ああ、また喉元過ぎたものの熱さを忘れている。我ながら悪い癖だなぁ。

これで最後かという感慨を噛《か》み締めつつ〝鴉の巣《クレーエスシャンツェ》〟を出て、夜間でも急な外出に備えて馬丁が常駐している厩《うまや》に向かった。そこで夜番をしていた馴染《なじ》みにカストルとポリュデウケスの兄弟馬を下げ渡して貰《もら》って正式な主になったと伝えると、寝ている馬を起こしてしまう程大いに祝福された。

彼等《かれら》も動物と付き合って長いからな。幸せな主従と、そうでない主従を嫌というほど見ている以上、上手く行っている主従が穏当に出て行くとあれば喜びも一入《ひとしお》であろう。

出立前に取りに行くと言って、いい鞍《くら》を乗せておいてくれよと頼んで帰宅する。

そこで、一つ気付いたことがあった。

枯れ葉をまき散らして、お洒落《しやれ》な痕跡を残していく妖精《アールヴ》も。気が早いことに霜柱をどこに生やそうかとふらついている妖精《アールヴ》も。夏の温《ぬる》んだ陽気と秋の冷え始めた空気の妖精《アールヴ》が取っ組み合いをしながら通り過ぎていっても。

あまり絡まれなくなってきたことに。

そういえば、あれ程大変だった悪戯《いたずら》の攻勢が、アグリッピナ氏の仕事が忙しくなりはじめた辺りで弱まった気がする。大変な思いをして編み込まれた髪を解く機会も減り、大人しくなったとは思っていたのだが。

「お疲れ様」

「おかぁえりー」

「ああ、ウルスラ、ロロット。ただいま」

斯様《かよう》なことを考えつつ下宿に帰ってくると、寝床の上でウルスラがロロットと一緒にごろごろしていた。今日は月の具合がいいからか、夜闇の妖精《スヴアルトアールヴ》は初めて出会った時と同じ少女の大きさになって、なだらかな腹の上に風の妖精《シルフィード》を寝そべらせていた。

出会った頃から変わったことと言えば、ウルスラの左足に黄金の足首飾り《アンクレット》が輝いていることと、ロロットの春風色の装束に豪奢《ごうしゃ》な金の縁取りが増えたことくらい。どちらも私の髪を妖精《アールヴ》の技術で加工したとのことだが、変わらず身に付けているということは気に入ってくれたということか。

「あら、なぁに愛《いと》しの君。そんなに見つめて」

踊ってくれる気になったの？　とおどけてみせる彼女達との付き合いも、ケーニヒスシュトゥールを出た時からなので三年になる。あの時は恐ろしく、そして今でも油断ならないものの、随分と気安い間柄になったものだ。

「なに、私達も長い付き合いになったなと思ってね」

「そうなの？　うつしよの感覚には疎いから、どうにもそんな気はしないわね」

「んー、そうだねぇ、ついこないだみたいだよね」

「何十年寝太郎の貴方と一緒にして欲しくないけどね」

「ウルスラちゃん、ひどいぃ!!」

ちょっと一曲、と踊り出したら数十年経《た》っていた、なんてのが普通の種族らしい物言いだ。一週間顔を合わせていないと久し振りと言える種族からすると、彼女達が持つ時間の観念はどうあっても理解し難い。

「ああ、でも、思えばそうなのかもね。貴方も大きくなったもの」

「そうかい？」

　私としては、もっと伸びて貰わないと困るんだが。少なくない熟練度を振って、タッパを伸ばそうとしている努力を無に帰そうとする妖精《アールヴ》から言われると、なんだか皮肉に思えて仕方がないな。


ただ、それを聞いてやっと得心がいった。

妖精達《アールヴ》がちょっかいをかけてくるのが減ったのは、そのせいか。

「どしたの？　むずかしいおかお」

「いや、たしかにウルスラの言うとおり大きくなったのだなと。最近は他の妖精達《アールヴ》から
ちょっかいをかけられることも減ったからね」

「あら、今更お気づきで？」

「気付けないくらい忙しかったのさ。分かってるだろ？」

「それはもう。妖精《アールヴ》が知らないはずの、勤勉という言葉を知ってしまうくらいには。ねぇ？」

「たいへんだったねぇ」


激務に付き合わせたのは、本当に申し訳ないと思っている。だが、対価はちゃんと支払ったじゃないか。ちょっといい蜂蜜酒を買い求め、態々《わざわざ》泉まで汲《く》みに行った水を月の光だけに七晩晒して禊《みそ》いでから割るなど、中々に面倒な要求にも応えた。

いや、これも思い返せば妖精《アールヴ》が要求してくる対価としては穏当な方か。気軽に薄暮の丘

へ引きずり込もうとせず、ヒト種《メンシュ》がヒト種《メンシュ》であるために大事な物を差し出せとも要求されないあたり、穏当という言葉でも足りないかもしれない。

それこそ、最初に悪い予感がして止めた、妖精《アールヴ》の目を無理矢理受け取らせるだけで、私はきっとナニカを踏み外してしまいかねないのだから。

十五歳。ヒト種《メンシュ》の成人年齢は、幼子を愛する妖精《アールヴ》達からすると〝年増《としま》〟としか言いようがないはずだ。だから他の妖精《アールヴ》達がちょっかいをかけてくる機会は減ったし、向こうから話しかけてくるのも希《まれ》となった。容姿がまだ若いためか――幼い、というのは抵抗がある――完全に飽きられたようではないけれど、それもいつまで続くやら。

「君達は……飽きないのかい？」

こんな露骨な聞き方をしてしまったのは、内心で不安を抱いてしまったからか。

三年も付き合って、何度も命をかけるような修羅場を共にし、両手の指で足りない回数命を救われれば情も湧く。

そして、情が湧いた相手から見放されるのは、とてもとても寂しいことだ。

「飽きる？　飽きる、ねぇ」

褐色の少女はオオミズアオの羽を震わせてふわりと寝台から浮かび上がり、例の接近していることを認知させない不思議な飛び方で間合いを詰めると、私の頬を両手で捕まえて微笑《ほほえ》んだ。

一方で風の妖精《シルフィード》は寝台脇に腰掛けて、さも不思議そうな顔をしているではないか。

「たしかに、貴方は大きくなってしまったわね、愛しの君」

互いの呼気を嗅げるほどの至近に寄せられた顔は、月夜の晩、隠《なばり》の月に墜《お》ちていってしまいそうだと心が揺れた夜から何も変わっていない。

艶やかな褐色の肌も、幻想的に煌《きら》めく翅《はね》も、アグリッピナ氏が持つ絢爛《けんらん》な宝石さえ霞《かす》む緋色《ひいろ》の瞳も。

「顎がすらっとして、大人っぽくなったわ。手足も筋張って、元からしっかりしてたけど、今じゃすっかり戦う男の形。肩幅も広くなって、お腹《なか》も硬くなっちゃって。もう、ちいさなおとこのこ……とは言えないわ」

彼女の言うとおりだ。二次性徴を迎えた体は完全に大人に近づいている。妖精《アールヴ》の加護により男性の色は薄いものの、機能をしっかりと果たすようになってしまった。

世間的には若いと言われても子供としては扱って貰えなくなったため、名実共に十分な大人となった私から妖精《アールヴ》達は興味を失いつつあるからこそ、絡まれにくくなったのだ。

「けどね、愛しの君。わたくしたちは、仮にも名を許された妖精《アールヴ》よ？　高次の妖精《アールヴ》っていうのはね、貴方が思うよりずっとずっと複雑で単純なの」

頰に添えられていた手が、産毛だけに触れるような繊細さで動いていく。瞼《まぶた》の形をなぞり、唇に触れ、髪を撫《な》で、首筋を伝う。私自身の形をたしかめる手付きは、体よりも体の内側に収められた形のない物に触れているかの如《ごと》くあった。

「無垢《むく》な魂に惹《ひ》かれて妖精《アールヴ》は子供を魅入る。いい？　貴方達《人類》にとっては魅入られていると思っているんでしょうけど、何より先に魅入っているのはわたくし達《たち》なのよ？」

魅入られる。綺麗《きれい》なものに見惚《みと》れる意味もあるが、魔性に取り付かれてしまうことも意味する言葉は、彼女が言う通りに後先があるのだろう。

何より先に魔性が魅入るからこそ、人は魅入られ、拉致され、食われるのだ。

そして、この魔性は獲物を簡単に捨てる性質ではなかったらしい。

「本当に不思議な魂。大人のようなのに子供で、穢《けが》れたことも平気で考えるのにひたむきで無垢……まるで、閨《ねや》で親に聞かされた英雄のお伽噺《とぎばなし》に浮かされたまま寝入る子供のよう」

一瞬ドキリとした。私は今生で誰にも前世のことも、私をここに放り込んだ未来仏、推定弥勒菩薩《みろくぼさつ》のことを話していない。

それでも、魂を見ることができる、より概念的な生物である彼女達には分かるのだ。子供の体に投げ入れられたが故、前世では一時の夢に過ぎなかった憧憬に狂った男の魂が。

「貴方を気に入った妖精《アールヴ》達は、そういった歪《いびつ》だけど綺麗な魂に惹かれたの。勿論《もちろん》、私達にとって蜂蜜酒《ミード》に等しい蕩《とろ》けるような金の髪も、飛び込みたくなる湖面みたいな仔猫目色《キトンブルー》の瞳も愛おしいけど、本質はそっちなのよ」

「……なんだ、つまり、私の周りはイロモノ好きばかりってことか」

「あら、失礼ね。こういうのはお目が高い、というのよ。珍品さん」

蠟燭《ろうそく》の明かりだけが照らす薄暗がりが酷《ひど》く様になるくすくす笑いを作った妖精《アールヴ》は、再び私の顔を捕まえ、今度は瞼に唇を落とした。

「この髪が褪《あ》せて月のような白になっても。老いて瞳が青ざめても。牛乳の肌がくすんでも。貴方《あなた》の魂が変わらないままなら、わたくし達は貴方に魅入ったままよ。愛しの君」

「そうそうー。できるだけ、きれいなままにするけどねぇ」

「……そうかい。じゃあ、精々愛想を尽かされないよう頑張ろう」

魂の老いとは、諦めだと思う。成長が一種の老いであり、終わりに向かうことであるとするならば、精神の成長たる現実の認知も老いに他ならない。

私はまだ夢を見ている。剣一本、体一つで冒険者の英雄になろうなんて頭の悪い夢だ。大抵は何処《どこ》かで現実にぶち当たり、冒険者がドサ回りの派遣労働者に過ぎないことに気付いて諦念に憑《つ》かれるものだ。

安い賃金の仕事や低く扱われる身分、いつまでも訪れない躍進の機会など心を折る要素は幾らでもある。

折られた心を接いで立ち上がり、折れた所を庇《かば》うことができるようになるのが大人だとするなら、そりゃあまぁ私はクソガキのまんまだろう。

ほんと、いい年なのにな。前世から数えたら通算で五十歳近いのだ。幾ら魂が肉体の若さに引っ張られているとはいえ、まぁまぁ残念な男だろうよ。

だが、それでいい。それがいいと笑ってくれる人がいるなら。

後は何より、私自身が満足して楽しいなら。

結局、人生なんざそんなものだ。手前が納得して死ねるかどうか。終わりの床で、あーこんな風に生きるんじゃなかった、と臍《ほぞ》を噛んで悔しがらずに済むのが最上。だから精々、悔やまぬよう、憧れを追ってやるとも。年季入りなのだ、今更何やってんだとは誰にも言わさない。

いつかやって来るかもしれない、挫折した自分にも。

「ええ、頑張りなさいな、愛しの君。ずっとわたくし達にとって、愛しいままの貴方でいてちょうだい」

「人っていいよねぇ。かわるけど、かわんなくて、かわいくなくなるのがかわいくって。だから、ずっとかわいくいてほしいし」

「そうそう。複雑で単純で、難しいのよ。魅入られることの難解さを忘れてはだめよ？魅入る方も魅入られる方も、生中なことではないのだから」

ウルスラが手を差し伸べれば、ロロットは掌《てのひら》に飛び乗ってくるりと回る。

「月が良い感じに更けたし、楽しいおしゃべりもできたから、少し知り合いに自慢してこようかしら」

「えー？　またおこられない？」

「平気よ。多少は嫉妬なりして、若い気分を思い出すのもご老人方には薬になるかもしれないし」

「おこられるなら、ウルスラちゃんだけでおこられてね？」

「友達甲斐《がい》のない子ね。閉じ込められていたのを助けてあげたというのに」

「とじこめられてなんてないもーん。おひるねしてただけだもーん」

姦《かしま》しくきゃいきゃい語らいながら、妖精達《アールヴ》は部屋の隅っこの陰に熔《と》けて消えていった。

さっきの語らいが、長い秋の夜に見た夢のような儚《はかな》さで。

「これからもよろしく」

しかし、私も慣れたもんだな。彼女達がいるのが当然になるとは。最初は何時《いつ》拉致られるかと戦々恐々としていたというのに。

さて、では彼女達に見限られないよう、まずは帰郷を頑張りますか………。

**【Tips】魅入られる、と嘯《うそぶ》いて人は一方的に魔性を恐れるが、本来は魅入られた側にも魅入らせてしまうのに相応の〝素質〟があるものだ。**

ＴＲＰＧにおける醍醐味《だいごみ》の一つに小物を揃《そろ》えることがある。

実利的な装備が重要なのは論ずるまでもないが、持っていても戦闘には全く役に立たなくとも、ロール的には意味がある装備は欠かせない。

コンシューマゲームなら省かれる要素をこれでもかと詰め込んで、本当に野営でもするかのように予定を立てる。データ容量もプレイヤーのストレスになるかもという心配も、ＴＲＰＧではＧＭ《ゲームマスター》の塩梅《あんばい》によって上手《うま》く調整できるから。

むしろ、これこそがＴＲＰＧの醍醐味とする者もいる。

冒険者セットなるロープやランタンなどの道具類をひとまとめにした物や、火を熾《おこ》す火打ち石や火口箱。調理用のナイフに食器、お茶を入れる道具から防御力を持たない外套《がいとう》など持ち物シートに書き込んでいるだけで想像をかき立てられる品々に心躍ったものだ。

キャラ設定的にコイツはコレを持ち歩かないだろうなとか、人から借りようとするだろうなどと凝って敢《あ》えて持ち歩かないこともあったっけか。

それに賑やかし《フレーバー》としての意味だけではなく、ロールを重視するＧＭ《ゲームマスター》だと小物を使う展開も多々あるから侮れない。持ってない状態で野営をしたらデバフを喰《く》らったりしたものだ。

「君は食器もなくスープを飲むのか。行為判定してしくじったら１Ｄ４ダメージね」

「へぇ、雪の山に外套もなしに？　余分に着込める服は？　あ、ない。じゃあ凍傷になったから器用にマイナス修正ね」

「酒があったらマイナス補正打ち消しても良いけど……それもないんかい！　お前、ここに何しに来たんだよ!?　自殺!?」

などといったことをしれっと宣《のたま》う知己の顔はもう思い出せなくなってきたが、あれは中々に面白い卓であったなぁ。結局一つの椀《わん》を全員で使い回して飯を食う描写が入って、パーティーの結束が妙に高くなった末、〝一つ杯党《ワンカップ・クラン》〟を名乗る義兄弟になったりしたっけか。

そんな懐かしさを噛《か》み締めながら、私は荷仕度を終える。

今はロール云々《うんぬん》より、本気で命がかかっているため蓄えを使って十分に準備した。

馬具に固定できるし、背負うこともできる優れものの背嚢《はいのう》は今回一番のお気に入りだろうか。折角カストルとポリュデウケスを貰《もら》えることとなったので、四つ揃えて荷物をたっぷり運べるようにした。それにアグリッピナ氏の監修を受けて、ちょっとした窃盗避《よ》けの術式も仕込んである。

簡単な術式だ。呼応する割符《トークン》を持たずに開けようとしたら、指が切れる軽い呪いを込めておいた。これでちょっと荷物から離れても盗まれにくくなるし、何かあっても下手人の捜索は容易だ。

背嚢だけではなく、中身にもこだわっている。

これぞテントと言いたくなる古典的な一本の支柱で支え、四方に固定具を打って広げる天幕は良い帆布の品を選んだので結構勇気の要る決断であった。しかし、睡眠の質が悪いと疲れ《バテ》がとれないので、こればかりはケチってもいいことがないかと奮発した。

同じように寝具として綿を詰めた寝袋や、暖かいが薄く畳める毛布も新品で二枚揃えてある。床に敷く用と、寒い時に寝袋の上に被《かぶ》る用で二枚だ。地面というのは想像より冷たく、夏の夜でも体温を奪うため体の下に敷いておく物は欠かせない。

他にも酷使するであろう半長靴《ブーツ》は二足用意したし、靴下も多すぎるほど入れた。肌着と分厚い亜麻《リネン》製の旅装も揃いで三つ用意したので、着《き》た切り雀《すずめ》で臭い思いをしないで済むだろう。

食器と調理具も忘れずに薄い金属製の物を用意したが、これが中々の優れもの。筒型の鍋に入れ小細工のように段々小さくなっていく椀が四枚収まる物は、ぶらぶらと帝都を散策した時に市で一目惚《ひとめぼ》れして買った。東方からの流れ物らしいのだが、軽くて頑丈で、それでいて男の子としての心を擽《くすぐ》ってくる良品である。

何度もミカと遠出した時に使ったけど、これを使ってごった煮を作るだけでも「ああ、今冒険してる！」って感じで実に楽しかったね。

他には革の水袋を幾つかと医療品もそれなりに。度数の高い蒸留酒は冷える夜の気付けにもなるし、怪我《けが》をした時の消毒にも使える多用途品だ。

そして、アグリッピナ氏の課題に従って用意した品も幾つか。

自作の火口箱には着火の術式を込めた燧石《すいせき》を入れてあるため普通に火起こししているように装えるし、洗濯板には〈清払〉の術式をかけているため、ただ洗う以上に綺麗になる。一度魔法がある便利さを知ったら手放せない術式だけは、こっそり使えるように工夫したのだ。

よもや、前世の寝床にて寝入るまでに弄んでいた「もし本当に冒険者になるとしたら欲しい道具」の妄想が役に立とうとは。

いやぁ、これは冒険者の習性みたいなもんだからな。GM《ゲームマスター》という融通の利く神がいる世界を旅すると思うと、色々と「これは可能ですか！」とやってみたくなるものだからね。

出立までの短い時間で苦心して作った道具をしまい、後は空いた空間に帝都土産を詰め込んで、故郷への旅支度は完了だ。

今回は街道沿いを無理のない日程で進む予定なので、保存食はあまり入れていない。短弓と東方式の弩弓《クロスボウ》――思えばこれも一年で随分使い慣れてしまった――もあるので、最悪どこぞで鳥なり何なり撃てば腹の足しにもなろう。

他には裁縫道具や彫刻刀やヤスリなどの木工道具、鎧櫃《よろいびつ》に納めた鎧も完璧だな。

さて、荷の最終確認はこんなところで十分か。

少ない私物を運び出し、入居時から殆《ほとん》ど変わった所のない下宿を見回して少しだけ感慨に浸った。

思えば最初は事故物件を摑《つか》まされたと雇用主にケチをつけようとしたものの、随分と居心地の良い部屋であった。せめてものお礼として壊れた机を補修したり、酷く軋《きし》む床を何ヶ月もかけて拭きなおしたのも思い出深い。

家具をなぞりながら下に降りてみれば、調理している気配もなかったというのに丁寧に拭き清められた食卓の上に包みが一つ置かれていた。

何だろうと解いてみれば、サンドイッチではないか。薄切りのパンに具材を挟んだ料理は、大陸の西方ではどこででも見られるものらしい。その出自は不明であり、自分の所が原点にして頂点であると各国が言い合っているそうだが、それはさておきコレは北方離島圏の様式であるようだ。

柔らかなパンの間に炙《あぶ》った豚肉の燻製《くんせい》を挟み、それぞれ塩漬けにした胡瓜《ピクルス》と玉菜《ザワークラウト》を混ぜた二種類のサンドイッチは、紛れもなく得難い同居人の手による物だろう。

彼女には本当に世話になった。感謝してもしきれない。帝都におけるもう一人の母親と呼んでもいいくらいに。

「灰の乙女《グラウ・フラウ》……」

有り難く道中で頂こうと思ってサンドイッチを包み直そうと思えば、包みに何か書き付けてある。

目を閉じて、との滲《にじ》んだ字は元から包みにあったものだろうか。しかし、隣人達《たち》の仕業かとも思って目を閉じてみれば……不意に誰かから抱きしめられていた。

手触りの良い布に顔が埋《うず》まり、心地よい石鹸《せっけん》の残り香が鼻腔《びこう》を擽る。それはほんの一瞬のこと。そして、額に柔らかな感覚と微《かす》かな水の音。

額に口づけが落とされたのだ。帝都に住んでいる間、私の世話をしてくれた妖精《アールヴ》からの見送りの口づけが。

額への接吻《せっぷん》、その意味は祝福。

私がエリザに贈ったものが、今度は私に贈られたのだ。

せめて最後にお腹《なか》が空《す》かないようにという、心遣いを添えて。

名残惜しい香りが失《う》せてしまったのを確かめて、目を開けばやはり眼前には誰もいなかった。彼女はとても恥ずかしがり屋だから、ついうっかり以外で私の前に姿を晒《さら》すこと

はないし、声すら出さない。

だけど、別れの挨拶はしっかりとしたかったのだろう。

もう一度見れば、包みに書かれた文面は変わっていた。

愛し子《いとご》の旅路に祝福を。

瞬く間に文字は消え、ただ清潔な包みと美味《おい》しそうなサンドイッチが残される。

「……ありがとう、灰の乙女《グラウ・フラウ》」

私は潤む目を押さえて涙を堪《こら》え、出がけに残していこうと用意していた彼女へのお礼を少し早めに出すことにした。アグリッピナ氏の黒茶で使う貴種向けの上質な凝乳《クリーム》を一杯だけギッておいたのである。

家事妖精《シルキー》は家に憑《つ》く。気に入らない家人を何人も追い出してまでここに憑き続けた彼女は、これからもここに佇《たたず》み続けるのだろう。

だから彼女とはここでお別れだ。アグリッピナ氏には下宿を悪い人には与えないでくれと頼んでおいたが、どうなるかは分からない。

だからお礼だけは丁寧に。恩を返しきれるかは分からないけれど、誠意だけでも伝わってくれれば嬉《うれ》しい。

家事妖精《シルキー》へのお礼はさりげなく。行きすぎた労《ねぎら》いは却《かえ》って彼女の機嫌を損ねてしまう。そうと分かっても、お土産を用意せずにはいられなかった私からの最後のお礼だ。

多分、また帝都を訪れることがあったとしても、私がここの家人となることはもうないだろうから。

灰の乙女《グラウ・フラウ》の領域である台所、その炉端に凝乳を注いだ椀を置く。

そして、他の妖精達《アールヴ》からも好評だった私の髪を一房添えた。長い髪を根元で切って、他の髪で括《くく》った紐《ひも》は自分で言うのも何だが綺麗《きれい》だとは思う。

こんなものを二人のように喜んでくれるかは分からないけれど、惜しみはしないよ。

さぁ、夜明けが近い。

「行ってきます」

普段と同じように、しかし決定的に違う出立の言葉を残して私は下宿を後にした…………。


【Tips】妖精《アールヴ》へのお礼。牛乳や凝乳、良く光る石に古い貨幣など雑多な物が好まれるが、金の髪は特に喜ばれる。祝福された子の髪は妖精《アールヴ》にとって黄金に等しく、以後帝都の魔導区画にある下町には、首に豪奢《ごうしゃ》な金の飾りをつけた妖精《アールヴ》の姿が見られるようになった。


旅立ちの日は快晴と相場が決まっている。晴れた空に先行きの良さを感じ、目を細める主人公という描写は古今数えきれぬほどある。

が、今日はどうやら陽導神が仕事をサボりたい気分だったのか、孫神に当たる雲雨神が機嫌を損ねたのか折悪く酷《ひど》い大雨であった。

「ちょっと勘弁してもらいたいなぁ……」

これが復讐物《ふくしゅうもの》とか軍記物なら様になるかもしれないけど、私は一小市民だから晴れにして欲しかった。神々の機嫌や都合に文句を申し立てる立場ではないので何もいえないけど、出鼻をくじかれたような気がしてしょうがなかった。

とはいえ雨が降ったくらいで出発は延期！　とも言えず。私はおろしたての旅装の上に頭巾付きの大外套を被る。傘は一般的に雨具というより貴種の装身具であり日よけに過ぎず、雨天時はこうやって外套と頭巾で凌《しの》ぐか、濡《ぬ》れるのを我慢して突っ切るものである。

だが、体調を崩しては洒落《しゃれ》にならんので一工夫。それと分からぬよう範囲を絞った〈隔離障壁〉で普段通りに雨から身を守る。傍目《はため》には外套の表面を雨の滴が伝っているように見えるだろうか。

いや、だってこうでもしないと秋口の雨は寒いのだよ。特に帝都は北の方にあるから冷え込むし。

雪に足止めされる前にさっさと南へ行こう。今回の旅程はまず南へ向かう基幹街道を使って雪から逃げ、それから安定した西方街道を伝って麗しのハイデルベルク管区はケーニヒスシュトゥール荘《しょう》へ向かう。

行きは三ヶ月の旅路であったが、今回は私一人でかなり身軽だし、アグリッピナ氏と違って旅籠《はたご》を厳選するという遅延行為もしないのでもう少し早く着けるだろう。

ただ、折角の旅路なので、それまでに幾つか観光名所くらいは巡ってみたいな。帝都以外にも大きな行政管区の州都を見てみたいし、折角だからケーニヒスシュトゥール城塞も一度は拝んでみたい。

なんなら道中どこかで武芸大会が催されていたら冷やかしても楽しいかもしれないな。路銀稼ぎにもなるだろうし。

ああ、路銀稼ぎで思い出したが、晴れて無職の身となった私であるが、実は金にはそこまで困っていない。

旅立ちの予算として一〇ドラクマを用意したからだ。

給金は今までエリザの学費や帝都での生活費に回されていたものの、後援《パトロン》からそれらが賄われるようになると労働の対価としての行き先を失うこととなる。

となれば、吝嗇《りんしょく》ではないアグリッピナ氏は当然のように賃金を――それも一応は労働の過激さに見合った額を――支払おうとするのだが、これが中々始末に悪い。

要らんといっても合理の徒である魔導師《マギア》のアグリッピナ氏は、無償の労働には信頼が置けんとして予算を計上する。私自身はエリザという最大の人質を取られたに等しい状況であるため、決して裏切ることはないと分かっているものの、周囲がどういう目をするかという話だ。

そして、貴族生活に密着したせいで忘れそうになるが、小銭と同じ気軽さで駄賃として放り投げられることもある金貨《ドラクマ》は、五枚もあれば一般的な自作農の年収に匹敵する。つまり、一枚で帯付きの万札の束と同じ位の価値がある訳だ。

こんなもんを山と積み上げられると、どうにも使い道に困る。実家への仕送りは定期的にやっているが、向こうも気軽に大金を放り投げられても扱いに窮するだろう。田舎だけあって人々の付き合いが濃すぎるせいもあって、一家だけが凄《すさ》まじい金持ちになると周囲からのやっかみが凄まじいのである。

これらの事情もありながら、エリザの宝石に注《つ》ぎ込んだ残りがこの金だ。

なんやかやで貰《もら》ったお駄賃やらを貯《た》めていたら、ぼちぼちの額になっていた。本当は支度金を用意してやろうかともアグリッピナ氏から提案されたけれど、最初から大金を持っておくべきではないと思ったのが半分、もう半分は株式を握られたような不安さを感じて断った。

だってねぇ、あの時にお金出したでしょとか言って、既にデカい首輪が付いているのに引っ張りやすい手綱まで付けられるのは避けた方が安心だろうよ。

それでも実家の年収二年分。現代でいえば一千万ちょいくらいの金は、新たな事業を始めると考えれば控えめな方だろう。

私は身一つじゃないからな。愛馬二頭をちゃんと養うと思えば、一年で最低でも金貨に近い額が吹っ飛ぶ。更に帰郷してから辺境に向かうとしたら、これでも必要最低限と言える計算だ。

今後の冒険者家業に慣れる必要があるから、出費を最低限に抑えた生活を送る上で上限ギリギリの金額が手元にあるのは幸運だった。

最初から潤沢な資金があると財布が緩み、金への〝雑〟さが出るものだ。目減りしていくのが実感できる額の預金であるなら、定期的に気持ちを引き締めてくれるであろう。

出費を抑えたいならば可能な限り隊商にくっつくか一人で動き、旅籠も最低限にして安く抑えねば。飽食に慣れきった舌を少しでも粗食に馴染《なじ》ませないと、今後がキツいからな。

それに、馬で一人旅というのに少し憧れているのもあった。今までは最低でもミカと二人だったから、実は一人旅をしたことがなかったし。

季節は秋口。年貢を運ぶ馬車も多ければ冬ごもりに備えた壮園に物資を売り込みに行く隊商も盛んであろうし、相乗りさせて貰う隊商には困らなそうであるけれど、比較的治安が良いところでやってみるか。

さぁ、行こう。

馴染みの厩舎《きゆうしや》も最後となれば、前もって出立する旨を伝えていた馬丁の皆が別れを惜しんでくれた。もう小銭で臭いを綺麗に落としてくれる小坊主がいなくなると思えば、明日からの掃除も憂鬱になろうさ。

「おっと」

毎度毎度ちょっかいかけてくる一角馬の攻撃を躱《かわ》すのも今日までと思うと名残……いや、全く惜しくねぇな。禿《は》げる程じゃないにしても、コイツには結構酷い目に遭わされて来たので清々する。

髪を悪戯《いたずら》しようと首を伸ばす彼から逃げると、口惜しそうに歯が一度鳴らされた。そういえば最近知ったことだが、この野郎はなんとライゼニッツ卿《きょう》の馬車馬であったそうだ。主従揃《そろ》って私に絡んでくるとか何の恨みがあるってんだよ。

しかし、顔を見るのも最後かなと思ったので、撫《な》でてみようと手を伸ばせば……がぶっといかれた。本気で噛《か》まれた訳ではないので痛くはないけれど、手が涎《よだれ》まみれにされてしまった。

ぬぅ、やはり相容《あいい》れぬようだな……。

勝ち誇る一角馬に背を向けて、遅いぞと言いたげにしている兄弟馬の元へ向かう。お貴族様からしたら老馬かもしれないけれど、今日も見事な馬体に仕上がった彼らは美しかった。

さてと、彼らを飢えさせないためにも頑張らないとな………。

【Tips】一角馬。中央大陸西方に分布する幻想種であり不老の馬。忠誠心に厚く千里を駆けても疲労しないという馬として最高の能力を持つが、清らかなる身の者にしか仕えないという困った特性により一部地域でしか乗騎としては使われない。

唯一主人を乗せた馬車を牽《ひ》く時にのみ余人が手綱を握ることも許すため、一部の王族では純血の証《あかし》として嫁ぐ王女の乗騎とする文化もあるそうだ。

出立の日に雨に見舞われるという不運があったが、幸いにも帝都をすぐに出る隊商を捕まえることができた。

いや、この時期ともなれば隊商なんて山ほど出入りしているし、逆に捕まらない方がおかしいのだが、大手だと雨なら延期して滞在することもあるからな。初っ端《しょぱな》から予定が崩れることを考えれば、雨であろうと雪であろうと進める間に進もうとしている一団を拾えてよかった。

ミハイル一座、と名乗る隊商は帝国より西方の森林帯からの移民部族であるようで、都市戸籍を持っていないため日常的に流浪する隊商の一団であった。

彼等《かれら》と出会ったのは帝都南方。旅籠が建ち並ぶ隊商の拠点となる一角で、少しでも銭を稼ごうと南方まで相乗りする者達《たち》を募っているのを見つけた。

ライン三重帝国における隊商は発起人が金を出して幾つかの商家が連帯して結成されるか、強力な一家の名の下に小さな商人達がアガリの幾らかを上納することを条件に庇護下《ひごか》に入るかのどちらかだが、ミハイル一座は前者である。

隊商主のミハイルの一族一二人、彼の呼びかけに応えた旅商人が二家六人と帝都の小さな問屋一家八人に合同で雇った小規模傭兵《ようへい》団一〇人を加えた三六人の隊商に、南へ行きたい個人が金を出すか人足として労働を提供する形で相乗りするのが八人。私を加えると総勢四五人と結構な大所帯である。

だが、この数でも隊商としては中規模の一歩手前くらいだ。大きいと参加人数が平気で百人を超えることを考えれば、発起人の分相応といったところだろう。

「したっけ、馬ぁばくる時に使わせて貰うだで、あたぁちょべっと働いてくれりゃいいから」

ミハイル氏は巨漢のヒト種《メンシュ》で中央大陸の中北部の出身らしく、酷く鈍った帝国語を話す。かつてミカと訪れたヴストローの人達の北方訛《なま》りと似てはいるが、少し違う響きのそれは、きっと外国訛りなのだろう。

あまり手入れをしていない髭《ひげ》、寒さに適応してか大雑把で起伏が浅い顔。そしてくるくる巻かれてもじゃっとした金髪などからも異国人であることが窺《うかが》える。体つきがガッシリした者が多い点は三重帝国のヒト種《メンシュ》と似ているが、顔の作りが違いすぎるからな。

帝国にはミカ達のように故地の環境に耐えかねて流れてくる人々も多いのだが、我が友人の先祖と違って入植せず――あるいはできず――帝国臣民にはならない生き方を選んだ人々も少なくない。異国の訛りが抜けきらず、血の薄まりによる顔付きの同化が進んでいないことからして、出身地が近い一族と婚姻を結んできた一族の末裔《まつえい》かもしれない。

「承知いたしました。主人から借り受けた馬ですので、大切に扱っていただければと存じます」

彼の出自はともかくとして、帝都の都市戸籍を持つ商人が参加しているだけあって、野盗まがいの怪しい隊商でないのは確かなので寄せて貰うことにしたのだ。

それに際し、私は主人から一時の暇を頂き帰郷することになった従兵という身分を装っている。十五の若造が立派な剣を佩《は》き馬を二頭も持っているのは不自然だと疑われて、痛くもない腹を探られたくなかったのと、愛馬達は名主に下賜するついでに行きの足に使ってよいと言われたことにしておいた方が、貴族の持ち物だと思って誰も手を出すまいと考えたからである。

単に境遇の説明をするのが面倒だったからではない。我がことながら、結構事情が入り組んでいるため、信じて貰うために必要な労力と正しい意味で適当な嘘《うそ》を吐《つ》くのとどっちが楽で向こうも安心できるかといったら、明らかに後者なためにそうしただけだ。

漸《ようや》く仕事を覚え始める十五で年季明けってのも変な話だからな。アグリッピナ氏からいただいた恩賜の指輪やら何やら見せて、コイツ貴族とのコネがあるなと変なことを考えられても嫌だし。

「したっけ、次ん鐘が鳴ったら出るから、離れんでな」

嘘は吐いたといえど無難で誰にもバレないような内容、かつ相手に不利益を被らせることでもないし、身を寄せる相手も普通の隊商となれば問題に発展しようがあるまい。

今まで色々とアレな目に遭ってきた私だが、流石《さすが》に第一歩くらいは問題なく踏み出せるよな……。

【Tips】隊商。人数は力、という単純な図式によって身を守ることを選んだ商売の一形態。発起人が道を決め、その道に付いていくことで利益を得られる商人が集合することで形成される。

帝国の慣用句に「神は今日も天にいまし」という物がある。

天上の世界より我々を見守る神は、今日も揺るぎなく存在しているため何事もない、という少しお上品に平穏無事を表す文言だ。

私も、その言葉を途中までは噛み締めていた。

途中までは。

「よぉし、着いた着いた。さぁ、旅の垢《あか》を大いに流そうぞ!!」

私の肩を身長差のせいでかなり窮屈そうに抱いた、獅子人の巨漢が市壁の中、小さな壁で区切られた区画の前でそう宣言した。

短い毛が密集して生える黄金色の肉体と、僅かに戯画化して人に近づけたような獅子の頭を持つ亜人種。帝国語ではネメアー、南方の言語ではシンバヒリと呼ばれる彼はミハイル一座が護衛として雇った傭兵団〝血濡《ちぬ》れの鬣《たてがみ》団〟の頭目であるレーオポルトだ。

そしてここは帝都から南に一一日行った所にある、大きな湖と隣接したブランケンブルクという中規模の都市である。馬を休ませ、同時に野営に疲れた隊商の参加者が一息入れるために立ち寄った街の中、私は何故《なぜ》か彼にここに連れてこられていた。

「花街はいい！　南方の女は肉付きも気立ても良いからな!!」

そう、ここは花街……色町とも呼ばれることがある、半官半民にて成り立つ公的な売春街だった。

どうしてこうなったのだろう、と思い出すと、私が悪い点が全くないとは言わぬ。

あれはミハイル一座との同道に慣れてきた二日目の晩。私は体を鈍らせないために〝送り狼《シュッツヴォルフ》〟を抜いて、一人隊商から少し離れたところで鍛錬していた時に起きた。

そこで巡回として回っていた、レーオポルトの配下二名に絡まれたのだ。

彼は直前に何か嫌なことでもあったのか、剣を振っていた私を相当に口汚く罵り――本であれば黒塗りか×が並ぶような言語たっぷりで――喧嘩《けんか》を売ってきた。

最初は小物のやることと上手《うま》く処理しようと試みていたが、なまっちょろい坊ちゃんには勿体《もったい》ないだろうと剣に手を伸ばされて、ついつい軽くキレて足払いをしてしまったのだ。

そこからはもう、済《な》し崩《くず》し的に殴り合い……というのは語弊があるか。私は掌底で鼻やら顎やらを殴り倒したが、一発も殴られてないからな。

発展した騒動は、最終的に五人を鼻血と切れた口の血で血塗《ちまみ》れにしたあたりで、騒ぎを聞きつけてやって来たレーオポルトによって治められた。

まぁ、それはいい。よくも部下を可愛《かわい》がってくれたなと加わるでもなく、状況をさっと把握して私に非がないことを見抜いてくれたから。部下の教育と監督がどうなってんだと叱りつけてやりたい気持ちを抑え、軽い皮肉で我慢したところ、腕っ節も良いし懐も深いと妙に気に入られたのである。

そして始まったのが勧誘の攻勢だ。

話に聞くところ、彼は元々所属していた傭兵団が頭目が度の過ぎたピンハネをしていたことで空中分解し――尚《なお》、その頭目はレーオポルトが殺したらしい――新しい傭兵団を結成したが、どうやら解体した時のいざこざとか怨根で、上流に対する宮廷語を喋《しゃべ》れて計算が達者な金庫番も死んでしまったようだ。

そうなると困ってくるのが統率面ではなく事務面での傭兵団運用。レーオポルトは読み書きは一応できるが、計算機は使えないし暗算もできぬということで、竹を割ったような笑顔の裏ではかなり困っていた。

斯様《かよう》な状況で、ミハイル一座に丁寧な宮廷語が話せて計算もできる私が歓迎され、働きっぷりが広まっているのが悪い方に作用した。

私としては身に掛かる火の粉を払い、身を寄せさせてくれた一座へ礼節を守り、ちょっとした備品補充の際におつりを誤魔化そうとした不届き者相手に正しい計算をして説き伏せただけなのだが……偶然が三つ重なって、こんなに鬱陶しい勧誘に巻き込まれるとはおもわなんだよ。

人数は力だぜ！　と思って隊商を頼ったが、人数が増えれば諍《いさか》いも増えるという不文律を忘れていた私も悪かった。今までは根回しやら何やらをして権力と金で迂遠《うえん》にコトを片付ける人達とばかり関わっていたからな。こういった野趣溢《あふ》れる人付き合いの経験は、実は薄かったりするのだ。

故郷では壮園内の規律があったからな。予備自警団候補として、一目置かれていた私が別の意味で荒波に揉《も》まれていなかったのだなと経験不足を自覚しても時既に遅し。

結果、勧誘の一つとして接待されようと、こんな所に連れ込まれてしまった訳だ。

「おっ、賑《にぎ》わってるな！　いいぞいいぞ、人が多い街の花街は美人も多い！　なぁ、エーリヒ殿、貴公はあれか、やっぱりヒト種《メンシュ》が好みか？　俺としては獣人系の亜人も悪くないと思うのだ！　なんせ熱烈だからな！　色々と!!」

開け放されたままの門を潜《くぐ》った先は、上品で統一感ある街並みを尊ぶ帝国行政に中指を立てるように絢爛《けんらん》な造りをしていた。原色の派手な塗料で塗られた壁、煉瓦《れんが》を作って女体や男体、時に何だアレとなるモザイク画を描く建物、格子窓が目立つ張り見世に女性が並んだ物など実に雑多で騒々しい。

よく言えば熱量豊富な、悪く言えば実にケバケバしい、理性という虚飾をかなぐり捨てて人の本能を擽《くすぐ》ろうとするのが色町だった。

帝国において人口数千人規模以上の都市では、専ら合法の歓楽街が整備されている。公《こう》娼《しょう》制度は性に喧《やかま》しい中世ヨーロッパでも存在していたのだから、割と明け透けで治安のためなら〝必要悪〟を受け入れて逆に財源とする懐の深さを持つ国とあれば、むしろ存在していない方がおかしいとも言える。

性風俗の乱れは健康の乱れ、何より治安悪化に繋《つな》がるからな。犯罪組織が売春の強要や人身売買によって悪徳に繋がる金を稼ぐこともあれば、性病が蔓延《まんえん》することで健康面の悪化が加速度的に進むこともある。

それなら、多少の外聞の悪さは受け止めてでも、一定の健全度合いを保った〝遊び場〟

を用意することは必要なのだろう。下層民の働き口を用意できて、犯罪を抑止できる花街は帝国で大手を張って誇ることはなくとも、卑下することなく必要な場所として受けいれられていた。

ただ……ぶっちゃけ、私はブランケンブルクで接待してくれるなら、湖でとれる新鮮な魚を使った、名物料理の揚げ物の方がよかったんだけどな……。

「どうした、動きが硬いな！　剣を振る時とは大違いではないか！　もしかして、そちらの剣はまだ初陣だったかな？」

がははと豪快に下ネタを振ってくるレーオポルトに、うるせぇよと肘を突き出しても体格差で腿《もも》にしか届かず、しかも頑丈な筋肉で被甲されているせいで小揺るぎもしないのが小憎らしかった。

ぐぬぬ、種族差……そして体格差よ。この人、私でも普通に「あ、強いな」って思うくらいの力量あんのに、なんで地方の傭兵なんかで燻《くすぶ》ってるんだ。たしかに大志を抱いて、今から全国規模の傭兵団に躍進するべく土台作りに不可欠な会計役に私を勧誘しているのだけど、もっと他に色々やりようがあるのでは？

……今を時めく魔導宮中伯の従僕、しかも騎士どころか養子にしてもいいなんて話を蹴って冒険者になろうとしている人間の台詞《せりふ》じゃねーか。普通に巨大なブーメランだった。根元まで頭にざっくりだよ。

「だがまぁ、実戦の剣と同じく、コッチの剣も早い内に斬り慣れておくにこしたことはないぞエーリヒ殿！　意中の女子ができたはいいが、接吻《せっぷん》しただけで……などとなれば、別れを切り出されても文句言えんからな!!」

流石に下世話すぎんかね、レーオポルト。いや、割と良く聞く失敗談だけど。

しかし、相手が相手だからか、連れ込まれた白粉《おしろい》と酒の匂い漂う花町には、そこまで萎縮せずに済んだ。

一回目は散々だったからな。

実は帝都から去る前の夏、一度男性体だった時のミカに相談されて訪ねたことがあったのだ。帝都の花街に。

彼は性別の転変が始まった自分の体に慣れてくると同時、強烈な違和感に悩まされるようになったと私に相談を持ちかけてきた。

女性、そして中性の時は何ともないけれど、男性になった時に言語化し辛《づら》い欲求に突き動かされたり、同年代の聴講生達《たち》が猥談《わいだん》に興じているのが自分でも気味が悪いほど気になるなど、肉体の変移に伴う精神の変調に翻弄されていたのだ。

その中で、花街が話題に出て「じゃあ偵察してみるか！」ということで二人で冷やかしてきた。

まぁ、その時は道行く人から〝熟れてなさ〟のせいで童貞を捨てに来たんだなぁと生暖かーい目で見守られたり、張り見世のお姉様方から絡まれたりした上、生々しい空気に完全に打ちのめされて逃げるように立ち去り、僕らにはまだ早かったという結論に落ち着いたものだ。

　いや、ほら、私も前世での経験は勿論《もちろん》人並みには積んでいるけれど、若い肉体と隣で完全にアガッているミカに釣られてだね。

　青少年らしい一夏の失敗は、恥ずかしいが忘れ難い思い出としておいておくが、ともあれ二度目は然程《さほど》緊張しないで済んだのが有り難いやらなんやら。

「しかし、初陣の奢《おご》りとは嬉《うれ》しいものだな！　よし、ここは一丁この花街でも一等良い店に……」

「あ、レーオポルト殿、ちょっと」

「ん？　どうした？」

　とはいえ、もう本当に限界だ。ここまで来て花街に放り込まれてアレしてしまうのは、流石に格好悪くて自分の中で自分の価値が落ちる。

　相手の面子《メンツ》、そして隊商のミハイル一座に不義理を働くことになるが、そろそろマジで逃げよう。

「先にお手洗いを済ませておきたくて……」

「なんだ、小便か！　はっはっは、そりゃそうだな！　じゃないと本当に出したいモンが出にくくなる！」

　元々ミハイル一座には金を払わないでいい代わり、私の労働と換え馬の提供で寄せて貰《もら》っていたのだ。目的地より前に抜けるのは心苦しいが、これ以上意に沿わぬ勧誘を続けられ、最終的に〝血を見る〟ことになるのは誰も幸せにならないので御免被る。

隊商にくっついての気軽な旅はご破算で、湖で獲《と》れる魚を使った揚げ物が美味《うま》いと聞いたブランケンブルクの食事も断念せざるを得ないのが痛恨ではあるものの、拗《こじ》れて決闘までして別れるような事態にはなりたくないからな。

多分、いや確実に彼はやる。欲しい物ができたら、最終的には力尽くでも手に入れようとする人間なのは短い付き合いからでも分かった。

言葉での勧誘が不可能と分かったなら「俺が勝ったら部下になれ、負けたら好きにするがいい」とか口上を述べて、筋力で交渉を判定しよう《振ろうと》とする様が見てきたかのように想像できる。

知力《脳》ボーナス《筋》一でいらっしゃる？　という無茶苦茶具合だが、時にぶん殴って無理矢理言うことを聞かせるのも道理の一つだからな。私も交渉技能なんて一つも持ってないPC《プレイヤーキャラクター》だが、相手の前でデカい拳を握りしめることで交渉に変える言いくるめ《詭弁》をGM《ゲームマスター》に通したことが何度かあるから理解できるのさ。

そして、勝ったとしてもいいことは何もない。小さな傭兵《ようへい》団の長を打ち破って立てられる勲《いさお》など些細《ささい》極まり、頭目を負かされて逆上した配下が斬りかかってくる公算も高いとあっては、有線イヤホンを纏《まと》めもせず鞄《かばん》の中に放り込むより厄介なことになろう。

私も大変だし、護衛を失うミハイル一座にも迷惑がかかる。

となれば、ここら辺で厄介の火種となった私が消える方が、何事も穏当に行くだろう。

さて、帝国の都市には公衆便所も珍しくなく、帝都ほど衛生に気を遣っておらずとも上下水道がある規模なら確実に通りに一軒は整備されている。

花街は人通りも多いし、利用客の多さに対応するため当然ある訳だ。

そこで一戦やる前にスッキリしておこうという人達に交じって便所に並び、入り口横に立っている男に使用料を払う。前世の余程治安が悪い場所でなければ、利用に耐えられる程度の綺麗《きれい》さの便所が無料で使えた日本と違い、帝国の公衆便所は有料だ。一アスと安価ではあるものの、汲《く》み取《と》り人夫と掃除夫を雇う金を回収しようという行政の勤勉さに涙ぐましい努力を感じる。

まぁ、金払っているんだからこそ、もういいだろって感じの人が多いから、綺麗って訳じゃないんだけどね。

饐《す》えた匂いがして汚れの多い便所に跨《また》がることはせず、私は都合が悪くなった時の伝統的な手法をとった。

即《すなわ》ち、便所の窓から逃走だ。

賭け事に負けた訳でも飲み屋の支払いを渋っている訳でもないのに、これをやるのはみっともなくて仕方がないが、より面倒くさい事態を避けるためなら我慢しよう。

勝てない敵、苦労するが実入りの少ない敵から上手《うま》いこと口車や隠密《おんみつ》して逃げられるのもＴＲＰＧの醍醐味《だいごみ》だと思えば、この情けなさも容《い》れられよう。

とはいえ、人と関わり合いになる度に厄介事に巻き込まれるのも困るしなぁ。

なりたくない仕事に誘われて、断り続けて居心地の悪い旅をするのは一度で懲りた。隊商に身を寄せる安心と、人と関わることによる面倒を天秤《てんびん》に掛けるのは難しいことだが……やっぱり私は冒険者になりたいので、面倒事は可能な限り避けよう。

それこそ、絶対に避けられないような縁故が生まれて、逃げるに逃げられなくなる可能性もあるのだから。

余人からすれば冒険者も傭兵もヤクザ具合は大差なかろうが、私の中では随分と違うのだ。

傭兵の仕事は戦うこと。冒険者は戦いもするが、基本的に色々なことができる。かなりの割合で雑事を投げられるとしても、浪漫《ろまん》ある冒険が隠れていることもあれば、偉大と称されて然《しか》るべき難事に挑む機会も多かろう。

全ては出世してからの話ではあると思うけれど、どうあっても私が焦がれた将来は傭兵という道にないのである。

軍記物も嫌いではないけどね。かといって、もう管理職の大変さと悲哀はアグリッピナ氏の下で腹が張り裂けんばかりに馳走《ちそう》となった。これから規模を拡充しようと考えている傭兵団の副官兼会計兼交渉役なんて、損と苦難がべったり張り付いた上に気苦労まで利子についてくる境遇はご免である。

「あー……かっこわる……」

正解が分からない内に、私は便所の窓から逃げ出した。何時《いつ》までも戻ってこないことでレーオポルトが荒れるかもしれないが、そこまでは責任持てん。花街のお姉様方に慰めて貰ってくれ。

しかし、本当にコレ、どうしたらよかったんだろうな。鍛錬はしておかないと後が怖いし、かといってナメられたままならしゃぶられて損ばかりして、それで目ぇ付けられるとあったらもう。

率直に〝運が悪い〟という結論が脳を過《よぎ》ったが、それはあまりに救いがなく、同時に対処のしようもなかったため、全て忘れるためさっさと宿へ荷物を回収しに走るのだった。

ああ、何か威圧感放って小物から声かけられなくなる特性でも取ろうかな………。

【Tips】傭兵は小規模であっても軍勢であるという側面から、決して冒険者と互換的な役割としては成立し得ない。

青年期
# 十五歳の秋

## PCの裁量権

コンシューマゲームと異なり、TRPGにおけるPCはGMが許す限り無限の裁量を持つ。敵対した人間を仏心で見逃すことも、小さな行為に過度な罰則を下すことも、面白半分で皆殺しにすることも。しかし、その結果を判断するのはGMだ。差配を思い通りにすることはできても、結果にまで納得がいくと思い込んではならない。

実際やってみると、一人旅というのは中々に骨が折れることばかりで楽しいものではなかった。フィンランド妖精《トロール》の友人のように格好好《かっこよ》くはきまらない。

誰かに荷物を見て貰って気楽に小用に行くこともできないし、水を汲み火起こしに料理も全て一人で熟《こな》す他なく、更に夜は何時襲われるとも分からぬ中で警戒しながら浅い眠りに身を委ねねばならない。

帝国は治安が良い方ではあるけれど、日本のように一人で安穏とキャンプが楽しめる所ではないのだ。手前の命に責任を持てるのが手前しかいないとなれば、至極当然であっても実に難儀なことである。

魔法が使えれば幾分楽になるが、私程度の技量では魔導反応をばらまく〈遠見〉を気軽に使うのも課題に反するためにできず、高位の魔導師《マギア》が呼吸と同じ気軽さで張り巡らせる恒常的な結界も費用対効果の問題で取得する気になれない。何と言うか、休んでも休んだ気になれなかった。

隊商から離れて五日。まだ一週間も経《た》っていないのに、私は早くも一人旅に飽きて……というより嫌気がさしつつあった。

「お前達が言葉を話せたらよかったのにな。そうすれば、交代で見張りをしてもらうのに」

益体も無い愚痴を愛馬達に溢《こぼ》して頭を撫《な》でてやれば、彼等《かれら》も無茶言うなよと冗談で返すかのように鼻を鳴らした。

夕暮れが近づく中、基幹街道から離れた街道を進んでいた私は、街道脇の切り開かれた空き地にて野営を張ろうとしていた。

三重帝国の街道は専ら都市同士を連結する利便を考慮して敷かれるが、国家的には重要ではなくとも地域的に求められた所へ領主や代官が個人的に敷いた街道も存在する。

進んで来たのは、そんな主要街道とは幾枚も落ちる田舎街道である。街と荘園を繋《つな》ぐために森を切り開いて踏み固めただけの簡素な道には轍《わだち》も切られておらず、旅籠《はたご》も数日おきの距離に点在しているばかり。

代わりに用意されているのが、川の近くに作られた空隙地だ。かつては街道敷設の資材置き場などとして使われていた土地が、今では旅行者や商人が野営を張る場所として残されている。

今日も私以外に旅行者が三組ほど野営を張っていた。隊商が盛んに往《ゆ》き来《き》する時期ではあるが、同時に個人的な旅行者も多い時期だ。宿を張るのに丁度良い場所に一人きりになったことは、この五日間で一度もなかった。

だからこそ、中々に気を張るのだが。

こう言うのも何だが、人間がいる所でしか犯罪は起きないものだ。街道のように切り開かれた場所には獣も進んで寄りつかないし、租税を運ぶ馬車や隊商の往来があるなら尚《なお》のこと。

なればこそ、旅人の命を脅かすのは巡察吏の目を潜《くぐ》り抜けて動く野盗と、同じ旅人くらいとなる。

世の中の人間が全て聖人であれば、軍隊も衛兵も必要ない。これらが存在している以上、世界は危険が一杯で、他人の命を小銭未満にしか見積もれない人間がいることを証明している訳だ。

「バレなきゃ犯罪じゃないんですよ」とは親しんだシステム《TRPG》で引っ張りだこ――某神話だけに――の邪神の同位体が仰《おっしゃ》った台詞《せりふ》であるが、こっちに来てからこの言葉の重さを思い知らされる日は多い。

誰だって簡単に手に入るお宝があれば、多少の倫理観を揮発させることがある。寒い夜に備えて酒精を一杯引っ掛けて酔っ払えば、理性を束ねる箍《たが》が弾《はじ》けるのは容易《たやす》いものだ。

そうくれば、一人旅の割に馬を二頭も持っていて、しかも外見は丸っきり頼りない子供である私は、見た目だけならいい獲物であろうよ。道端に落ちてる百円玉を着服するのと、人一人殺して獣の餌にするのを同じ気軽さでやらないでほしいものだ。

だから財産を護《まも》るのに延々と気を張り、寝込みを襲われる心配をすれば深く寝入るのも難しい。財産を護るのは生存する上で最低限の努力であるものの、生中な努力では成し遂げられない難事でもある。

いっそ誰もいなければ、敵らしい敵は獣だけになってくれるのだがね。同じ野営地に集まっただけの他人から、何の弾みで財物に目が眩《くら》んだ強盗に変貌するかも分からない相手と同じ場所で天幕を張るのは精神的負担が大きい。気休めにもなるまいが、他の旅行者から離れた所に愛馬二頭を繋ぎ止めて、手早く天幕を広げた。

先に川へ行って水袋は補充してあるし、兄弟馬にもたらふく飲ませてやり食事も与えた。ここまで自衛していても、寝ている間に〝魔が差した〟手が伸びてこないとも限らない世知辛さにしょっぱい思いをせずにいられない。

うん、体験したからね。二回ほど。

その手がどうなったかと問われれば、まぁもう二度と悪いことができなくなった、とだけ言っておこう。どっちも常習犯であると手慣れた具合から察することができたので、遠慮無くとっちめて通りかかった巡察吏に突き出させていただいたとも。

自力救済しか頼れる物がない状況にあると、あの鬱陶しい勧誘があっても隊商の方がマシだったかと思えてくるから困る。面倒具合や血なまぐさきは、確率的にどっこいどっこいだとしても。

「ああ、やれやれ……せめて睡眠時間だけは稼ぐか」

焚火《たきび》を熾《おこ》したら夕飯を食べて、早々に寝よう。

大麦に少量の水と調味料を加えて練り上げ、水気が飛ぶまで炒《いた》めた携行食を鍋に入れて水で戻した。そこに刻んだ干し肉を加えて塩気と肉の風味を足せば、上等とは言えぬが悪くない味がする。何もしなければ歯が負ける程に硬く焼きしめたパンを浸して食べると、緊張で張り詰めた体を少しではあるが落ち着けることができた。

あとは黒茶を淹《い》れて煙草《たばこ》を一服。そして〈気配探知〉が動くギリギリの深さで警戒しつつ入眠して体を休めよう。

一人旅やっぱ大変、となって直《す》ぐに隊商が捕まったらよかったんだが、私の運の悪さはここでも発揮されたせいで道連れを見つけることができなかった。

いるにはいたんだ。通りかかった荘《しょう》とかで旅人の一団や隊商が。けど、あまりにもガラが悪かったから見送った。何と言うか、それこそ獲物が手頃であれば丸ごと魔が差しそうな気配があったんでね。

巡察吏と同道できれば、なんて贅沢《ぜいたく》は言わない。せめて目の前で悪事が働かれたなら咎《とが》める程度の理性を持った人が同じ所で野営を張っていればなぁ。

天幕に入って寝袋に体半分だけを突っ込み――いざという時、直ぐに飛び出せるようにだ――毛布を被《かぶ》って寝ようとしていたら、もう日も沈んだというのに外が騒がしいなと思った。

数人が会話している声だが、あまり穏やかな調子ではないな。喧嘩《けんか》とまではいかないものの、酒が入って冗談を言い合っている様子でもない。

分厚い天幕と距離に隔てられててよく聞こえないけれど、諍《いさか》い合っている声がするのは落ち着かん。気心知れた者同士が交わす悪意のない罵倒のやりとりならばいいが、険のある調子からして気安い話題とは思えなかった。

いるよな、周りに人がいるのに全く斟酌《しんしゃく》しないで言い争う人達《たち》……。

「あと一刻しても止《や》めないなら、水ぶっかけに行ってやる……」

悪態を吐《つ》いて憤りを誤魔化してから、私は暫《しば》しの休息に身を委ねた。

そして、未明の空で小鳥が鳴き出す頃、常の習慣に従って意識は自然と覚醒する。大きな欠伸《あくび》が止められないのは、睡眠不足の証明か。やはり五日も浅い眠りばかりで過ごすと脳が休まらないらしい。近い内に道連れを見つけるか、安心して泊まれる宿をとらねば。このままでは自律神経がやられてしまう。

もっと寝たいんだけどと不平を言う肉体を寝袋から引き摺《ず》り出して天幕の外へ這《は》い出し、皮袋の水で口を濯《すす》いでいると異変に気が付いた。

昨夜寝床に入った時から、空き地に張られている天幕の数が減っているのだ。

私の他に三組いた旅行者が張っていた天幕は、合計で八つあった。一番近くに陣取った旅行者は三つの天幕を建てて騾馬《ラバ》を二頭伴っていたのに、一番大きな天幕一つを残して全てが消えているではないか。

そういえば、夜中に動いている気配を感じて一回起きたな。その時は近づいてくる様子ではなかったので無視していたが。

夜中に慌てて野営を引き払わなければいけない何かがあったのか？

注意深く見回したのだが野営地に異常らしい異常はなく、他の旅行者も普通に残っているので個人の問題だと思われた。なら、私には関係ないか。

口を濯ぎ歯を磨いて寝起きの柔軟をした後、意識を覚醒させるために軽く剣を振る。体が温まったところで火を熾し、軽い朝食を摂《と》って野営を引き払う支度を始めた。

「ああああ〰〰〰〰〰〰〰〰〰〰〰!?」

天幕を畳んで背嚢《はいのう》にねじ込もうとしていた時だ。随分と遅いお目覚めであったらしい隣の天幕から誰か出てきたと思えば、急に素っ頓狂な大声が響いた。

朝からうるせぇなと視線をやれば、そこにいたのは一人の馬肢人《ツェンタオア》であった。

馬肢人《ツェンタオア》は神話に準《なぞら》えるならケンタウロスとよく似た種族であるが、野蛮と賢さの落差が激しかった神話のそれと比べると、こっちの彼等《かれら》は温和と野蛮の差が激しい一族である。

神代において〝祝福された王国〟を大いに脅かしたが故に〝生きた滅び〟と呼ばれるまで恐れられた騎馬民族――果たしてこの形容は正しいのだろうか――を構成し、大量の奴隷を抱えた一大帝国を築いたこともある亜人種も今では普通の人類として文明に溶け込んでいる。

馬の体の首から上を人の腰辺りからの上体にすげ替えた亜人種は、帝国でも珍しくない人種である。蜘蛛人《アラクネ》のように分類に富んでおり、巡航速度に優れた者達は輸送や通信業に従事し、力に秀でたる者は農耕や建築を行い、そして神代から変わらず巨体と文字通り人馬一体の武者働きを買われて騎士となる者も多い。

私の故郷にも一家族いたのだ。彼等は農耕馬のような体つきをした一族で、自分の畑は持たないものの馬鋤《うますき》を牽《ひ》いたり開墾の手伝いをしたりして生計を立てていて、我が家も農耕馬《ホルター》を購入するまでは度々世話になっていたらしい。

ただ、天幕の外を見て素っ頓狂な声を上げた彼女は、一目見て農耕従事者ではなく戦士だと分かった。

芦毛《あしげ》の馬体は雄大にして太く、素早さに長《た》けた種族とは異なる力強さを感じられる。些《いささ》か寸詰まりに見えるほど隆々と盛り上がった筋肉の束は戦う為《ため》に養われたものであり、軍馬である愛馬達に引けを取らない見事さだった。

また、上体も下半身の立派さに見劣りせず鍛え上げられていた。しなやかな腰から腹にかけて筋肉の起伏が浮かび上がり、胸だけを隠す肌着を女性の象徴と一緒に大きく持ち上げて実に主張が激しかった。

肩も腕も太く、特に発達した左は強弓を引き続けて養われたであろう弓兵の体つき。縦横に走る細かな古傷と合わせて、昨日今日戦い始めた戦士のそれではない。

反面、しなやかな首に乗っかっている顔は体の逞《たくま》しさに反して酷《ひど》くあどけなかった。

鼻も小さくて丸ければ口も控えめなせいで、かなり幼く見える童顔。その上、緩いつり目はチョコレートを想起させる甘やかな色合いで、仔猫《こねこ》のような印象を受ける顔付きと相まって勝ち気……というよりも、いっそ小生意気さすら感じさせられた。

髪は馬体と同じ艶やかな芦毛だった。淡い灰色のそれを短髪に整えているため、益々《ますます》子供っぽい印象を受ける。あまつさえ人間の耳とは別に頭頂部に備わった大きな馬の耳の片方が、根元近くから痛々しく断たれているのが極めつけに不釣り合いであった。

第一印象を具体的に言うなら、デカい子供であろうか。女性と呼ぶべきか、少女と呼ぶべきかが実に悩ましい風体である。若いには若いが、体つきからして同年代とは思えないけれど、しかし顔だけ見れば正直……ううむ……？

「アイツら何処《どこ》行った⁉」

そんな彼女は、これだけは見た目に釣り合った甲高い少女の声を張り上げつつ、周囲を忙しく見回している。慌てて何処かに駆け出したかと思えば戻ってきて、また別の方向へ走り出すのは落ち着きがない、そして深く考えることをしない性格であることを覗《うかが》わせる。

ははぁん、仲間に逃げられたか。荒事の匂いが漂う容姿から推察するに傭兵《ようへい》か冒険者、または遊歴の騎士であろう彼女は、仲間と方針が合わなくなって置いて行かれた訳だ。

「畜生！　全部持って行ったの⁉　ふざけないでよ⁉　どうすんのよ⁉」

昨夜言い争っていたのもそれだろう。喧嘩の結果、コイツには付き合ってられねぇと見放され、夜中に野営を引き払う危険を冒してまで置き去りにされたのだ。鍛えられた外見に見合った暴力を備えているだろう彼女と交渉し、穏当に別れることが難しいと判断されたが故に。

別段珍しい話でもないため、私は直ぐに興味を失った。あれだ、何か薄くなった記憶の中で流行《はや》っていたのを覚えているぞ。追放物っていうお約束の一つじゃなかったかな。

ただ記憶の中にあるそれは、特に非もなく陰ながら重要な立場にあった人間が謀略や勘違いで追い出された末、新天地で活躍する系の話であったため違うかも知れないが。

「クッソ……マジでどうすんのよ……世話してやった恩も忘れて……えぇ……？　うわ、背嚢すらないし……」

この短い時間に目撃した態度だけで、彼女が〝仕えやすい人物〟ではなさそうだと肌で分かった。実力に裏打ちされた高慢な態度が悪かったのか、また知らない欠点があるのかは分からないが、心地好《ここちよ》く同僚や部下がやれそうだとは直感的に思えないのだ。

引き払う準備をしていた他の旅行者も、面倒に巻き込まれては敵《かな》わんとばかりに馬肢人《ツェンタオア》が右往左往している間にそそくさと去って行く。

私もさっさと行くとするか。

と思ったが、少し遅かったようだ。

逃げた仲間の痕跡が見つからぬかと周囲を走り回っていた彼女は、いらだたしげに前足で地面を掘り返すくらい強い地団駄を踏んだかと思えば、こっちに走ってきたではないか。

流石《さすが》馬肢人《ツェンタオア》、凄《すご》い速度だ。空を飛んでいる種族を他にすれば、最も素早く移動できる人類という評価は伊達《だて》じゃないな。

「ちょっと、そこの」

「なにか？」

敬語を使えとまでは言わないけれど、初対面の相手なんだから、もう少し物言いというものがあるんじゃないですかね。

「アイツらが何処行ったか見なかった？　ほら、アタシの従者共。ヒト種《メンシュ》が二人、小鬼《ゴブリン》が一人、それと小人《ピグミーズ》……えっと、帝国語でなんだっけ……まぁいいや、小人が一人なんだけど」

おや、下町調なれど流暢《りゅうちょう》な話し方なので帝国人だと思っていたが、種族名で外国語が出てくるということは、この馬肢人《ツェンタオア》は異人さんか。ちょっと単語の抑揚や強調が違うところはあるとしても、普通に方言で収まる程度なので驚いた。

記憶が確かであったなら、小人は北方離島圏で矮人種《フローレシエンス》を指す言葉だったかな。昔、ちょっとだけミカから習ったことがある。彼の一族は北方極地圏の出身なので、極地語と離島語、そして帝国語がしゃべれるのだ。

「さぁ？　夜遅くに動いている気配がありましたが、どっちに行ったかまでは」

意思疎通に問題ないとはいえ、初対面の相手から助力を得たいなら相応の態度というものがあるだろうに。どっちに行ったかくらいは音がした方から何となく分かるけれど、こうも雑に扱われると教えてやろうという気が湧かん。

態度から察するに、従僕達も逃げるに相応の理由があったような気もするし。

「ああ、もう……」

髪を掻《か》き毟《むし》りながら離島語での罵倒――恐らく母親の出生を詰《なじ》る系の汚い言葉――を吐いて、彼女は自分の天幕にちらっと目をやった。

馬肢人《ツェンタオア》である彼女が入って休めるような大きな天幕ではあるものの、開け放された中を見る限り荷物は少ない。鎧櫃《よろいびつ》が一つと布に包まれた大きな包み、恐らくは得物を納めた袋が一つ。後は弓が一揃《ひとそろ》い残されているだけでがらんとしていた。

行きがけの駄賃とばかりにコッソリ持ち去られたと見える。武器が残っているのは、大きさから察するに重くて持ち運ぶのを断念されたようだった。

　ちょっと不用心すぎやしませんかね。最低限の身の回りの物は自分で管理しましょうよ。

「……ちょっとアンタ。どっち行くの？」

「西ですが。今から故郷に帰るんです」

　どうするのかと思っていると終《しま》い仕度《じたく》をするでも、取りあえず持てる物を持って逃げ出した配下を追おうとするでもなく、何故《なぜ》か私との会話を継続し始めた。

　嫌な予感がする。

「ふぅん、故郷。どっち？」

「失礼ですが、貴方《あなた》に何の関係が？」

　馬肢人《ツェンタオア》は私をじろじろと、端的に言ってかなり不躾《ぶしつけ》に観察してきた。上から下まで品定めするように勝ち気な目が往復したかと思えば、愛馬達を見てからニヤッと笑った。

「ねぇ、護衛してあげようか？　そんな立派なナリして、それに馬も二頭で一人なんて危ないでしょ」

「はぁ？」

「だから、その間、アタシの従者をなさいよ。そうすれば格安で故郷まで送ってってあげるわ。そうね、一日一〇リブラくらいは貰《もら》おうかしら。あっ、勿論《もちろん》路銀はそっち持ち。成功報酬として金貨も一枚か二枚は欲しいかな」

　何言ってんだコイツ、という顔をした私を責めないでくれ。本気でビックリさせられたのだから。

荷物もない、路銀もない、その状態で何の躊躇《ためら》いもなく集《たか》っているに等しい提案をしてくるとは。しかも持ち物を見て金があると踏んだのか、随分と法外な額を提示してきたな。私が調べた相場だと、中堅の冒険者でもその半値がいいところだ。挙げ句の果てに成功報酬と路銀まで要求し、身の回りの世話もさせようとするなんてな。

「結構です、と言ったら？」

「……断る気？」

要らぬと返せば雰囲気が露骨すぎるほど剣呑《けんのん》な物に変わった。

大人しく要望に従うなら笑っているが、脅して従わせようとする態度は無頼の典型。彼女の場合、力尽くで荷物をむしり取っていこうとする殺意までは感じられない。声を掛けて、武器もひけらかさず一応は商談の体を取ろうとするあたりは、街道に吊《つる》されてきたどうしようもない連中と比べれば〝穢《けが》れていなさ〟すら感じられる。

一方的で強引な護衛契約を強いるのはヤクザと何ら変わりないのだけど。

なんだか凄くムカついてきた。こうやって近づく程、鍛えられた体と立ち姿から彼女の実力がよく分かるのに。

「綺麗《きれい》なナリしてるし、服も良いからどっかのお坊ちゃんが吟遊詩に憧れて旅に出たのかもしれないけれど、危機感足りてなくない？　実力に見合った旅の仕方しなきゃ、直《す》ぐに路肩に転がる無言の頭蓋を晒《さら》すだけって分かっとかないと」

よく磨かれている。ただ立っているだけでも隙は少なく、肉体から香る鍛錬の残り香が濃密にして妥協のない努力を窺《うかが》わせた。負けるとは思わないけれど、強いとは思うだけの実力を身に付けているのに、何だこの為体《ていたらく》は。酒場でくだを巻いている酔漢と大差ないではないか。

健全な精神は健全な肉体に宿れかし、とはよくいった物だ。そうあったらいいなぁ、と願望を込めて詠《うた》ったユウェナリスが泣いてるぞ。

「自分より弱い護衛に何を護《まも》って貰えと。荷物持ちならまだしも」

だから本当に惜しいと思う。身に付けた武に似合うだけの人品と風格さえあれば、彼女は本当に美しかったのに。中身を知れば知るほど残念になるなんて、まるでお盆に備える安物の落雁《らくがん》みたいだ。見た目に惹《ひ》かれて囓《かじ》ってみれば、ただの色を塗った白砂糖だと知って落胆した子供の頃の気分が甦《よみがえ》る。

故にこうもとげとげしい言葉が出てきてしまったのだろう。

煽《あお》ったら煽られる。世界共通の規則《ルール》だから私は悪くないぞ。

「は……？　今なんて言ったの。このチビ」

「帝国語に不慣れだったかな？　丁寧に単語ずつに区切ってしんぜようか。自分、より、弱い……」

言い切るより早く、馬の前足が飛んで来た。片足ではない、両足だ。嘶《いなな》く馬が竿立《さおだ》ちになるような動作で、真面《まとも》に当たれば騎士の胸甲さえ陥没させて胸骨ごと心臓を蹴り砕くであろう蹄《ひづめ》が襲い来る。

しかし、こうなるであろうと読んでいた。

煽ったら煽られる、に付随する不文律は、その後に殴られても文句を言わないだから。既に肉体は臨戦態勢に入っており〈雷光反射〉によって体感時間が何十倍にも引き延ばされる。

じれったい程に緩やかな世界で腰を落とし、気に食わない小僧の頭を砕いてやろうと繰り出された蹄を潜《くぐ》る。先に上がった右前足、そして僅かに遅れて左足を繰り出す偏差の付いた蹴撃《しゅうげき》が拳一つ分の距離だけを空けて突き抜けていく勢いこそ恐ろしいものの、当たらなければないも同じだ。

そして怒りをぶつけるために高威力の技を選択したのだろうが、この間合いでは下策だぞ。決まれば生意気なチビが一〇mも吹っ飛んで、木に背中を打ち付けながら血反吐《ちへど》を吐いて死ぬ様は爽快かもしれんが、躱《かわ》された時のことを考えんでどうする。

ただ、蹴りの鋭さは評価に値するどころじゃないのが心底惜しいな。それこそ不意打ちを察しても、普通の反射速度なら分かってても避けられない鋭さだ。

これは、単に自力、種族の能力に任せて馬鹿力を振るっていては出せない速度。自分の体を理解し、適切に振るう戦士の技あってこそ……だから、それだけに〝勿体《もったい》ない〟なぁと心底思った。

これが煽りの応酬の末、怒りに従って放たれた物でなかったなら、彼女は本当に美しかったのに。

私はしゃがんだまま馬体の下に入り、相手の乱れた体幹を読んで渾身《こんしん》の体当たりをぶちかました。

「ひゃっ……!?」

すると、前蹴りを放って姿勢を崩していた馬肢人《ツェンタオア》がコロンと横に転倒した。いや、それはコロンなんて可愛《かわい》らしいものじゃない。巻き込まれたら普通に死ぬ重量物が、薄い下生えと土を盛大に巻き上げながらの転倒だ。

言うまでもないかもしれないが、単に力任せに押したのではない。蹴りを放つことでどうしても安定から遠ざかる重心を察知し、押してやれば倒れるであろう位置を正確に読んで体当たりをしたのだ。

それも、自分自身に重なるように〈見えざる手〉を幾本も展開して。

そりゃあ幾ら隙が大きい蹴りを放った後だとしても、流石に六〇kgもない私一人じゃ全力で体当たりしたって押し返せんよ。馬は体重が五〇〇kg以上あるし、軍馬となれば更に重く、馬肢人《ツェンタオア》は人の体分更に重いとくればね。盾を幾重にも構えた歩兵の陣形を軽く吹き飛ばす相手を倒したいなら、小細工の一つや二つは必要になるさ。

だが、こうすれば相手にも周りにも魔法の発動は分からない。余程〝いい目〟をしていないなら、私が体軀《たいく》に見合わない離れ業をやったか、何かの奇跡が起こったとしか思えんだろうよ。

横倒しになった馬肢人《ツエンタオア》は、事態が飲み込めていないのか横倒しになったまま起き上がろうともしなかった。私を見上げながら呆《ほう》けた表情を浮かべており、我が身に起こったことが信じられぬ様子。

無理もない。こんな小兵――自分で言ってて悲しくなってきた――にひっくり返されたとあっては、武人の誉れやら自負やら、大事な物が根こそぎ駄目になってしまうだろうからな。

「もう一度言う。自分より弱い護衛など要らない」

「こっ、この……!!」

「競走や力比べじゃ絶対に勝てないが、殺し合いでお前は私に絶対勝てない」

縛りプレイ状態で百やって百勝てるとは断言できないが、ここは言い切っておくのが威圧効果的にもいいだろう。

そして、彼女がちらっと天幕を見たのを私は見逃さなかった。

「得物があれば話は違う、とでも言いたげだな。なら結構、待っててやるから持ってくるといい。私は殺さず、優しく相手してやる」

「こっ、このっ、このクソガキ……!!」

後に続く罵倒は、私の離島語の語彙では分からなかったが、多分男性器の大きさとか尻の穴がどうとかの内容っぽかった。そりゃまあ、馬の形質を汲《く》む種族から言われたら、どっちも物理的には小さかろうが。

などとどうでも良いことを考えながら〝送り狼《シュッツヴォルフ》〟を――馬には長物が良いんじゃない？　と囁《ささや》きかけてくる厄物を無視して――抜き放てば、馬肢人《ツェンタオア》は自分の天幕を蹴散らしながら包みを取り上げ、解く時間も惜しかったのか一気に破り取ったではないか。

朝陽《あさひ》の爽やかさを台無しにする物騒さで燦《きら》めいたのは、一本の巨大な斧《おの》であった。馬肢人《ツェンタオア》の体軀に見合った長柄のそれはヒト種基準《メンシュ》だと歩兵槍《やり》に近しく、先端に備わった刃は恐ろしく幅広で普通の柄に嵌《は》まっていれば不格好に見えるほど。

更には刃の対面に肉叩《にくたた》きのような鉄塊まで付いていた。それは肉の食感を柔らかくする道具と違い、凶悪なまでに鋭い凹凸を持っているため、もしも食らったならば柔らかくなるのを通り越して甲冑諸共挽肉《かっちゅうもろともひきにく》にされてしまうであろう。

オマケとばかりに柄の先端に刺突用の棘《とげ》が付いていた。それで尚《なお》、あの武器を斧槍《ハルバード》と呼ぶことが憚《はばか》られる程に斧が巨大すぎた。

巨体に見合った実に恐ろしい得物だ。むしろ、馬肢人《ツェンタオア》以外であれば騎乗した騎士であっても性能を活《い》かしきれなかっただろう。何せ彼女達《たち》には、普通の騎兵ならば最大の死角にして障害となる愛馬の首が存在しないとあって、長柄の斧でも遠慮なく振り回すことができるのだから。

間合い《リーチ》、質量《ウェイト》、どれをとっても凶悪そのもの。これが馬上の高みから振るわれるとあっては、並の武芸者ならば十人集まっても一度の突撃で蹴散らされよう。

「アタシにコレを抜かせたお前が悪い！　後悔しても遅いわよ!!」

一見してこんな物が誰に扱えるのかという規格外の武器が、馬肢人《ツェンタオア》の手に掛かればちっぽけな小枝のような勢いで振り回された。先端に重量が寄った大斧の特性を活かすように石突きの方を持つかと思えば、まるで槍のように中程を持って縦横に操っているではないか。

そうか、あの異様な程に先端へ寄った重量配分は、遠心力を借りずとも十分な威力を得るためなのだな。支点が遠ければ遠いほど遠心力が増し威力は高くなるものの、正比例して取り回しも悪くなる。一回転せねば次が放てない大きな円運動よりも、槍のような取り回しと斧の破壊力を両立させることを選んだのだな。

鎧兜《よろいかぶと》ごと頭をかち割れる斧、盾を完膚なきまでに打ち砕く槌《つち》、そして水平に構えての刺突。帝国では見られない異国の装備は、外見の野蛮さに反して、否、十分に見合って洗練された暴力の具現であった。

「名を名乗れっ!!　アタシの方がアンタより強い！　それを分からせてやる!!」

されど、まだ足りん。私を怯《おび》えさせるには化物具合が全く足りん。同じく長柄の対処が難しい武器を持ち、高所を取る巨体ならばナケイシャ嬢の方が上手だ。あの鎖分銅付きの棍《こん》は、本当に対処が難しかったからな。

「匹婦に名乗る名などない！　知りたくば刃で問え!!」

「っ……!!　上等ぉ!!」

デカい得物を見せ付ければ大抵のヤツは萎縮したやもしれんが、私に膝を屈させたいなら建物の一つも持ち上げてから言ってみせろ。ヒト種《メンシュ》にとっての規格外程度じゃ、刺激を受けすぎた恐怖心を怯《ひる》ませるには全然足りんのだ。

「くぅぅぉうぅぅあああ!!」

早朝の大気を揺るがし、小鳥を追い散らす怒号をまき散らしながら馬肢人《ツエンタオア》が突撃を開始した。斧は小刻みに左右に振るわれ、直前まで軌道を読ませないようにしている。

それでも殺気が素直すぎた。真っ直ぐ私の目を見つめ、そして胸を突こうとしているのが見え見えすぎる。

振り回していた斧が私まで後数歩、馬の速度なら瞬《まばた》きの時間で到達する段に至って唐突に持ち上げられて刺突に変じた。

読んでいなければ、予想外の変化過ぎて対処は困難であっただろう。馬の安定、凄《すさ》まじい膂力《りょりょく》、そして全てを纏《まと》め上げる技量が備わって初めて実現できる業の冴《さ》えは素晴らしいの一言に尽きる。

ああ、なんて勿体ないんだ……。

されど、斧の穂先が私の胸を突き上げ、天高く持ち上げることはなかった。逃げても進路を変えて馬蹄《ばてい》で踏み散らすことができなくなるギリギリの距離を狙い、前方に飛び込んで攻撃の動作と回避を一体とする。

「うあっ!?」

そして、送り狼《シュツツヴォルフ》の牙が容赦なく馬肢人《ツエンタオア》を襲った。

その腹で、相手の腹を思い切り打ち据えることで。

「いっ、つぅぅぅ〜〜〜〜!?」

「刃を立てていたら、今頃長い腸を地面にぶちまけていただろうな」

突撃を透《す》かされて走り抜けた馬肢人《ツェンタオア》は、少しして止まり馬の左腹を庇《かば》った。ヒト種《メンシュ》に近い上体に比して長すぎる腕、そして見た目よりかなり柔軟な腰が動くことで馬の腹も触れるようだが、摩《さす》った所で剣にて殴られた痛みは消えまい。肋《あばら》は無事だが、暫《しばら》くは体を捻《ひね》るだけで痛むはずだ。

「ぐぅっ、い、いや！　もし刃が立ってたら速度に負けて持って行かれてた！」

「早かろうが切り込める腕がないと思うてか！　ならもう一度来い!!」

「くそ、くっそぉぉぉ!!」

帝国語には多少堪能であっても、罵倒の語彙が少ないのか再び吐き散らされる離島語の悪罵。今度は親兄弟どころか祖先まで馬鹿にする台詞《せりふ》を吐きながら、斧を素直な円運動で振り回して襲いかかってきた。

あの先端に寄りすぎた重量、取り回しを困難にする巨大な刃、それを全く気にさせない扱いの慣れ。文字通り血が滲《にじ》むような努力が見えるのに、どうしてこうも……。

右から袈裟懸《けさが》けに斬りかかってくるのを更に右に飛んで避け、腹に剣を押しつける。薄皮一枚の距離で触れたそれを、精妙に操って通り過ぎていく中で触れぬように操った。

残されるのは切り傷ではなく、薄い蚯蚓腫《みみずば》れの痕。触れていたならば人の胴体、消化器ではなく巨体を維持する大きな肺腑《はいふ》が収まった腹部が裂かれていたであろう。

「肺を斬ったぞ！　自分の血に溺れて死んだ！」

「よ、鎧を着てたら防げてる！」

「そうか、じゃあもう一度来い！　鎧を着ていようが大差ないことを分からせてやる!!」

妙に豊かな罵倒語彙の多さは何なんだ、と逆に感心しつつも浴びせ掛けられてる斧の嵐から逃れて次々に反撃を刻み込んだ。

垂直な振り下ろしを半身になることで避け、ちょいと剣を掲げて自分から腕を叩き付ける場所に持って行く。鎧の守りが薄い肘が彼女自身の力を借りて貫かれ、腱《けん》が断たれてしまうであろう位置へ。

寸止めされたと分かっているのに諦めが悪く、そのまま斧を跳ね上げてきたので前進しつつ体を屈《かが》めて回避し、回し蹴りを放つような軌道で剣を円弧に振る。そして、剝《む》き出《だ》しの馬の前足、その膝をぽんと叩いてやった。これで片足切断、もう直立もできない。

今度は馬蹄で踏み散らそうとしてきたので、腹の下に逃れて下っ腹を撫《な》でる。おっと、これはちょっと問題か。斬り割った腹から溢《あふ》れた臓物と血、糞便《ふんべん》を頭から直《じか》に被《かぶ》ることになる。

遮二無二になって暴れる馬体の下から転がり出て。素早く立ち上がり尻を引っぱたいてやった。股の間を交差する褌《ふんどし》のような――前は隠していないので、こっち側に性器があるのか――衣服に護《まも》られていない尻に、真っ赤な紅葉が咲き誇る。悪さをして叱られた子供が、親から引っぱたかれた時のように。

「ひゃん!?」

ちょっと可愛い声を上げた彼女は、反射的に後足で蹴りを放つも、すでにそこに私はいないんだな。馬が後足で蹴ってくるのが一番怖いことくらい、よく分かっているんだから。

小さい頃、ホルターの機嫌を損ねた時に強力さは骨身に染みている。それこそ彼が加減してくれていなければ、私は二度と硬い物を噛《か》み締めることができなかったのだから。

「悪いことをしたガキの尻は引っぱたくに限るな!」

「く、糞《くそ》チビがぁぁぁぁ!!」

遂《つい》に語彙が尽きたのか、帝国語の罵声を上げて彼女は恐ろしく器用にその場で反転した。後足で地面を蹴って、前足を軸にコンパスもかくやにくるりと回るのは弱点となる後方からの接近に対応するため、大変な鍛錬を積んだ末の成果であろう。一緒に振り回される斧は地面と水平、更に最も避けづらい腰の高さで振るわれていた。

綺麗《きれい》な攻撃だ。力と知恵に一切の余分を割かず、熱心に殺すことへ注いだ術理は生中な熱意と鍛錬では身につかない。磨き上げられた戦士だけが放つ至極の輝きは、最強に魅せられた人間にとっては宝石と同じ位に目映《まばゆ》い。

それでも、あと少し届かない。体への力の込め方から前方に離脱して反転するのではなく、大きく移動せず後方を殴る方法があるのだろうなと推察した私は、大縄飛びでもするようにその場で垂直に飛んでいたからだ。

しくじれば腰から下が吹っ飛ぶ大縄飛びは、鎧を着ていないこともあって存外簡単に成功した。一瞬で過ぎ去っていった斧を見送って着地し、今度は首元に切っ先を突きつける。

そして、満足かと問う代わりに、送り狼《シュッツヴォルフ》の切っ先で頬をぺしぺし張ってやった。

「うっ……くっ……ううう……」

「頸動脈《けいどうみゃく》切断。いや、勢いを借りれば首の過半が斬れていたな。不死者《アンデッド》でもあるまいし、それで尚も死なぬと言い張れるか？」

戦士としての矜持《きょうじ》が諦めきれなかったのか、何度も寸止めで死を自覚させても止まらなかった。いいや、止まることができなかった体が遂に止まる。

気持ちは分からんでもない。今まで心血を注いだ武が通じず、遊ばれている――実際、そこまでの余裕はないけれど――と分かれば躍起にもなろう。

ただ諦めが悪かったのではない。自負に至るまで練り上げた武……それが通じなかったことが悔しくて、何処《どこ》までも縋《すが》るしかなかった。

なればこそ、より勿体《もったい》ない。武に頼むのではなく、武を身に付けた自分を支柱にするだけの心根があるのに……どうして気高さだけが足りないのか。

戦士を美しくする、最も得難くて尊い部品さえあれば、彼女は本当に〝美しかった〟はずなのに。

「まだ、やるか？」

暫くそのままの姿勢を保っていたが、やがて彼女は斧を手放した。

体が軽く揺れる程の轟音《ごうおん》を立てて地面に突き立つ斧の質量に、底冷えするような恐怖を今更になって抱いた。真逆《まさか》とは思うが、重みを増す魔法とかかけてないだろうな。全部鋼鉄でも、あそこまでの音はしないと思うぞ。

「ああ～～～～～～！　あぁぁ～～～～～～～!!」

さて、今度はどんな負け惜しみが飛び出してくるかと期待していれば、よもやよもや、彼女は大声で泣き出してしまったではないか。

耳が痛くなるような大声は、上体の殆《ほとん》どが心臓と肺で占められる膨大な肺活量を活かしきった音響兵器もかくやの声量。デモ隊に向ければ一気に無力化できそうなソレから逃れるべく、私は無意識に〈見えざる手〉で耳を塞いでいた。

顔は天を向き、まるで五つの幼子のように滂沱《ぼうだ》と涙し鼻水を垂らしている。手は力なくだらんと垂れて、だが強く強く、血が滲むほどに握りしめられていた。

……参った、これはちょっと予想外だ。

既におわかりかも知れないが、私には彼女を殺す気などない。

というより、戦っている間にどんどんと惜しさが増して来て、らしからぬことを考えてしまっていたのだ。

これだけの武威が誇りも何もない無頼をやっているのは勿体ないと。

一心に武を振るう姿は実に綺麗だった。

強くなりたい。私と同じ意志がありありと滲む姿に魅せられたと言ってもいい。我が身

も余人からはこう見えているのだろうかと感じてしまうほど、彼女からは強さに憧れ、焦がれ、希求する気配があったのだ。

もしかしたら性根を叩《たた》き直せるかも、なんて思って鍛錬みたいな形であしらってみたけれど、泣かれるとは。

「あ、いや、その、悪くはなか……」

「うぁぁぁぁぁぁぁ～～～～～～～～～!!」

いかん、悪化した。あれか、負けた相手から慰められるのは、折れた心を更に痛めつける形になったか?

もう、子供のように泣き飽きるまで泣かせておくしかないか。

私は決まり悪そうに――実際に大変悪かったが――後頭部を掻《か》いてから、送り狼《シュッツヴォルフ》を納刀し近くの地面に腰を降ろした。愛馬達《たち》が近いようで遠い種族の醜態を見ながら、まだ行かねぇのかよと鼻を鳴らしている。

悪いけど、あと少し我慢してやってくれ。

私は根気よく付き合うため、懐から煙管《きせる》を取り出した………。


【Tips】馬肢人《ツェンタオア》。中央大陸東部から中部に端を発する種族であり、かつては〝生きた滅び〟と形容されるまで恐れられた亜人種。現在は他地方との交雑が進んで人の部分に西方人種の色が濃く現れた部族も増えたが、本来は中央や東方の民族である。

巨体と馬の力により戦闘力に秀でるが、反面細かい作業が大の苦手であり、戦闘では強みとなる巨体のせいで建築も殆どできないこともあって、文明の力が強まった今では一亜人種に収まっている。

処理しがたい感情を涙に混ぜて吐き出し終えるまでに、四半刻ほど掛かっただろうか。空間拡張された煙管の煙草葉《たばこば》が尽きる頃、馬肢人《ツェンタオア》は漸《よう》く泣き止《や》んだ。

何も言わずに手巾《ハンカチ》を差し出してやれば、彼女はそれをひったくってドロドロになった顔を拭い、ついでとばかりに盛大に鼻水を擤《か》んでから投げ返してきた。

いや、洗って返せとまでは言わんけど、せめて手前の鼻水が付いた布には恥じらいを持てよ。

乾いた所がないくらいの手巾を摘《つ》まんで扱いに困っていると、彼女は真っ赤になった鼻を一度啜《すす》ってから高慢に言った。

「……これくらい強いなら婿に貰《もら》ってあげなくもないよ……。部族に帰ったら、みんなを見返せるだろうし」

また凄《すご》い負け惜しみが出たもんだ。

しかし、やっぱり良い戦士だ。優れた戦士は何度も心を折られて、その都度折れた心を拾い上げ、心の熱意にて再び溶かして一から鍛造し立ち上がる。

私も何度ランベルト氏にやられて心が折れたことか。あの人、戦士になると志した相手なら七歳児相手でも容赦ないんだもの。痛さのあまり戦うのが嫌になりかけたこともあるし、ちょっと実力が付いて自信が芽生えかけたら、手加減の塩梅《あんばい》を弱めて上から叩き潰してくるのだ。

こうやって鍛えられたのもあるから、私はどれだけ実力を積んでも未《いま》だ未熟であると思えるのだけど。

「悪いけど、私は自分を殺すこともできない弱い嫁は護衛以上に要らん」

「ぐっ……」

頑張って吐いた負け惜しみを奪い取られ、更に膝に叩き付けてへし折られた馬肢人《ツエンタオア》は呻《うめ》いて再び目を潤ませた。馬の耳が横に倒れているのは、馬肢人《ツエンタオア》も馬と同じく耳に感情が出るからか。横に倒れるのは落ち着いて穏やかな心地の時か、具合が悪い時に見られる表現のはずだった。

「だが、暫く面倒は見てやる」

「へ……？」

「お前、ここで私が去ったら、どうやって生きて行くつもりだ」

「そりゃ……まぁ……」

手を前で組んで前足をそわそわさせながら、彼女は目線を逸《そ》らした。

この馬肢人《ツエンタオア》は絶賛一文無しで、武器と鍛えられた体だけが残されている。そうくれば、選べる手段は限られている。

他の旅行者や隊商に助けを請い、労働を対価に飯を貰って態勢を立て直せる殊勝な人間なら、そもそも〝こう〟はなっていない。

私にしようとしたように、別の手頃な旅人を捕まえて集《たか》ろうとするだけだ。

殺さないいなら、他人に迷惑をかけないよう面倒を見るのが筋というものだろう。

世話をするにせよ、世のため人のためにならんと処断するにせよ。

それにだ、一度勿体ないと思ってしまうと、もう元日本人として駄目なんだよな。ほら、気高い女騎士って色々擽《くすぐ》られるじゃない。

私の理想の押しつけだとは分かっているけれど、美しい姿が見たいと思ってしまうとね。

「お前のような斧《おの》達者が力ある者の心得も自重も覚えず、その上文無しで世間を彷徨《うろつ》くなんて迷惑以外の何物でもないだろう。私は目の前で強盗を働く阿呆《あほう》がいたなら、今度こそ本当に刃の振り方を変えるぞ」

「う……でも、アタシは戦士だ。戦陣で功績も上げたヒルデブランド部族の戦士なんだ。それが、何処の誰とも知れない異種族の……」

「戦士を名乗るなら戦士らしくしろ！　負けた相手にグチグチ言い訳するのが戦士か!!」

声を張り上げれば、彼女は身を大きく震わせた。異国の戦士部族の価値観であっても、ぐうの音も出ない正論であったからだ。

「分かったらシャンとしろ。荷物を纏《まと》めるんだ。心得を叩き込んでやる」

「……大層なことを言ってるけど、アンタはどれほどの戦士なのさ」

「お前に負けないくらいの戦士だ」

勝った負けたを出されると、戦士を名乗る上では何の反論もできぬ。ぐぬぬとほっぺたに書いてやりたいくらいの表情を作りながらも、彼女は色々な思考を頭の中で巡らせて自分と妥協し始めている。

自分を負かした人間の言われるがままにするのは業腹だが、腹は減るし金もなく旅をする装備も足りぬ。それに勝敗がきっちり決まった上で、これを蹴れば最後に残った僅かな自負すら捨てることになると分かっているのだ。

それに、世話にならないと逃げ出したなら、私がどうするかしっかり理解しているようでもあった。

冒険者は時に面白半分で外道行為に手を染めるし、悪党相手なら一切の呵責《かしゃく》なく一般人が目を背けるような戦法をとる生物であるけれど、最低限の倫理観は持つべきだと考えているからな。

勿体ないが行き過ぎて、他人に迷惑をかけられるはずもなし。

軽いオイタなら二度と武器が握れなくなる親指一本、度が過ぎた悪漢なら手首の一つか二つ。そこまでやって懲りぬならば、悪いが首を落として二度と誰にも迷惑をかけられなくする他ない。

馬肢人《ツエンタオア》とあれば、肉体全てが兵器だ。拳が握れなくなっても蹴りがあるなら、軽い武装しかしていない旅行者を脅すのは容易《たやす》い。そして、手と違って脚を切れば死ぬしかなくなる種族であれば、いっそさぱっと始末を付けてやった方が慈悲深くすらあった。

さぁ選べ、と威圧するように左手を柄頭《つかがしら》に載せれば、遂《つい》に観念して彼女は頭を下げた。

「……分かった、分かったよ、もう……大人しくするよ。荷物を纏めればいいんでしょ」

「大変結構」

手を血で汚さずに済んで一安心だ。

私の振る舞いを〝傲慢〟と詰《なじ》る者もいよう。自分の価値観にだけ従った、独善的な行為であると感じることもあるやもしれん。

ただ、私としては勿体ないの欲求に逆らえなかった。

別に職業として人を殺すこと、暗夜にて短剣を振るうことを下賤《げせん》とは思わない。

私は冒険者を目指す上で、必要とあれば金と引き替えに暴力を活用して何かや誰かを殺すこともあろう。

死して尚《なお》、愛剣の担い手を求めて蠢《うごめ》き続けた魔剣の剣士も〝渇望の剣〟への超重力な愛は気持ちわ……怖かったけど、愛剣だけを振るうに最適化した武の完成は美しいとしか評せないもの。

暗闘を繰り広げたナケイシャ嬢も誰に誇ることも許されない武を身に付けれど、それに恥じる様は一片もなく、魂の全てを投げ出して勝ちに来ようとする姿は美しかった。

武の純度、そして戦うことへの姿勢。ただの無頼にはない、欠けた竜の目を描き入れさえすれば本当に美しい物が見られると思えば、冒険者として誰が最強かなんて議論に名前が挙がってみたいなぁなどと幼い夢想をする人間なら簡単には諦められんよ。

相手が死ぬような一撃を初っ端《しょぱな》から放ったのは、私が煽《あお》ったのも悪いから大目に見るとしよう。

だから、こればかりは何と言われようと間違っているとは思わない。

「荷物を纏めたら自分で背負えよ。もう家の子達は結構一杯一杯だからな」

「うえぇぇ!? なんでぇ!? 二頭もいるじゃないの!?」

「何でもへったくれもあるか! 戦士なら自分の持ち物に責任を持て! そうしないから文無しになったのを忘れたか!!」

ほら、さっさと動く! と尻を引っぱたいてやると、馬肢人《ツェンタオア》は不承不承と蹴倒された天幕の撤収を始めた。その手付きは斧の精妙な扱いが嘘《うそ》のように辿々《たどたど》しく、どうやって帝国まで来られたんだと心配になってくる。

「……小さく畳むやり方ってどうだっけ? くそ、最後にやったの随分前だし……」

ブツブツ文句を言いつつ思い出そうとしているので未経験ではなさそうだが、長期間人任せにしていて忘れてしまっているようだった。畳み方も結び方も酷《ひど》く覚束《おぼつか》ないので、後でばらけないよう見ておかねばならんか。

「あっ!? 天幕用の背嚢《はいのう》もない!? アイツらぁ!!」

「大きな背嚢は、それだけで役立つし売れるからな。しかし、そこまで色々持ち出されて、何で起きなかったんだ?」

「……体に触られたら起きたし」

理由になっとらん。完全に従えた従僕だと油断しきっていたな。私も隣に寝ているのがエリザやミカ、マルギットなら安心して多少何かあっても起きんだろうが、流石《さすが》に天幕まで侵入されたら気付くぞ。むしろ、積年の恨みとばかりによく殺されなかったな。

見かねて背嚢から縄を取りだして切り分け、天幕本体や支柱を括《くく》って背負えるようにしてやった。

武器の包み――破れていたので斧部分が飛び出してしまうが――と鎧櫃《よろいびつ》も一緒に括り、できるだけ重量が左右均等になるよう工夫して馬の背に乗せてやると、彼女は心底不満そうに溜息《ためいき》を吐《つ》いた。

「戦士であるアタシが、よもやこんな荷駄馬まがいのことを……」

「そうやって全部運ばせてて手伝わないから愛想尽かされたんじゃないか？」

「五月蠅《うるさ》いなぁ。驢馬《ロバ》買い与えてたんだから十分でしょ」

「いや、私が見る限りあれは騾馬《ラバ》だったんだが」

「え？　嘘……!?　あれ驢馬じゃないの？　帝国語間違って覚えてた？」

「逆に覚えてたなら、誰かに謀《たばか》られたのかもな。因《ちな》みに騾馬が馬と驢馬の混血だが」

「あっ、アイツら……」

馬鹿《フール》、ならぬ驢馬《ジャツカス》。まぁ、用法が違うから厳密には間違いだが、冗談としては成立してなくもないか。驢馬は西方だと愚鈍さの象徴として、何故《なぜ》か不遇な扱いを受けているからな。

全くの空手で歩くことばかりに慣れていたのか、随分と窮屈そうにしている彼女は周りを軽く走って調子をたしかめていた。その間に待たされすぎてそこら辺の下生えを食べ尽くしてしまった愛馬達《たち》を回収し、出発の準備を終える。

「そういえば、まだ名乗って貰ってないんだけど？」

ポリュデウケスに跨《また》がって出立を促そうと近づけば、思い出したかのように彼女は名を問うてきた。

軽く目を眇《すが》めてやれば、はいはいと首を竦《すく》めてみせる馬肢人《ツエンタオア》。格上に名乗らせる前に格下から名乗るのも戦士だ。むしろ、それ以前の礼儀の問題ではなかろうか。とりあえず、心の予定表に礼儀作法の話をすることも組み込んでおいた。郷に入っては郷に従えの不文律は、帝国においても変わらないのだから。

個人の尊重を勘違いした阿呆がたまに宣《のたま》うことだが、相手に合わせて貰いたいならまず手前が合わせるのが最低限の常識というもの。その上で相手と交渉して我を通すのは大いに結構。だが、事情や慣習など知るか、全部自分のしたいように合わせろと喚《わめ》くのは、最《も》早《はや》ただの我《わ》が儘《まま》である。

「アタシはディードリヒ。ヒルデブランド部族のディードリヒよ」

ヒルデブランド部族はいいとして、ディードリヒ？　ディードリッドじゃなくて？　いや、そうだったら某レジェンド長命種《エルフ》と被《かぶ》る……じゃなくて、だとしても帝国系の名前だぞ。

「ディードリヒは男の名前じゃないか。しかも帝国系だ。離島圏の人間じゃないのか？」

「細かいなぁ……。故郷じゃ混人馬《セントーア》……馬肢人《ツエンタオア》は男女で名前に区別をつけないのよ。一々女の名前とか男の名前とか面倒くさい」

「いや、面倒くさいって……」

「ともかくあっちじゃデレクだけど、帝国じゃ馴染《なじ》みがないし呼びづらいだろうから、帝国系のディードリヒに改めたの！」

妙な習慣だなぁ、とは思っても口に出さないでおいた。他国や他民族の習慣を変だと笑うのは、常識以前の問題だ。

しかし、面白い文化だな。古くは男女問わず戦士として養育されていたから、産ませる側と産む側の区別しかなかったため、当人達も性別をあまり重視していなかったと本で読んだことがある。生きた滅びとして恐れられた頃の慣習に由来する文化なら、ヒルデブランド部族は相当に古く歴史ある部族なのだろう。

だとしても万が一、男にマリア《聖母》とかヨハンナ《女教皇》なんて名乗られでもしたら、顔面を筋力判定で引き締められるか難しいな。

「で、アタシを負かした偉大な戦士様のお名前をどうか教えていただけますでしょうか？」

「ああ。私はエーリヒ。ケーニヒスシュトゥール荘《しょう》のヨハネスが第四子、エーリヒだ。長い付き合いになるかは分からんが、よろしく頼む」

斯《か》くして一人旅は終わり、私にちょっとした道連れができた。

ともあれ、暫《しばら》くは油断も隙もあったもんじゃなかろうが。一度負けて仕方なくついてくることを決めただけなので、いつ寝首を掻《か》かれるか。

だが、彼女が気高い戦士になる一助になれればと思ってやまない。

ディードリヒはさっき、強い婿を貰《もら》ったら部族の皆を見返せると言った。

つまり、部族の誰かに馬鹿にされて衝動的に出奔したか、一人前になるまで帰ってくるなと氏族を叩《たた》き出されでもしたのだろう。だからこんな帝国くんだりまでやって来て、遊歴をしているのではなかろうか。

つまり、彼女の部族も気高さが足りんと判断して、性根を叩き直してやろうと追いだした可能性がある。

なら、何故追い出されたか、どうすれば帰るに〝ふさわしい武人〟になれるかが分かるよう手助けしてやるのもいいだろう。

食い詰めた強盗に襲われる旅行者が生まれることを予防でき、彼女は故郷に錦を飾る切っ掛けを摑《つか》み、そして私は惜しいと思った戦士を失わずに済む。

まぁ、ヒルデブランド部族が誇りとか何とか知ったこっちゃない蛮族オブ蛮族な感じだったら的外れなことをすることになるかもしれないが……一応、不幸になる人間が減るため悪いこっちゃなかろうよ…………。

【Tips】北方離島圏。中央大陸北西部から北に離れた大きな島。合議制に近い王政が敷かれているものの、その政治は全く安定しておらず内戦が絶えず王座の入れ替わりが激しい。時には異民族が侵入してきて王位を強奪することもあり、帝国人の感覚からすると蛮族としか言いようのない状況にある。


三日もあれば、その人間の良いところも悪いところも大体分かるものだ。

そして、種族の特性も同様に見えてくる。

「相変わらず不器用だなぁ……」

「五月蠅い！」

ディードリヒを旅の仲間に加えての道程は、大きな混乱もなく進んでいたが、全く問題がなく快適とも言い難かった。

目の前にとても快適に火の調整が行えるとは思えない竈《かまど》があった。いや、これは私が組んでおいてくれと頼んだから竈と認識できるだけで、何も知らない人が見たら五歳児が石を積んで遊んだ後と勘違いするかもしれぬ。

「天幕も上手《うま》く張れない。洗濯も駄目、竈もこのザマって……今までどうやって生きてきたんだお前」

「馬肢人《ツェンタオア》はみんな大体こんななのよ！　だから他種族の従兵や従者が一杯いるの!!」

顔を真っ赤にして抗議する馬肢人《ツェンタオア》が振り回す手は、どうしようもない位に不器用だった。

立ち合った時の舌を巻くほどに丁寧な武器の扱いが何処《どこ》に行ったかと問いたくなるばかりに。

彼女達は大きい。しゃがみ込んでも直立するヒト種《メンシュ》と大差ない上背と、他種では引くことも難しい強弓や巨大な得物を扱える腕は、繊細な動作を兼ね備える器用さまでは与えてくれなかったらしい。

足下で作業をすることが苦手ということは、工作系が全て駄目ということになる。天幕は馬肢人《ツェンタオア》に合わせた仕様だから辛うじて張れているものの、それ以外はてんで使い物にならなかった。

他に満足にできることといえば単純な物の移動や収集と、弓矢の腕を活かした狩り《い》。それと力仕事である水汲《みずく》みくらいだが、野営地で風呂を沸かす訳でもないのに何往復もする大量の水は不要とあって活躍する機会もなし。小規模な拠点運営系のゲームだったら、戦闘に特化し過ぎていて使い所に困る種族だな。序盤に加わったら大飯ぐらいなのもあって、難易度が上がりそうなくらいだ。

文明の発達につれて脅威が弱まっていった原因が何となく分かった。最低限のことは専用の道具を自弁すれば可能でも、高度な建築や冶金はこの図体《ずうたい》じゃ無理だ。故郷で開墾や畑の整備を手伝っていた馬肢人《ツェンタオア》の一族が自分達の畑を持たない理由が今更ながら分かったよ。自分達じゃ維持できないからだ。

「頼んだ時に任せろ、と言ったのは誰だよ……無理なら無理って素直に言いなさい」

と初日に分かったので、早くも細かな作業は全て私の担当となりつつあった。

竈を手早く組み直し、集めて来た薪《まき》を放り込んで火を熾《おこ》す。地面の物を拾うのも苦手だ
「……ナメられたくないの」

「ヒト種《メンシュ》風情に〝できません〟と言うのが恥ずかしいか？」

「……だけど」


　そりゃあ路銀やら装備やらの問題があったとしても、まず追い剝ぎに出るのではなく人を従者にしようとしたがる訳だ。これではどれだけ戦闘能力が高くとも、快適な暮らしは望めまい。

「できないことをできない、と言うのは別に恥ずかしいことじゃないんだよ。むしろ、できると言って請け負った後でできなかった方が何倍も恥ずかしいぞ。それこそお前が言うナメられるより、もっと悪い。感心する所もあったんだから、得手不得手があると分かっているなら最初からそうしなさい」

　とはいえ、馬肢人《ツエンタオア》の文化と技術に私が感心させられることもあった。

　一つは不器用ではあっても刃の扱いに優れるからか、獲物の解体は恐ろしく素早くて無駄がなく、内臓も毛皮も痛めずに私の半分ほどの時間で下拵《したごしら》えを済ませてしまうことだ。

　昨日獲《と》ってきた鹿をバラした時は、思わず拍手するほど見事だったからな。まるで服を脱がせているような手付きは、〈艶麗繊巧《えんれいせんこう》〉でゴリ押ししている私には発揮できない手並みで惚《ほ》れ惚《ぼ》れした。

それに、夜間警戒のために張っていた〝鈴〟も、単純ながら「この手があったか」と思わず膝を打った。

彼女が鎧櫃の中にほったらかしてあったと初日の野営で張った、細い縄に幾つも括り付けられた大きな鈴は、よく考えられた警報装置。そよ風では鳴らない程度に重い鈴は、馬肢人《ツェンタオア》が伝統的に使う夜の備え。

不寝番が立てられていたおかげで使っていなかったそれが、二人だけだととても有り難くて予備があるなら買い取りたいくらいだった。

こうやって誇れるところもあるんだから、変に格好付けず素直に役割分担してほしいものである。

「……ああ、はいはい、分かったよぉ」

「〝はい《Ja》〟は一回でよろしい。重ねると下品になる」

「分かりましたよ、エーリヒ殿。これでいい？」

「大変結構」

皮肉を軽く受け流し、夕飯の支度をした。叱られてばかりで不満たらたらのディードリヒも、この時ばかりは静かで大人しい。

調理している私の後ろをそわそわと歩き回っているのは――馬肢人《ツェンタオア》はしゃがむより立っている方が楽らしい――隙を窺《うかが》っているようにも見えるが、単純に食事が待ち遠しいだけであるのが分かったのは二日目からだ。

鹿の肉と臓物を足した大麦粥《がゆ》が大好評だったのには驚かされたな。「なにこれ美味《おい》しい！」と直《す》ぐに鍋が一杯空にされてしまった。私の分を考えて食え！　とキレたけど、これ以降は一食で鍋三杯分も作り黒パンの固まりが一つ消し飛ぶことになろうとは。

まぁ、この巨体を思えば食う量は不思議でもないが。馬は一日に二〇kg近く草を食べる生き物であり、同じ体を持つ馬肢人《ツェンタオア》が大食らいなのは構造上当たり前と言えよう。雑食化しており他の栄養が補える分、カストルやポリュデウケスより実際に食べる量が減ろうとも、ヒト種《メンシュ》の三倍以上食べるのにも納得がいく。

ただ、私が簡単に取った〈野外調理〉を始めとする安価な料理スキルの幾らかで、ここまで気に入られたのは意外だったが。どうやら前の従者達には、料理の知識が備わった人間がいなかったとみえる。

「よし、できた。先に食べていいよ。ただし……」

「静かで上品に、でしょ。お袋でもそんなこと言わないってのに」

「じっくり味わって食った方が腹持ちが良いから言ってるんだよ」

椀《わん》を受け取って匙《さじ》でかっ込む姿は、小さな子供そのものだ。これでいて私より年上というのがどうにも微妙な気分にさせられる。

最初は匙も逆手に握っていたくらいだからな。冷めてきたら面倒くさがって椀に直接口を付けて、音を立てて啜《すす》りだした時はビックリしたものだ。

それを考えれば、まだガツガツという擬音を背景に書き込んでやりたくなる食いっぷりでも、随分と上品になった方ではあるのだが。

「美味《うま》い！　鶏肉《とりにく》なのに臭くなくて美味い！　何か臓物が入ってるから満足感がある！」

「立派な雉《きじ》を捕ってきてくれたからな。昼の時点で下拵えして、酒と酢に漬けて臭みを抜いた。それに煮る時は香草も使ってるんだ。お口に合って何よりだよ」

「食べ物はコッチ《帝国》の方が美味しいと思うことが多かったけど、大抵の酒房よりアンタの方が美味しぃよ。おかわり!!」

「はいよ。しかし、惜しむらくは夕飯になったことだな。どうせなら昼の方がよかったんだが……」

　彼女が雉を見つけて撃ち落としてきたのは、昼休憩の少し前だった。直ぐに食おうとするので押し止《とど》め、匂い消しの下処理をして夕飯に使うことにしたのだ。

　しかし、帝国では朝食と夕食は軽く摂《と》り、一番働かねばならない昼間に備えて昼食をしっかり食べる文化があるため、食べる時間がズレるとどうにも気持ち悪い。かといってクーラーバッグも保冷剤もない中では、如何《いか》に酢と酒に漬けていても夕刻までが消費期限限界一杯。これ以上となると肉が傷んでお腹《なか》を壊す。

　立派で食べ応えのある雉だから、本当はあぶり焼き《ロースト》にしたかったんだけどなぁ。

「夜でもいいじゃないの。むしろ、アタシの所だと夕飯を豪華にするのが普通だったし」

「寝る前に山ほど食うと胃が凭《もた》れないか？」

「別に？」

私なら歯を悪くする硬さの黒パンを平然と囓《かじ》りながら応える離島人。ううむ、これが文化的差異《カルチャーギャップ》ってやつか。美味しくできた方だと思うが、私は明日に備えて少なめにしておこう。残ったら残ったで、ディードリヒが全部食べてくれるだろうし。

「あー、食べた食べた。毎食これなら、本当に部族に連れて帰りたいくらいね」

「だから、私より弱い……」

「嫁も護衛も要らん、でしょ。分かってるっての。だから腹ごなしに鍛錬しますよ」

空になった椀を投げ捨てて伸びをする、年上なのに出来が悪い妹ができた気分にさせられる道連れを見て、今度は食ったら始末をすることを教えないとなと予定表に追加した。全部一度に指摘すると嫌になってくるから、少しずつだ。

食後の挨拶については、味について褒めているため今は合格としておいてやろう。食器を歪《ゆが》められたら堪《たま》らないので、洗い物は今後も私がやるけど。

では恒例となりつつある夕食後の軽い運動をと支度していると、もう陽《ひ》が落ちきって随分と経《た》つのに街道の方から気配がやって来た。

未《いま》だ遠いが馬車の音がする。それに伴って幾人かの足音も。

こんな時間に？　と二人とも動きを止めて街道を注視していると、闇の中にぼんやりと篝《かがり》火《び》が浮かんでいるのが分かった。

そして夜闇から滲《にじ》み出すように馬に跨《また》がった斥候が一人と、後に続く三台の馬車に護衛が数人現れた。幌《ほろ》に帝国の印もなく、租税を運んでいる馬車を意味する旗も確認できない。

となると、単に想定外の足止めを食らって宿営地に辿《たど》り着くのが遅くなった隊商か。

この時間に薄ら暗い商売をしている連中が堂々と篝火を焚《た》いて進んでくる筈《はず》もなし。密輸商であれば暗視を持った種族を使って、街道から外れた道を行くだろうから運が悪かった普通の人々だな。

「あー、ようやくだよ……」

「ったく、無駄に疲れさせやがって」

「すみません、すみません。ですが、あの道は迂回《うかい》しておかないと整備が甘いので、今の時期に下手に通ると車輪が……」

「いーよ、もう！　何十回も聞いたから!!」

なら心配ないかと警戒を解きはしたものの、漂っている空気がよくはならなかった。護衛と隊商主と思《おぼ》しき中年男性の会話は、とても雇用主と護衛のものとは思えないものだったからだ。

幌の付いた割と立派な馬車は古びているものの手入れが行き届いており、中から覗《のぞ》く荷を固定する縄も乱れなく張られていることから丁寧な仕事ぶりをする隊商であることが分かる。その上で活動地の地理、道の特性までしっかり把握し、自分達《たち》の状況を選んで遠回りすることも選ぶ頭もあると。

雇用主としては、かなり信頼できる方ではなかろうか。時間重視で無理をして脱輪、最悪車軸が折れるようなことがあれば旅程は完璧に破綻してしまうからな。その辺の木を切り倒して間に合わせの車軸を作る程度でも半日は時間を浪費するし、耐久度が落ちる車軸に合わせて商品を投棄しなければならない危険性を考えたら無理はできまい。

問題は、高々数時間の遠回りで野営地へ日没前に辿り着けなかったのに文句を言う護衛だ。

言葉を繕わずに言うと素人臭く、上品に形容しても粗雑。血濡《ちぬ》れの鬣《たてがみ》団のような、傭《よう》兵《へい》として最低限求められる統率に欠けており、装備の品質もよくない。一団の象徴となる旗の不在から加味して傭兵ではないだろう。

すると、臨時雇いとして地元の兄《あん》ちゃん達に槍《やり》を持たせて護衛に仕立てた風でもないので、あれは冒険者か。

冒険者は神代に神々が協定を為《な》し、領域を跨がって難事を振りまく怪物や事件を解決するために組織された物ではあるものの、今となっては領主や代官が手駒を使うのには惜しい程度の仕事を片付ける日雇い人夫の集まりに近かった。

傭兵より戦闘への専門性が低い代わりに、色々な雑事に対応できる幅広さは、冒険者の冒険という肩書きが形骸化しつつも社会で認められる程度には広かった。

けれど、質の低下は否めない。神代の華々しさを保った英雄は一握りで、高潔にして実力が伴った冒険者は希少となった。

その証明のような光景を目の当たりにすれば、今から彼等《かれら》の同輩になろうとしている我が身としては微妙な気分にならざるを得ない。

世界全てが正しくなければならない、なんて理想論にかぶれた中学二年生みたいなことは言わないけれど、これはちょっと酷《ひど》いな。

「こんなんばっかじゃねぇかよ。ったく、一々面倒臭ぇことばっかり言いやがって……」

「すみません、すみません。ですが、勿論《もちろん》日当は延長した分払いますので……」

「当たり前だろ！　俺は割に合わねぇっつってんだよ!!　倍は貰《もら》わねぇとやってらんねぇよ！　こんなトロトロトロトロ、終《しま》いにゃ護衛に関係ないことまでやらせやがって！」

「ば、倍!?　それは流石《さすが》に無理ですよ！　それに、募集の時点で荷運びも含むと組合には……」

しかし、隊商主の腰の低さも問題だな。高圧的に振る舞って護衛から見放されるのは問題以前だが、冒険者組合を通して仕事をしている以上は冒険者も下手を打てないのだから毅然《きぜん》とした態度をとればいいものを。

仲介組織でもある冒険者の組合は、冒険者に単に仕事を投げつける集団ではなく、仕事の出来映えを正しく監督しているというし。

「揉《も》めてるねぇ……金払ってる側なんだから、ガツンと言えばいいのに」

「品が悪い付き合いに慣れてないんじゃないか？　あれは大分ガラが悪いが」

「アレでガラが悪いのなら、離島圏の下町じゃ生きてけないよ……よく商売が成り立ってるものね」

「壁の内側では人の好《よ》さも武器になるものさ。商売では合戦前の喧嘩《けんか》口上みたいに怒鳴り合えばいいことばかりじゃないし」

「そんなもんなの？」

「そんなもんなの」

「格好悪《かっこわる》……アタシは、そんな商売ご免だね」

どうにも彼女は格好に拘《こだわ》るな。さっきのナメられたくない発言といい、戦士だから背中に荷物を括《くく》り付けるのはダサいと文句が絶えないことといい。

ただ、格好に拘る割に決定的な〝どうなりたいか〟という理想だけが出てこない。

偉大な戦士として名を遺《のこ》したいとか、強敵と戦って打ち倒したいとか。

まるで若い時分。前世の若い時分の己を見ているような気がする。

馬鹿にされたくないし何となく偉くなりたいけど、どう偉くなるかも格好好く振る舞うべきかも分からない青い時代の自分に。

あー、脇腹が痛くなる。不確かな自信はあるのに認められなくて、同時に自分でも自信の根拠がよく考えたら出てこなくて。そして、たった一〇年先の将来図も想像できなくて。

陰気なら暗い文学や自殺願望に憧れ始めて、ちょっと乱暴なら不良になる系の思考。

おああ、色々と痛いし痒《かゆ》い。これはアレだな、中学生くらいの時に陥る病気の後遺症だな。どんな膏薬《こうやく》でも治らない、枕という一時しのぎの薬だけが慰めてくれる苦痛。

ともあれ人が来たなら鍛錬は延期しよう。気が立った護衛の近くでブンブンやって、要らん喧嘩を売られたくない。

それにしても、分かってはいたが大都市圏から離れれば離れるほどガラが悪くなるな。アグリッピナ氏は見栄《みえ》の都などと笑っていたけど、やっぱり人の世に多少の見栄は必要なのだ。それすらかなぐり捨ててしまえば、人は何処《どこ》までも不誠実になる生物だから。

「黒茶でも淹《い》れて、今日はもう寝よう。昨日は私が先に寝たから、ディードリヒから寝ると良い」

「やった。朝まで起こさないでね」

「ふざけんな。もっと髪を短くしてやろうか」

軽く脅すと、彼女は髪を押さえて素早く天幕へ逃げ込んでいった。負けたら髪を切る文化があると話していたので、ようやっと様になる短髪ができるくらいまで伸びたのを切られては堪らないと怯《おび》えられてしまったみたいだ。

……真に受けられると結構傷つくんだけど。

それにしても隊商に出くわせたなら、この予定外の大飯ぐらいが加わって想定の何倍もの速度で目減りしていく食料を補給できたらとも思ったのだが、それは明日でもいいか。今は暗い中で野営を広げるのに苦労しているようだし。

ただ、何と言うか、最近は在庫に苦労していない〝嫌な予感〟に追加補給が来ているような気がしてならない。

冒険者は妙に気が立ちすぎているし、店主もそれを撥《は》ね除《の》けられるかどうか。

何なんだ、これは。もしかして世間的にはこれが普通で、私が世間知らずなだけなのか？　だけど、普通はもうちょっと平穏無事に行くだろ。私はただ実家に帰ろうとしているだけだぞ……………？

【Tips】冒険者組合。神代に領域を挟んで発生した強大な怪異、跋扈《ばっこ》する怪物、暴虐の竜などに英雄が効率的に対抗できるようにするため異教の神々が珍しく手を取り合って発足した制度。中央大陸西方域の文化圏には広く行き渡っているものの、最早《もはや》それは形骸化しており単なる日雇いの派遣業となり果てている。


怒りとは人間の感情の中で最も激発的にして持続性が薄い物である。

だから朝になったら解決してねぇかなと期待したのだが、全然そんなことはなかった。

早くに起きて昨夜できなかった鍛錬を熟《こな》して体を温めてから朝食を終えれば、また隊商の方で揉めているではないか。

昨日漏れ聞いた、組合を通さず護衛料を倍にするしないの言い争いだ。

護衛の相場は中堅の冒険者で日当五リブラくらいで、下限値は新入りに毛が生えた腕前で五〇アスだという。しかし元値、依頼主が払うのは組合へ仲介費と国税で二割ほど増された額となる。税法上、きちんと納税手続きなんぞを冒険者がする筈もないと考えた帝国が、取りっぱぐれのないやり方を考えてのことだろう。

こういった形態を取っている以上論ずるまでもなく、冒険者が依頼主から組合を通さず金をせびるのは厳禁だ。組合も国も取れる租税が減る上、依頼主も金額をつり上げられると困るからな。仕事の内容に大きな虚偽があり、尚且《なおか》つ不当に報酬が少ないようなら改めて苦情を言い再交渉することは可能だとしても、一切組合を通さず直接払わせるのは問題だ。

ちょっとした心付け。期待以上の仕事をした冒険者にご褒美《チップ》を渡すのとは訳が違うし、だとしても倍は色々おかしいだろう。

「今、ここで倍額払って貰わないと俺達は帰るぜ！」

「そんな！　それでは割符を渡しませんよ!?　もし苦情があるなら組合を通して……」

「黙れ痩せ商人が！　糞《くそ》仕事を安い賃金でやらせて、手間まで俺らに押しつけんのかよ!!　ちょっと活計の道ってヤツを教育してやろうか!?」

ディードリヒが木を削った歯ブラシで口を磨いている間、私は彼等の様子を黒茶を湧かしながらも油断なく見張っていた。

何が気に食わないか知らんが、もう口だけで収まらない雰囲気となっていたからだ。

「黙って聞いてりゃ調子に乗りやがって！　テメェら舐《な》めてんのか！　隊商の基本も分かってねぇで護衛仕事を受けたってんなら、一回家に帰って母親《ムッター》に常識を教わってこい!!」

隊商主への罵言を庇《かば》うように一人の男が馬車から出て来た。出立前の荷積みをしていた壮年の男は、困り顔の隊商主と似た造形をしている。

一族経営の小規模隊商だろうから、兄弟か甥《おい》、あるいは従兄弟《いとこ》って所だろう。腰に旅人の嗜《たしな》みとして短剣くらいは帯びているものの、残念ながら荘《しょう》の力自慢以上の力量は感じられなかった。

「あぁん!? んだテメ、ボケが！ ナマ言ってんじゃねぇぞ！」

「テメェがナマ言ってんじゃねぇよサンピン！ 一山幾らの木っ端紅玉が知った口叩《たた》くんじゃねぇ!! 倍欲しいってんなら真面目にやって玉ぁ磨いてこい！」

「よ、よしなさいベン！」

「叔父さんは黙っててくれ！ んな連中に好き勝手言われて、なんで黙ってねぇといけねぇんだ!!」

彼の言うとおりではあるが、この状況で売り言葉を買ってしまうのは拙《まず》くないかね。たしかに剣士としての目線で見れば、五人組の冒険者は統率も連携もなっちゃいないし、十の頃の私でも軽く制圧できてしまいそうだが、流石に堅気には荷が重かろう。

「死にてぇのかテメェ!! 商人風情が偉そうによぉ!!」

「ひぃ!?」

あ、ほら、駄目だ。剣の柄《つか》に手が掛かった。ここまで来ると、流石に放っておけない。もう交渉云々《うんぬん》の枠をはみ出してしまっている。

「ん？ エーリヒ？」

「そこで待っていてくれ。すぐ済ませる」

偉そうにディードリヒへ義がどうだのと説いた以上、ここで連中の暴挙を放っておく訳にもいかん。目の前で刃傷《にんじょう》沙汰に及ばれて、それを止めうる位置にいたのに止めなかったとあっては、明日食う飯が不味《まず》くなるからな。

「失礼、少しよろしいか」

「あぁん!? 何だガキィ!! 関係ねぇだろ、スッ込んでろ!!」

「関係あるもないも、朝から目の前で騒がれては堪《たま》りませんよ。折角の黒茶も味が悪くなる」

「黒茶なんぞ知ったことか! 大層なモンぶら下げてねぇで、引っ込んで護衛のねぇちゃんのおっぱいでも吸ってろ!! それとも、俺らが代わりに吸ってやろうか!?」

何かもう、下品すぎて真面《まとも》に相手をする気が加速度的に失《う》せてきた。ディードリヒだって口は悪いが、理由もなくがなったりはしないんだが。

「デカい護衛連れて気がデカくなってるようだが、腰元の粗末なモンで何ができると思ってやがる! 大人の話に割って入るんじゃねぇよ!!」

「お、落ち着いて下さい! まだほんの子供……」

「だぁってろ!!」

諫《いさ》めようとした隊商主を冒険者が殴ろうとしたため、もう駄目だと悟った。いや、そもそも口でどうこうできるようなら、こんな状況にはなってねぇわな。

私は二人の間に割って入り、商人の顔を殴りつけようと振りかぶられた右の肘を左手で押さえ込んだ。

「おぉ!?」

　すると、振り降ろす一撃を放つ予備動作で重心が後ろに移っていたため、ちょっとした一押しで体幹が崩れて後ろに転んだではないか。ガキと見下していた相手から良いようにされるとは思っていなかったようで、盛大に腰から転んで悶《もだ》えている。

　情けない。冒険者の中で唯一剣をぶら下げているのだから、頭目であろうに受け身もとれんのか。私が脚を払っていたら、頭からいってたぞお前。

「隊商主の言うとおりです。落ち着きなさい。護《まも》る相手を傷付ける護衛があるものですか。一旦冷静になったら如何《いかが》です。第一、この辺には相場の倍も貰える程の危険もないのだから、多少時間が……」

「殺せ!!」

　うん、知ってた。腰を押さえて呻《うめ》いていた冒険者が叫ぶのと同時に、思い切り顎を蹴り上げて黙らせてやった。もしかしたら歯が何本か折れたかもしらんが、もう気を遣ってやることすら面倒になる手合いだなぁ。

「手伝いましょうかー?」

「要らん。黒茶を見ててくれ」

　ディードリヒの問いかけに軽く応えて、首を回しながらいきり立つ冒険者達《たち》へ歩み寄る。

　数は四、全員ヒト種《メンシュ》、得物は槍《やり》、棍棒《こんぼう》、斧《おの》。魔法なし、馬なし、僧侶なし。

セッションならGM《ゲームマスター》も「サイコロ振らなくて良いよ」と演出で終わらせてくれるだろう。貴方《あなた》達は格好好く思い思いの方法で敵を蹴散らしました。あ、演出とか入れたい？ってな具合に。

「き、君！」

「下がっていてください。巻き込みはしませんが、万一があってはなりませんから」

事実、その通りにした。

一人につき一撃。掌底を顎か腹にぶち込んで昏倒《こんとう》させていく。顎も首も、腹すら柔い柔い。もっと鍛えて筋肉をつけなさい。じゃないと打撃への防護点は上がらないぞ。

何と言うか、歯応えがないのを通り越してヤワヤワだ。ケーニヒスシュトゥールの自警団だったら本身《真剣》すら持たせて貰《もら》えん未熟具合。木剣や木槍でランベルト氏監修の下、地獄の百本素振りが敢行されるだろうな。

アレはキツかった。疲れたり気が逸《そ》れたりして崩れた振りをすると「今のは素振りじゃない。やり直し！」と正しい型で素振りができるまでリセットを言い渡されるので、実際は数百本近く振らされることも多かった。残った自警団志望者も、あれで心を折られて辞めた者が何人もいたな。

「す、凄《すご》い……全員素手で……」

「そこいらの駄犬と違って、私の牙は相手を選びますから」

手に付いた埃《ほこり》を叩いて落とし、子供にしか見えぬ私が大の大人五人を一気に制圧したことが信じられぬ隊商主にこう言った。

「こんな格好未満の阿呆《あほう》五人を連れ歩くより、私達二人を雇った方がずっとお得ですよ。どうでしょう、護衛を駄目にしてしまったので、お詫《わ》びに二人で五人分の依頼料だけで結構ですが」

　馬車は三台と個人隊商にしては多い。一切の護衛なしとなれば、よからぬことを考える旅人も多かろうから放っておくのも気が咎《とが》める。なんだか自作自演《マッチポンプ》な売り込み方をしているような気もするが、悪いのは冒険者共だから私は悪くない。

　護衛側の非で依頼が達成できなかったとあれば、当然払い戻しもあるだろうし――損失は勿論《もちろん》冒険者側に請求が行く――彼等《かれら》には損もない話だ。純粋な働き手は減るだろうが、やる気のない半端者五人よりは人足としてもずっと動けるので、額に見合わない働きをするつもりはなかった。

「幸いにもいらした方角からして目的地は同じ方向にあるようですし。代わりの護衛が見つかるまでお供いたしますよ。如何で？」

「そ、それは是非……！　貴方のように強いお方が一緒であれば心強い!!」

「では、支度をしてきますので、そちらもごゆるりと。ああ、彼等はお任せを。太い釘《くぎ》を刺しておくので」

　さて、仕事の手始めに後輩から先輩に一つ脅しをかけておくとするか。目が覚め次第、復讐《ふくしゅう》戦《せん》に出られちゃ敵《かな》わんからな。

後始末を終えてたので、ディードリヒに許可なく仕事を受けたことを詫びようとしたが、彼女は手を突き出しながら「こう？　いや、こうかしら」と難しい顔をして考え込んでいた。

「何をしてるんだ？」

「凄い手並みだったから、アタシにもできるかなって……拳で殴らないのはなんで？　その方が威力が出るから？」

「人間の頭を殴ったら手の方が痛いから。関節を締めて腕と掌《てのひら》が一本の棒になったような形にして叩き込むと、肩や腰から伝わる力が遺漏なく伝わって掌でも顎を砕くことができるんだ」

「ふぅん……やっぱヒト種《メンシュ》って弱いのね。そんな理由でやってたなら、真似《まね》しなくていいか。アタシなら掌で頭を握りつぶせるのに」

差し出される武練の痕跡だらけの硬い手は、言うとおり私の頭を摑《つか》めるだけの大きさがあった。人と比べて随分と長い腕は、手も人と比べると大き過ぎる。あどけない顔と比べて、軽く脳がバグりそうになる。

「握りつぶせるって……どんな握力だ」

「アタシはまだ無理だけど、戦場で握力が強すぎるせいで武器をぶっ壊しまくって、最後には素手で戦う同胞がいてさ。アイツが粉砕してるのを見たこともあるわ。こう、割れるというより脆《もろ》いところから〝漏れる〟って具合に、ぐしゃぁっと、いや、めしゃぁっと……」

「詳しく言わんでよろしい、黒茶が不味くな……」

食べ終わった後に気分が悪くなるようなことを言うんじゃないよと叱ろうとした所、黒茶を煮込んでいる鍋が見事に沸騰していることに気が付いた。目が粗い袋を使って煮出していたが、これじゃ風味が台無しじゃないか!?

「おい!?　見ててって言っただろう!?」

「だから見てたわよ」

「見てるだけじゃ意味ないんだよ!?　沸騰したら匂いが飛ぶだろ!?」

「大して変わんないって!!」

なんで年上相手に、こんな親が小学生を叱るようなことを言わにゃならんのかと思いつつ、教えるべきことは多いと改めて思った。

そして、勿体《もったい》ないから飲んだ黒茶は、苦みが強く出て香気もへったくれもなくなっていた。ディードリヒは顔を顰《しか》めてもう要らないと言ったが、断固として半分はお前の分だとして飲ませてやった………。

【Tips】冒険者は原則として組合を通して依頼を受け、報酬も組合から受け取ることとなっている。現地で突発的に受けた依頼だと話は別だが、その場合は冒険者側から組合に報告して納税しないと冒険者としての評価は上がらない。

ゲルルフと名乗った中年男性は、彼を含めて家族五人でやっている小さな隊商の主である。

他の面子《メンツ》は冒険者に食ってかかった甥のベンハルトと妻のエラ。成人して少し経《た》つ長男のリュディガー、そして来年に成人を控えた長女のクラーラだ。

非戦闘員だらけで、しかも未婚で年頃の娘さんがいるから卑屈なくらいの低姿勢になっているのかと紹介を受けて理解した。男性側の貞淑さは全く重視されないライン三重帝国ではあるが、ヒト種《メンシュ》、それも女性となると処女であるのは大切だからな。農村内の婚姻なら多少〝遊びが激しい〟くらいで済むけれど、商家同士の繋《つな》がりを深める婚姻を結ばせたいとなると軽んずることもできぬ。

何だってこんな少ない人数で、しかも他の商人も募らず隊商に出たのかというと、単に人手不足であったせいらしい。

ゲルルフは近くの街で代々続く小間物の問屋の若旦那だ。物納品を地方の農民に供給し、冬籠もりの内職に不可欠な工具や材料を供給する問屋とあれば、十分に名士と言える家系でもある。

そんな彼等の家に急な納品の依頼があった。場所によっては租税の物納品を物々交換で仕入れた方が安いことも多いため、彼等のような問屋は方々に足を運ぶのも仕事の内。納税間際に計算したところ土壇場で足りないことに気付いた馴染《なじ》みの街から、反物や生糸の仕入依頼が名主の早馬によって届けられた。

代官がお慈悲の心で待ってくださるそうなので、可能ならば十日以内に届けてくれと。

しかし、折悪く隠居しても商売には現役だった父夫婦は別の街へ商売に出ており、店も家族経営のため殆《ほとん》ど人手が足りない。然《さ》りとて長年付き合いのある街を見捨てる訳にもいかぬため、ゲルルフは番頭を務めている弟に留守を任せ、連れて行ける限りの人員を集めて商品を運びに出たそうだ。

時間がなかったので――そして、家が専業で雇っている護衛は父夫婦についているので――急場の護衛として冒険者を雇い、要る物をとりあえず持って出て来たらご覧の有様だったという次第である。

私と同じで運が悪い人だ。時間があったなら面談するなりして雇う冒険者の質も選べたし、場合によっては同業から信頼できる伝手《つて》を当たって貰うこともできたろうに。

不逞《ふてい》を働いた冒険者をその場に残し、私達は熱烈な歓迎の握手で以《もっ》て出迎えられた。私は実力を認められて。ディードリヒは見るからに頼もしげな容姿をしているので、鎧《よろい》を着て前に立てば下手な者達は近寄るまいとして。

「ねぇ、ちょっと」

「ん？」

私達は先導として、早速隊商の前に立って進んでいた。罠《わな》や待ち伏せがないかを警戒する斥候役も兼ねており、後ろは馬車から降りたベンハルト氏が務めている。

鎧櫃《よろいびつ》から取りだした小札鎧《スケイルアーマー》を纏《まと》ったディードリヒ——これまた一人では上手《うま》く着られないので手伝ってやった——が私の鎧の裾を引っ張る。

「二人で五人分、どころか一〇人分でよかったんじゃないの？　アタシ、これでも前は日当三〇リブラで隊商の護衛やってたこともあるんだけど」

「三〇!?　そりゃ大した額だな」

「他にも色々やったわよ。代官が決闘裁判の代理人を募ってたから出てやったこともあるし、小競り合いしている傭兵《ようへい》の片側に加担して勝ったこともあるし。だから、アンタへのアレも別にふっかけた訳じゃないのよ？」

「色々やってたんだな。私にふっかけた『だから違うって！』のも頷《うなず》けるが……どうやって依頼主を納得させたんだ？」

「もー……適正相場だっての……一五〇歩ほど離れた所で絞首刑にされてた死体の首の目ん玉に矢を一発ぶち込んで見せたらコロリよ。って、そうじゃなくてさ」

理由理由、と急《せ》かされたので、私は義を見てせざるは勇無きなりと応えた。

ゲルルフ氏には落ち度はなかった。ゆっくりした旅程に苛《いら》ついた冒険者が悪く、しかも延長する必要があれば日当も追加で払うと誠意ある対応をされていたというのに。

強いて言うならば、相手が付け上がるような態度を取ったのが悪いといえば悪いかもしれないが、それも忠実な専業護衛がおらず、年頃の娘を連れているとあれば理解できなくもない。

これを見捨てては大義がない。どの口でディードリヒに説教ができるというのか。

「窮状にある者を見捨てて、ただ楽に振る舞っていてはその内に匹夫へ落ちる。別に無償で自分を捨ててまで助けろとは言わないさ。ただ、世の人が見てどう思われるかを考えて動けばいいって話だ」

「世の人、ねぇ……」

「それを学んで欲しいから、族長もお前を追放ではなく遊歴に出したんじゃないか？」

言えば、ディードリヒの耳がぴくりと動いた。根元に近いところで無惨に断ち切られた左の耳が。

同行が決まった日のこと。私は彼女からどうして部族から離れて活動していたのかを問うた。路銀や装備を調えるまで面倒を見るからには、来歴や為人《ひととなり》を知っておきたいのは普通の心理であろう。

大分悩んだ後で、彼女は帝国まで流れてきた理由を教えてくれた。

彼女の部族、ヒルデブランド部族は北方離島圏のとある有力貴族の私兵《ハウスカール》として仕えていた。彼女は部族会の中でも有力な一家の長子で、離島圏の馬肢人《ツエンタオア》は男女にて家督継承の軽重を問われないこともあって、将来的な部族会入りを約束されていたらしい。

そんな中、一年程前に貴族間の水利権争いを端緒とする戦争に出陣した彼女は、敵陣の隙を単身でぶち抜いて立派な兜首《かぶとくび》を挙げてきたという。

そして、その勢いで調子に乗り、部族の中でも勇者と呼ばれる一番の戦士についつい決闘を挑んでしまったそうだ。

理由は敵の前線指揮官を討ったのは自分なのに、勲一等ではなかったこと。

結果は見ての通り惨敗。戦いの中、馬肢人《ツェンタオア》の誇りである片耳を落とされる大怪我《おおけが》を負った上、決定的な敗北をするまでは伸ばし続ける髪まで坊主頭に近い長さまで切り落とされた。

部族長は決闘に敗れたディードリヒを天幕に招き、思い出すだけで顔が苦くなるほどの説教をしたという。

戦場では味方を出し抜いて功を上げるのは卑怯《ひきょう》と誹《そし》られることではないが、お前のそれは蛮勇であり匹夫の行いだった。その上で部族会と主家《クライアント》の合議によって決まった論功行賞にケチを付けた挙げ句、一番の勇者に酒に酔って喧嘩《けんか》を売るとは何事かと。

まぁ、悪いが肩を叩《たた》いて雑に慰める以外に言葉が浮かばなかったよ。

戦場での話を聞けば、彼女の敵陣突破はかなりの無理押しでしかなかった。味方が敵横列の前を何度も往復する騎射《パルティアン・ショット》にて弱らせ、然《しか》るべき時期に重騎兵の突入で突き崩す段取りだったのに、彼女は作戦を無視して敵が十分に弱る前に横列へ突っ込んでいったという。

これに功が欲しかった部族の若者達《たち》も続いてしまい、更には部族以外の味方も「あれ？　もう突撃でいいんだっけ？」と予期せぬ味方の行動に焦って予定外の混戦に突入。後にディードリヒをしばき倒す勇者率いる重騎兵隊の支援もあって勝利こそしたものの、主家の軍は想定以上の損害を強いられたらしい。

　また、討った相手もよくなかった。今回は敵貴族の長子が指揮官として前線に出ていたから、譲歩を引き出すために生かして捕らえるか、散々に打ちのめして二度と戦いたくないと思わせる程の圧勝を以て幕を引くのが主家の戦略だったらしい。

　水利権はたしかに大事だが、何時《いつ》大陸から侵攻が掛かるか、他の有力者が上級王の称号を欲して簒奪《さんだつ》戦争を始めるか分からぬ中で、小競り合いにて鍛えた兵士を失ってまで手に入れる価値はない。

　一般の兵卒はさておき、大功を挙げることが珍しくない馬肢人《ツエンタオア》種族には兜の特徴を報《しら》せて生け捕り命令は出ていたのだが、どうやら彼女は戦の興奮でそれを忘れ、派手な兜＝功績と脊髄反射的にやっちまったそうな。

　ある程度は戦略と謀略に触れて来た人間からすると、あちゃあと額を覆いたくなる有様だった。むしろよく殺されなかったなと。半ば軍紀違反みたいなもんだろうに。そりゃ公には敵指揮官を討った戦働きとはいえるものの、戦略の根底をひっくり返してしまえば帳消しどころかマイナスでさえある。

　何と言っても、長子を殺されたとあれば相手さんも引き際がなくなるからなぁ……。偵察中に敵に殺された、と密殺を食らっても文句は言えまい。

　だが、それでも彼女は処刑でも追放でもなく、一時的に追い出すだけに留《とど》められた。これは私と同様に部族会の人間も彼女を〝惜しい〟と思ったからだろう。

　若いのに武勇は十分。後は経験さえ積めば、いい前線指揮官になると思われていたからこその部族会入りの約束。ぼんくらでも血筋がよければ部族会に入れるのかと問えば、足萎え——馬肢人的《ツェンタオア》な最大級の侮蔑表現——なら前部会長の孫でも蚊帳の外だとディードリヒが激怒したので明白であろう。

経験以上に必要だと思われたのが思慮と分別だ。

そして、それらは得てして古馴染みばかりの環境で養うことが難しい。

だから彼女は追放ではなく、遊歴の旅に出て反省してこいと追い出されたのである。

そこから同じ国内にいるのは気不味《きまず》いと思って帝国まで流れてきたのはディードリヒの個人的な振る舞いであるならば、まぁ私も何かの縁と思って鍛え直してやろう。

世のため人のため、何よりディードリヒ本人のために。

「……相手にだけ得させてやって、何かいいことあるの？」

「一方的なものか。路銀は足せるし、何よりお前がしこたま食うせいで私一人なら半月は余裕だったはずが、三日で半減した糧食をオマケで沢山くれるんだぞ」

「ぐっ……そ、そりゃアタシの方が大きいし、速いし、力もあるから沢山食べる必要があるから仕方ないじゃん。そう、アタシの方が速いし！」

大食いに関してはぐうの音も出ないのか、また妙な開き直り方をしてきたな。自分の方が格段に速く、肉体的に頑強であると再認識したことで彼女は自信を取り戻したのか距離を取って私を煽《あお》り始めた。

仰る《おっしゃ》通り一〇〇mをどれだけ頑張っても同種族内の最速が一〇秒をきれなくて、重量挙げの世界記録も彼女が出せる全力の半分程度に過ぎないとも。ヒト種《メンシュ》というのは、個体性能だけ見れば本当に人類でも底の種族なのだから。

「だが私の方が強い」

そうであっても揺るぎない事実を口にすれば、彼女は黙って歩調を弱め、とぼとぼと隣に帰ってきた。

調子に乗って部族からほっぽり出されたこともあるから、少しでも自重を覚えさせなければな。

まぁ、私もたまにやらかすから、あんまり大きいこと言えないんだけど………。

【Tips】北方離島圏が封建的な社会形態であることはライン三重帝国と変わらないものの、戦乱の多さ、上級王の変遷の激しさから格段に実利的な面が強い。そのため、貴族階級は騎士階級と並んで私兵《ハウスカール》を重用するのである。

酷《ひど》く荒れた息をした頭目の前で、一人の男が死んでいた。

ことは隊商が野営地を発《た》って暫《しばら》くのことだが、一人だけ〝拘束されず〟に放置されていた男が仲間の縄を解いた後に起こる。

一人だけ縛られなかった男は、代わりに軽く気絶させられ、伝言役を任されていたのだ。

「今回は大目に見てやるから、真面目にやり直せ」と実力を見せ付けた上で、凄《すさ》まじい殺気を目から叩き込まれた伝言役は、頭目にもう帰ろうと言った。

そこで彼が激発したのだ。

頭目はエーリヒからの蹴りを受けて、前歯が二本抜けてしまっていた。

歯は帝国だとかなり重視される点であるからだ。特に前歯が欠けているのは、真正面から手酷く殴り倒された証《あかし》として相当馬鹿にされる。一本か二本欠けている方が歴戦の証とする地方もあるが、この辺りでは弱者の証明となる。

義歯によって誤魔化すことはできるものの、残念ながらその性能は高くなく、精々が見せかけ程度の代物。それに違和感は拭えないため、今後も荒事で食っていきたいなら〝傷を負わせられた相手〟に復讐《ふくしゅう》して恥を雪《すす》いだ位の言い訳は必要だった。

顔を見ればそんなことも分かるのに、全く悩まず逃げ腰だった配下に頭目はキレて彼を刺し殺してしまう。

いや、ただ怒りに駆られただけではない。

ここで自分がまだ強いと見せねば、残った面々から食い物にされると思ったからだ。

誰も生かしておかぬ。そう強く宣言する頭目に反論できなかった一党は、逆恨みの復讐を果たすべく動き始める。相手は幸いにも隊商の馬車。それも荷物を気遣って遠回りをするような連中だ。軽装の男が走れば追い抜くことも難しくはない。

頭目の男は言った。この先の荘《しょう》で網を張っている知り合いがいると。

何も野盗とは常に森に潜み小汚い姿で下卑た笑いを浮かべて獲物を待っている集団では

ないのだ。野盗に対して憎悪に等しいまでの対策を立てている帝国においては、野盗の多くが何かしらの隠《かく》れ蓑《みの》を持っていた。

捨てられた古城や砦《とりで》を塒《ねぐら》に活動している者など、辺境を除けばそういない。何せ、一度腰を据えて仕事を始め目立とうものなら、巡察吏共が万端準備を整えて皆殺しにやって来るのだから。

職務に忠実で卑劣漢の血に飢え、慈悲を知らぬ巡察吏を躱《かわ》して隊商や旅人を襲うのは、手頃な獲物が通れば野盗に姿を転じる、どこぞの荘の一員が多かった。街道に目を見張らせて、バレないよう手早く仕事をして悪徳を貪る不届き者は風紀が硬く硬く引き締められても絶えることはない。

彼の〝知人〟とやらも、そんな連中の一つであった。

傷の手当てを終えてからの冒険者達は迅速である。

全てはあの小生意気な金髪の首を蹴飛ばしてやるために。ついでに愚かな隊商を貪り尽くし、心の芯に残った痛みを癒やすために………。

【Tips】野盗業一本で食っている野盗というのは存外少ない。その多くは旅人を襲う旅人と同じく、魔が差して転じる庶民や傭兵《ようへい》だ。

ゲルルフ氏の隊商に随行して三日。旅程は順調に進み、目的地まであと三日という所にまで来ていた。

いやぁ、いいもんだ。人に見張りを頼んで熟睡できる夜というのは。疲れも取れるし頭もスッキリする。しかも、お湯を沸かしてゆっくりと体を拭うこともできるときた。

うん、始める前は風情があるかもと思ったが、ハッキリ断言しよう。一人旅なんてクソだ。暢気《のんき》に楽しんでいられるのは装備も整って治安がよかった前世だからだ。夜中に気温が零下を下回っても凍えない寝袋とか、帰りにちょっと温泉でも寄って帰るかなーって余裕をぶっこけるインフラと車があるからこそだ。

もう二度と一人旅なんてしねーぞと心に誓った私であるが、かといって現状が居心地良いかと言われれば……。

「エーリヒ様、黒茶をどうぞ」

「これはクラーラ嬢。どうも。ありがとうございます」

未明から朝方までの見張りを終えて、朝食ができるのを待っていた私に黒茶を差しだしてくれたのはゲルルフ氏の娘さんでいらっしゃるクラーラ嬢だ。ヒト種《メンシュ》の気立てが良い娘さんで、一緒にいてほっとする朗らかな少女だった。

何と言うか最近の人付き合いの中では、普通すぎて却《かえ》って希少な御仁である。

思い返せば、ケーニヒスシュトゥール荘を出てからは濃かったなぁ。親しくなった人も、そうでない人も。美人は反吐《へど》が出るほど見飽きて色々な美的感覚がぶっ壊れた自覚はあるが、言っては失礼だが素朴な可愛《かわい》らしさに触れるのは久しぶりだ。

微《かす》かに散ったソバカスが、むしろ牧歌的な可愛らしさを演出する少女と会うなど、どれくらいぶりか。あまりの無害さに心が洗われる気分だった。

とはいえ、名前に敬称までつけられて、色々世話をされるくらい懐かれると居心地が悪いのだけど。

ミハイル一座の時と同じく、帰郷しようとしている貴族の私兵を名乗ったのが拙《まず》かったかな。もうクラーラ嬢が私を見る目は、殆《ほとん》ど白馬の王子様を見るそれだ。

しかも、両親が微笑《ほほえ》まし気に見ていて咎《とが》める気が一切ないのがどうにもな。

身分がボチボチで、身なりから給金も弾んで貰《もら》ってそうと思われたせいで、あわよくばとか考えてないだろうな。本当に。

「ああいうのが好み？」

どうしたもんだかと、もう殆ど咽《む》せることのなくなってきた煙草《たばこ》を燻《くゆ》らせているとディードリヒがやって来て、肘で突《つつ》いてきた。冗談にしても、ちょっと強すぎる力で。

「何だ急に」

「いや、扱いが丁寧だなと思って。普通、アタシにもああするべきじゃない？」

「そういうのはな、私より重い斧《おの》を片手で持ち上げられないようになってから言え」

馬鹿なことを言う道連れを軽くあしらい、煙草の煙をぷかりと一つ。

ちょっと心ない物言いになってしまったが、これは私の拙《つたな》い嫉妬だ。さっき手伝いで荷物を運んだ時、私がひいこら一個持ち上げるのが限界だった木箱を三つも涼しい顔で持ち上げられるとね。

……だったら〈膂力《りょりょく》〉とかに熟練度振れよって話になるが、今更振っても火力の伸びが悪いから、男らしさがどうこう宣《のたま》う私に理性の私が却下を突きつける。

でも、どうせなら、もっと分厚くて格好良い体つきになりたいよなぁ。

「んなの誰でもできるじゃん」

できてたまるか、と言っても馬肢人《ツェンタオア》には通用せんか。何やら面白くなさそうに前足で地面をぐりぐりやっているけれど、あれはヒト種《メンシュ》にするとどのような仕草なのだろう。

葛藤はどうあれ、三台の馬車を三角形に配置した警戒陣の中から煮炊きの煙がよく見える。あれに焚《た》かれている鍋を食べたらもう出発だ。一日歩いたら小さな荘があるとのことなので、そこで馬を休ませたら後は目的地まで進むのみ。

帰りは急ぐ旅でもないそうだし、街で新しい護衛を探すだろうから、この居心地の悪さも直に終わる。

そんなことを暢気に考えていると時間はあっという間に進み、今日は私が硬貨を投げて表裏を当てる賭けに負けたため、数十歩前進しての斥候役となった。

昼頃までは何事もなく進んでいた。昼休憩は取らず、夕刻の前くらいに壮園へ着くためそこでゆっくり休む段取りとなっていたのだが、件《くだん》の壮園に繋《つな》がる道の間で不快な違和感が首筋を擽《くすぐ》った。

私はマルギット程ではないが〈気配探知〉や〈常在戦場〉などの恩恵で素人よりは斥候

役を熟《こな》せる。その感覚が妙だと報《しら》せてくるのだ。

道は地面を均《なら》しただけの粗雑な街道であり、基幹街道と違って両脇が広範囲に渡って伐採されていることもない。左方に向かって緩やかに傾斜している土地の右側に何らかの作為を感じた。

この辺りの林は保護林ではないようで、建築に向いた樹木だけがお行儀よく伸びている訳ではない。各々があらん限りの生命力で領土を争っており、実に無秩序であるため馬で踏み入っていくのに苦労しそうな様相を呈している。

だが、百歩ほど先、不自然な切れ目があるように感じた。

街道の分岐と呼べる広さの切れ目ではないし、地元の狩人《かりゅうど》が獣道を自分達《たち》のために切り開いた私道の可能性もあるが、それが同じ方角に向かって数本通っているのはおかしい。同じ方角に向かう道ならば、僅か数十歩の間隔で態々《わざわざ》切り開く必要性が何処《どこ》にもないからだ。

私は一旦カストルの足を止めさせ、拳を握った左手を掲げた。後続に対する、その場で停《と》まれという合図だ。

車列が止まるのを確認したので、私はごく自然に馬首を巡らせる。腰元に括《くく》った水袋が空になってしまった、といった演技をしながら。

「どうかなさいましたか？」

「静かに。そのまま座っていてください。道の様子がおかしい」

「それは……」

「待ち伏せやもしれません」

驚愕《きようがく》によって腰を浮かしかけたゲルルフ氏を制止し、私は後尾に付いていたディードリヒを呼び寄せた。

さて、隊商を襲う上で一番大切なのは生存者を逃がさないことだ。そして、馬車が全力で走り始めてしまえば、それを止めることは難しいとなると一番最初にするのは道を塞ぐことである。

馬が通れる場所をなくせば、荷を乗せた馬車も騎乗した斥候も逃れられなくなる。あとは木陰から矢や石礫《いしつぶて》を雨霰《あめあられ》と浴びせ掛け、混乱し消耗した隊商にトドメの突撃をかけてお終《しま》いだ。一人二人走って包囲から逃れることができても逃げ込む先は不慣れな林の中しかなく、地の利と数の利を得ていれば追走して始末することも難しくはない。

「賊？」

「人の気配はまだ感じられない。でも、罠《わな》の下準備らしいのが見えた。林を切り開いた場所があったから、そこから石や丸太を落としてくるかもしれん」

「見て来てあげようか？」

「提案は有り難いが、その立派な図体《ずうたい》よりチビの私の方が輝く場面だ」

指摘すると馬肢人《ツエンタオア》はムッとしつつも、林の密集具合と自分の体を見下ろして頭を振った。

機動力を削《そ》がれる、また移動先を制限されてしまう林は騎兵にとっての死地。任せると仕草で示すと、彼女は斧を地面に降ろして背負っていた弓矢を手に取った。

「じゃ、いざと言う時は隊商を頼む」

巨大な弓矢だ。狩人が好む短弓は元より、軍人が扱う長弓よりも更に長く、最早《もはや》和弓くらいしか匹敵する物のない大弓は馬肢人《ツェンタオア》特有の武装である。軽騎兵として歴史に名を刻んだ彼等《かれら》は、今も尚《なお》種族の強みを活《い》かすべく弓矢の技術に長《た》ける。

ヒト種《メンシュ》の力では八人がかりでも弦をかけられるか怪しい強弓が後方に控えているなら、安心して前に出ることができた。

カストルを預けて気配を殺し、林に踏み入る。姿勢は低く、枝をへし折らぬよう、葉を揺らさぬよう静かに静かに進んでいけば、緩やかな起伏の中で人為的に一段高く整えられた場所を見つけた。

杭《くい》を打ち土を盛った坂の上には数人の男達が控えているではないか。間合いを空けて幾つも作られた坂は、隊商の先頭と殿《しんがり》を同時に叩《たた》けるよう調整するために複数用意されているのだろう。

今回は馬車が三台丁度収まるような間隔で丸太が設置されていた。

あれはかなり手慣れているな。

ここから見えるだけでも数は九人。手前の坂に四人、奥の坂に五人。街道の両脇に貼り付けるのに必要な人数を考えれば、倍から三倍はいるだろうか。

木の上に陣取っている見張りがいないか用心深く死角を探って接近し続け、遂《つい》に彼等の声が聞こえる距離にまで到達できた。

僅か数百歩の距離を埋めるのに歩くのと比べれば五倍近い時間がかかる。ああ、我が麗しの幼馴染《おさななじ》みであれば、私より用心深くも静かに走るような速度で進めるというのに。

「畜生、アイツらなんで止まってやがる……」

「水の補給にしても時間が掛かりすぎてねぇか？　もしかして気付かれたんじゃ……」

「かまいやしねぇよ、どうせこの道幅じゃ転進するのに時間がかかる。もう先頭の綱を切っちまおうぜ」

いかん、逃走路を防がれると下手を打った時に詰む。速度は防御力でもあるから――射程外なら、数も威力もないも同じだ――道は使えるようにしておきたい。

これはじっくりと策を練っている暇も、静かに敵を始末する余裕もない。

そう判断した私は勢いよく立ち上がって全力で駆け出した。

「んなっ……ゴガッ!?」

僅かな距離を一気に走り寄り、先頭の男の顔を左手に固定した盾の〝縁《ふち》〟で思いっきり打ち据えた。裏拳を放つように薙《な》ぎ払った盾が足音に反応して振り返った顔の中央に〝突き刺さって〟鼻骨と頭蓋を砕いた硬い手応えが返ってくる。

「てめっ……ああっ!?」

「どっから……ぎぃ!?」

右手に握り込んだ〝妖精《アールヴ》のナイフ〟を振り抜き、続け様に二人斬った。一人は顔を横断する軌道で両目を深々と切り裂き、もう一人は先の一人を斬るため振り下ろした腕を撥《は》ね上げて右の脇を撫《な》で切《ぎ》りにする。

そして、唐突に現れた男に仲間達が斬り倒されることに思考が追いついていないのか、棒立ちになっている一人の股間を蹴り上げて男としての命を終わらせてやった。

これで四丁上がり。目か腕、急所を潰しておけば後で復活してくる恐れもないため、もう居ないも同じ。

「何やってやがる!?」

「おい、あれ襲われてねぇか!?」

「拙い！　綱を切れ!!」

だが、楽しい奇襲の時間はここまでだ。流石《さすが》にこうも騒げば、離れた所にいる野盗に気付かれてしまう。

斧を持っていた男が丸太を括り付けていた縄を切ろうとしている。あれが切断されると、括り付けていた丸太が坂を転がって道に辿《たど》り着き、左側の林にぶつかって道を塞いでしまう。

「南無《なむ》八幡大菩薩《はちまんだいぼさつ》……」

と届くかも知れない祈りを口にし、那須《なす》の某《なにがし》さんに肖《あやか》って東方式の弩弓《クロスボウ》を放った。いや、ほら、下手に実在している試錬神に願った日にゃ「おっ、ええ心がけやん」と謎の寵愛《ちょうあい》を向けられかねないから。既に気に入られている節があるのだから、余計なことはしたくなかった。

かつて取得した〈短弓術〉は乗らないが、それでも射撃は〈器用〉が関わる判定であるため素の力量が高ければある程度は何とかできる。

昨年の子爵邸にて使った時と違って距離は開いているが……。

「あっ……うあああああ？」

当たった！　胴体を狙った矢は風に煽《あお》られて逸《そ》れたものの、右の腕を貫通した。骨を砕かれた男は斧を手放してしまい、それは坂を転がっていく。

いいぞ、丸太を固定する縄は太く二重に括られている。短刀や剣で簡単に斬れるものではない。時間を稼げた。

値千金の一矢が敵を射貫《いぬ》くと同時、街道から悲鳴が聞こえた。走りながらちらと見やれば、背後での騒動に驚いて立ち上がった不用意な野盗がディードリヒの矢に掛かって木に縫い付けられているではないか。

うわ、こわ。矢が三分の一くらいめり込んでるよ。人体貫通してあの勢いって、体の端なら当たった所が抉《えぐ》れるんじゃないか？　ありゃもう弓じゃなくて大砲か何かだな。

百歩以上も間を空けているなら、それはもう戦場ではなくディードリヒの射撃場だ。野盗側が弓箭兵《きゅうせん》を配置していたとして、熟練した弓兵が一つの的を狙って当てられるのは百歩前後であることを考えれば有効な反撃ができるとは思えん。

「このガキがぁぁぁ!!」

五人相手ならば〝送り狼《シュッツヴォルフ》〟を抜いた方がやりやすいかと刃を放ちながら駆け寄っていると、真っ先に迎え撃ってきた男の顔は見たことがあった。

「おや、奇遇だな」

「ぎっ……がぁぁぁぁ!?」

渾身《こんしん》の雷刀、大上段からの振り上げに私も片手の上段で応えてやった。安定した体幹、全身の力を乗せた一刀には凄《すさ》まじい〝粘り〟が宿り、同じ軌道でぶつかった斬撃を左方へ撥《は》ね除《の》けて直進する力を示す。

合撃《がっし》が綺麗《きれい》に決まり、野盗に堕《だ》した冒険者――というか、コイツなんでこんな所にいるんだ？　ＧＭ《ゲームマスター》が面倒くさがって使い回した？――の刃は垂直からややズレて虚空を切断し、一方で私の刃は敵の額から鼻頭を抜けて顎までを浅く割っていた。

ちょっと脳の前の方に傷が入ったかもしれんが、死なない斬撃だ。コイツらが何を目的に襲いかかってきたかは、前職と違って生きた口から歌って貰《もら》う必要はないから、生きていようが死んでいようが心底どうでもいい。

ただ、コイツらは野盗だ。単なる強盗じゃない。

ああ、野盗《生きた貯金箱》なのだ。つまり代官に突き出せば金になる。生きていれば見せしめ刑に使えるから、もっと金になる。

人の命で薄汚い商売をするヤツらの生死も襲いかかってくる理由も興味がないが、生きていることで小銭が楽しい音を立てる時間が増えるなら、それまでは生かしてやってもいい。

私に喧嘩《けんか》を売ったのが悪いか、ディードリヒの射程に入ったのが悪いかは甲乙付けがたいけれど、判断は彼等《かれら》の手に委ねるとしよう。

もう、お前達に与えられた権利は、それくらいだ。

残った野盗を始末するのに、二呼吸も必要なかった………。


【Tips】一罰を以《もっ》て百罪の戒めとす。ライン三重帝国刑法典　序文。


ディードリヒは女郎蜘蛛《じょろうぐも》の蜘蛛人《アラクネ》が特別に太くより合わせた弓弦が軋《きし》む音を聞きながら、過去を回想する。

それが許される位に温《ぬる》い戦場だった。

故郷での名はデレク。ヒルデブランド部族の有力家に生を受け、満たされぬ人生を送ってきた。

総合的な才能は誰よりもあった。力にも素早さにも秀でた肉体を生まれ持ち、戦神マウォロスの愛し子《いとご》と呼ばれるほどあらゆる武芸に長じ、部族内でどんな物でも上から数えた方が早かった。

最も尊ばれる弓の腕では、外れた者から周りに煽られながら抜けて行く遠当て競技で最後まで残らないことはなかった。

武芸の次に重要視される足の強さでも指折りだ。短距離でも長距離でも、草原でも石塊の上でも、常に後ろに多くを置き去りにしてきた。

だが、それでも上から数えた方が〝早いだけ〟。最後まで〝残れるだけ〟。指で数えられる数に〝挙がるだけ〟。

最後に一本、ぴんと立つ指にはなれなかった。

力比べも、長柄の扱いも、弓も走りも人よりできたが、その全てで誰よりもできるということはなかった。

勿論《もちろん》、彼女も分かっている。ヒルデブランド部族の馬肢人《ツエンタオア》総勢一八九名。その内戦士は八二名。一番があれば二番が当然いて、それ以下が人数分ちゃんとある。大多数がどの分野でも一番になれない者なのだ。

それでも彼女は渇望した。一番になった者は格好《かっこ》好《よ》かったから。

功名心の全ては、きっとそこから湧き上がってきたものだ。

アタシを見ろ、アタシを褒め称《たた》えろ、アタシを、アタシを、アタシを。

アタシがここにいると認めろ。

弓弦から手が離れ、人外の膂力《りよりよく》を以てせねば一寸と引けぬ矢が音を置き去りにして飛《ひ》翔《しよう》した。

木陰から顔を出し、弩弓を構えた野盗の首から上が消滅する。矢が額を貫いて背後へ突き抜けていく勢いに首の関節が負けて、悪趣味な重しになり果てたのだ。

その威力は最早〝攻城機械弓《バリスタ》〟に近しい。

一矢、また一矢と放つ度に必ず誰かが死んだ。立ち向かう者が減り、林の奥に逃げるようになっても変わらない。進むことが難しい密林であればまだしも、先が見通せる程度の林であれば胸壁の隙間を縫って敵の首を射貫く弓騎兵には平地と同じだ。

張り合いがない。剰《あま》りにも。

こんなのでは一番に程遠い。

「あれ？　アタシ、どうして……」

一番になりたいんだっけ？　という疑問は何も得ずに虚空へ消えたが、代わりに矢は野盗の背中に突き立って地面へねじ伏せた。

一番になった者は格好好かった。特に憧れた、部族一の勇者は本当に格好良かった。あらゆる難事を踏み越えて、大勢の仲間に囲まれて、幾多の戦陣で功を立てる。

そんな姿を見てきたから一番に憧れて、でも一番になれなくて無茶をした。戦争で功績を上げれば、それが一番だと敵陣に飛び込んで。

ただ、よくよく考えれば一番になりたい理由が分からない。

思えば難しく考えたことがなかった。何となく腹が立つから、何となくイラッとするからで大抵のことを片付けて、後はただナメられたくなくて格好好くなりたいとだけ考えていたことに気が付いてしまう。

考えると胸の中がムカムカするからしなかった思考が湧いて来たのは、林の中で暴れ

回っている金髪のヒト種《メンシュ》に色々と説教をされてからだ。

武を身に付けたるもの、と尤《もっと》もらしく語る彼の言葉には部族会の長《おさ》や親から聞かされた時と違って、何となく方向性があるような気がしたのだ。

それは熱と言うべきか。あの言葉はどうあるべきかを語ると同時、自分がどうありたいと思っているかを蕩々《とうとう》と並べているようでもあった。

知らないような、昔に捨ててしまったような熱がある言葉……。

「す……凄《すご》い!!」

「あ、ちょっと、危ないから引っ込んでなさいって言ったでしょ」

アタシは、どうしてそこまで焦がれたのか。ぐつぐつと茹《ゆ》だる思考とは逆しまの冷たい殺意を秘めた矢を放ち、遂に矢筒に数本しか矢が残らなくなった頃には、もう射るべき的がなくなっていた。

その最後の一射を見て少年が歓声を上げる。馬車の中に隠れているように命じていた隊商の一家、長男のリュディガーだ。

ディードリヒはこれが敵なら死んでたかも、と自分を戒めながら振り返る。つまらない相手ばかりだからといって、自分の中の思考に溺れ体を機械的に動かしていたなど、エーリヒから怒られる以前に自分で恥ずかしかった。

すると、向けられていた少年の目は、焼け付くほどに眩《まぶ》しかった。

きっと今まで暴力とは程遠い世界に生きてきたのだろう。成人してそう経《た》っていない少年の顔に傷はなく、家業を手伝っているとはいえ重労働とは程遠い手にはタコの一つも浮かんでいない。

ただあるのは、生物として本能的に持つ強者への憧れと畏怖。それから、淀《よど》みない英雄を仰ぎ見る熱。

「……それに、これくらい別に凄かないわよ。野ウサギを撃つのと大差ないわ」

照れ隠しの言葉を吐きながら、ディードリヒは少しだけ忘れた物を思いだしたような気がした。

一番になれなくて泣いていた自分を慰めた勇者に。

優しく、誰からも認められる勇者になりたかったんだったっけと………。


**【Tips】勇者の定義は地域によって異なるが、勇気ある義人という概念だけは何処《どこ》でも揺るがない。**


全く以て厄介なことになった。

あの後、敗残兵に縄を打って背中を蹴りながら近くの荘《しょう》へと連行してやったのだが、あろうことか野盗共は荘園の住民だったのだ。

まぁ、別に珍しくもないといえばそれまでだが、よもや所属している荘へ引っ立てることになるとは思わなかった。

不幸中の幸いなのは、その連中が壮園の中でも鼻つまみ者というか、半ば村八分に近い色々とやらかしがちな連中であったため、その場で壮園全体が敵に回らなかったことだが。

だが、壮園の中から野盗が出るというのは大変拙《まず》い。どれくらい拙いかと言えば名主どころか代官の首が飛ぶくらい拙い。それも物理的に。

なので名主が〝始末〟は自分達《たち》で確実に付けるので、なかったことにしてくれと泣き付いてきた。

最初、話を聞いた時は醜聞を完全に〝なかったこと〟にしようと、自警団を使って私達の口を封じにかからんだろうなと危惧したが、それも堂々たる体軀《たいく》の――しかも報奨金のために取った首を幾つもぶら下げた――馬肢人《ツエンタオア》が解決してくれた。何十倍もの野盗をたった二人で倒した事実と、縄を打たれた目を覆いたくなる有様の生き残り。そして鈴なりになった生首で気圧《けお》されて、誰も戦おうという気が湧かなかったのだろう。

都合の良いことを言いやがると思ったが、詫《わ》び料《りょう》として提示された金額は悪くなかった。生け捕り報償とは見劣りするものの、野盗の咎《とが》が認められて報酬が払われるまで何ヶ月も空くことを考えれば十分過ぎる額だ。

何よりも周囲の反応から、彼等が野盗をやっていたのが本当に寝耳に水であったのが分かったから。

監督不行き届き、と言ってしまえばその通りではあるのだが、人間が群れると度の過ぎたアホが生まれてくるのを完全になくすことはできない。それが一二人、冒険者と住所不定の連中を含めると四〇人もとなると、呆《あき》れるのを通り越して人の世の世知辛さを感じずにはいられない。

荘の人口は三〇〇人少し。たった五％のアホのために連座で何人もの首が飛び、更に荘全体に課される罰金、或《ある》いは苦役で酷《ひど》い目に遭うと思うと哀れだ。

差し出す金額も大慌てで荘中からかき集めてきたようで、納税直後の上に冬支度で金が幾らあっても足りない時期ということを加味すれば、次の春の祝祭さえ諦める覚悟で差し出しているに違いない。たとえ、このボンクラ共の家を探って金目の物を全部換金したとしても補塡《ほてん》には足らないだろう。

一応、今回の責任者であるゲルルフ氏に判断を投げた所、彼は穏便に済ませてやりたいと言った。

野盗の被害に遭った、今では名も分からない被害者も大勢居るだろうに穏便にって……とは思ったが、商人である彼の立場を慮《おもんぱか》れば無理もないか。今後も商売で立ち寄る荘でことを荒立てたら仕事もやりづらかろうし、荘や近隣が無茶苦茶になることを知ってお上に訴え出たとあっては風聞が悪い。

だから、穏当に済ませたいなら二人きりで話をさせろと名主に要求し、二つ確約させた。

一つは関係者は必ず始末した上で〝首だけにした〟冒険者と住所不定の輩《やから》を代官に持って行き、野盗の主犯格を捕まえたので捜査してくれと要求することを。

こうすれば代官が奇襲地点の周辺を捜査して、野盗の痕跡を見つけるだろう。さすれば代官は自分達に拙いと思った痕跡は消せるが、被害者は出てくるので遺品の一部が遺族に届けられるかもしれない。

二つは金を半分返してやるから、代官が寄越《よこ》すであろう〝野盗討伐の報奨金〟を全額上乗せして塚の一つも立て、野盗の被害者を供養しろと言い含めた。

起こったことをなかったことにはできないし、被害者も神の御許《みもと》に導かれているであろうが納得もすまい。かといって大勢が路頭に迷うようなこともしたくないので、せめてもの妥協案だ。

必ず違《たが》えるなよ、と貴族との繋《つな》がりまでチラつかせて――要は後で幾らでも調べられるからなと脅して――約束させたのだ。誤魔化す可能性は低かろう。

後は荘民達が、残った塚を見て二度と同じことを繰り返さないようにしてくれればいい。

「この始末の付け方が正しいの？」

とディードリヒは問うてきた。

「正しい正しくないは、後から幾らでも変わるし分からんよ。結局自分が納得のいく解決を探す以外、正しいなんてものはない」

だから私は、法と正論を貫くことだけが正しいことではないと補足する。

法に則《のっと》るのであれば、我々は直《す》ぐに名主ではなく代官より上の貴族に話を通し、野盗のことも事件を隠蔽しようとしたことも告げねばなるまい。

だが、そうしたとして、生きている人間は誰も幸せになるまい。

壮園は名主に重い罪が下って混乱した上、罰金やら苦役やらで大いに苦しんで冬を越せない家が幾つも出てこよう。ゲルルフ氏の家も表向きはどうあれ、裏では無慈悲な連中と噂《うわさ》を流されて取引先から切られることも考えられる。

更に代官の首が挿《す》げ変わる騒動にまで発展したならば、数ヶ荘が乱れて地域全体が大騒ぎだ。必ず、この一件で悪いのは誰だと犯人捜しをすることになる。その結果、この荘の人達が余所《よそ》から迫害されるようなことがあっては、流石《さすが》に寝覚めも悪かろう。

「判断した時に正解だったのが、後から間違いに変わることすらあるんだ。だったら頭が悪いなりに、多少なりとも道義が通りそうな道を探してみるべきなのさ」

こう言うとディードリヒは難しそうな顔をして尻尾を振りながら、自分ならどうするか考えてみると言ってくれた。

それがいいと思う。今回はゲルルフ氏が半ばボールを投げ返してきたような形だったため、私の独善が介入する形で解決させた。

このやり方に異論がある者もいるだろうし、それを悪いとは思わない。

無自覚ながら犯罪に加担した荘が悪いので責任を取らせるべきだと考える者もいれば、それこそ本当に何もありませんでしたが？　と振る舞ってやるのが人の道だろうと言う者もいよう。

だが、私は命を狙われた側として、護衛の仕事を受けた側として、これが一番だと判断したために行動した。あとで間違っていたと選択を悔いることはあるかもしれないが、今の頭を捻《ひね》ってできるだけ不幸になる人間が少なくなる選択肢をとったつもりだ。

ゲルルフ氏達に死人が出ず、私達も怪我《けが》してないからの結果論だろうと言われると反論のしようもないが……まぁ、そこは結論なんて結果が出てからじゃないと出せねぇんだよと開き直っておこう。とどのつまり、結果が違っていれば結論が変わるのは自明なのだから。

さて、それはそれとして、もう一つ問題がある。

ゲルルフ氏達が妙に私達を気に入り、ついに勧誘が始まってしまったのだ。

ディードリヒは馬肢人《ツェンタオア》であるためリュディガーの嫁にとは言われなかったが、専属の護衛として雇われないかと声がかかり、あろうことか私には婿入りの打診が来てしまった。

どうやら腕っ節もあるが、同道している間の振る舞いから貴族相手の商売もできる知識と教養の持ち主であると見込まれていた中、今回の仕儀がゲルルフ氏の感性的に気に入ったのが決定打だったようだが……私はクラーラ嬢がおねだりでもしたのではないかと睨《にら》んでいる。

まぁ、元々露骨だった攻勢《アプローチ》が更に強くなりましてね。遂《つい》には夜、天幕を訪ねてくるようになったので――貞淑はどうした――二人とも、これは拙いと同意したのである。

元より私は冒険者になるべく帰郷している途中だし、ディードリヒだってライン三重帝国に定住して問屋の専属護衛に骨を埋《うず》めるつもりはないだろう。

相談などする必要もなしに心を通わせて、私達は街について護衛が終わったらバックレようと決めた。
　よもや隊商から二度も逃げることになろうとは思いもしなかった…………。

【Tips】ＧＭ《ゲームマスター》は課題を提示するが、解決は全てＰＬ《プレイヤー》の手に委ねられる。

青年期

# 十五歳の晩秋

## シナリオのその後

キャンペーンのエンディングの後、GMの手によってPC達の行いが第三者によって、どのように見られたかを伝える余談が語られることがある。自分達の冒険が余人にとって、どれだけ面白おかしく、またヒロイックだったかを改めて分かってもらえる楽しい瞬間だ。

「端的に言って金がない」

久し振りの大きな街に感動し、良い宿に泊まろうと提案するディードリヒへ私は無慈悲に宣言した。

「え？　何て？」

「だから、金がない」

「なんで!?」

何でもへったくれもあるか！　と怒鳴りたい気持ちを抑え、私は背嚢《はいのう》を開いて空っぽに近い中身を見せ付ける。かつては私一人でなら十分過ぎる糧食を収納していた空間である。

金がないのは、偏《ひとえ》にディードリヒの大食いのせいだ。

ゲルルフ氏達の隊商から離れて十四日。あれからは前半に大暴れしてくれた不運《ファンブル》が嘘《うそ》のように穏やかな旅程を消化できていた。

ただ、穏やかな反面、淡々と日銭だけが出て行く日々が続く。隊商の人足仕事をして浮かせられる筈《はず》だった食費も、あれからは却《かえ》って厄介事に巻き込まれそうだと単独行を選んでいるため嵩《かさ》み続け、旅籠《はたご》に着けば魂の洗濯に泊まることもあって更に金が飛ぶ。

そして、この女は大食いと同じくらいの大酒飲みだった。

たまには良いかと旅籠の食堂で飲ませてやったら、それはもう大量に飲みやがる。人型の上体には消化器がなく、馬の方に大きな胃と長い腸が詰まっている構造もあって、容量がヒト種《メンシュ》とは段違いなのだ。長い食道を通すため丁寧に咀嚼《そしゃく》しなければならないから、すぐ満腹になるかなと暢気《のんき》に見ていた私の失態だ。

　野営中はまだ自重しているのだなと分からせられる食いっぷりは、野営に備えて食い溜《だ》めしている――どうやら種族的に本当にできるらしい――と言われれば強く咎《とが》めることもできず、何と一日で飯代に二〇リブラもかかったことがある程だ。

　そこに凄《すさ》まじい速度で減っていく携行食を買い足して、諸費用などを足すと暖かかった財布が加速度的に冷えていった。幾ら出発時に予算が一〇ドラクマあったからといって、この調子で使っているとケーニヒスシュトゥール荘《しょう》に着く頃には大半が消えることとなる。

　私は当初、この旅路では一ドラクマ未満に旅費を抑えようと思っていた。

　この予算は辺境に旅立つための旅費でもあり、仕事が軌道に乗るまでの貯蓄でもあるため帰省するまで保てばいいなんて気軽な物ではない。夢の冒険者生活を順調に滑り出させたいならば、予定外の出費を容《い》れても八ドラクマは残しておきたかった。

　実家に帰った後、暫《しばら》くは収入が細くなるから一気に仕送りを渡しておくため。マルギットと二人で――もしかしたらディードリヒも付いてくるかもしれないが――辺境へ行く旅費。

　それがまぁ……着《き》たきり雀《すずめ》なのは可哀想《かわいそう》だと思って着替えを調達してやったり、食費が増えたせいで、もう三ドラクマも使っている。故郷までまだまだ遠いのにだ。元々被服は高価だが、馬肢人《ツェンタオア》のは出物が少ないので更に高値が付いてて一瞬吐くかと思った。

　現地で生活を始めるのにも纏《まと》まった金が必要となるので、もう一銭とて浪費できぬ。

「えぇ……お酒はぁ？」

「この前、しこたま飲んだろう。ヒト種《メンシュ》なら腹が張り裂けて死ぬくらい」

「あんなの飲んだ内に入らないわよぅ。便所も二回しか行ってないし」

飲んで肝臓の分解力に任せて排出し、そこから更に飲む。駄目な酒飲みの典型例をやって尚《なお》も酒量を控えているという言には、一回も酒精神《ふつかよい》の長居を挟まず起きてきたのもあって嘘がないと認めよう。

だが、安酒でも沢山飲んだら銭が出て行くのだ。それが地方のうらぶれた酒房で出される、麦の滓《かす》が表面に浮かび、ちょっと酸っぱく感じる安い麦酒《ビール》であったとしてもだ。

「年頃の娘が便所とか言うな。花を摘んでくるとか、手を洗ってくるとか……」

「便所は便所だし、どう言い繕っても出るもんは一緒でしょ。言葉を変えたからって尻から出てくる物が花びらに変わる訳でもなし」

コイツは本当に……。

この問題児をどうすれば淑女にできるかと頭を捻ったが、最終的には「黙ってりゃ美少女だからもういいや」との結論に行き着いた。一朝一夕で座学が仕込める訳でもなし、当座は私が対応すればいい。

「湿気《しけ》た宿しかない区画ねぇ」

暫くぶりの立派な都市は、名をヴィゼンブルクといった。ラウジッツ行政管区に属する人口三千人ながら大規模都市に区分される街であり、北西に南剣連峰が聳《そび》え、その更に南には豊かな鉱物資源を抱えた低山帯が存在する。

最大の特徴は銀鉱山を擁しているため、都市戸籍を持つ人口と比して実人口が何倍も大きいことだろう。出稼ぎの鉱山労働者、賦役で鉱山にやってきた荘民、果ては苦役刑を科された囚人鉱夫まで含めると人口は一万五千人近い。

ここで採掘された銀鉱石が延べ棒に加工され、また別の貨幣を鋳造する都市へ流れていく。同じ都市に鋳造所がないのは、鉱山採掘でただでさえ木材を伐採する中、大量の燃料を必要とするそれらの施設を集めると植林が追いつかないかららしい。

どうあれ、大勢が働いているだけあって、それに応じて様々な客層を満たす宿があるのだ。

「屋根と壁があって寝床がある。これ程の贅沢《ぜいたく》はないぞ」

「ちゃんと混人馬《セントーア》……馬肢人《ツエンタオア》向けの部屋があるところにして欲しいんだけど」

「そこは最低限考えておく」

その中で、金がないので最低限安くて真面《まとも》っぽい宿を探さねば。最悪、寝床に多少蚤《のみ》や虱《しらみ》が湧いていても魔法で何とかする。思い出せば背筋が粟立《あわだ》つ、アグリッピナ氏を姉と呼んだ珍道中に放り込まれた最低の宿よりマシなのを探せばいいのだ。ここまで要求を下げておけば、然程《さほど》難しい問題でもあるまい。

ただ、馬肢人《ツエンタオア》であるディードリヒにはある程度の配慮が必要だった。馬肢人《ツエンタオア》は巨鬼並みに背が高い上、普通の寝床では眠れない。十分に天井が高くないと狭苦しくて落ち着けないし、寝床も相応の広さがなければはみ出るどころの話ではない。

馬のように四半刻から一刻前後の睡眠を細切れにとる馬肢人《ツェンタオア》は、立ったまま眠れるが纏まった睡眠に際しては普通に寝転ぶこともある。

寝そべる時は布団のように薄い寝床を使い、立ったまま眠る場合は腰の高さにある台へ人型の上半身を寝そべらせて寝るのが一番楽だそうだ。ある程度は妥協はできるが、やはり見合った寝具がないと質の高い睡眠は得られないとあれば、あまりケチ臭いことも言ってられん。

さりとて、大抵の宿は需要が高い中央値《スタンダード》的な人類に合わせた構造をしている。二足歩行で直立し、背丈が一mから二mの間くらいの大きさに収まる人類が殆《ほとん》どなので、馬肢人《ツェンタオア》のような大型人類が泊まれる宿は少なかった。

あと、風呂も馬肢人《ツェンタオア》や巨鬼のような大型種族は苦労するな。湯殿でも一般的な規格ならしゃがみ込んでも腰まで浸《つ》かれず、蒸し風呂も狭くて苦労するとあれば、多少出費が高くなるのは仕方がなかった。

貴族や富豪向けの宿なら、大抵の問題は解決するんだけどね。天井は最初から高いし、一人で使う必要性が全く感じられぬ広さは当たり前で、色々な種族に対応するための家具が予《あらかじ》め用意されている。頼めば入れ替えて環境を整えてくれる便利さは、やはり高い金を取るだけあると納得できるものだ。

とはいえ、今の懐事情でそんな宿には泊まれない。素泊まりでも銀貨が何枚もすっ飛んでいく贅沢は、ここで休憩と補給を兼ねて数日滞在することを考えるとできなかった。

ブツブツ文句を言うディードリヒを無視して看板を頼りに探せば、多種族対応を意味する角と牙と鱗《うろこ》を意匠とした看板が掛かっている宿が一件見つかった。

宿自体は風呂もなく廁《かわや》も共用、食事が欲しいなら近くの酒房で買ってこいという木賃宿に近い粗雑さではあったし、汗染みが消えなくなったシーツと布団には虱が湧いていたが、黒い例のアレが昼間からウジャウジャしていることはなかったので許容範囲だ。

ひっそりと魔法を掛けて綺麗《きれい》にしておいたら、ディードリヒは値段の割に気の利いた宿だなと首を傾《かし》げていたけれど、バレていないので平気平気。虱に噛《か》まれると本当にキツいからな。これくらいはアグリッピナ氏にも目溢《めこぼ》ししていただきたい。

厩《うまや》も借りて荷物を置き、酒房で昼食を摂《と》るために適当な所を選んで入った。

「うーん……やはり減りが早い」

簡単に昼食と酒を頼んで金を払い、財布を出したついでに中身を改めると、使いやすいよう銀貨と銅貨だけを入れた普段使いの財布が随分と痩せ細ってしまっている。中身を足すアテがない限り、暫くは質素な生活をせねばなるまい。

「路銀足しの仕事を探すか、また隊商を探すか……」

「ねぇねぇ、ちょっと」

人の苦労も知らないで麦酒を呷《あお》っていたディードリヒが袖を引っ張ってきたので、何だよと反応すれば雑多な張り紙がしてある壁に一際目立つ張り紙があった。

多くは通りかかっただけの旅人に過ぎない私にとってはどうでもいい、物々交換の提案や尋ね人捜し、中には嫁募集などという変わった内容もある。

しかし、一際目立つ場所に貼られたそれは、領主の印章が捺《お》された行政府発行の張り紙ではないか。

「闘技大会興行……か」

かなり簡素な画風の剣士が二人斬り合っている図案の張り紙は、領主主催の闘技大会を催す告知であった。

帝国ではよくある祭りだ。荘規模でも力自慢大会なんぞ季節毎《ごと》にやっているし、親戚がいる所では一本の木をどれだけ早く斬り倒せるかの競技会や、一抱えもある石を何秒持ち上げていられるかを競う大会もある。

これは、その拡大版であり、領主が有力な私兵を集めるという名目で市民に娯楽を提供するものだった。

ここは鉱山と鉄工の街だからな。秋の収穫祭といっても実感が薄いし、ともすれば豊《ほう》穣《じょう》神の神殿もあるまい。一方で金属加工をしているなら鍛冶鉄工を司《つかさど》る鉄火神、その兄弟たる練武神の信仰も篤《あつ》いだろうから、民のガス抜きとしてはお誂《あつら》え向きの催しか。

それに闘技大会といっても、駿河《するが》のお城でやったような血生臭いアレや古代ローマの闘技場と違って、まぁまぁ牧歌的なものだ。馬上槍《やり》試合に集団戦、投げ槍から弓の遠当てに騎射と種目は多いものの、何《いず》れも命のやりとりを含まないように調整されている。

開闢《かいびやく》帝が殺人を興行に使うのを禁じていることもあるし、有事には優秀な兵卒として使える実力者を娯楽や余興で死なせるのが惜しいためだ。処刑が実質的に娯楽になっている点は否めないが、あれは例外としておこう。

目玉である絢爛《けんらん》な騎士鎧《よろい》と馬を用いる馬上槍試合も、刃引きされた剣や摸擬槍《もぎやり》を使うため、かなり酷《ひど》い落馬をしない限り中々死なん。次に人気である個人戦も当然ながら本身《真剣》は使わないため、興奮した選手が〝やり過ぎ〟さえしなければ早々命に関わることはない。

とはいえ鉄の棒きれで殴り合うのだから不虞《ふぐ》になることはあるし、運が悪ければ数ヶ月は寝床の上というのも珍しくはないのだけど。

「おお……各分野での優勝賞金が五ドラクマ!!」

中々豪儀だ。今回催されているのは馬上槍の個人戦――中世ヨーロッパでは団体戦の方が人気だが、ライン三重帝国では個人武勇が分かりやすいためこちらが人気――と徒《かち》での個人戦。他に投げ槍が的当てと遠投の二種目あり、弓術も同様に的当てと遠的に加えて騎射が入った三種目。徒手格闘など熟々《つらつら》と種目が一〇以上続いているため、優勝賞金だけでも総額五〇ドラクマを超えている。

こりゃあ、ここの領主は相当な武芸好きだな。会場を整える予算やら何やらを加えると、総額で何百ドラクマかかっているやら。貴族の懐にとっては大した金額でなかろうと、お上から許可を取り付ける苦労を考えれば簡単でも安くもなかろうに。

「これはいいな。受付期間にも辛うじて間に合うし、参加しても足止めは一〇日足らずで済むなら十分に価値がある」

「アタシも出ようかな。いい加減自分の布団を買いたいし、何時《いつ》までも氏神様が乗る背中に荷物をぶら下げとくのも嫌だから、騾馬《ラバ》の一頭か二頭は買っとかなきゃ」

あと、借りっぱなしってのも何だしね、という小声は酒杯の中に小さく反響していたが、この距離だと普通に聞こえてしまう。

ディードリヒにも良い機会だった。彼女の収入は先の野盗を突き出した報酬だけなので、細々した物を買ったせいでまた文無しに近くなっている。

呟《つぶや》きを聞こえなかったことにしてやって――指摘すると照れて否定するだろうから――話題を気になった単語に逸《そ》らした。

「……氏神？」

「馬肢人《ツエンタオア》の背中は神聖な所なのよ。個人個人を見守る祖霊の神が乗ってるの。だから人は乗せないし、できるだけ荷物も載せない……知らないの？　こっちでも、似たような信仰はあると思うけど」

「そういえば、馬肢人《ツエンタオア》が人を乗せてる姿は見たことがないな」

氏神という耳慣れぬ言葉は、馬肢人《ツエンタオア》種族特有の祖霊信仰であるようだ。背中には先祖の霊が見守るために乗っているため、余程でなければ物も人も載せてはならないと大体どこの部族でも決まっているらしい。

言われてみれば体の両脇に括《くく》り付ける背嚢《はいのう》を使うことはあっても、馬のように鞍《くら》を載せた者はいなかった。軍記物だと馬肢人《ツエンタオア》の騎士が窮地の主君を背に乗せて敵陣を突破する武勲詩を聞いたことはあるものの、業として人を乗せたり運んだりしている姿は、人種の坩堝《るつぼ》たる帝都でさえ見られなかった。英雄的な行為と称賛されるに足るだけの理由があったという訳か。

「だから、いい加減鎧櫃《よろいびつ》やら何やら担いで歩くのは格好悪いし、先祖に悪いから支度金を稼ぎたいわね……アンタは何に出るの？　馬上槍？」

「いや、馬上槍はアレだろう？　たしか馬や鎧を賭け金にしなければならなかった筈《はず》だ。私は立派な板金鎧なんて持ってないし、そもそも槍は得意でもない。個人戦だけにしておくさ」

「あ、そ。アタシは弓かな。複数参加もできるみたいだし、射的と遠的、騎射も出ちゃおうかしら」

「馬肢人《ツエンタオア》が騎射に出ていいものなのか……？」

それってズルでは？　と思いつつ、門前で受付をしているとのことなので、私達《たち》は大して美味《うま》くない薄い汁物を掻《か》き込んで、早速出場することに決めた。

どれか一つでも優勝できれば、この大飯ぐらいの食費を購《あがな》える。それにディードリヒも持ち去られた装備を自弁したいだろうし、これは少し本気を出す必要がありそうだな。

「自信は？」

「あるに決まってるでしょ。こんな湿気《しけ》た田舎の闘技大会なんて、どうせ大したヤツは出ないんだし。アンタこそ、田舎剣士に負けたりしないでよ」

「田舎って……そのつもりだが、私は強敵がいた方が嬉《うれ》しいな。腕を磨くことができるし、歯応えがないのと比べたら何倍も楽しい」

「……やっぱり前々から思ってたけど、エーリヒは結構馬肢人《ツェンタオア》の部族に向いてるよ」

「なんで？」

純粋に何故《なぜ》そう思ったか分からなかったから聞き返してみれば、露骨に「コイツ分かってねぇな」って顔をされてしまった。

あれか？　もしかして私、とんでもない戦闘狂《バトルジャンキー》だと思われてる？　毎日に近い頻度で鍛錬に付き合わせているのは事実だし、自分が磨いた腕前がどこまで世界に通じるかの指標となるため強者《つわもの》との手合わせは望む所だが、別にそれを第一に考えたことなんてないぞ？

受付に行くために道を歩いている間、誤解を解こうと話をしてみたものの、ディードリヒは真面《まとも》に取り合ってくれなかった………。


【Tips】闘技大会。武に関わる腕前を競わせる興行であり、行政的には私的な軍事演習に近い扱いとなる。武芸に関心がある領主の趣味のみならず、優秀な遊歴の武者を取り立てる機会にもなるため各地にて催され、これを目当てに諸国を渡り歩く武芸者も少なくない。

参加登録はすんなりと終わった。事務員から煽《あお》られることもなく淡々と処理されてしまい、お約束であるボーヤは危ねぇから止《や》めときな！　という周囲からの罵言を頂戴することもない。

別に欲しかった訳ではないのだが、このナリなので拒否されたりしないだろうなと心配だったのだ。

だが、話を聞けばいっちょ名を上げたるかなって理由で近くの農村から腕自慢も集まっているらしく、成人したばかりの子供がやって来るのは珍しくもないそうだ。参加登録費さえ払ってくれるなら何でもいいそうで、大判銅貨《クオーター》二枚を受け取った役人は至極どうでもよさそうにしていた。

むしろ、問題になったのはディードリヒだ。

馬肢人《ツエンタオア》の戦士が騎射に参加した前例がないようで、役人も私と同じく「騎射……騎射？　え？　これっていいの？」と困惑し、責任者に問い合わせる事態となったのだ。

だろうね。だって、乗ってないもの。文字通りの人馬一体過ぎるもの。チートじゃねぇかって話だろう。

役人が上司にお伺いを立て、そこから更に領主に問い合わせた結果「面白そうだからヨシ！」との沙汰が下ったものの役人本人は腑《ふ》に落ちねぇという顔をしていた。分かるよ、私もそう思うもの。

参加でも一悶着《ひともんちゃく》あったが、そこからもまぁまぁな大騒ぎになった。

というのも、今回の闘技大会は領主からのお許しがあって公式に賭けが成立しているのだ。裏で犯罪組織がコソコソやるよりマシだと判断したのか、受付の隣に賭け札の購入所も併設されていて、そこの人員が優秀そうな参加者がやって来たら掛け率《オッズ》を即興で変更している。

購入自体は受付締日を過ぎてからだが、パドックで馬の状態を見るのと同じように——道連れが馬肢人《ツエンタオア》だけあって実に奇遇——賭けるに値する参加者が現れないか一日見ている暇人が結構いたのだけれど、馬肢人《ツエンタオア》が騎射に参加するとなって場が騒然としたのだ。

神代は遠くなれど〝生きた滅び〟の逸話だけは今も残っている。何より馬肢人《ツエンタオア》と近い瘤馬人《カメルースニイ》なる馬肢人《ツエンタオア》の駱駝《らくだ》版みたいな騎馬部族が第二次東方征伐で帝国軍を相当苦しめた記憶が新しいこともあって、下半身が四つ足の亜人が騎射を得手とすることを誰もが知っているのだ。

これは競技が成立するのかという懸念、いやアイツなら負けない筈、という意見が方々でぶつかり合って掛け率が何度書き直されたか分からん。

これ以上場を混乱させてはならないと手を引っ張って早々に退散したものの、門の方が遠く離れても喧々囂々《けんけんごうごう》としていたこともあって議論は長く続いたのだろう。

そして、翌日に恐る恐る一人で見に行ったら、騎射の項目には何ともまぁ酷い掛け率が書かれていた。倍率は一・〇五倍。つまり一リブラ賭けても五アスしか儲《もう》からない有様だ。結局、馬肢人《ツエンタオア》の腕前に胴元が恐れを為《な》して掛け率を調整せざるを得なかったらしい。

とはいえ、それでもド鉄板といえるものだ。利益率をどうしてるか知らんが、胴元も災難だな。

まぁ、絶対はないのがこの世の摂理。一二〇億の紙吹雪が舞い散らないよう、前日に酒を飲ませすぎないよう気を付けるか。

それと、これは予想していたことだが、私は良いことに気が付いた。

個人戦は参加人数が多いこともあって、数百人の参加者を一〇組に分けた後で最後の一人になるまでの乱戦をさせ、生き残った代表者同士での勝ち抜き戦に移行する形式で進行する。

こういった試合形式なのもあって、事前の賭けは予選の分しか始まっておらず、そこには参加経歴があったり余所《よそ》で名が売れたりしている人間の名前が五〇人分ほど列挙されているだけで、それ以外の十把《じっぱ》一絡《ひとから》げは〝大穴枠〟として五倍もの高い掛け率が記されているではないか。

全参加者を細かく列挙し、競馬のように評価していく訳にもいかぬので実務面に従って考えたやり方なのだろう。どっかの地下闘技場でやっている勝ち抜き戦《トーナメント》と違って、全選手が入場する度に口上が上がる訳でもないので実に妥当だ。

さて、前世だと競馬や競艇は関係者が賭けに参加することができなかったらしい。公平性の維持と身内同士で結託して八百長を働くのを防ぐためであろう。

しかし、今回はそんな規制は一切ない。それどころか、自分で自分に賭け金を投じることができるのだ。

自分で言ってて虚《むな》しいが、母上に似て女顔で着痩せするためヒョロく見えすらする私は誰にも注目されておらず、個人戦においては完全に〝大穴枠〟に入っている。

更に、上手《うま》く勝つことができたとしたら……？

私は笑みを浮かべつつ、悪い遊びに手を染めることを決めた……。


【Tips】行政側が賭け事の胴元となることがライン三重帝国においては許されている。


闘技大会の会場は、会場と呼べるほど立派なものではなかった。

剣と魔法のファンタジーが存在する世界とあれば、満座の観衆を讃《たた》えた巨大な円形闘技場が相場ではあるものの、残念ながらそんな物は州都規模の大都市に一個あれば良い方だ。開闢帝は〝パンとサーカス《一種の愚民化政策》〟をやらなかったため、帝国暦になってから新規に建造された大規模競技施設は大都市に数える程しかない。

今回の会場は市壁の近く、開けた土地に貴族が座る枡席《ますせき》や富裕層向けの階段座席をでっちあげただけで、あとは広い野っ原に観戦客が茣蓙《ござ》なりを敷いて邪魔にならない所に陣取っている牧歌的な物だった。

他に用意されているのは雑草を抜いて地面を均《なら》しただけの空間と、様々な競技に流用できるであろう白線くらいのもの。何の集まりか知らなければ、どっかの運動会と勘違いし

躙せよ。
魔族を、人を——
禁忌を。
文庫
注目作
第七魔王子ジルバギアスの魔王傾国記Ⅰ
著：甘木智彬　イラスト：輝竜 司

ノベルス
注目作
ついに書籍化を果たした
人気WEB小説作品！
8歳から始める魔法学1
著：上野夕陽　イラスト：乃希
2207 B/N

そうな有様だった。

人口一万人を超える都市にしては簡素だが、古代ローマと違って剣闘試合を常設できる訳でもなし、むしろ座席がある分立派な方だと思おう。

闘技大会は五日間に渡って執り行われる。初日と二日目に予選が集中し、三日目と四日目で本戦を消化。最終日には最も派手で、騎士物語を彩る象徴的な馬上試合が催される構成となっていた。

そして、私の出番は二日目の午後。拳闘――組み技なしの殴り合い――と組合相撲《レスリング》の後にやって来た。

予選は全一〇組、二〇人から二五人の集団で乱取りを行って、最後に立っていた者が勝者となり、四日目の勝ち抜き戦に出場できる権利を得られる。

私はその中でも第五組に分けられ、特に何の注目もされず、同時に集中狙いされることもなく開幕の鐘を聞いた。

この予選の妙は乱取りであることだ。つまり、事前に期待されるような名がある連中は、一対一では勝てないと思った連中からタコ殴りにされる。今も遊歴の騎士として様々な紛争や決闘裁判の助《すけ》っ人《と》として名を上げた犬鬼の男性が、参加者の半数くらいから一気に襲われて難儀していた。

この個人戦は獲物は自由なれど、魔法の加護が掛かった品で無双されてはつまらないため武器装備は全て貸与品だ。武器は刃引きされた摸擬品《もぎひん》、防具も兵士が使い古した廃棄寸前の量産品を貸与されるだけなので、金に任せた脳死戦法で勝ち残れる程甘くない。普段は重武装しているであろう、鬣犬《ハイエナ》種の彼も中々に苦戦しているようだ。

たしかに騎士や冒険者の強さは、装備込みでの強さって所はあるからなぁ。普通の人間ならば栄達の糧とするか豪遊するような金を惜しみなく武器、防具、小道具に費やし、累計すれば邸宅が建ちそうな品々を身に纏《まと》っているにも拘《かか》わらず、宿は一番安い部屋に泊まってやっすい麦酒《ビール》を呷《あお》る変人。冒険の揺るぎなき成果である装備を剝がれては、全力とはいくまいよ。

然《さ》りとて豪勢な板金鎧《よろい》を着て現れられては、刃引きした槍《やり》や剣、布と綿で包まれた斧《おの》や槌《つち》を使った一般人では到底勝てぬ。装備の豪華さだけでゴリ押しされる試合では興ざめであろうからやむを得まいが、防具によって攻撃を防ぐことも術理として磨いた騎士にはきつかろう。

甲冑《かっちゅう》は、ただ着ているだけで強くなる魔法の服ではない。動き方は勿論《もちろん》、攻撃の受け方によっても敵の隙を作ることができる立派な兵器だ。彼からしては、左手を縛って戦っているような気分かもしれない。

一方で私は気楽なものだ。半数近くが犬鬼に集《たか》っているため、あまりがペチペチ殴り合っている中で気配を殺し、私を殴るより誰かの背中を殴った方が楽そうな場所に陣取るだけで競争相手が減っていく。注目されていないのを良いことに省エネを決め込んで人が減るのを待ち、その内に戦うしかない状態になって初めて他の選手を倒す。

それも劇的に派手な勝ち方はせず、明らかに疲れて遅い一撃に辛うじて合わせせられましたといった調子で。

何も狡《こす》っ辛《から》い勝ち方をして怪我《けが》や疲労を避けようとしているのではない。正直、この程度であれば全員を一気に無手で相手取っても無傷で潜《くぐ》り抜けられようが、ここでスカッと勝つより大いなる目的があってこそだ。

私があぶれた面子《メンツ》を地味に片付ける頃には、群がる雑兵を犬鬼の騎士も倒しきっていたが、もう疲労で一杯一杯のご様子だった。

無理もない。剣道と違って一発当てれば終わりではなく、相手が倒れるまでやる試合なので彼は何度も殴られている。一振りで一人始末する凄《すさ》まじさがあったが、遠間から突き込まれる槍、勝てば良いんだよと投擲《とうてき》される剣や鈍器が守りの薄い部分に命中して損傷が蓄積していた。

更には間合いを取って隙を突こうと逃げ回る敵もいたため、自棄《やけ》になって追い回していたせいで体力も消耗している。

全力だったら割と心躍る戦いができたやもしれんが、すまないが今は路銀が優先なのだ。私は疲労困憊《こんぱい》した犬鬼の全力からは何段も遅い一撃を潜り抜け、手首に重い一打を放って試合を終わらせた。

「ぐあっ……」

骨は折れていないだろうが、罅《ひび》くらいは入ったかもしれん。大きな剣は取り落とされ、痛みに膝を突いたところで顔に剣を突きつける。

信じられぬと見上げる彼に微笑を送り、まだ続けるかと問うた。これは個人戦ではあるものの、素手で戦ってはならぬという決まりもない。途中で武器が壊れたら拾って戦ってもよいため、やろうと思えば続行はできる。

しかし、彼は潔く手を挙げて降参した。このまま下手に動けば、顔を突かれて大怪我することが分かっていたからだ。

『おっ、大番狂わせだぁ!! えーと、あれ誰だ、金髪、ヒト種《メンシュ》、小柄……』

よく見えないであろう後ろの方の観客にも暇をさせないよう、拡声の術式を込めた道具で実況していた役人が騒いでいる。

それに方々からは悲鳴と非難《ブーイング》も聞こえた。恐らくは彼個人のご贔屓《ファン》さんと、彼が鉄板だと思って賭けていた人々であろう。

だが勝ちゃいいんだよ勝ちゃ。私は剣を払って犬鬼の騎士に礼をし、四方の観客にも礼を捧《ささ》げて会場から退《ひ》いた。

つまらない幕引きに張り上げられる文句も罵声もどうでもいい。

五倍だぞ五倍。ふふふ、たったこれだけで五ドラクマ……ボロい商売だ。常にやっている訳ではないし、運が悪ければ手も足も出ず負けるような相手が出てくる可能性があるにしても美味《おい》し過ぎる。

ふふ、これで消し飛んだ旅費が補塡《ほてん》できるどころか、ケーニヒスシュトゥール壮に寄付ができる。実家に仕送りばかりしていては、父と兄の体面が悪いからな。立派な蔵でも一つ建てるか、いい加減ボロくなっていた集会場の普請でもしてやれば、我が一家の地位も益々《ますます》高まろうというものよ。ああ、ホルターに伴侶を買い与えてやるのも悪くないなぁ。

「またこっすいことを……」

「なんだ、卑怯《ひきょう》とは言うまいな？」

控え室、とは名ばかりの天幕に戻ると入り口でディードリヒが待っていた。心配していたというより、彼女も他の観衆と同じ見物客そのものである。売り子が売り歩いている──普段の何倍も高い暴利で──酒と肴《さかな》を手にして、口の端から頭足類の干物をはみ出させた姿は競馬場に屯《たむろ》しているオッサンそのものである。

「別に八百長した訳じゃないけどさ……素人さん相手に」

「最後の騎士は素人じゃなかったぞ。武勇詩も謡われる英傑だ。試合前に観衆を煽《あお》るため役人が色々叫んでただろう」

「だからってねぇ……もっとこう、アタシを負かした時みたいに観客を盛り上げる戦いもできたんじゃないの？　つまんないなぁ……」

「これを見てもそう言えるかな？」

私は彼女に貨幣を一枚弾《はじ》いて寄越《よこ》した。顔に向かって、当たれば相当痛い速度で飛んで来るそれを難なく受け取ったディードリヒは、掌《てのひら》でキラキラ輝く〝金貨〟を見て目を剝《む》く。

「自分に一ドラクマ賭けてきたんだ。四ドラクマの儲《もう》けだぞ。ふふん、これでも尚《なお》、狡《ずる》いと笑うか？　多分、次の賭けはもっと倍率が高い」

「素敵！　知将！　帝国最高の頭脳!!」

「はっはっは、金がなくて、折角の試合観戦なのにあんまり酒が飲めないとぼやいていただろう。存分に楽しんでこい！」

ひゃっほう、と襲歩《ギャロップ》の勢いでディードリヒは売り子が多い階段座席の方へ走り去っていった。折角のお祭りだからな、小遣いがなくて楽しめなくては可哀想《かわいそう》なので、好きに遊んでくるといいさ。一ドラクマは大金だが、どうせあぶく銭なんだし。

次も勝てたら惜しまず使ってやろう。折角だから、実家へのお土産を増やそうかな。ミハイルと次兄《》ハンスが三男《》婚姻することになったら着るであろう装束を新調できるよう反物にしてもいいし、どこか鉄鋼業も盛んな都市に立ち寄れたら上等な鍬《くわ》や鎌の刃を買って帰っても喜ばれるだろう。あ、そうだ、甥《おい》っ子《こ》が産まれて結構になるが、験担ぎに銀器の匙《さじ》を一《ひと》揃《そろ》え用意するのもいいかもしれない。

あぶく銭で暖かくなる懐に夢を膨らませながら、私は変なやっかみや因縁を付けられたくないので、控え室から荷物を取るとさっさと宿に引き上げた……。


【Tips】地方の武芸大会だからといって舐《な》めてはならない。路銀稼ぎや気まぐれで、時折とんでもない英雄が身分を隠して紛れ込んでいることもあるのだから。

あっという間に武芸大会の四日目がやって来た。

ディードリヒだが、正直語ることもないくらい順調に優勝してしまった。

二日目の予選は五〇歩の距離の的に当てられるかや、矢が一〇〇歩先まで届くか。それと駆けながら一〇個ある的の内半数以上を射抜けるかというふるい落としだったので、圧倒的な腕を見せ付けて突破した。

加減を知らない彼女は、ただでさえ低かった倍率が底を突き抜け、大穴に賭ける者が絶えたので本戦の賭けが不成立になる珍事を巻き起こしてしまう。恐らく、来年からは馬肢人《ツェンタオア》の騎射競技はご遠慮されることとなるだろう。

そして、予想通りに本戦もいっそつまらないくらい華麗に勝ち抜いて終わった。大将首を取り、調子に乗って喧嘩《けんか》を売ったにしても部族の英雄から殺されない力量は伊達《だて》ではなかったらしい。最後まで食らい付いてくる弓巧者が何人かいたものの、「もう面倒くさい」といって三本同時に放った矢が一五〇歩の距離で全て的に当たった所で、頑張っていた彼《かれ》等《ら》も諦めて降参してしまった。

遠的は強弓と技術が相まって射的よりつまらない勝負となった。なにせ五〇人からいた参加者の中、第一射で彼女と競り合えたのが二人だけだったからだ。牛軀人《アウズフムラ》と熊体人《カリスティアン》の二人だけが彼女に比肩する強弓を持っていたものの、最後は風を読む技術と時の運によって敗北していった。

騎射は……語る必要あるかコレ？

一〇個ある的を射貫《いぬ》いていって、一番多く当てた者が優勝。皆中者が出れば誰かが命中数で劣るまで続ける試合形式であったものの、てかげん、とか抜かして他の選手の倍の距離でスパスパ当てていったら、誰だって心が折れるわ。

斯《か》くして一五ドラクマもの大金を手にしたディードリヒは、ちょっとした成金になって早速盛大に散財をかましてくれている。

南部産の当たり年とかいうバカ高い葡萄酒《ぶどうしゅ》を言い値で買ってくるわ、本物かも分からん酒精神の化身が醸造したみたいな嘘《うそ》くさい逸話付きの蜂蜜酒を大瓶で引き取るわ、貴族でも欲しがる品ですとおべんちゃらを信じて髪が伸びた時用にと銀の髪留めを求めるわと大はしゃぎだった。

どこにでもいたよな、金が入ると気が大きくなって箍《たが》が完全に飛ぶヤツ。私の友人にもいたよ。小学生の頃にお祭りでお小遣い貰《もら》ったら、速攻でピカピカ光る腕輪とかデカいビニール風船の玩具《おもちゃ》とかしこたま買い込んで、後でラムネや焼きそばを買う金がなくなって後悔してたな。

コイツ、装備を新調する予算でもあるってこと頭からすっぽり抜けてんだろうなと冷やかに眺めつつ——一回痛い目を見た方が良いと思うからほっといた——私は本戦の場に臨んでいた。

初日と違って本戦は決勝までぶっ続けの戦闘が続く。一〇人しかいない勝ち抜き戦は、初日の戦いぶりによって組み分けが決まったせいで六人が一回戦免除という中々歪《いびつ》な形になった。当然、目覚ましい活躍を遂げた訳でもない私はシード枠から除外されたため、優勝しようと思うと他人より一回多く勝たなければならない。

気になる優勝時の倍率はなんと三〇倍近い。一回戦突破でも大穴枠の五倍なので作戦通りである。

予選で実にしょっぱい勝ち方をしたこともあり、観客は漁夫の利を拾った子供と見ており誰も期待していない。一回戦の対戦相手は同じくシード漏れした相手なので予選の結果は振るわなかったようだが、それでも近隣荘《しょう》の自警団長ということもあって鉄板扱いされている。

さて、ここで前回勝った利益を全部ぶち込んだなら……？

まぁ、そんなことはしないけどね。この界隈《かいわい》、いつダイスが荒《運》ぶ《が》っ《悪》て《くて》街道に古代龍が降ってくるかも分からん。身分を隠して大会を荒らし回っている英傑とか、暇を持て余した強大な存在が紛れ込んでくるか分かったもんじゃない。

本戦進出選手の紹介時に見た限りでは、斯様《かよう》な規格外が交じっているようには思えなかったが、剣気を納めている時の雰囲気はアテにならんからなぁ。ランベルト氏みたいに存在しているだけでヤベー圧を恒常的《パッシブ》に放《で》つおっかない人もいるが、電源が切り替わるように剣鬼へ変貌する強者《つわもの》もいるため油断はできぬ。

何より、私が戦わないと強さが分からぬ完全後者型の人間なので、全財産をぶっ込むのは博打《ばくち》が過ぎた。

賭け事に手ぇ出しといて博打が過ぎるって何だよと笑われるかもしれないが、大原則を忘れてはいかん。

無理なく、なくしても「あーあ」で済む程度で抑えるのが賭けの鉄則。一世一代の賭けに出なければエリザがカタに取られるような状態でもなし。万一を考えて、また自分の優勝と一回戦突破に一ドラクマ賭けるだけに留《とど》めた。

それでも勝った時の戻りが大きいので、行政府から勘弁してくれと言われるかもしれんから、その時はまた考えるが。

などとぼんやり考えながら自分の出番が来るのを待っていると、特に期待されていない一回戦二組目の出番が早々にやって来た。

今回、私以外で残ったのは全員賭けで倍率が鉄板となっていた面子揃いだ。その中で一人だけ、無名の私が浮く形となる。

『では、二組目前へ!!』

っと、もうか。拡声魔法によって増幅された運行役の指示に従って、四方一〇mくらいの広さに区切られた白線の中へ踏み込んだ。予選時と違って、逃げ回られると面白くないため動ける広さが制限されているのである。

『西方、地元期待の星！ 自警団の古強者、ドライアイへのクヴェトスラフ！ 東方、幸運の寵児《ちょうじ》！ ヴァルテッシュのエルヴィーン!!』

名を呼び上げられても、先程ほど会場の盛り上がりはなかった。相手が幸運で勝った、ひょろい子供なので仕方があるまい。

それと今回は偽名を名乗ってある。〈光輝の器〉によって名声が熟練度になるのは良いのだが、冒険者になる前に闘技大会荒らしとかで有名になるのは違うなと思ったのが一つ。もう一つは大金を持っていると付け狙われては敵《かな》わんので、ここを離れたら行方を追えないようにしたかっただけだ。

賞金と賭け金を合算すれば、領邦を越えても追い回すだけの価値が十分ある。闘技大会で勝った強者なら早々襲われないと思っても、予想外の馬鹿をする愚か者は絶対に出てくる。それか、毒殺や色仕掛けなどの搦《から》め手《て》を使ってくる者も。

地元に基盤を持つ有力な冒険者になったら、金を持っていると分かっても多少は安心なんだけどね。身分があると周りも奇妙なことがあれば教えてくれるし、良からぬことを考える輩《やから》の接近にも気付きやすくなるから。

「……なんだか気が引けるな」

対戦相手の声も大きく拡声されて私の下に届いた。闘技大会の興行では、試合前に煽り合うのも観客を盛り上げるために大事な要素であるため、私達《たち》の襟元に小さな子機が取り付けられているのだ。

子機が拾った声は親機、大会運営の本部に置かれた魔導具へ伝わり、そこから各所へ散らされた拡声器へと繋《つな》がって伝達される。これ、本来は軍隊で使うような品なのだが、よく闘技大会のためなんぞに引っ張り出したよな。

「無理そうなら早く言いなさい。俺も小さな子を叩《たた》き潰して喜ぶような趣味はない」

対戦前の煽り……というより、普通に気遣いが滲《にじ》む言葉をかけてくれるのは、灰色熊を思わせる大柄な熊体人《カリスティアン》だった。大きな摸擬斧《もぎおの》を持っている姿の威圧感は凄《すさ》まじく、自警団の長を務めるのには十分過ぎる気迫があった。

「お気になさらず。この場に立った以上は、剣士としての礼儀を優先していただきたい」

だからといってイモを引くような臆病者ではないし、場数を踏んだ数も伊達ではない。

私は摸擬剣をゆるりと抜き、敬意を示すべく額に押し抱いた。

「ならいい……死ぬなよ、坊主」

「どうぞご存分に」

切っ先を向けて誘いかければ、熊体人《カリスティアン》はのっそりと斧を前に前進した。走るのでもなく、斧の根元近くと中程を持つ姿に油断は見られず、ただ歩くだけで重戦車を前にした歩兵のような頼りなさを感じる。

巨体の種族が持つ、小型種に対して威圧効果を与える特性に依《よ》るものだろう。私では取得できない大型人類だけに許された武威に羨ましさを抱きつつも、精神力で撥《は》ね除《の》けて出足を読んだ。

初手は斧、と見せかけて巨体を活《い》かしてのぶちかましであった。撃尺の間合いに入る数歩手前で、緩やかな足運びが一瞬で全力の突進に変ずる。

緩急は引っかけの基本。しかし、恐ろしく滑らかな切り替えだ。相当練習したと見える。

しかも、私を気遣っているな。斧でぶん殴れば如何《いか》に先端を布と綿で覆っていても殴り殺してしまうかもしれぬので、肉弾からの押さえ込みを狙うとは。それなら加減していれば弾《はじ》き飛ばしても加減が効くし、完全に組み敷けば勝利は明白。

熊体人《カリスティアン》の気遣いに微笑《ほほえ》みつつ、私は突撃を左方に躱《かわ》して抜き胴の一撃を叩き込んだ。

「ぐうっ……!?」

完全に後の先を取った。熊体人《カリスティアン》には私が消えたようにしか見えなかっただろう。姿勢を低く、腰を落として一瞬ですり抜けていったからな。

しかし硬い体だ。真剣であれば毛皮も皮も切り裂いて臓物に届かせる自信があるが、やはり刃引きされていては真芯で当てても弾かれる。熊が直立二足歩行しているのと同義の熊体人《カリスティアン》は、最強の肉体を持つ人類とは何かを論ずる際に名が上がるだけあって実に頑強だ。

軽い痺《しび》れを覚える手を誤魔化すように剣をくるりと回しながら振り返れば、縁のギリギリで止まった対戦相手が腹を押さえていた。

どうしたのかと会場がざわめいている。一瞬の交差であったし、振るった刃も殆《ほとん》どが巨体に隠れて見えなかっただろうからな。大半の人間からすれば、私がふっと消えたと思えば熊体人《カリスティアン》が膝を突いていたようにしか見えまい。

「如何《いかが》か？」

ゆっくり立ち上がる彼に問えば、腹を撫《な》でていた手を降ろして頭を垂れてきたではないか。

「すまぬ。若いと見て侮った。摸擬剣故に動けるが、真剣ならば死んでいた。死を自覚するなら降参するのが道理ではあるが……」

「ならばもう一指し参りましょうぞ。申し上げたはずです。ご存分にと」

「……感謝するっ!!」

どうやら彼は武人肌な気質だったらしい。素直に詫《わ》びてきたので受け入れれば、感謝の言葉と共に凄まじい遠間から斧が飛んで来た。

おお、さっきの突進と斧の一撃を組み合わせてきた。しかも左手だけで柄の後端を持ち、間合いを広げている。移動しながら射程を伸ばして攻撃する、いいコンボだ。

ぐわんとおっそろしい音を立てて、大きく一歩退《ひ》いた私の眼前を斧が抜けて行く。盾は粗雑な物しかなかったので借りなかったこともあり、防御は最初から考えていない。一撃貰ったら終わりの回避剣士《フェンサー》戦法だ。

しかも一撃で終わりではない。大きく振り回す動作に合わせて体を回転させ、動物の熊と比べると格段に長い脚で蹴りつけ、空いた手も同時に振り回して隙を潰してくる。天与の恵まれた肉体を余すことなく活用する戦いは、無思慮に体を振り回すそれとは全く違った合理の極みにあった。

普通に怖い。細かな作業が苦手そうな大きな手——実際は器用に物を掴《つか》み、字も書くが——から生えた爪は鋭く、太くて鈍い見た目に反して剃刀《かみそり》の切れ味を持つ。甲冑《かっちゅう》を引き裂くとまではいくまいが、遠心力を使って十分な加速を持った堅牢《けんろう》な肉の塊は板金を凹《へこ》ませるだけの威力を十分に持っている。

つまり当たったら死ぬ。存分に、とはいったが、この人個人戦よりも徒手格闘に出た方が盛り上がったんじゃねぇの？　いや、それとも来年以降のディードリヒが騎射に出るのを拒否られそうなように、既に優勝した経験があって熊体人《カリスティアン》が出禁とか？

切れ間なく繰り出される斧と爪、そして蹴りを見切って避けていくと観衆が盛り上がっていくのが分かった。〈雷光反射〉によって引き延ばされた世界での歓声は、潮騒《しおさい》のように耳に届くけれども血の気配と動きの派手さに興奮していることだけはよく分かる。

おうおう、始まる前は湿気《しけ》ていたのに元気なことだ。流石《さすが》に本戦は弱者を装って二回戦からも掛け率を引き上げる戦法は使えぬと思っていたからいいけれど、これで少しは見直してくれただろうか。

じっくり観察し、切れ間がないように見えた攻撃の切れ間を見つけ出して暴風の根元に飛び込んだ。大きく派手な動きだけあって、延々と無呼吸で放ち続けることは敵わない。一瞬の呼吸、連続した動きに入った微《かす》かな硬直を読んで間合いを詰め少ない急所を突く。

顎の下だ。ここには骨が通っていないし、他の部分と比べて筋肉も毛皮も薄い。切っ先をピタリと当ててやれば、熊体人《カリスティアン》が急制動をかけて止まった。

両腕は威嚇しているかのように持ち上がっているが、目は驚きに見開いて止まっている。異種族の表情を読むのは難しいけれど、驚愕《きょうがく》の度合いだけは在り在りと分かった。

「っ……」

「顎下を抜いて脳幹まで貫けましたかね。位置的に前のめりに倒れられると、私も武器を手放さざるを得ないのですが」

〈雷光反射〉が解け、世界の流れが元に戻る。極限の集中が終わった証拠だ。

会場は水でも撒《ま》かれたかのように静まりかえっており、誰も声をあげようとしない。何人も踏み入れぬと思った暴威の内に、いつの間にか私が現れ、嵐が止《や》んだことに意表を突かれて大いに戸惑っているからか。

何時《いつ》までも顎に剣を添えているのも悪いので、静かに構えをといた。勝ったと油断してのことではない。私程度に頭を下げて続行を請う正当の武人が外連《ごまかし》を嫌うことは分かりきっていたからだ。

「其方《そなた》の勝ちだ」

斧が捨てられ、巨体が屈《かが》んで跪《ひざまず》く。

同時、ようやく事態を飲み込んだらしい会場が爆発した。本当に爆薬でも起爆されたのではないかと思う大歓声が轟《とどろ》き、同時に悲鳴も聞こえてくる。

予想外の勝敗に興奮する声に交じるそれは、予選の時と一緒だろう。鉄板だと思って熊体人《カリスティアン》に賭けた者も多かろうし、一回勝ったなら二回目もあるかもと大穴である私に突っ張った者もいる。

「いい戦いでした」

「ふっ、真逆《まさか》。当たる気がせなんだ。まるで月夜に自分の影とでも戦っているつもりだったぞ」

熊体人《カリスティアン》は歩み寄り、私に拳を突き出した。凶悪な爪を持つ種が、持たない種を傷付けぬように気を遣った握手の変形だ。帝国でも武器を持つ手を握り合うことが友交の証《あかし》であることは変わらない。

私はそれに応え、力強く拳をぶつけた。

「次も勝てよ。せめて、優勝者に華々しく抗《あらが》ったという武勇くらいは持ち帰りたい」

「ええ、そのつもりです。よければ一つ賭けていかれては？」

「それも悪くないな」

豪快な吠《ほ》え声《ごえ》の笑い声に見送られ、初戦は実に心地《ここち》好《よ》く終わった…………。

【Tips】熊体人《カリスティアン》。中央大陸北部の森林帯に端を発する亜人種。外見は直立する熊といった様相であり、実に恐ろしげな見た目をしているが実際は自然に親しみ詩を愛する慈しみ深い種族である。激昂《げきこう》した際の恐ろしさは組み合いで亜竜を制圧することもある程で、最も力強い種族の一つに挙げられる。

あっという間に決勝戦のお時間です。

端折《はしょ》るな、という怒鳴り声が何処《どこ》かから聞こえた気がしたが気のせいだろう。

二回戦と三回戦は、一回戦と比べるとあまり面白くはなかった。

それぞれヒト種《メンシュ》の兵士と人狼《ヴァラヴォルフ》の傭兵《ようへい》だったのだが、ヒト種《メンシュ》は〈脱刀〉にて剣を弾き飛ばしたのだが何度も拾って諦め悪く向かってきたので、結局気絶させるしかない美しいとは言えない幕引きであったし、人狼《ヴァラヴォルフ》は二回戦で恐ろしく苦戦したのか肋《あばら》に罅《ひび》が入っていて話にならなかった。

初戦で美しく勝ちすぎたのもあってか——あと、地元出身者相手に勝った贔屓《ひいき》か——掛け率が勝ってもあんまり美味《おい》しくなかったのもある。

番狂わせも四回続けば当たり前のことになってきて、決勝戦ともなると流石に私有利かなと思ったが、それでもまだ相手の方が人気で二対一くらいの不利なのが意外であった。

というのも、対戦相手はヒト種《メンシュ》の騎士なのだが、全ての試合を一刀の下に終わらせているらしいのだ。見た目は若く、成人してそう経《た》っていないと聞いているが、相手と初めて立ち合った時の感動を薄れさせたくない私は試合を見ていないため詳しく知らない。

これは強敵の予感、と控え室の天幕でワクワクしていると不意に来客があった。

さっき酒を追加しに出かけたディードリヒの気配ではない。

「ヴァルテッシュのエルヴィーン殿。暫《しば》しお時間をいただけますでしょうか」

「……失礼、どなたかな？」

私の偽名を呼んで入って来たのは、平民の格好をしているが教養の色が隠し切れない上品なヒト種《メンシュ》の男性であった。足運び、手の動き、視線から何まで洗練された教育が滲み出しており、外見通りの身分ではないことが容易に想像できる。

騎士や従兵ではないな。体幹のブレ、護身以上の武が匂わぬ立ち振る舞いからして文官。それも高位の人物の従僕として教育された人間であろう。

年の頃は三十路《みそじ》より少し前。まだまだ若いが、軽い立場でもなくなる年齢。

「私はさるお方からの遣いとしてやって参りました。一つ依頼をさせていただきたく」

「依頼ですか」

「はい。まずは、此方《こちら》を」

唐突に差し出されたのは小さな革の袋。何の変哲もないそれは、摘《つ》まめる大きさながら浮き出ている形から何が入っているかは開けずとも分かった。

金だ。

ははぁん……読めたぞ。

「何の依頼かも聞かず、金を受け取るほど不用心ではありませんが。詳細をお聞かせいただけますかな？」

「なに簡単な話です。次の決勝戦にて、敗れていただきたいのですよ」

眉間に深い皺《しわ》を刻まずに済んだのは、アグリッピナ氏の下で働いたおかげであろう。もしあの一年間で忍耐を鍛えていなければ、この無礼な申し出をしてきた阿呆《あほう》に渋い顔を見せるどころかぶん殴っていたかもしれぬ。

全ての試合を一刀の下に終わらせた若い騎士の絡繰《からく》りはこれか。

私はてっきり、普段の不運具合も相まって練武神の化身でもこっそり遊びに来ているのではないかと心配していたのだが。存外下らぬ結果であったな。

「脚本《八百長》試合ですか。武威を誇り名を高める闘技大会で持ち出すのは感心いたしませんね」

「お堅いことをおっしゃらないでください。勝ったとしても所詮は五ドラクマの小さな野試合のようなもの。そう難しく考えず」

じゃあ、その野試合に勝つために金を積んでるお前の主は何なんだよ、と思ったが理性を総動員して口を黙らせた。

この辺りでは定期的に開催される闘技大会だけあって、勝てば武名も上がるのだろう。遊歴の騎士を自称してはいるが、金を持った側仕《そばづか》えを伝書鳩《でんしょばと》にできる辺り、隠れてお供を沢山連れた貴族の子弟の道楽か。

全く嘆かわしい。こんな偽りの武勇で身を飾って何になるのか。嘘《うそ》を吐《つ》いて出世しても、あとで能力が足りなかったら疑われて苦労するのは自分だというのに。

八百長に乗った側にも文句を言ってやりたいが、よくよく考えれば難しいことに気付いた。何処の御家中から派遣されてきたか知らんが、金回りの良さと従僕の質からして貴族。それも騎士家ではなく爵位持ち相手となっては断るのも危険がある。

正々堂々とやったのに逆恨みされて、闇討ちを食らっては割に合わん。貴族の怒りというのは陰湿で根が深いからな。そして、正当性がない遺恨であっても貫き通す権力と金があるのだから性質が悪い。返り討ちにしてこっちが罪に問われては、世の正義が何処にあると嘆きたくもなろう。

「断ると言ったら？」

「それも貴殿の権利ではありますが、さてどうなることか……」

彼は困ったように手を組む仕草の中で羽織った半外套《はんがいとう》を翻し、腰元の短刀を見せ付けてきた。

今ここで刺し殺すという意味ではなく、後で何があるか知らねぇぞという脅し……って、あぁ!?

ちらっと見えた短刀の柄頭《つかがしら》には、大きなメダルが嵌《は》まっていた。家紋入りの短刀は、何処から派遣された従者かを示す身分証の一つであり重要な役割を持つ。物によっては、それ一本で検問を素通りして入市が敵《かな》う強力な武器だ。

コイツ、それを何の警戒もなく持ち歩いてやがる。そりゃ刺客でもあるまいし、殺される危険もなければ、いざとなればお家の威光を振りかざす必要があるにしても不用心な……。

いや、それだけならばいいのだ。単に貴族案件であるという予想が補強されるだけだから。

しかし、メダルに刻まれていた家紋が悪かった。

畳んだ翼に咥《くわ》えた剣を抱え込む鷲《わし》の紋章には覚えがあった。ウビオルム伯爵家……つまり元雇用主に連なる家の紋章なのだ。

私は紋章官のスキルは取っていないものの、仕事上の必要に駆られてウビオルム伯爵領に属する貴族の名前と家紋は全て暗記している。この紋章はウビオルム伯爵領家の遠縁、継承権は持たない程度の家だが子爵家にあたるリンデンタール子爵家の物だ。

今は落ち目なれど、家格だけ見れば決して低い家でもない半端なお家が、なんだってこんなところまで。

それにしても、どのどら息子だ……たしかリンデンタール子爵には息子が五人いたな。長男はもう子供もいる歳《とし》で父親の補佐に就いていて、次男はアグリッピナ氏の近侍に立候補したが能力不足で私がお祈りの手紙《メール》を書いた。だが、彼も三十路は過ぎていたから、若いという噂《うわさ》には合致しない。

となると三男以降、家を継げない誰かが就職先に自分を売り込む下準備で闘技大会荒らしをしているのか。優勝すれば賞金も出るが、優勝したという感状を貰《もら》えるから数を揃《そろ》えれば伯付けには十分。新しい騎士家を興すこともできれば、ともすれば上位の貴族の護衛に収まれるとあれば欲の一つも出てこようというもの。

性質が悪いな。地下の者が名を売る数少ない機会を取り上げるとは。遊歴という身分でこっそり参加して腕を磨いているか、正々堂々やっているならまだしも、金で勝利をもぎ取っていくのは目に余る。他領の貴族ならば配慮もしたが、流石に元とはいえ雇用主の膝元にある者の狼藉《ろうぜき》は見捨てておけん。

くそう。出立前、もし自分に関係する貴族が何かやらかしていたら教えろと言われていたが、真逆本当にそんな場面に出くわすとは。

ちょっと灸《きゅう》を据えてやらんとな。こんなのがのさばっていては、何《いず》れウビオルムの家名を汚すようなことをやらかしかねん。

私は素早く頭の中で作戦を組み立て、とりあえず小袋を受け取ってやった。

男は満足げに頷《うなず》き、決して違《たが》えることのないようにと脅しを一言残して去って行く。

ほんの数十秒、入れ違いに戻ってきたディードリヒが、大量の串焼き肉の入った袋と麦のツボを片手に首を傾《かし》げる。

「今の誰？　大会の役人？」

「またお行儀の悪い……」

「だって、お祭り価格の上に利益上げようと小さい肉にするんだもの。チマチマやってると食った気しないわよ」

串を三本一気に引っ摑《つか》んで、もっちゃもっちゃと頰を膨らませて食うディードリヒに状況くらいは説明しておかねばと思い、掌《てのひら》で弄んでいた小袋を投げた。

「ん？　なにこれ……って、これ……」

投げ渡された金、見知らぬ男、そして決勝戦の前という状況が彼女の頭で素早く組み上げられ、真理に行き着いた。つまみ出された硬貨が憤りに任せて握りつぶされ、袋も耳によろしくない軋《きし》みを上げる。

「おい、歪《ゆが》めるなよ。どんな形でも金は金だぞ」

「だからって、アンタ、これ!!　こんなっ、こんな筋書きを書くような金！　まさか、吞《の》み込んだりなんてしてないわよね!?」

体を掲げて顔を近づけてくるが、摑みかかられることはなかった。しかし、手はわなわなと震えており、激発しようとする感情を抑えていることが窺《うかが》えた。

「たしかにしょぼい大会だけど……一番を目指してやってんのよ!? 一番に、誰よりも、だからっ……!」

「分かっている。落ち着いてくれディードリヒ」

不快の表明としてブンブン振り回されている尻尾が天幕内の色々な物を吹っ飛ばしている。私は彼女の頭を撫《な》で、精一杯威圧感のある笑顔を作ってやった。

「私だってむかっ腹が立っているのさ。お前が怒ってくれているのも嬉《うれ》しい。だからな」

騎士道に悖《もと》る野郎に目に物見せてやろうじゃねぇの…………。


【Tips】騎士は、その気高い勇気、善い振る舞い、寛大さ、そして名誉をもって、人々より愛され畏敬される存在たらねばならない。騎士の心得　序文。

番狂わせの剣士と他の闘技大会優勝経験者という触れ込みがある若い騎士の戦いは、さぞ心躍る内容だろうと大勢が期待していた。

掛け率も毎分毎《ごと》に入れ替わる程に賭け札が売れ、どんな激闘が繰り広げられるのかと皆が楽しみにする。

舞い踊るような足さばきで一撃も浴びることなく勝利を攫《さら》う金髪の剣士が勝つのか。はたまた、全てを一刀にて終わらせる快刀の担い手がねじ伏せるのか。誰もが心躍る戦いを予見し、座席にて尻が落ち着かぬ興奮を抱えて時を待つ。

されど、戦いは誰の期待にも添えぬ無惨なものとなった。

当たらぬのだ。全てを開幕の一撃で劇的に終わらせていた騎士の剣が。

どれだけ振り回そうと、死力を尽くして食らい付こうとも。終《しま》いには兜《かぶと》を脱ぎ捨てて、幼さが抜けぬ顔を真っ赤に染めて追いすがっても切っ先一つ掠《かす》らせることができぬ。

騎士の努力を嘲《あざわら》笑うように、金髪の剣士はこれまでの戦いでは身に付けていた鎧《よろい》を脱ぎ捨てて平服姿のまま挑み、指に緩く引っ掛けるように持った剣を振るいすらせず全ての攻撃を回避していく。

汗の一つも掻《か》かず、薄い笑みを一切崩すことなく全ての剣が空を切った。あと半歩踏み込めば、あと少し角度が違えば、僅か一瞬でも早ければ当たる際の際で刃が空ぶる様に観客は最初、つまらないぞと不平を漏らしたが、それが何分も何分も続けば静かになってくる。

ヤジが止《や》み、観客が魅入ることになる不可思議な光景は半刻ばかり続いただろうか。

遂《つい》には騎士の息が上がりきり、得物を真面《まとも》に保持できぬ有様になって倒れ伏す様を戦いと呼んでよいのか、誰にも分からなかった。双方が互いを打ち倒そうと向かい合う様を戦いと言うのであればその通りだが、これはどうみてもそんな上等な物ではなかった。

遊んでいる。一方が一方を弄んでいる、ある種の残酷な光景であった。

疲れによって足が縺《もつ》れて転んだ騎士は、剣を杖《つえ》に立ち上がろうとするものの、腕に力が入らず崩れ落ちる。諦め悪く片腕を立てて体を起こそうとしたが、闘志に反応したのは腕一本ばかり。

騎士が完全に起き上がれぬとみた剣士は薄い笑みを一度だけ強め、勝利を宣言するように剣を高々と掲げた。

誰も異を唱えられぬ、凄惨な勝利であった。

地を這《は》って逃げることしかできぬ虫に一本一本、死ぬまで細い針を突き立てていくような残酷極まる幕引きに歓声は上がらなかった。つまらなかった訳ではない。ただ、暗い興奮と共に悲惨であると哀れみを抱かずにいられなかったのだ。

いっそ一撃の下に倒されていれば、実力に隔たりはあっても戦いであったため盛り上がっただろう。

されど、果たしてこれを戦いと言っていいのか。

多くの者が結論を出せぬ内に剣士は早々に会場を引き払い、金を受け取ると感状の授与も待たずに姿を消した。街の有力者が私兵に誘うため放った遣いも、領主がお抱えの剣術指南役として勧誘しろと命じた役人をも振り切って煙のように。

決勝戦に敗れた騎士も面目が立たぬと思ったのか、出場を予定していた馬上槍《やり》試合に参加することなく街を去った。

残されるのは残酷な沈黙と、最も異様な決勝戦という逸話。

そして、聞き手からは〝無慈悲すぎる〟として人気が出なかった、冷笑の剣士という武勇詩のみ………。


**【Tips】相手が全ての攻撃的選択肢を喪失することによって、戦闘不能とし撃破したと見做《みな》すのもＧＭ《ゲームマスター》の裁量に含まれる。**


影の群れが夜陰に紛れて天幕を囲んでいた。影達《たち》はそれぞれ弓と槍を手に持ち、隙間なく天幕を囲んで指示を待つ。

やがて、円陣の背後に控えた者が頷けば、その隣に控える影が手を振り下ろして号令を出す。

すると、多数の矢が天幕へと射《う》ち込まれ、続いて槍が叩《たた》き込まれ天幕にて眠っていた男は哀れ、一巻の終わりを迎える……ってところかな。

「あーあ、酷《ひど》いことするわね」

「いたそーだねー……だれかいたらだけど」

ヴィゼンブルクから二日ほどいった街道脇の野営地にて、私は天幕の中ではなく木の上に座っていた。完全武装を整え、ウルスラによる夜闇を見通す加護を受けて。

無論、あの天幕は囮《デコイ》だ。大勢の前で赤っ恥を掻かせるどころか、鎌倉武士か薩摩《さつま》武士ならその場で腹を掻っ捌《さば》いているような負け方をさせてやったような男が報復に出ない訳がないからな。

私は賞金と賭金を貰うと——勧誘のため引き留めようとする役人を振り払うのが面倒だった——ヴィゼンブルクから去った。

やろうとしていることの性質上、街中でやると目立ちすぎるから、できるだけ目立たぬ所で終わらせるためだ。

そして、街道を敢《あ》えてノロノロ進んでいると、見張りを頼んだロロットが下手な尾行を見つけたくれたので、こうやって分かりやすい罠《わな》を張ってアホが釣れるのを待っていたという寸法である。

借りを作りすぎると怖い妖精達《アールヴ》に助けて貰ってまで仕掛けた罠は、しっかりと堪《こら》え性《しょう》のない獲物を釣り上げた。ああも屈辱的な敗北を押しつけられたのだ。私という個人が今この瞬間呼吸していることすら我慢ならんのだろうよ。

殺し、死体をバラバラにして、首に小便でも引っ掛けてやらねば沸騰した腹の虫が治まらない。頭に血が上ってしまうと簡単な罠でさえ見抜けなくなるのだから、高慢な人間ってやつは相手にしやすくていい。

それが金まで使って武芸大会で優勝しようなんて考える、ええかっこしいなら尚《なお》のこと。

「さて、ちゃっちゃと片付けるか」

復讐《ふくしゅう》は成した。後は憂さ晴らしの時間だと天幕を漁《あさ》ろうとしている連中の背後を襲うべく、私は音を立てず木から飛び降りると目に付いた敵から片っ端に斬りかかった。

「なんっ……ぎゃっ!?」

「どこから……ああっ!?　腕、腕がっ……!!」

「ひっ、怯《ひる》むな！　迎え撃つの……ぐおっ……何処《どこ》から……!?」

仕掛けるのに呼応して、天幕から離れた木陰に潜んでいたディードリヒも突撃して影を蹴散らし始めた。殺すなよと注文すると大変面倒臭そうにしていたが「恥辱とは生きてこそ自覚できるものだ」と諭したら直《す》ぐノッてくれたので話が早い。期待にきちんと応え、死なない程度に優しく棒きれ――当社比《体格》――でぶん殴って無力化していた。

勝ったという油断、月夜、奇襲、三つの要件が加われば多少数が多かろうと何てこともない。剣の腹で腕か足をへし折ってやり、もしくは腹か頭を殴って動けなくする。簡単なお仕事だ。

目の前で繰り広げられる一方的な暴力に怯んだのか、円陣の外にいた人影が逃げ出そうとしたので短刀を投げつけて一人仕留め、もう一人もそこら辺に転がっていた石をぶつけて転倒させる。

「歯応えないなぁ……益々《ますます》情けなくない？　これで名誉を得ようなんて」

「まぁ、実力もなく一番に焦がれ、この人数を揃えて夜襲する手合いなんぞ、そんなものだろう」

死屍《しし》累々《るいるい》の中でつまらなそうにしているディードリヒは、怒りのやり場に困っていた。

彼女が重要視しているらしい一番を穢《けが》した相手に思いを全力でぶつけたかったのだろうが、実力の隔たりが大きすぎて本気を出せずに不完全燃焼を感じている。

「一番……ああ、そうね、やっぱり一番を目指すなら格好《かっこ》好《よ》くなきゃね」

私は短刀を投げつけて倒した影に近づき、うつ伏せになって呻《うめ》いていたので蹴り飛ばして仰向《あおむ》けにした。転がした勢いではだけた頭巾の下には、控え室にて私に八百長を持ちかけてきた男の顔。

「ハズレか。こっちじゃないな」

では、石を投げた方かと思って同じく顔を上げさせれば、そこには憎悪を剝《む》き出《だ》しにした決勝戦の騎士がいる。よし、ちゃんと自分を馬鹿にした相手の死に様を眺めに来てくれていたか。楽でいいや。そうでないなら、八百長を持ちかけてきた彼に〝親しくお話《拷問》〟して居場所を聞かねばならなかったところだ。

「貴様っ、こっ、このような狼藉《ろうぜき》を働いて許されると思っているのか！　我は……」

「貴公こそ許されるとお思いですかな、リンデンタール様」

「っ……!?」

名前を呼ばれたくらいで顔色を変えちゃいかんよ君。若いとは思っていたが、まだ真っ当な貴族としての教育を終えていないとみえる。身分を隠して遊歴をやるというなら、ごく自然に誰だよそれって顔ができなきゃ。

そうしておけば、従僕が持っていた短剣のメダルについて問い詰めたところで、ソイツが勝手に何処かから盗み出してきたのだろうとしらを切れるのに。

「子爵家の連枝ともあろう方が闘技大会荒らしとは。況《ま》してや試合の脚本を書くなど……それこそ、お言葉を返すようですが、ご自分を誰だと思っておいでで？」

昼間のように見える視界の中でどら息子の顔色が加速度的に悪くなる。貴公子然とした甘い顔付きと白い肌をしていたが、今は血の気が引いて出来の悪い影像のようになっている。

自分の身分でやらかすと拙《まず》いことくらいは分かっているようで何よりだ。その上で、優勝した実績を積み上げて騎士として独立する名目が欲しかったにしても、安易な方法を採らないでいてくれればよかったのに。

「貴公の狼藉を知ればリンデンタール子爵も、さぞお嘆きになることでしょう。ウビオルム伯爵も、頼れる筈《はず》であった傍流の行く末を憂えられるかと存じます」

「きっ、きさ、貴様は……」

「これをご覧になってください」

肌身離さず首からぶら下げた袋から、恩賜の指輪を取りだして見せてやった。月明かりの下に晒《さら》してやれば、夜でも月光を反射する双頭の鷲《わし》がよく見えることであろう。

「なっ……！　これは、もご⁉」

「お静かにお願いいたします」

近くにディードリヒがいるのだ。貴族との繋《つな》がりがあることは既に話しているが、詳細までは知られたくない。

「まず、騎士として相応《ふさわ》しくない振る舞いをしたことを悔いなさい。このような卑劣な行いに手を染め、自らの実力以上に自身を見せ付けようとする配下を〝あのお方〟は必要としない」

「……だ、だが、私は早く出世せねばならぬのだ。そうせねばならぬ理由がある」

「理由とは？」

聞いても言いづらそうに口を噤《つぐ》まれてしまったので、大方予想が付いた。金をばらまいて八百長を仕込める程度には親から甘やかされているようなので、何処ぞに養子に出されるとか、個人的な借金とかではなかろう。

「女ですか」

「っ……!?」

「正式な身分を手に入れねば迎えに上がれぬ女性を想《おも》う気持ちは分かりますが、一度お考え下さい。その方は、果たして虚飾によって作り上げられた騎士が迎えに来て喜ぶようなお方でしょうか？」

「そ、それは……」

「よしんば叙勲されて騎士として新しい家を興したところで、直ぐに鍍金《ときん》は剝がれましょうぞ。今度は金で転ぶ相手ではなく、自身の栄達のため他に後ろ盾を持った騎士家が相手となるのですから。それはもう、文武において完全に上を取ろうと全力で襲いかかってきます」

騎士家も華やかな印象に反して実情は厳しい。代官としての収入や直轄荘《しょう》からの租税は平民が羨む額をしているが、表面上の問題に過ぎないのだ。

数百ドラクマの年俸と予算があれど、それを上回る軍事費を必要とされる。自分の鎧《よろい》、身分に劣らぬ名馬と牧場、高度な教育を施した従兵は少なくとも五人は揃《そろ》えないと格好が付かぬし、騎手として付き従わせる訓練された兵士も同様に五人は必要で、必要最低限の治安を維持するだけでも歩卒が一〇人は欲しいところだ。

いざとなれば群盗を正面から粉砕できる兵力。ここまで備えてやっと、抑止力として治安を引き締められるのだ。

それら全員分の武器と防具、生活の保障、騎士に相応しい城館と内装の維持。ただ口を開けて入ってくる収入だけをアテにしていては全く足りぬ。

故に主君から渡される禄《ろく》を上げようと、どの騎士家も必死だ。合同訓練となれば命が懸かっているのと同じ必死さで殴り合い、自分が如何《いか》に領内を素晴らしく統治できているかを示す書類の質に腐心する。

特に今、実力での絶対評価がまかり通るウビオルム伯爵領においては、その傾向が顕著だ。

騎士位とは座ったら終わりの綺麗《きれい》な椅子ではない。一度座ったなら一生姿勢を崩さず均衡を保ち続けねばならぬ、足が一本しかなく台座のない不安定な椅子なのだから。

「貴公の想い人は、その蹴落とし合いについて行けなかった時にどう思うか」

「で、では、どうすればよかったのだ。彼女は、その、もう適齢期だ。放っておけば他領に嫁に出されるか、下手をすると降嫁させられてしまう！」

「それで大会荒らしですか……どなたの入れ知恵で？」

短刀を受けて悶《もだ》えている男に視線が行ったので、聞かずとも分かった。悪知恵の働く従者が主を焚《た》き付けたか。弱みを握れるようなやり口で主人を出世させ、延々と甘い汁でも啜《すす》り続けるつもりであったかね。

「ならリンデンタール殿、貴方《あなた》は尚のこと卑劣に手を染めるのではなく、騎士としての有り様を示すべきでありましたな。子爵家には直ぐに騎士家を興す余力はなかったのですね？」

「……ああ。ない。政変のおこぼれで地位が空くかもしれんが、それも上の兄からとなれば、回ってくるのは随分後だ」

「でしたら父上の伝手《つて》を用い従士になられたらよかったのです」

「子爵家の私が従士だと!?」

「ただの従兵ではありません。〝彼《か》のお方〟直卒の騎士も政変の煽《あお》りで人手が不足していたのですから、有力な騎士を後援して従兵に収まり、実績を稼がせて貰《もら》えばよかったではないですか」

人員整理にてアグリッピナ氏が〝見晴らしの良い所〟に送った連中は少ないが、連鎖的に地位を失った人間はあまりに多い。お家が一つ取り潰されたならば、その縁者が出仕していた家も弱点としたくないため解雇しようとする。

そして、処刑された面子《メンツ》は面倒臭がりの元主人が手間を掛けてまで始末する悪辣な商売に手を染めていただけあって金を山ほど稼いでおり、同時に規模も大きかった。斯様《かよう》な家の縁者は継承権を捨てて別の貴族家で騎士をやったり家宰になったり、従兵や側近として侍《はべ》っていた者も多いので、椅子が向こうから座ってくれとやってくる程空いていたろうに。

「有力家で実績を重ねれば、こんなことをせずとも何れ《いず》騎士に叙勲される機会も確実に訪れたでしょう。今後進む領内整備に伴い、益々なり手が求められたのですから」

「ならば……」

「必ず身を立てて迎えに行く、と将来性の高い地位さえ携えて訪ねれば、相手のご実家も悪い顔をしなかったのでは？　子爵家の御威光があれば、空いた地位への斡旋《あっせん》も早かったでしょうから」

「では、私は、今まで何を……」

肩を落とす彼に手を差し出し、私は騎士の美徳を説く。

精錬にして潔白、名誉を重んじて気高く、されど高慢ならざる庇護者《ひごしゃ》。あの外道ならば、うげっと舌を出して気持ち悪がるだろうが、必要とする人材の前提であることは認めていた。

あとあの人、何だかんだいって仕事をする人間――つまり自分の手間を省いてくれる駒

——には手厚いのだ。投げてくる仕事の量と求められる質はエグいが、達成した時には相場以上のご褒美を与えて手放さないように〝嵌《は》め心地のよい首輪〟を寄越《よこ》す。

「一度、騎士ということ。いえ、戦う者としての自分を見つめ直してみるとよろしい。私に届かなかったのは事実ですが、剣捌《さば》きは良いものでした。必要なのは、命を賭してあと一歩踏み込む気迫でしたな」

「命を……賭して……」

「ええ。致命の一撃を入れるには、己も相手の致命の一撃が届く間合いに入らねばなりません。死んでも構わぬ、という気合いが勝利を手繰り寄せるのです」

俯《うつむ》いていた騎士を立ち上がらせ、私は倒れている男を顎でしゃくって言った。

「主人のことを本気で重んじぬ従僕は早々に始末し、立ち上がりなさい。この一件は私の胸に留《とど》めておきましょう」

「よいのか？　私は騎士に悖《もと》る行為に手を染めたのだぞ」

正直に言えば改心がどうのこうの手間が掛かる過程を全部投げ捨て、ただの行き倒れとして屍《しかばね》を晒して貰えば私も簡単だしアグリッピナ氏に迷惑がかかることもないが、流石《さすが》に子爵家の人間を個人の判断で〝ヤッてしまう〟のは問題が多いからな。万が一露見した時のことを考えれば、丸く収まるよう演技臭いことをした方が後の手間も省けよう。

何も言わず首肯すれば、彼は頷《うなず》いて跪《ひざまず》いた。

「此度《こたび》のこと、すまなかった。深く詫《わ》びよう。二度と、家名にそぐわぬようなことはせぬ。

そして、彼女を迎えにいこう」

「そうなるよう武を司《つかさど》る神々と、よき試練を与えられる試錬神に。何より、彼のお方の役に立つよう祈っております」

「感謝する。懐刀殿」

　立ち直った騎士は、打ちのめされている配下に起き上がるように命じて撤収を始めた。

歩けない者はいるだろうが、とりあえず殺してないので体を引っ張りながらも帰っていくだろう。

　しかし、あれもしかして全部子爵家の私兵か？　だとしたら、よく連れてこられたな。

今回の遊歴は知見を深める旅行とか実家に偽って出て来たのやもしれん。

「気高さ……ねぇ」

「大事だぞ、それは。高慢とは違って尊い物だ。虚飾が我が身を苛《さいな》むことはあっても、助《たす》くことはない」

　話を聞いていたディードリヒも思うところがあったのか、私の隣に並んで考え始めた。

「遠回りが実は一番の近道だ。アレも汚名となり得ることをせず、最初から正しい手順で身を立てることを考えれば、余計な出費も痛い思いもせず、恥を掻《か》かずにも済んだ。別の苦難は多かったろうが、それでも心に消えぬ傷を負い、誰からも忘れられぬ恥を背負うよりずっとずっとマシだろう」

「忘れられぬ恥……か」

「そうだ。誰からも、には自分自身も含める」

ディードリヒの手が首筋に伸び、虚空を摑《つか》んだ。恥の証《あかし》として切り落とされた、かつては長かった髪を想っているのか。

彼女も己を大きく見せようとした虚飾によって部族を追い出された。かつて犯した恥を自覚し、考えているようになったなら、もう直に問題も解決するかもしれない。

存外難しいからな、自分を見つめ直すのって。私もエリザに泣かれた時にやって、自分勝手な夢に思い悩んだりもしたからよく分かるさ。

「それはそうとして、彼のお方って誰？」

「……それは秘密だ」

えっちらおっちら去って行く彼等《かれら》を見送りつつ、私は唇に手を添えて悪戯《いたずら》っぽく笑った……………。


【Tips】従兵や近侍は高名な家の子女が行儀見習いや下積みとして選ぶ仕事先の選択肢に含まれるため、後で調べたら実は名家の出身であったということが間々ある。有力な貴族に侍って、その仕事を間近に観察できる恵まれた立場でもあることを忘れてはならない。


「よく打ち明けてくれた」

子爵邸の私的な茶会を催す場にて、闘技大会を荒らしていた騎士と初老の男性が面会していた。

茶を挟み、苦いような酸っぱいような、そして同時に甘いような複雑な感情を噛《か》み締めているのが当代のリンデンタール子爵である。

彼は見聞を広げるための旅行、という名目で暫《しばら》く荒れるであろうウビオルム伯爵領から遠ざけていた四男が急に帰参したことに驚かされたが、私的に面会したいと願われた場での告白に更に驚かされることとなった。

彼は今までしてきたことを全て詳《つまび》らかにし、如何なる処罰をも受け入れるので、再起する機会を頂けないかと父に謝罪したのだ。

息子がしたことを恥じると共に、それが恥であると認識し、誤りを正そうとする姿勢に成長を実感して喜ぼうとしている自分がいることに子爵は気付いた。

だから彼は息子の成長に感動しながらも、仕儀に甘えは見せない。

与えていた予算は削減し、大勢付けていた従僕の殆《ほとん》ども解任して私兵も使えないようにした。

代わりに縁故はあるものの、決して甘くない騎士家を斡旋してやることにしたのだ。ウビオルム伯爵の騎士団にも名を連ねる彼であれば、子爵令息であろうと市井の一般人と変わらぬ厳しさで扱《しご》き倒し、役に立たないなら冷徹にたたき返してくるであろうと分かって。

再起の機会を与えるのは親の情。同時に決して生やさしくなく、達成が困難な試練を与えるのが貴族としての姿勢。

父親から言い渡された、二つの立場が混じる仕合わせに息子は深く感謝した。

今後を不安に思いつつも楽しむ二人であったが、息子がふと思い出したように話題を変えた。

「そういえば、大変驚きました。よもや、私を正したのが伯の懐刀殿であったとは」

貴族の名と家紋には魔導院と僧会によって保護の術式がかけられており、騙《かた》ることは簡単ではない。口頭や書面に刻むだけならまだしも、指輪という形ある物に刻印して固定するのは多くの制限があり、仮に可能であったとしても割に合うとは思えぬ困難が伴う。

ただの家紋が入った金指輪とエーリヒは認識していたが、それが鋳造されるまでには実に複雑にして大変な過程が存在していることを貴族である彼等は正しく認識していた。故に、あのような場で見せられても一切疑うことがなかったのである。

「ああ、私も伯にお目通りした時に見かけているので間違いない。華奢《きやしや》で女顔のヒト種男性《メンシュ》。年の頃は成人しているかしていないか。長い金髪に蒼《あお》い仔猫《こねこ》のような目……全て完璧に重なる者は少なくないが多くもなかろう」

当人は仕事に忙殺されていた上、直接尊い方々から声をかけられる身分ではなかったためにあずかり知らぬことであるが、金髪の懐刀殿の名はウビオルム伯爵領内にて広く知られていた。

数多《あまた》蠢動《しゆんどう》する伯を狙った謀略が彼の手によって幾つも挫《くじ》かれ、利用しようと拉致を試みた者達《たち》が数えきれぬ程剣の露と消えたのだ。話題にならない方がおかしい。

「しかし、噂《うわさ》は本当であったか……」

「父上、噂とは？」

「奇譚《きたん》収拾の部署をアグリッピナ様が御立《おた》ち上《あ》げになった話は、そちも知っておろう」

「ああ、たしか人の募集があり、その手の知識に造詣が深い者達が漸《ようや》く活躍の場が現れたと挙《こぞ》って参加していたかと」

「あれはな、実は隠《かく》れ蓑《みの》であろうとの噂があったのだ」

隠れ蓑とは？　という問いに父親は新たな主君として収まったアグリッピナが巡らせている策を話した。

彼女は穏やかな笑みの裏に凍り付く程の合理主義を秘めた人物で、領内の不正を一掃し、更に今後の社交界を左右するべく様々な策謀を巡らせている。

然《さ》もなくば彼女に都合が悪い、領外との繋《つな》がりが深かったリプラー子爵――尚《なお》、彼は領内でも専横が激しく好かれてはいなかった――が血族諸共《もろとも》消え去り、更に不正が酷《ひど》かった者達が逐電する暇すら与えられずにいとも容易《たやす》く吊《つる》されたのだ。

入念な下準備と諜報《ちょうほう》がなければ敵《かな》わぬ所業に、誰もが優秀な密偵が裏で蠢《うごめ》いていることを確信した。

「その部署を伯は陛下からご褒美で道楽を満たすべく賜ったと仰《おつしや》っていたが……」

「アグリッピナ様が、そのようなことをする筈《はず》もなし、と」

「そうだ。皆、諜報の手を全国へ合法的に広げる手段だと噂しておった。よもや、そちが噂の一端に触れ、事実だと判明するとはな」

領内の誰もが伯爵の懐刀が解任されたという噂には懐疑的だったのだ。手放す理由がないし、そこまで信任篤《あつ》い人間が辞める理由もないのだから。

遠い目をする父に息子は、知った事実をどうするかと問うた。同じ派閥の人間に報《しら》せて警戒させてもよいし、何処《どこ》かに情報を流して恩を売ってもいい。これは、そういった重要で使い道が多い情報であると。

ウビオルム伯爵領は表面上の落ち着きを見せてはいるが、水面下では大慌てで今後に備えている家が大半を占めていた。長い天領期間に統率が緩んで一家の全てが潔白と言える家は少なく、中にはどうにか繕わねば別の領地の親族諸共破滅するような家も珍しくなかった。

アグリッピナが既得権益に厳しく、同時に収賄に全く応じない人間であることは既に周知の事実となっている。賄賂を送ってもそれを軽く上回る〝褒美〟が賄賂に添えて送り返され、便宜を図ってくれと行政府の人間に送った手紙が別人から「担当者は変更となりました」と素気なく戻ってくるとあっては、今まで通りのやり方では絶対に生き残れない。

生存の道を探すのに必死な者達に貸しを作って、それを更にアグリッピナ相手に利用することで家の伸張と生存を試みる子爵は、それとなく仲間に教えるための策を練った。

「よし、楽士を呼べ」

「は……楽士ですか？」

「そうだ。戯曲、という名目で情報を共有しよう。そうさな、題目は……」

諸般の事情もあってウビオルム伯爵領発の戯曲が人気を博し、後世にも残ることとなる。

その表題は〝伯爵閣下の世直し冒険記〟。情に厚いが厳しい伯爵が身分を隠して数名の供と諸国を流浪し、不正を糺《ただ》していく痛快娯楽劇である…………。

【Tips】伯爵閣下の世直し冒険記。帝国暦五〇〇年代の前半に完成し、後世にも残り続編が多々作られていった戯曲。優しい伯爵と個性的な数名の部下が身分を隠して諸国を流浪し苦しめられる民を救うという話だが、どっかの金髪に言わせると「何か見たことあるぞコレ」という内容に仕上がっている。

尚、これによって悪徳商人の見本とされた金の王冠商店《Goldene Krone》は全国的に珍しい名前ではなかったが、風聞が悪いとして改名する店が増え、後世では殆ど見られなくなった。

青年期

# 十五歳の初冬

## 依頼

TRPGにおいては演ずる(ロールする)という前提から、依頼者の口を介して依頼が届けられる。窮して駆け込んできた村人、悪漢に追われる少女、仲介人に渡された依頼文。受けてくれなきゃ話が始まらねーんだよ、というGM側の問題はあるものの、その内容が正しいかどうかは、PC達が判断しなければならない。

村人が悪事を働いて追い出された腹いせをたくらんでいることもあれば、少女が手癖の悪い盗人である可能性もあり、知らぬまま国家転覆の計画に加担させられているようなこともないとは言い切れないのだから。

目の前で馬肢人《ツエンタオア》が膝を折るという実に珍しい光景が繰り広げられていた。

手は膝に添えて頭を下げている姿勢、そして要求からして彼等の文化圏でいう土下座に近い行動であろう。

「どうかっ……どうか……お金をください……っ!!」

絞り出すような要求を私は鼻で笑い、もたれ掛かった窓の外へ顔を向け、降りしきる雨の中に煙を吐き出した。

闘技大会の一件から少し。ケーニヒスシュトゥールが随分と近づいてきた頃、私達はとある街で二週間以上も足止めを食らっていた。

出立しようとする度に不運が降りかかってくるのだ。

まず、中々珍しいことに帝国の租税を運んでいた役人が略奪を受けたため、都市が封鎖されて全ての出入りが禁止された。布告を見た時は驚いたものだよ、ここは辺境に近いとは言えど、そんな自殺志願者がまだいたのかと。

巡察吏が威信を賭けて租税を奪った者を召し捕るべく大規模な作戦を展開することもあり、旅人と商人の移動が一気に制限された。野盗が無害な商人を装って都市に近づき、騎士団や巡察吏の行動を監視できないようにするためだ。

これによって出入りできるのは役人と兵士、そして貴族許しの割符を持つ特権商人のみとなる。

仕方がないと借りていた宿にとって返してきた私達を、主は運が悪いなぁと出迎えてくれた。

槍《やり》の穂先に生首をひっさげた騎士団が凱旋《がいせん》し、やっとこ終わったかと思って荷物を纏《まと》めたら、今度は丁度行こうとしていた方面の橋が崩れたという報せが飛び込んでくる。どうやら、その野盗が巡察吏の行動を制限するために魔導具か何かで吹っ飛ばしてしまったようで、領主が地元の建設業者を集め、子飼いの魔法使い――地方都市なので造成魔導師を呼ぶ金がないのだろう――も使って再建するまで通行止めとなった。

橋を使わない道は遠回りが多く、更に旅籠《はたご》もないので冬が近づいている中に通ろうという気が全く起きなかった。重要な橋なので直《す》ぐ修理するので動揺せぬように、と代官が布告していたため、ならば遠回りする期間と足止めを食らう期間を考えたら待った方が得かと考えたのだ。

出て行ったと思ったら、また半刻もせず戻ってきた私達を宿の主は奇妙な者を見る目で見て、終《しま》いには哀れみ宿代を少し負けてくれた。

そして、酒房で明日橋が直るらしいぞという噂を聞きつけて、今度こそと出立の準備をしたら、この長雨だ。

冬の冷え切った空気の中降りしきる氷雨は厳しく、あまりの寒さに熟練の旅人でも危険を感じる勢いだったので、私達も倣《なら》って出立を取りやめた。風邪が命取りとなる世界で、外気温がただでさえ低い上に雨の中出歩いて体を冷やすのは馬鹿のやることだ。

退出を申し出ていた日の朝に、やっぱり延長しますと言いに来た私に対して宿の主は遂《つい》に「何か呪われてないかい？　聖堂にでも行って護符でも授かってきたらどうかね？」と心底憐《あわ》れむように提案した。

もう三日も降り続けて止《や》む気配がない雨で街に閉じ込められた私達だが、それはいいだろう。長距離の旅をする上では覚悟すべきことだ。風雲神のご機嫌や、他の神々との喧嘩《けんか》で天候が荒れるかどうかなんて誰にも分からないのだから。

それにケーニヒスシュトゥールから帝都へ向かう途上でも長雨に捕まって、出立を延期することは結構あったからな。

まぁ、あれは馬車なのに「雨の日に出かけるのって怠《だる》いのよね」と舐《な》め腐ったことを仰るアグリッピナ氏の怠惰故なので、あまり参考にするべきでもないし、今の状況と重ねるのもどうかとは思うが。

「ねぇ……！　お願いします……！　もうっ、もうっ……」

「ああ、そろそろ追加の煙草《たばこ》を作らんとな……」

「三日も麦粥《むぎがゆ》だけだし、お酒も飲んでない……!!」

土下座を維持したディードリヒの切迫した嘆願を軽く聞き流して、私は窓際に煙管《きせる》を叩《たた》き付け灰を落とした。暇な時に吸っていた娯楽用の煙草の在庫が心許《こころもと》なくなってきている。そろそろ街の薬師でも訪ねて薬草を仕入れておかないと。

「とはいえ、この雨の中出かけるのも億劫《おっくう》だなぁ……」

「無視しないでよ……！　ねぇ、ほんとお願い！　一リブラでいいから！　安い麦酒《ビール》で我

慢するから!!」

ヒルデブランド部族戦士の誇りとやらを何処かに質入れしてきたらしい馬鹿を無視するのもそろそろ限界かと思い、かなり見下す視線をくれてやったが、ディードリヒは怯《ひる》まずに懇願を続けた。

さて、この馬鹿が土下座を敢行している理由は、彼女の口から出て来た通り。酒が飲めないくらい金がないのである。

お前、一五ドラクマも勝っただろと突っ込みが飛んで来ても仕方ないが、あろうことかこの愚物は我が実家の三年分の年収に近い額を僅か一月足らずで溶かしやがったのだ。

それも、必要な物資を買わずに要らない散財ばかりして。

一回痛い目を見た方がいいと思って放っておいたが、よもやここまでやるとは。どっかで叱っておくべきだった。

闘技大会で優勝した直後の散財で懸念は抱いていたものの、こうも経済観念が緩いとは思わなかった。今までは部族の中に居たから金が乏しくても何とかなって来たし、配下に見捨てられるまでは最低限の物資もあったから飢えずに済んだのだろうが、着替えさえ人に買って貰《もら》う状態でよくやるもんだと逆に感心させられた。

あれからディードリヒは良い宿に泊まり部屋に良い食事を運ばせ良い酒を飲んで好き放題やった上、また真偽も怪しい物を同じ街に足止めされた旅商人から買い漁《あさ》るという愚行を重ね、気が付いたときには野営用の布団も買えない有様になっていたのである。

ああ、ほんと、散歩してくると彼女が出かける時は億劫でも付いていくべきだったな。

「お願い……！　ほんと、ねぇ、もう耐えらんない！　アタシ一人だけ食事もすっごい安くするし、その上でお酒もなしって酷《ひど》くない……!?」

「とはいえ、疲れてもいないのに疲労回復のを吸うのもな……あ、黒茶もあんまりなかったっけか」

視線を外して煙管に煙草を詰めていると懇願が更に強くなった。

これは擁護しきれぬとキレた私は、宿の質を下げることはしなかったが、食事の質を最低限に落とした上で酒は買ってやらなかった。ここで甘やかしていいことがお互いにとって一つもないと判断したためだ。

だって、一五ドラクマだぞ一五ドラクマ。現代日本だと二千万近い金である。三重帝国でも大した金額で、地方の都市戸籍を買って小さな家を拵《こしら》えて、ちょっとした商売だって始めようと思えば始められる金額である。

そんな額、何をどうすりゃ必要な物や不動産も買わずにたった一ヶ月程度で溶かせるのか、逆に聞きたいものだ。ガラクタみたいな物が詰まった袋が対価と言われて、到底納得できる筈がなかろう。

いつまでも世話を焼いてやる訳にもいかんので、そろそろ金勘定の方法を仕込んでやらねばならぬし、味気ない生活を第一の教材として叩き付けてやっている次第だ。

「あー、寒い中歩きたくないな……誰かお遣い行ってくれんかなぁ」

「行く！　行きます！　行くから、いいでしょ!?」

大判銀貨を取り出してチラつかせてみれば、ヒルデブランド部族の立派な戦士様とやらはハゼよりも簡単に釣れてしまった。いいのか、背中に乗ってる氏神様が泣くぞ。

「薬師の所に行って、書いたとおりに。それと黒茶を二袋。おつりは好きにしていい」

「やった!!」

ピンと弾《はじ》いた銀貨が頂点に達する前に掻《か》っ攫《さら》われ、下の客から文句が来そうな速度でディードリヒは出かけていった。

報酬の殆《ほとん》どを酒に費やす大酒飲みが三日も断酒するのはキツかったか。馬肢人《ツエンタオア》がこれだけ大酒飲みとは知らなかった。飲み比べをやったら坑道種《ドヴェルク》といい線まで行けるんじゃなかろうか。

私は開け放されたままの扉を、もう面倒臭かったので〈見えざる手〉で閉じて再び煙管に火を付けた。

堅く堅く、今度は自分で金を稼がせたら、それを私が管理しようと誓いながら。

尚《なお》、半刻後に戻ってきたディードリヒは、先に一杯引っ掛けてから行こうとしたらついつい飲み過ぎてお金使っちゃった……とかボケたことを抜かしやがったので、尻にでっかい紅葉を刻み込んで宿から放り出した………。


【Tips】東方離島圏や北方半島では坑道種《ドヴェルク》よりも馬肢人《ツエンタオア》の方が代名詞として用いられる

**ほど大酒飲みとして知られている。**


　ようやく晴れ間が覗《のぞ》き、私達《たち》は宿の主から職業柄中々出てこないであろう「もう戻ってこないよう、風雲神にお祈りしているよ」との言葉で見送られた。

「あー、お金稼がなきゃ……向こうの寒さもだけど、こっちも寒いわ。雨上がりは肌寒いわね」

　もうすっかり豊穣《ほうじょう》神が休暇に入って寒い中、私は防寒具でもこもこした状態で市壁の近くにやって来ていた。

　一方で、そんなことを宣《のたま》っている馬肢人《ツエンタオア》は出会ったころと変わらず平然と半袖で彷徨《うろつ》いている。長袖の古着を買ってやろうかと提案したのだが、動くのに邪魔だからいらないと拒否されたのだ。

　馬肢人《ツエンタオア》は馬と同じく寒さに強いため、真冬でも薄着で生活していることが多い。燃費《食欲が増す》が悪くなると自己申告していたので、私は是非とも厚着させたかったのだが、戦い辛《づら》くなると言われるとどうにも拒否しづらい。

　雨が降った時用に大外套《おおがいとう》だけ買ってあるが、基礎代謝が全く違う種族の服飾に疎いので驚かされることばかりだ。正直、見ていて此方《こちら》が寒いのでもう少し何か着て欲しいところである。

「何かめぼしいのはないかなっと」

市壁の間際には隊商が集まっており、護衛の増員や人足を求めた張り紙がされていた。ここにも寒い中、客が来るのを期待した代書人が屯《たむろ》しているものの普通に読めると断ると唾を吐いて戻っていった。うん、地方になると色々質が落ちるもんだな。

ガラの悪い代書人はさておき、簡単な帝国語の読み書きを教えてやったディードリヒが割の良い仕事はないものかと張り紙を見ていたが、季節柄無理をして移動しようという旅人が減っているため依頼自体は少なかった。

私一人ならば、もう無理せず乗合馬車でも探すところだな。

「おっ、これよくない？」

彼女が引っぺがした依頼には、日当はないが無事に到着できたら破格としか言えぬ一ドラクマもの報酬が記されていた。しかもお誂《あつら》え向きに、私の故郷であるケーニヒスシュトゥールに一番近いインネンシュタットという街が目的地だ。

インネンシュタットは古い都市国家に端を発する都市で、千年以上前に作られたという市壁に守られた街として親しまれている。古都とも呼ばれる街は付近の壮園にとっては一番身近な都会であり、多数の手工業者がいるため手頃に物納品を仕入れられ、農作物を売れるため往《ゆ》き来《き》が多く馴《な》染《じ》みのある場所である。

「七日くらいしか離れていないのに一ドラクマとは……破格じゃないか」

「要面接、しかも今日中か。行くしかないでしょ！」

ちょっとは怪しもうぜと思ったが、ディードリヒが乗り気なので止めるのも無粋かと思い行くことにした。向こうが面接してくるように、相手と顔を合わせる以上は私達も相手を品定めすることができる。

もし依頼が問題なさそうならば破格の報酬が得られるし、怪しそうなら断れば良いのだ。

市壁の門衛詰め所近くに依頼主の馬車は停《と》めてあった。二頭立ての立派な造りで懸架装置も導入されており、守りの魔法が込められた気配もある。しかし、側面には家紋が刻まれておらず、凝った飾りもないことから貴族の馬車ではなさそうだ。

私達と入れ替わりで数人の男達が不愉快そうに去って行くのは、面接にハネられたからであろうか。

依頼人は警戒心もあって考える頭もあるようだ。加点一っと。

「面接希望の方ですか？」

馬車の前にいたのは、なんというか幸薄そうというのが似合う男性だった。種族はヒト種《メンシュ》で私より少し年上だろうか。垢抜《あかぬ》けた格好をさせれば多少は見栄えもしそうだが、地味な風貌は飾らず言うとモブっぽい。いい人そうなのだが印象に残りづらいというか、似顔絵を描くのに苦労しそうというか。

美形過ぎて特徴がないナケイシャ嬢と違って、こちらは普通すぎて逆に特徴がない人だった。

身なりはよく、佩《は》いている剣も拵えからして上質。背は高いとはいえないが、簡素ながら質の良い亜麻の旅装を纏った体は筋肉質で〝目の付け方〟からして能《よ》く訓練されているのが分かった。

視線が辿《たど》るのは得物と腕、それから足下を経てゆっくり顔に向かう。着目点が素人のそれではなく、敵手として相手を値踏みするものだった。

姿勢の良さと癖のない下層階級の宮廷語からして従兵であろうか。いや、馬車に家紋がないし、大勢の護衛を引き連れていないことからして家名が許される名家の所属と思われた。

「そうよ。立派な馬車だけど……アンタだけなの？」

「ええ。奉公先から休暇を頂いて足までお借りしたのですが、護衛が急に使えなくなりまして……」

「こら、ディードリヒ。先に名乗れ」

不躾《ぶしつけ》なことを言う道連れを肘でどついてやると――体格差で馬の方の胸あたりになるのが憎らしい――彼女はいっけね、とでも言うように舌を出した。

「アタシはヒルデブランド部族のディードリヒ。で、こっちがケ……」

「ヴァルテッシュのエルヴィーンと申します。以後お見知りおきを」

私が対外的には偽名を使うことにしているのを完璧に忘れていそうなディードリヒをもう一度小突いて黙らせた。

「ご丁寧にどうも。僕はフルダのルドルフと申します」

彼は私の礼に応えて丁寧に名乗った後、依頼の詳細を語った。

さる名家に仕える――家名を秘するのは、まぁよくあることだ――ルドルフは幼馴染みと供に長年の奉公の褒美として纏《まと》まった休暇を頂戴したためインネンシュタットに帰るところだという。

今は馬車の中で待機している彼の幼馴染みベルタはお嬢様の側仕《そばづか》えで、大変気に入られていることもあって馬車を使うことを許可されたようだ。

しかし、お家の護衛はお嬢様や旦那様が出かけることを考えれば使うことができないので、護衛を雇うお金を預かっていたものの目を付けていた傭兵《ようへい》が別件で街を出てしまい、こうやって急遽《きゅうきょ》護衛を求めることとなったそうだ。

「腕前は申し分なさそうですね。それに、馬肢人《ツェンタオア》の方と馬をお持ちであれば移動速度も上がりそうで助かります。暫《しば》しお待ちを」

彼は私達の評価を終えると馬車の昇降台に足を掛け、窓を叩《たた》いて中に小声で話しかけた。幼馴染みに確認を取っているにしては大仰だが、名家のお嬢様へ直《じか》に侍《はべ》る側仕えとあれば家の中では格が高い方だ。髪の毛を整え髭《ひげ》をきちんと剃《そ》り落としていることを考えると、彼は先導役や主人の従僕《フットマン》だろうから私的な場以外で上司を立てていると見ればおかしくはない。

……いや、休暇中で、しかも相手が幼馴染みと考えるとおかしいか？　かといって、そこまで強烈な違和感ではないしな。

「では、護衛をお願いしますね。わたくしはフルダのベルタ。とても強そうな方が来てくださって安心いたしました。道中も穏やかに過ごせそうです」

馬車の戸を開けて現れたのは、ルドルフの没個性的な外見とは対照的な美少女だった。

ベルタもヒト種《メンシュ》で年代はルドルフと同い年くらいだろう。しかし、小柄でほっそりした立ち姿は仕える側よりも傅《かしず》かれる側といった雰囲気で、面長な顔付きも貴族然としており実に愛らしい。

艶やかで癖がない長い金髪には手間と金を掛けて手入れした痕跡があり、穏やかな湖面を思わせる白藍《しらあい》の瞳はおっとりとして険がなく、苦労をしたことがなさそうな印象を受けた。

上品で柔和な笑みと金髪から、エリザをついつい思い出してしまう。似ているとまではいかなくとも、小さな妹も順調に成長すれば彼女に近くなるのだろうなと思えた。

肌も白く、薄化粧を施したそれは労働者の色合いではない。薄い唇に紅を差しすぎているのが少し気になるが、敢《あ》えて似合わない化粧をすることで従僕だと分からせる文化もあるため何とも言えぬ。

手元を見ようとしたが、寒さ避《よ》けの綿を入れた手袋をしているため分からなかった。水仕事や給仕で多少荒れていればハッキリ分かるのだが、分厚い革に覆われてしまうと確かめようがない。

「これだけ頼もしい馬肢人《ツェンタオア》の戦士様が付いてくれれば、賊も手出しできませんでしょう。家のルドルフも頼りにはなるのですが、恐ろしい見た目ではないので心配していたのです」

「酷《ひど》いですよベルタ……」

女性向けの宮廷語も整っているものの、抑揚《イントネーション》や高低《アクセント》は上流階級が使うものだが、完全な貴種の物ではなく貴種に仕える人間だとしても行き過ぎた上品さではない。

うーん……本当に従僕か？

しかし、名家のお嬢様が連れている従僕には、下級の貴族や騎士家のお嬢様よりお嬢様している人も多かったからな。ベルンカステル邸のクーニグンデのような上級使用人の候補だと考えれば別に無理なところもないし。

ふうむ、難しい。

「任せてよ。アタシが前に立ちゃあ大抵のヤツは逃げて通る。ちょっと前に闘技大会にも優勝してきたところだしね」

「まぁ！　それは心強いですわ」

ただ、ディードリヒはすっかり依頼を受ける気でいるし、私もそろそろ本気で金を稼いで貰《もら》わないと困るので一ドラクマは魅力的だ。

馬は難しいが驢馬《ロバ》くらいならば五〇リブラあれば買えるし、安物でよければ装備も大半は揃《そろ》う。これからも同行するかどうかはさておき、離れるにしても装備は最低限揃えさせておかないと不安だからな。

それに、今まで率先して金を稼ごうという姿勢を見せなかったディードリヒがやる気を出しているのだ。水を差すのも勿体《もったい》ない。

多少の懸念事項はあるものの、私は許容範囲内かと思って依頼を受け入れた…………。

【Tips】家名を許された名家は社会制度上では貴族の下にあるが、実際の経済規模や地域での権力などで小さな貴族家を上回ることは珍しくもない。結局の所、権力とは金と動かせる人間の数に過ぎず、名前が大きくても実情が伴うとは限らないのである。

護衛依頼が始まって二日経《た》ったが、未《いま》だに怪しさは拭えないものの違和感程度に収まっていた。

ルドルフがベルタの世話を甲斐甲斐《かいがい》しく焼いているのは、惚《ほ》れた弱みとも取れる。彼女には火の番くらいしかさせず、忙しく動き回っているのは惚れた女に旅の苦難を味わわせたくないと躍起になっているようにも思えた。

だとしても洗い物から調理まで、女性であれば手伝って当然のことをさせずにいるのは不自然ではあったが。

それに天幕まで別にしているのだ。成人している男女が結婚もしていないのに同じ天幕で寝るのは外聞が悪いとは言えるが、それはあくまで貴族などの上流階級の話であり平民では重視されない。余裕があれば別の天幕を張るくらいのことはするだろうが、同じ故郷に帰る幼馴染みでとなると〝やり過ぎ〟に感じた。

ただ、決定的におかしいかと言われればそうでもない。単にルドルフが惚れた女の前で張り切っているだけとも見えるし、天幕を分けるのはどこか夢見がちでおっとりしたベルタを穏やかに休ませてやりたいからという気もする。

モヤモヤと答えがでない日々を送っている中、補修された橋を渡りきった辺りで後方から馬蹄《ばてい》の音がやって来るのが聞こえてきた。

晴れ晴れとした少し前の荒れ模様を詫《わ》びるような青空の下、遠方からやって来る馬の音は四騎から五騎。軽装で馬車は牽《ひ》いていない音だ。殿《しんがり》についてポリュデウケスに跨《また》がっていた私は、気を払いつつも野盗の残党を警戒している巡察吏だろうかと思っていた。

都市では御味方《おみかた》大勝利の布告がされ、如何《いか》にも山賊の頭首っぽい髭面が城門に晒《さら》されていたものの、見せしめ刑で身長を強制的に伸ばされている数が少なかったからな。生き残りを狩ろうとしているのか、納税期も終わったのに忙しく往き来している騎兵の群れを見かけることは珍しくなかったのだ。

首からぶら下げていた呼子笛を取り上げ、短く二度吹いた。道を空けろという合図だ。我々地下の民は貴族や役人の馬車、巡察吏が通る際は交通を妨げぬよう道を譲らねばならない。

念《ねん》の為《ため》に速度を落として巡察吏が通り過ぎるのを見届けようとしていると、地平の向こうからやって来たのが巡察の騎兵隊ではないことに気付いた。

彼等《かれら》は活動しているということ自体が抑止力となるため、絢爛《けんらん》な鎧《よろい》を纏って旗頭を立てて行進する。騎士家や貴族家の旗と部隊の旗を並べて走り回る姿は、一般の騎士や私兵、傭兵とは見間違いようがない。

だから、急速に近づいてくる彼等が巡察吏であるはずがない。簡素な胸甲、顔を隠す全頭式の兜《かぶと》に長柄の騎兵槍《やり》を携えて逞《たくま》しい体格の軍馬に跨がっているものの、一切の出自を覗《うかが》わせる要素がない装備からして明確だ。

私は疑問が脳内で形を結ぶより早く、短く歯切れよく呼子笛を三度鳴らした。

全力で走れの合図だ。

一般的に街道で剝《む》き身《み》の得物を構えながら、しかも武装して走り回るのは褒められた行為ではない。傭兵にしろ冒険者にしろ平時は防具を最低限に抑え長物には鞘《さや》か布を巻き、敵意がないことを示すようするべきだ。通行人を無駄に刺激することに繫《つな》がるし、相手によってはそれだけで敵対行為と見做《みな》されて斬りかかられても文句が言えぬ。

にも拘《かか》わらず背後から現れた五騎もの騎兵は鎧も万全、槍から鞘が外され戦闘準備万端で近寄ってくる。もし急ぎで何処《どこ》かの救援に駆けつけているにしても、普通は旅人を見かけたら警戒させせぬよう一度歩速を緩めて声をかけて然《しか》るべき。

最低限の礼儀すら投げ打ち、まるで背後から奇襲しようとしているとしか思えぬ騎兵達《たち》の振る舞いに私は危機感を覚えた。

何事かと止まろうとする馬車をディードリヒが怒鳴りつけて走って行くのを見送り、私は足を止めて柄袋《つかぶくろ》を取り外し〝送り狼《シュッツヴォルフ》〟を抜き放った。

「止まれ！　何者だ!!」

道を塞ぐように立ちはだかって、警戒の意を表明するべく声を張り上げて剣を掲げるものの馬列は止まらない。むしろ、勢いを増して向かってくるではないか。

万が一、何処かの救援に急いでいるだけの私兵であったなら、舌打ちをしながらも足を止めて所属と行き先を告げて誤解を解こうとする。貴族ならば「邪魔をするな下郎」の一言も拡声の術式を込めた魔導具で叩き付けてくるだろう。

となると、あれは敵だ。しかも、明確に我々を狙った。

「クソッタレ、やっぱりこうなるか!!」

モヤモヤを延々と抱えているのは嫌だったが、形にしろとは誰も言ってない!!　私はポリュデウケスの腹に一蹴り入れ、急速に方向転換しつつ駆け出した。

勿論《もちろん》、逃げる方にだ。

襲歩に移っているのに見事な縦列を作り、左右へ交互に槍を突き出す完璧な連携の騎兵相手に単騎では分が悪すぎる。魔法が使えたら吹っ飛ばして終わりだが、流石《さすが》に盾と剣だけの今では不利だ。

あの陣形は少数の騎兵が少数の騎兵と戦うためにとる対騎兵陣形。左右どちらに逃げても対応が可能で、しかも先頭の穂先を掻《か》い潜《くぐ》っても最低限二本は槍が飛んで来る。こうなっては一度に二人以上を一気に屠《ほふ》れる馬上戦闘の腕前がないと対処が厳しい。

私は騎兵戦闘の専門家ではないからな。できるかできないかで言えば、できなくもない程度の〈騎乗〉スキルしか取っていないため、専門家が本気を出したら最終達成値で負けてしまう。馬上という不安定な場所で剣を振るのは、地面でやるのと勝手があまりに違うのだ。

くそ、〈見えざる手〉を使えば鞍上《あんじょう》もへったくれもないので何とかできるし、下馬すれば対騎兵戦闘でも有利は取れるが……万が一抜かれた時に追いつけなくなる。

魔法が使えないことが、これ程の重荷になるとは。頭を使えとアグリッピナ氏が仰《おつしや》っていたが、かなり厳しいな。

……いや、バレないように使え、というのが正確なのか。

私はケツを捲《まく》りながら、鞍袋《くらぶくろ》に突っ込んであった、もうすっかり愛用となっている東方式弩弓《クロスボウ》を取りだして装塡する。

何かないか、何か。

私は振り返りつつ牽制《けんせい》の一射を放ち――当然の様に避けられたが――気付いた。

連中、馬は無防備だ。

よし、これがあったな。

私は〈見えざる手〉で鞍袋の食料を納めている袋を漁《あさ》り、その中から調理用に分けてある香草を入れてある小袋を取りだした。そして、五つの〝手〟に握らせて伸ばし、馬の進路へぶちまけた。

「うわっ!? 何だっ!?」

「おおおおっ!?」

「くっ、こら!?　落ち着け!?」

するとと驚いた馬が大慌てを始める。先頭の馬が竿立《さおだ》ちになって騎手を振り落とし、後続はそれに追突するかつんのめり、急制動が間に合った最後尾も大暴れして手が付けられなくなる。

当たり前だ。全力疾走している中、鼻頭に山葵《ホースラディッシュ》を擂《す》り下ろした物がまき散らされて、ただでさえ敏感な鼻腔《びこう》内へ吸引してしまった馬が冷静でいられる訳がないのだから。

山葵は北方半島圏から輸入されて帝国に土着した植物で、日本の山葵《わさび》と似ているが、これが擂り下ろすと激烈に辛くて酸っぱいのだ。用途も同じで肉やパンに塗る薬味で、味覚が大人に近づいてきたこともあって最近は気に入って愛用している。作り方が雑で、あまり美味《おい》しくない安売りの干し肉を我慢して食べる時にも役立つからな。

一気に擂り下ろして皮袋に入れておくと、少しだけ辛みがまろやかになるので常備しておいたが、こんな所で役に立つとは。やはりアイテム欄に小道具は詰め込めるだけ詰め込んでおくべきだな。

人の都合に巻き込まれて大怪我《おおけが》をする馬は可哀想《かわいそう》だが、争いに持ち出した敵を恨んでくれ。

よし、これで一安心……と思っていると、前から馬がつっこんで来るのが見えた。

何事!?　と驚くより前に、私の体は芯まで滲《し》み付いた武に従って体を動かすことを選んでいた。

馬は二頭来た。先頭の騎手が右へのすれ違い様に首を薙《な》ぎ払おうと剣を振るうのに合わせ、咄嗟《とっさ》に弩弓を投げ捨てて盾を手に取った左手が剣を弾《はじ》き飛ばし、右の手で腹に抜き胴を見舞う。

返す刀で僅かに間合いを空けた二頭目の騎手が左へ抜けて行こうとするので、抜き胴を放った右手の中で剣を逆手へ持ち替え、殆《ほとん》ど体に垂直に構えた盾で槍の刺突をいなしつつ切り返す。

逆手に振り抜いた剣は敵の首を狩り、すれ違い様に耳朶《じだ》へ虎落笛《もがりぶえ》のような断末魔を届けていった。気管を引き裂き、首の三分の一程を斬り飛ばしていたのだ。

振り返れば、僅かな筋で繋がっただけの首をぶら下げた騎手が惰性で乗った馬と、片足だけを鐙《あぶみ》に引っ掛けて引き摺《ず》られている騎手があった。

先頭の一騎は腹を斬られて仰《あお》向けに倒れて馬から落ちるも、鐙が離れていなかったせいで後頭部を地面に強打した上で引き摺り回されたのであろう。首を断たれた方は言うまでもなく即死しており、命をなくした肉体が噴水の勢いで血を噴出しながら頽《くずお》れていった。

「び、びっくりした……なんで前から来るんだよ……」

染みついた本能に近しい武で律動していた肉体がやっと精神に追いつき、予想外の方向からやって来た敵への驚きを思い出して心臓を早鐘の如《ごと》く打つ。軽く息が詰まり、ぶわりと背中に汗が浮いた。

いや、普通に反応はできただろうけど、前に味方がいるんだから前から来るなんて思わないじゃない。先に逃がしたんだから。

「おーい！　そっち行ったの……は、やったんだ」

深呼吸して落ち着こうとしていると、今度こそ前から味方であるディードリヒが走ってきた。矢ではなく布に包まれたままの斧《おの》を手にしているが、恐らくは包みを取るのが間に合わなかったため、そのまま〝使用〟したのだろう。茶色い麻の袋が血の赤と脳漿《のうしょう》の桃色で不気味な斑《まだら》に染まっていた。

当人も返り血まみれで、護衛だからと威圧効果を期待して着込んだ小札鎧《スケイルアーマー》が酸化した血液で真っ黒だ。

どうやら私達は待ち伏せされていたらしい。それも、かなりの手練《てだ》れに。

「何があった。説明してくれ」

「いや、馬車を逃がそうとしたら先にも回り込まれてて。馬防柵置いてあるし、七人も伏せてて焦ったよ。アタシは柵を飛び越えて普通に戦ったんだけど、馬車はそうもいかないでしょ？」

そして馬車がやむなく停《と》まった所で、別の所に伏せていた先の騎兵が飛び出して来て馬車を襲い、荷台からベルタ嬢を攫《さら》ってしまったという。

「ルドルフはどうした」

「無茶な止め方だったから地面に投げ出されて悶《もだ》えてたわよ。受け身は取ってたから、今は休ませてるけど」

「いや、それよりベルタ嬢は……」

「アレでしょ」

指さされて振り返れば、首が飛んだ死体の後ろに黒い袋が括《くく》り付けられているのが見えた。二人乗りができる大型の鞍の尻に横たわる人型の大きさで、もごもご蠢《うごめ》いているそれは紛《まご》うことなき護衛対象である。

「あ、危ねぇ、騎手を斬っててよかった……派手に転倒したら死んでたぞ」

「流石にこの数に一気に来られたら守りきれないわよ。アタシ悪くないわよね？」

「私だって悪くねぇよ……」

この状況で一体誰が私達を責められよう。たしかにちょっとばかし怪しいよなぁとは思っていたが、普通に騎兵七騎、待ち伏せしてくる歩卒七人相手に三人＋護衛対象でどうやって完勝しろというのか。陣形で封鎖したって普通は一人で三人くらいが限界だというのに。

強いて言うなら、普通は有り得ない襲撃を受けるような二人が悪いというところか。

もう〝親しくお話〟して襲撃者から事情を聞くことはできないし、今から引き返しても最初の騎兵も逃げ去っていることであろう。そして、ディードリヒは私以上に手加減なんてできない得物を振るった以上、残っているのは挽肉《ひきにく》と皮袋の中間になり果てた肉塊だろうからどうしようもない。

ああ、アグリッピナ氏がいれば、頭さえ残ってりゃ色々情報が抜けるんだがな。私は精神魔法に手を伸ばす余裕もなかったから、嘆いても仕方ないのだが。

「ルドルフは話せそうか？」

「結構ヤバい落ち方してたけど、意識はあるからいけるんじゃない？」

ならば、とりあえず正座だな………。

【Tips】開闢《かいびゃく》帝がやらかした家臣を地面に座らせて説教したという逸話から、ライン三重帝国における伝統的な説教を聞く姿勢は正座となった。尚《なお》、こちらのヒト種《メンシュ》の骨格は正座に対応していないため、恐ろしく下半身を痛めつけられる。

気絶していたベルタ嬢を袋から引っ張り出し、ルドルフを連れて事件現場から少し離れた林の中に移動した。目立つ街道上でやると運悪く巡察吏が通りかかったりしたら面倒臭いことになるためだ。

それと、予想通りの惨状となっていたので、無垢《むく》なお嬢様が復活すると同時にまた気絶するかもしれないからな。死体と血に慣れている私でも、ちょっと「うっ」となる光景だったし。

馬車馬は一頭が急な制動に耐えかねて足を開放骨折しており、助けられそうになかったため介錯《かいしゃく》して、本当に済まないがその場に残してカストルを代わりに繋いで運んできた。

軍馬種である彼は元々アグリッピナ氏の馬車を牽《ひ》いていたから抵抗はなさそうだが、久方ぶりの重荷に些《いささ》か不満そうである。

原因が解明して、私達《たち》と一緒に溜飲《りゅういん》を下げてくれれば良いのだが。

「さて、話を聞かせて貰《もら》えるか？」

「……何処《どこ》から話せばいいものか」

泥まみれのルドルフを焚火《たきび》の前で正座させ、私は精一杯尊大に見えるよう煙管《きせる》の煙を吐いた。外れた肩を強引に嵌《は》められたばかりのところ申し訳ないが、キリキリ吐いて貰おうじゃないの。

半ば殺意混じりの視線でじっと睨《にら》み付けていると、彼は遂《つい》に観念して依頼は偽りではないが、自分達の素性が嘘《うそ》だったことを語った。

「僕がフルダのルドルフであることは真実です。ですが……仕えている家はただの名家ではありません。ヴィーゼンミューレ騎士家です」

「ヴィーゼンミューレだと!?」

「何処それ？」

飛び出してきた凄《すさ》まじい名前にクラッと来て、一瞬気が飛びそうになった。

ヴィーゼンミューレはライン三重帝国の歴史に誉れ高く刻まれた建国戦争時の英雄〝一三騎士家〟の一つだ。開闢帝リヒャルトが彼等《かれら》の赫奕《かくえき》たる戦果に大変心を打たれ、特別な騎士称号を与えて直参として各地に配した名誉ある家の一つ。

　その半数が歴史の波に飲まれて正統を失うなど盛者必衰の理《ことわり》を我々に知らせているが、ヴィーゼンミューレ家は今も権勢を失わず直系の血を保った希有《けう》な家だった。

〝嚆矢《かぶらや》のヴィーゼンミューレ〟として名高く、初代ヴィーゼンミューレ卿《きょう》が潮の如く押し寄せる敵騎兵隊を単騎にて相手取り、神の加護を与えられた嚆矢を射かけて馬を眠らせリヒャルトが敷いた陣の背面を守り抜いた英雄詩は帝国人であれば誰もが知っている。

　下手な貴族家ではタメ口すら利けない名門中の名門の関係者が何で……。

「僕はヴィーゼンミューレ家の従兵見習いです。そこでお嬢様……ヘレナ様と歳《とし》が近く、母が乳母の一人を務めていたこともあり、地下の出でありながら幼い頃から遊び相手としてお仕えする栄誉に浴しておりました」

　ベルタの本名はヘレナ・フォン・ヴィーゼンミューレ。四人の兄を持つヴィーゼンミューレ本家の末姫様で、本家唯一の、更にはここ三代ほどで唯一の女性ということもあって父母兄弟のみならず血族中から、それはもう溺愛されたお姫様だという。

　とんでもねぇな。普通に帝都の社交界で名前を聞いたことがある超絶大物だぞ。ヴィーゼンミューレ卿は今でも陛下の先導を務めることがあるし、行幸先で近衛《このえ》を率いる護衛責任者となるような忠臣だ。

　それをよくもまぁ……。

「で、なんでそんなお嬢様が、こんな辺境に。ヴィーゼンミューレ本家はもっと東だし、そもそも初姫様は普通なら社交のために帝都にいるべきだろう。結婚なさるには良いお年頃だ」
「ここはご母堂の地元でして、冬の間は別荘で過ごす予定となっていたのです」
「地理的な理由ではなく、本質的な理由を聞かせて欲しいんだが」
それは、と少し言い難《にく》そうにした後、ルドルフは絞り出すように「駆け落ち……という
ことになっています」と告げた。
あー、うん、まぁ知ってた。若くて幸薄そうな純朴青年と、明らかに世間知らずそうな
お嬢様が馬車で二人旅。しかも旅装が明らかに慣れていなそうな女の方が楽しそうにして
いたらそんなもんだよな。
やっぱなぁ、おかしいとは思ってたんだよなぁ……でもなぁ……選《よ》りに選って十三騎士
家ってお前……。
「お嬢様には結婚話が持ち上がっておりまして。そのお相手がアッテンドルン男爵なので
すが……」
「待て、アッテンドルン男爵？　聞き覚えがある……が」
その名前はアグリッピナ氏にくっついて社交界のアレコレを片付けていた時に聞いたこ
とがある。従者として同席した場でお会いしていたはず。
十二歳の時には〈精良〉だった〈記憶力〉に〈人名記憶〉と〈風貌記憶〉を重ね取りし、
一つの要素から他の記憶を引き摺り出す〈連想想起〉という安くはないが高価でもない特
性を組み合わせるコンボを作っているため、名前を聞けば色々な記憶が浮かび上がってき

た。少しでも業務を効率的にするために取ったものだが、記憶力の良さというのは、何処に行っても腐らないから助かる。

「お孫さんの話ではないのか？　そのお方は確か金授年を過ぎていただろう」

記憶力はいいとして、私の記憶の中に在るアッテンドルン男爵は老年のヒト種《メンシュ》男性だ。それこそ長寿の貴族に対して皇帝が長生きを祝う小さな金の勲章を贈られる、金授年とよばれる六十歳は疾《と》うに過ぎていた。いつぞやの夜会で近侍として侍《はべ》った時、アグリッピナ氏と挨拶なさっていたのを覚えている。

日本で言うところの還暦を迎えて随分になる男爵の隣には、息子夫婦も付き添っており、その息子もいい年齢《とし》だ。息子の後妻さんなら家格は一旦置くとしても考えられないとまでは言わんが、当然ご存命でいらっしゃる。

妾《めかけ》として抱え込むにはあまりに家格が見合うまい。一三騎士家の娘さんを愛妾《あいしょう》にして誹《そし》りを受けぬ地位など、それこそグラウフロック公爵《武門の頭領的家格》くらいだからな。

「お許しいのですね……？」

「昔、故あって。たしかにあのお方は妻を亡くされていたが、後妻を求める歳でもなかろう。家の継承も決まったようなものだし、態々《わざわざ》ヴィーゼンミューレ家唯一の姫様をお迎えする理由も、望むだけの立場もないと思うが」

「しかし、お嬢様が直接お聞きになりました。お嬢様だけではなく、その場にいた側仕《そばづか》えや護衛の衛士《えじ》までもが」

どうやらヴィーゼンミューレ卿がアッテンドルン男爵と茶室で密会していると知らなかった彼女は、父親に用事があって訪ねていき偶然話を聞いてしまったらしい。茶室の前には父親の近侍も控えていて人払いはしていたものの、話をしていたのが別荘だけあって本邸よりも防音などの気密が甘かったようだ。

隣の茶室で父の用事が終わるまで待っていようと思っていたヘレナ嬢は、予定もないのに誰と会っているのだろうと悪戯心《いたずらごころ》を出して漏れ聞こえる話に聞き耳を立ててしまう。

そして、自分とアッテンドルン男爵の婚姻の話が持ち上がっていると聞き、衝動的に逐電を試みてしまったようだ。

「……では、これはお嬢様の周りが合同でやらかしたのか」

「はい。しかし、何分急ぎでしたので、随員は私だけで他の者は時間稼ぎを……」

あまりの軽率さに頭痛がしてきた。こういった衝動的な軽挙を諫《いさ》めるのが従僕の仕事ではないのか。

「しかし、お嬢様は思い詰められて三日も水すら飲むことができず、遂には懐剣を取って自裁を思い詰められてしまいました。こうなってはもう、お嬢様の心をお救いするためには……」

「両親は何をしていた！　主人に代わって窮状を訴えるのも仕事であろう!!」

「件《くだん》の会談から程なく帝都に戻られてしまったのですよ！」

ならば父親に手紙なり何なり出させて確認すれば良いだろうと反論しても、何かを誤魔化したような含みのある返事がきただけで慰めにはならなかったという。

明確な回答を避けて話を余所《よそ》にずらそうとする返事をヘレナ嬢は肯定と受け取って、結果的に今回の事態に発展した。ヴィーゼンミューレ家に雇われていても、忠誠はお嬢様に捧《ささ》ぐよう教育された従僕としては、懐剣に力が入って血の球が浮く状態に至っては誰も否と言えなかったようだ。

他人事《ひとごと》ながら地獄の二択だな。連れ出したら主人の拉致として扱われ——逐電にしてしまえばヴィーゼンミューレの家名が傷つく——放置したら何らかの手段で自裁するため主人の命を守れなかった塵屑《ちりくず》として始末される。心神喪失状態と判断しても主人に縄を打って自害できないようにする処置は十分〝不敬〟にあたるため処罰は免れないだろうから、もう八方塞がりを通り越して異次元まで先回りされたような有様である。

ああ、私の元主人は二方向くらいは行き先を残してくれる人でよかった……。

「……しかし、この逃避行に行き先はあるのか？　永遠にヴィーゼンミューレ家から逃げ続けることなど、帝国から出て衛星諸国を抜けるくらいしなければ不可能だろう」

「ヴィーゼンミューレ卿はお嬢様に大変甘うございますから。それに家同士の繫《つな》がりの婚姻であったならば、母系の親戚から養女を取って婚姻を結ばせれば体面は立ちます。それから一年か二年、ほとぼりをさませばお嬢様の帰還も許されるでしょう」

力なく笑う従僕の顔には、省略された言葉の先がありありと刻まれていた。

お嬢様は、だ。そこに自分達は員数外。彼等はお嬢様の名誉を守るため、自分達を処断させる心づもりなのだ。

いや、追っ手が差し向けられた事実から察するに、時間稼ぎとして残った者達はもう……。

「それはそれとしてさ、事情は分かったけど、なんで駆け落ちってことになってんのさ。実際は主君を望まぬ結婚から逃そうとしてるだけでしょ？」

事態が飲み込めていないのか、本当に忠誠を捧げる相手にならば死んで奉公するのが普通と考える私兵だからか、ディードリヒは実にあっけらかんとしているではないか。その気楽さをちょっと分けて欲しい気分になった。

「いえ、その、どうやらお嬢様は僕が結婚から救い出そうと皆を焚《た》き付けたと思っているようで……」

「どういう流れでそうなるのかまるで理解が及ばんのだが」

「お恥ずかしながら、昔にお遊び役だった僕と交わした結婚のお約束を覚えておいでで……」

あぁー……と額を手で覆った。よくあるヤツだな。何かの詩を聞くか本を読んで、騎士が姫君に婚姻の申し込みをする情景に憧れ、ごっこ遊びをする。男女どちらかが本気にして初恋を拗《こじ》らせるなんてのは珍しくもないが、よもやヴィーゼンミューレのお嬢様がやらかしてくれるとは。

「それでお嬢様が納得しておいでですし、水を差してまた沈まれても計画に障りがあろうと皆がそのままにしておけと言うので、お嬢様の中では僕が駆け落ちのために攫《さら》い、皆が後押ししてくれたことになっているのです」

「……アンタはそれでいいの？」

「お慕いしていたのは事実です。ですが、あわよくば等ということは考えておりません。身の程は弁《わきま》えておりますので」

悲しい笑顔は、美しい令嬢に憧れ続けて身についてしまったものか。憧れて、分かって、しかし身分差に打ち拉《ひし》がれて。

呆《あき》れかえりそうになりつつも私は頭を高速で回し、何が最善かと考えた。六十を過ぎた爺様《じいさま》に嫁がされる十七の娘さんというのはたしかに哀れだ。四人の兄を持ち綺麗《きれい》な金髪の愛らしい末姫という点も、脳裏にエリザの可愛《かわい》らしい笑顔を思い出させて哀れさを増量してくる。

かといって、下手をすればヴィーゼンミューレ家を、帝国でも有数の騎士家を敵に回すのは危険が大きすぎる。醜聞といえば十分過ぎる醜聞なので、これを対価にアグリッピナ氏へ助力を請えば、強力な政治的切り札となるため助けてはくれそうだが、命の価格としては高価すぎる。

手前のお財布からはみ出るような買い物はするべきではない。

手っ取り早く解決を望むなら、ルドルフを気絶させてヘレナ嬢を簀巻《すま》きにし、来た道を引き返すのが一番だとは思う。上手《うま》いこと交渉すればヴィーゼンミューレ家から感謝され、報酬だって引き出せるだろう。かなりの後味の悪さと引き換えに。

ただ、それを辞さないくらい怒っているのも事実だった。

嘘《うそ》の依頼をするのは最悪の雇用主だ。騙《だま》して悪いが、なんてのはこの界隈《かいわい》だとお約束の一つであり、数え切れないくらい仕掛けたしやられてきたが、だからといって容認できるかと問われれば断じて否である。

嘘の依頼を切っ掛けとし、そこから壮大なキャンペーンに繋げてるのは政治劇が絡まるシナリオ構築の常套《じようとう》手段ではあるものの、こういった話で我々《TRPGプレイヤー》はどうしてきたか。

余程同情できる可哀想《かわいそう》な事情がない限り、ナメとんのかゴラァ!! と報復に掛かったろう。物理的に殺したことも沢山あるし、社会的に殺した回数など覚えてすらいない。

ナメられたら殺す。何処《どこ》かの鎌倉武士みたいな発言ではあるが、物騒な世界で生きて行く以上は忘れてはならない掟《おきて》だ。直《す》ぐ殺せなくても何時《いつ》か殺す。然《さ》もなくば、殺し損ねた相手からまたナメられた依頼が飛んで来るからな。

「助けてあげればいいんじゃないの？　別に永遠に逃げなきゃいけない訳じゃないみたいだし」

「はぁ？」

さてどうするか、もういっそサイコロでも転がしてやろうかと思っているとディードリヒが急にそんなことを言い出した。

何言ってんだお前と彼女を見れば、残った片耳をピコピコさせながら気楽なことを抜かしてくれた。

「インネンシュタットまで行ければ、手はあるんでしょ？　馬で十日もしない街に逃がして終わり、なんて浅い考えしてないわよね？　アタシの地元、ゴドウィ王なら次の日には追討軍が挙がってるわ」

「……はい。先発した私の同僚が、更に遠方へ逃れるための準備をしています。一緒に動けば間違いなく捕捉されたため、先に行って準備していますから」

　そこで別人の都市戸籍を用意し、ちょっとした伝手《つて》のある魔法使いから容姿を誤魔化す薬を手に入れる手配をしていたそうだ。突飛に見えた逃避行ではあるものの、ある程度の根回しと準備はされていたらしい。その辺は、伊達《だて》にヴィーゼンミューレの教育を仕込まれていないというべきか。

「インネンシュタットまで辿《たど》り着けば、何とかできます。僕は古都に残りヴィーゼンミューレ卿《きょう》に命を懸けて申し開きをするつもりです。お嬢様のお心を、少しでも考えていただければと。その末に、僕の首が胴から切り離されることになろうと」

「お前の家族はどうなる。地下の出だと言っていただろう？　族滅では済まんぞ。そこまでお花畑に娘を仕上げるくらい溺愛していたなら三族……下手すれば五族先まで累が及びかねん」

「幼い頃に没した父は天涯孤独でしたし、乳母をしていた母も移民です。その母も三年前に流行病《はやりやまい》で神々の膝元へ旅立ちました。僕にはもう、失うものはお嬢様しかないのですよ」

　悲壮な決意を抱いた微笑に、私は何も言えず深々とした溜息《ためいき》しか返せなかった。

「男の覚悟じゃないの。これ、見逃すのが戦士なの？　命を賭したご奉公。しかも、六十過ぎたジジイに十七の娘さんが嫁ぐのを命を賭して止めようとするのを見過ごすのって冷酷じゃない？」

　そこに畳みかけてくるディードリヒ。道ならぬ恋を助けるなんて騎士の本懐じゃないのと頬を染めているが、これがどれだけのことか分かってんだろうね君。

　帝国に限らず、世界中で政治的な要因によって若い娘さんが自分の祖父と年齢が変わらない相手に嫁ぐことくらい幾らでもあるし、その逆で少年が婿入りさせられていることもある。

　貴族なんてのは食うや食わずの心配をせずに済み、力仕事とは無縁で優雅に暮らす対価として、心理的な重圧を背負って生きるのが義務みたいなもんだ。一度も満腹になることなく飢えて死ぬことや寒さに震えて暖が取れずに死ぬこと、野盗に弄ばれて死ぬのと比べれば、望まぬ結婚がどれ程のものか。

　種を蒔《ま》かずして実を食うことは許されない。ヘレナ嬢が大きくなるまでに一体どれだけの平民が食っていけるだけの金が使われたかは、想像すら及ばん。それが階級社会だと言えばそれまでだが……。

　それにディードリヒは信義則も分かってないな。ルドルフと彼の同僚達《たち》の男気は認めるし、格好《かっこ》好《い》いとも思うけれど、巻き込まれた側としての立場を気軽に考えすぎている。帝国臣民ではなく、海外の私兵《ハウスカール》出身だとしても、もう少し自分の命を大切にしてほしい。

依頼主に一度嘘を吐《つ》かれたら、どれだけの嘘が潜んでいるか分かったもんじゃない。

百歩譲ってこれ以上の嘘が含まれていないとしても、状況の誤認による人の命が懸かった喜劇であった可能性も湧いてくるのだから。

とはいえ、やる気を出しているディードリヒに同意している私がいるのも事実だ。彼等《かれら》の言葉を信じるならヘレナ嬢は十分に悲劇的な立場であるし、追われている美少女は助けろという原則をセス嬢の時は守ったのに無視するのも気が引ける。

そして、脳裏に過《よぎ》る愛《いと》しき妹の姿。

こういう時、前世の古巣であればどうしたか。

……きっと、強い敵と戦って経験点が稼げるから、追っ手を全部殴り飛ばした後で金が稼げる方に転ぼうぜ！　と外道な選択をしたのだろうな。うん、考えないでおこう。前世の私達は基本的に過激派で血を見るのが大好きだったので、あまり参考にせんほうがいい。

実際、私もちょっと絆《ほだ》されている。エリザを少し思い出させるヘレナ嬢に、自分の将来全てを賭けた挺身《ていしん》を厭《いと》わぬルドルフ。見捨てるには少し可哀想に感じすぎていた。

もし我が身に代えたならば、エリザが六十過ぎた爺様に無理矢理嫁がされると考えたなら、私はライゼニッツ卿に身売りしてでもアグリッピナ氏を殺そうとするからな。

仕方がないと本日何度目かの溜息を吐き、私は彼女達をインネンシュタットまで逃がすことを決めた……。

【Tips】婚姻に関わる悲喜劇は貴族社会において日常茶飯の出来事に過ぎない。

襲撃を受けた日の晩からは、馬車を捨てて道なき道を行くこととなった。

街道上を進んでいて捕捉されたのだ。もう人目に付く道は使えないと見た方がよいからだ。それに馬も一頭死んでしまったし、愛馬達を替え馬として使っても馬を休ませる時間が取れなくなる。強行軍をするにしても、馬車はもう単なる重荷となっていた。

「ここから南に行こうと思っているのです」

パチパチと音を立てる焚火《たきび》を囲みつつ、事情を打ち明けたと知らされたヘレナ嬢が黒茶を両手で包むように持って言った。

「南内海を抜けて、都市国家群を更に西に行った所に南方大陸があるのですよね。上古の時代から続く神皇の国まで行けば、もう家の手も届かないでしょうから」

無垢《むく》な笑みを浮かべた令嬢は、そこで農地を買ってルドルフと二人で静かに過ごそうと考えていると実にお花畑な未来予想図を語った。

神皇の国は今のところ独立を保っている南方大陸の国家だが、度重なる戦争と継承を巡る内紛を経て豊かとはいえない状況に陥っている。神群も人口が減るにつれて必然的に信徒を失って力が弱まり、戦争の賠償として異国の神の布教を認めてしまったため更に国力を落としている。

ライン三重帝国とも南内海の覇権や、都市国家圏の宗主権を巡って派手に殴り合ったことがある国で、たしか三〇〇年程前にボッコボコにして相当な量の黄金を賠償として召し上げていたはずだ。戦利品として持ち帰った巨大な黄金神像――力を持たぬよう顔を削られていた――が帝城の回廊に飾られていたのを覚えている。

神殿の装飾までひっ剝いで行く無慈悲な賠償金を要求していたそうなので、帝国人のウケがいいとは思えないのだが、まぁいつ戦乱に飲まれるか分からん衛星諸国や、延々とネチネチやり合っているセーヌ王国よりは大分マシか。

それでも豊かとは言えない土地へ産業に恵まれた帝国から移住するのは大変だろうが。戦乱のせいで工業が全く進んでいないらしいし、帝国にまで入って来るような産物は一部の香料や染料、それと絹くらい。向こうの豊穣《ほうじょう》神に相当する神格が定期的に川を氾濫させることで食糧事情が豊かなため辛うじて国体を保っている有様らしい。

文明段階において進んでいる方の帝国から移住すると落差がきつかろうし、そもそも辿り着くのに一年近く掛かるんじゃなかろうか。御姫様《おひめさま》に耐えられるのか？

ルドルフに目線をやれば、また力ない笑みを浮かべて小さく頭を振っているため、実際には行かないことが分かった。

恐らく帝国の手が届きにくい都市国家群の地方都市に身を寄せ、優雅とは言えないが貧相にもならない生活でほとぼりが冷めるまで誤魔化すつもりなのだろう。今は時勢が悪いとか、どこかで内乱が起こって船が出ないと言いくるめて。

部下の段取りの良さに比べて、お嬢様ののほほん具合が本当にもう。突飛さでいえばセス嬢も大概だったが、彼女は少なくとも迷惑をかける相手を最低限にしようという自覚はあったからなぁ。

「私、刺繍《ししゅう》が得意なんです。神皇の国は絹が名産ですから、それで刺繍をして生活を少しでも助けていこうと思っています。ルドルフの手巾にも刺繍してあげたんですよ」

見せてさしあげて、と言う主人からの命令で寄越《よこ》された物は、貴族令嬢の嗜《たしな》みとしては十分だったが商売として上流階級に売れるかと問われれば、愛想笑いを返すことしかできない代物だった。

善くも悪くも普通だ。多分、この程度なら美術的な観念《センス》をさておけば、技能を持っていない私が〈器用〉でゴリ押しして作った物でもまだ上を行ける。

平民には高貴すぎて売れないが、本当に高貴な人達には物足りない。実に絶妙な腕前である。

これは苦労するなルドルフも。

妄想《しあわせなしようらい》を聞き流しながら携行食で夕飯を作りつつ、明日以降の予定を考える。とりあえず大まかな方位を合わせて進み、できるだけ人と会わず目立たない行動を心がけよう。馬を連れているため不可能ではあるが、可能な限り痕跡を消し、追っ手が混乱するよう多少は遠回りしても追跡されづらい移動をせねばな。

話が終わった後に街道へ戻って後始末をしたついでに、追っ手の顔を見せてルドルフに確認はしたが知らぬ顔だそうだ。そして身分を証明できるような持ち物は一切なく、懐にあった財布も特定の領地で流通が多い硬貨が含まれていることもなかったため、ヴィーゼンミューレ家に直接関係する者ではない。

恐らくヴィーゼンミューレ卿が家中の動揺を避けるべく、情報統制を敷きつつ動かしやすい駒として信用できる密偵を雇うか借りるかしたのだろう。もしくは家の規模だけあって、ルドルフの知らぬ暗部組織を抱えているか。

どちらにせよ既に大まかな情報はバレている。時間稼ぎに残った面々は、仮に拷問されてもインネンシュタットで準備している先発隊に辿り着けぬよう、何も知らないで済むように役割分担してことを進めたので大丈夫だと彼は言っていたが、位置を捕捉されている時点で少し厳しいな。

包囲網を敷かれれば道なき道を行っても見つかる危険はあるし、めぼしい大都市も張られている可能性があるため潜り込むのは簡単ではない。

それになぁ、インネンシュタットに辿り着くまでの間に一本越えなければいけない大きな川があるのが悪かった。

この辺りだと、唯一の渡河地点である橋は街道沿いに架けられているだけで、ここは当然見張られていると見てよかろう。

後は農民が勝手に架橋した地元民しか知らない道があるかもしれないが、私もそんな物の存在は知らない。地元は近づいているけれど、前世だと同じ〝市〟に入ったかどうかくらいだ。散歩が趣味とかで余程歩き回っていなければ、駅数個分離れた街の道など普通は知らんだろう？

泳いで渡るのは却下だ。川幅が広い上に深い川なので、馬が渡りきれない。それに気温が下がってきているため、柔なお嬢様が冷え切った川の水には耐えられまいて。艀《はしけ》を作って載せて渡る余裕もないため、運任せに橋を探すか、封鎖されていそうな橋を強行突破する他なかった。

それに、時間的な制約まで課されつつある。

底が焦げ付かぬように鍋をかき混ぜている私の吐息が白く染まった。夜の森は冷え込むが、記憶にあった西方の冷え込み方よりかなり強い。この調子であれば、そう間も空けずに雪が降り始めるだろう。

この辺りだと降雪は間々あるものの積雪は珍しかったが、ここに辿り着くまでに神々のご機嫌が大荒れだったこともあって、今年は豊穣神《ツエンタオア》の寝床が敷かれる公算が高い。寒さや冬にまつわる妖精《アールヴ》達も活発に活動しているようだから、雪は間違いなくやって来る。

私は健康面での心配はないし、基礎代謝が高い馬肢人も雪に凍えることもなかろう。その証拠として、冷え込みにもお構いなしに袖なしの服を着続けているディードリヒは、今も平然と腕と首を晒《さら》しているからな。

従兵として働くルドルフも数年前に母親を亡くした流行病を乗り越えたのなら、かなり頑丈であるのだろうが、お嬢様は残念ながらそうではない。

温室から一歩も出さずに育てられた蘭《らん》が寒空の下に放り出されたらどうなるかは、深く考えるまでもない。むしろ、普通に今晩の寒さでもお風邪をお召しになる可能性がある。

一応、私が使っている温石――焼いた石を使ったカイロだ――をお貸しするし、不寝番が天幕の近くで焚《た》火を焚き続けるつもりではあるが、乳母傘で育った方の虚弱さは想像を絶するからなぁ。特にヒト種《メンシュ》ともなると。

「一緒に頑張りましょうね、ルドルフ」

「……はい、お嬢様」

お嬢様の世界を守るために微笑《ほほえ》む健気《けなげ》な従兵に、私は何とも言えない気分になった…………。


【Tips】神々のさじ加減によって気候が一時的に変動することは間々ある。同時に、荒れた気候を元に戻すべく、神々の悋気《りんき》や怒りを鎮めるのも僧会の仕事だ。

一人ずつ不寝番をして――ヘレナ嬢は最初から員数外――交代で休もうということになり、私はディードリヒの天幕にて寝る支度をしていた。
流石《さすが》にコトがコトで、敵もただの野盗や強盗に転身した旅人ではないため、念《ねん》の為《ため》ウルスラにお願いして見張って貰《もら》ってもいる。腕の良い密偵がいたら、警戒して寝ていても気付けないし、ルドルフが対抗できるか不安でもあったからな。

最初はルドルフが見張りに立って、私とディードリヒが休む。そこから一刻半ほどで私が見張り、次はディードリヒという順番だ。

天幕は最小限に絞って目立つことを避けるよう、ディードリヒの大型天幕とルドルフ達《たち》が持ち込んだ天幕の二つだけに絞った。ヘレナ嬢に一つを使わせ、大型の天幕で二人が交代して眠る。

いい加減に地面からの底冷えも酷《ひど》かろうと、貸しということにして買った布団を広げているとディードリヒが天幕に入って来る。背後で金属が擦《こす》れる音がするので、小札鎧《スケイルアーマー》を脱いでいるのだろう。

私は最低限の鎧《よろい》を着たまま寝るつもりだけど、脱ぐのかと思っていると衣擦《きぬず》れの音もする。

おいおい、私が中にいるのに着替えるのかと呆《あき》れつつ立ち上がったら、肩に手が添えられた。

「どうした？」

何かあったのか、と続けようとした言葉は、きちんとした形を結ばなかった。

振り返ると、何にも覆われていない腹筋が目に入り、視線を上げれば見事な起伏を見せる女性の象徴があったからだ。

日に焼けて浅い褐色となった肌と明確な境目によって白く隔てられる胸部は、普段は弓

の邪魔になるのか押さえられているものの、一切の戒めを受けていないと想像よりも大きく見える。細かな疵痕《きずあと》が走る肌の中で、一切傷のない双丘が呼吸に合わせて揺れているのが分かった。

この距離だと肌のきめ細かさまで具《つぶさ》に観察できる。戦士の粗い手入れしかされていないであろうに、肌は乾燥とは無縁で柔らかそうに潤い、急に外気に触れた寒さによって発生した粟立《あわだ》ちまでもが見えるほど。

肌の白さに見合って淡い色合いの頂《いただき》が張り詰めているのも寒さのせいか。それとも、近づけば暖かく感じる体温から察せられる興奮のせいか。見上げれば、人の上体が屈《かが》んで近づいてくる。頬も微《かす》かに紅潮し、瞳は潤みを帯びて口が微かに開いていた。

漏れる吐息は僅かに乱れ、夜気に冷やされて白んでいる。この時、ディードリヒは思っていたより幼い顔付きではなかったのだなと気付いた。普段、年下のように感じるのは勝ち気な瞳が稚気に溢《あふ》れているせいだったのだろう。こうやって真面目な顔をしていると、少しだけ年相応に見えた。

間合いが詰まるにつれて、胸に納めたヒト種《メンシュ》の何倍も大きな心臓の鼓動が聞こえるようだった。魅入っている間に手が首に回されようとし、冷え切った指先が首筋に触れる寸前……。

「何をするか」

「あだぁ!?」

腕を伸ばして、屈もうとしていた頭に思いっきりデコピンをかました。かなりいい音がして、額を赤く染めたディードリヒは予想外の衝撃だったのか額を押さえて蹈鞴《たたら》を踏む。

僅かに紅潮した頬、ヒト種《メンシュ》よりも格段に高い体温、そして女性の濃い匂いに一瞬ドキリとしたけれど、こんな空気で色気に呑《の》まれるほど未熟ではない。

それに、アグリッピナ氏の裸を何度も拝んだこともあり、悪い意味で私の価値観は振り切れている。綺麗《きれい》だなとは思っても理性で抑え込むことは十分に可能なのだ。貴族の下で磨いた顔面を平静に装う術《すべ》を全力で稼働し、息も整え頬が赤らむのを止《とど》める。彼女からは、かなり白けた顔をしているように見えたら良いのだけど。

「あにすんのよ!?」

「こっちの台詞《せりふ》だ。どうした急に」

涙目で睨《にら》んでくるが、私としては何があるか分からん状態で何を急に発情しとるんだという話である。亜人種には人類種と違って、流れを汲《く》んだ動物と似た発情期間があり、それ以外では性欲が薄れると聞いていたが唐突過ぎるだろう。馬がフケる《発情する》時期は春から秋なので、随分と遅れているぞ。

「どうしたも何も……いや、ちょっと、その……」

「淡い悲恋を見てアテられたか」

「五月蠅《うるさ》いなぁ!!」

図星を突いたと見える。彼女は残った耳をひくつかせ、尻尾を左右に振って不愉快さを表明した。

「普通さぁ、成人もした男がこんな美女に誘われて断る？　喜んで夜っぴて組《く》んず解《ほぐ》れつするでしょ。というか、今まで宿一緒なのに着替えさえ覗《のぞ》かれなかったの、ちょっと凹《へこ》んでるんだけど」

「アホか、この非常事態に。完全に死亡フラグだろ」

「フラグ？」

事態が逼迫《ひっぱく》した中でヤッてるとか、もうお手本として飾っておきたいくらいのフラグではないか。何だコイツ、ホラー映画を司《つかさど》る神から急に電波《神託》でも浴びせられたのか。やる気はないが、絶対に何かでっかいのが寄って来て武器を掲げ、シルエットだけで前後してる姿に影が重なって血糊《ちのり》が飛ぶヤツだぞ。

「それはいいとして、本当にどうしたんだ……」

「いや、まぁ、何と言うかさ……将来の想像とか聞いてたら、本当に連れ帰りたくなっただけだよ。悪い？」

「ああ、最初に言ってた与太話か」

「与太じゃないわよ!!」

キレられてもな。負け惜しみみたいに言われた言葉を今更引用されても反応に困るだけだ。本気具合は伝わってきたが、もうちょっとこう、機微というか口説きというか前段階を挟んでくれ。

「ただ、アイツら見てたらしみじみ思っただけよ。アンタはアタシにかなり優しくして、色々教えてくれたんだなぁって。見たでしょ？　あのお嬢様のボケ具合」

「せめて世間知らずと言いなさい」

「ともかく、そう思ったら、故郷に連れて帰ってみんなに紹介してやりたくなったのよ」

座り込んで小さくなり、指先を突き合わせている姿は不覚にも可愛《かわい》らしいと思ってしまった。

「教えられて考えたのよ。アタシ、なんで戦士になりたかったんだっけって。生まれだけじゃなくて、憧れがあったんだって。それで、アタシの今までの姿って憧れとは程遠かったんだなって」

「そこに気付けたら上出来だろう。お前を送り出した部族の幹部も、そこに気付いて貰いたかったんだろうしな」

色っぽい雰囲気は消し飛んだが、真面目な話をする空気になったため私も腰を据えて話をしようと彼女の前に座った。

訥々《とつとつ》と、自分の内心を整理するようにディードリヒは語る。

小さな頃から何でもできたが、全部で一番になれなかった。一番の称賛を浴びていたのは別の誰かで、少しできるだけの自分は常に誰かに焦がれてきたと。

一番になった人は格好《かっこ》好《い》い。一番がいい。一番になりたい。この一念に憑《つ》かれてディードリヒは我を見よ、我を見よと独走して部族から遊歴を命じられるに至った。

「結局、アタシは認めて欲しかったのよね。誰かに〝ああなりたいな〟って思われたいから、一番になろうとして無茶をした」

これだけの腕を持つ彼女が、何でも一番になれなかったというのは驚くが、それが全ての源泉だ。

認められるには一番にならなければならない。脅迫的な思い込みが彼女を軽挙に走らせ、一番になる理由を忘れたまま一番に奔《はし》らせた。

行き着く先《ゴール》のないかけっこなんて成立しないのにね、とディードリヒは自嘲を滲《にじ》ませて笑う。

「アタシがなりたかったのは、ただ目立つだけの一番じゃない。誰からも認められる勇者……でも、その認められるの意味をずっとはき違えてた。気高くなくちゃ、自分を持っていなくちゃ、格好好くなんてなれない」

馬肢人《ツェンタオア》の幼い少女が憧れたのは、皆に囲まれ称賛されて尚《なお》も自分を磨き、そして弱き、勝てなくて泣いていた少女も見下さない勇者だったのだから。

彼女はそれを思い出した。そして、再びなろうと志した。

「それに、アンタはアタシを見てくれてたじゃない。アタシがどうすればいいか……アタシのことを考えて、アタシ自身がどういう人間なのかを見てさ。説教臭いのはちょっと嫌だったけど」

だから、連れて帰りたいなって思ったの。そう言って顔から皮肉を消した彼女は、紛れもない戦士だった。

　功名の意味を知り、行き着く先を自覚した気高い戦士だ。

「……そうか。分かった」

　私は腰を上げてにじり寄り、頭を撫《な》でてやった。艶のある芦毛《あしげ》を掻《か》き分け、疵痕を慈しむように。そして、残った耳の付け根に触れ、残された意味を教えるように。

　彼女は見放されていない。部族からも、そして自分からも。

　戦士にとって大事なことだ。自分なんて、と歩みを止めた時に戦士は死ぬのだから。

「もう説教は要らんな。ディードリヒ……お前、いや、君は強くなった。もう、説教臭いことは言うまい」

　勿体《もったい》ないと思って、傲慢だなと思いながらも一緒に来て貰ってよかった。自然と顔が笑顔に緩み、彼女も外連《けれん》のない素直な笑みを返してくれる。

　私は一人の迷いかけた戦士を戦士に戻すことができたのだ。憧れに焦がれて馬鹿をやろうとしている男の独りよがりが、誰かの役に立つ。これほど嬉《うれ》しいことはそうない。

　笑い合って認め合った私達。馬肢人《ツェンタオア》の戦士は立ち上がり、胸を張って言った。

「じゃ、やる？」

「アホ」

「いったぁ!?」

　笑顔を憮然《ぶぜん》に変えて、もう一回額に中指を叩《たた》き付けてやった。

「そういう流れじゃなかった今!?」

「んな訳あるかボケ。何時《いつ》までも乳ほっぽり出してないで服着て寝ろ」

「ボケ!?　アホならまだしもボケ!?　酷くない!?」

「酷くない。ちゃんと寝てないと見張りの時に辛《つら》いんだよ。君は睡眠時間短くても平気かもしらんが、ヒト種《メンシュ》はたっぷり寝ておかないとしんどいんだ」

　はー、寝よ寝よ。短時間睡眠で済む特性は取ってるが、育ち盛りの体は寝ても寝足りないことがあるのだ。昼寝もできん状態なんだから、寝られるときに寝とくべきだし。

「ちょっと！　こんな美人の裸見といてホントに寝る!?　ねぇ、ちょっと!?」

「うるせぇ、ヘレナ嬢が起きたらどうすんだ。これ以上騒ぐなら、私じゃなくて君が次の不寝番をやれよ」

「うわ、ホントに寝る気だよコイツ!?　マジでアレついてんの!?」

　暫《しばら》く後ろでシモに関わる離島圏の罵倒が聞こえてきたが、無視して寝袋に包《くる》まっていると諦めたらしい。彼女も買ってやった布団に寝転ぶと、寝袋からはみ出した私の髪を弄びながら言った。

「……諦めてないからね」

　しかし、馬肢人《ツエンタオア》とは物理的に結構大きさが違うが、どうやって交われば良いのやらという疑問を呑み込んで、私は答えずに小さく笑って目を閉じた。

　後で聞いたことだが、人の腕は馬肢人《ツエンタオア》にとって同種のアレよりもかなり〝具合が良い〟

そうだ…………。

【Tips】交配可能な人類とは、凸凹が合うというよりも種を何らかの方法で入れた場合に正しく受け入れられるかどうかに関わるため、体格差や交合の差異というのはあまり関係がないとも言える。

幸運と不運は差し引きで零になるよう調整される、と訳知り顔で歌った人がいたが、その歌詞を馬鹿にしたものじゃないと思えるようになった。

まー、今まで「あ、満足した？　じゃあ利子付けて返してね」と言わんばかりに、ちょっと良いことがあったら大変な目に遭ってきたからな。

馬車を捨てての隠密行《おんみつこう》が始まって二日、いよいよ川を越える方法を考えねばならんなぁと追い詰められてきた頃に狩人《かりゅうど》の一行と出会った。

冬は猟の季節。近所の荘園で活動しているらしい代官許しの彼等《かれら》は、猪《いのしし》を追い込んでいたようで、その最中に出会ったのだ。

追われて狂乱状態にあった猪をやむなく仕留めた所で追いついて来た彼等に、私は獲物の所有権を主張しないので道が知りたいと頼めば快諾され、近くに橋が架かっていることを教えて貰《もら》えた。

少し遠回りだが三日ほど北上すると橋が一つ架かっているらしい。林業従事者が自分達《たち》のために作った橋で、木材を積んだ馬車が通れるくらいしっかりした物なので安心して渡れるという。

これは運が向いてきたな。地元の限られた人間しか通らない、しかも街道から離れた道ならば張られている可能性は低かろう。訪ねてみる甲斐《かい》はあるはずだ。

「アタシが先行して確認してこようか？」

「……いや、今は集団で動いた方が良いと思う。運悪く追っ手に見つかった時に戦力が分散している方が怖い」

狩人達と別れてからディードリヒが提案したが、三日で行けるなら無理に先行偵察して橋が残っているか確認させる程のこともない。どうせ引き返しても街道の橋は使えないなら、そこから別の渡河地点を探す方が危険は少ない。

それでも急いだ方がよさそうだが。ただでさえ強かった冷え込みが勢いを増し、綿を服へぎゅうぎゅうに詰め込んでも寒い。温石でさえ頼りないから雪が近づいているのは確実だ。

「お嬢様、大丈夫ですか」

「けほっ……けほっ……心配ありませんよ、ルドルフ。少し空気が冷たかっただけです」

懸念していた通りへレナ嬢が寒さに負け始めた。まだ発熱したり具体的に体調を崩したりはしていないが、不慣れな野営や環境に体調を崩しつつある。

今も小さな咳《せき》をしていたし、かなり下世話な話だが〝お通じ〟もよくないみたいだ。外ですることに抵抗が強くて我慢しているのか、環境の変化に伴う負荷で具合が悪いのかは分からないが、中座する回数が明らかに少ないので心配である。

「申し訳ありません、お嬢様。この毛皮ではなく、やはり多少無骨でももっと暖かい物を持ってくれば……」

「いいのです。わたくしがこれがいいと選んだのですから」

とはいえ、文句も言わず健気《けなげ》に笑っている分、まだ彼女は強い方だな。温室栽培のお嬢様がお手洗いも風呂もなく、何日も頭を洗えないような生活をして癇癪《かんしゃく》を起こさないのだ。よく自制している。頭の中がお花畑であるには違いないが、そのお花畑に咲き誇っている花は中々に立派な物が揃《そろ》っているようだ。

「春の前には寒さが訪れるものです。豊穣《ほうじょう》神の髪を揺らす温かな風を受け取るためなら、厳冬の風も耐えられましょう」

厳冬にはまだ早いと突っ込むのは無粋なので、イチャコラする二人から視線を逸《そ》らして私は先に進んだ………。

【Tips】ライン三重帝国の神話において冬は豊穣神の休暇が始まって、姉妹にして犬猿の間柄たる冷気と冬の神格、銀氷神の権勢が強まることによって訪れるとされている。

余談だが、犬猿の仲の理由は豊穣神の夫神である風雲神を取り合った殴り合いに負けたせいだ。執念深い銀氷神は未《いま》だ風雲神を諦めていないため、豊穣神が寝ている間に風へ自分を思い出させる冷たさを混ぜて吹き荒らすという。

巻き狩り、という狩猟法がある。

大勢の狩人が集まり、効率的に獲物を狩る狩猟法だが、これは人狩りにも有効だ。勢子《せこ》、あるいは列卒《れっそつ》とも呼ばれる追い込み役が一定方向から獣を追いかけ、待子や立間《たつま》と言う狩る役割の猟師達が用意した殺し間に追い込むやり方だ。

私達は今、その巻き狩りに捕らわれつつある獣になっていた。

「拙《まず》いな……もう殆《ほとん》ど囲まれている」

猟師達に道を教わって二日。明日の昼には目的としている橋に辿《たど》り着けようかという位置で、私達は野営を張りながら悩んでいた。

初日はよかったが、次の日から方々に人の気配があり、実際に人影も見たせいで進行方向が誘導されつつあるのだ。

「北にはもう行けない。西からゆっくり追い込んできているし、南に戻るのも無理だな……」

「売られたかなぁ。まぁ、割と目立つしね、アタシ達」

「だろうな。クソ、手際がよすぎる」

ディードリヒが言った通り、あの猟師達に目撃証言を売られたようだ。出会った時にはごく自然な振る舞いをしていたので、恐らく猪を荘《しょう》へ持ち帰る際に山狩りしていた追っ手に出会い不審な一行と出会わなかったか聞かれたのだろう。

異国風の馬肢人《ツエンタオア》と少数なのに馬を三頭も持った集団など、早々偶然で出くわす面子《メンツ》ではない。聞き込みはさぞ簡単だったろう。人相書きすら要らないほどだ。

狩人から情報を得た連中は、森や林の中を追い回すより確実な包囲を敷いて狩り出す方法に切り替えたと見える。

「手際というより、人数多くない？　一つの集団が最低でも四人はいるって、普通の刺客にしちゃ多すぎるでしょ」

「……そういえばそうか」

指摘されて気付いたが、たしかに敵が動員できる人手が多すぎるような気がした。今まで躱《かわ》してきた追っ手は四人以上の集団で動いていたし、装備もよかった。権勢を誇る貴族が使う、高度に組織化された密偵集団ばかり相手にしていたせいで感覚が狂っているようだ。

だとしたら、ヴィーゼンミューレ家は秘密裏に対応するのを諦めて配下に動員をかけたのか？　一三騎士家とあれば騎士位を持つ人間だけで一族内に十数人はいるだろうし、その一人一人が飼っている私兵も騎手と歩卒を足して二〇人を下ることはあるまい。そうすれば数百人を動員しての大規模な追討も納得はできる……のだが、流石《さすが》に無理があるか。

騎士家の仕事は何も有事に備えて軍事力を養うだけではない。代官として壮園を治めねばならず、治安維持機構として最低限の戦力を管轄地に貼り付けて野盗の跳梁《ちょうりょう》を防ぐのも重要な仕事だ。如何《いか》に大事な初姫様が攫《さら》われたとあっても、軽々に全戦力は動かせまい。

だとしたら動員できても目一杯で一〇〇人前後なのだが――領民に動員をかけるのは、お題目がないから難しかろう――これだと包囲を敷いている範囲の広さからして帳尻が合わない。私達が目撃した人数よりも、もっと多くの敵が配備されている筈《はず》だからな。

それに動きの速さがおかしい気がする。最初の追っ手が直《す》ぐにやって来たのはいいとして、一〇日も経《た》っていないのにこれだけの人数を用意するのは、如何に一三騎士家とて不可能だろう。

可能だとすれば、大領地を治めて常備軍でも千人以上を養っている貴族くらいだ。主家に泣き付いたか？　いや、騎士家の面子もあろうから、溺愛している娘が攫われたとしてもやるかね。このお花畑具合に育てるお家なので、やりそうではあるけれど。

「どうする？　橋は諦めて、包囲を突破して別のとこ行く？」

「いや、無理だな。連携しているだろうから、包囲を抜いても抜いた地点から行き先が読まれて、また囲まれる。それに囲いが二重や三重でない保証もないし、川の方へ追い詰められれば結局どん詰まりだ」

なら、橋を狙って一気に向かった方がいい。橋を抑えられていても、そっちを突破した方が敵と一戦交えるにしても勝利の価値が違う。それに橋を叩き落としてしまえば――利用している林業従事者にはいい迷惑だけど――後続を全て置き去りにしてインネンシュタットに入れるならば、送り届けた後も楽になるだろう。

不幸中の幸いは、敵に腕の良い魔導師《マギア》がいないことか。お嬢様の残滓《ざんし》を追跡してこられたら、今頃は既に戦闘に次ぐ戦闘で全員血塗《ちまみ》れになっていたろうし、教授級が出張って来られると抗《あらが》いようがない。戦闘に向かないとされる造成魔導師でさえ、乗り越えられない高さの壁を何重かに展開されるだけで閉じ込められて詰みだからな。

しかし、この短期間にどうやってこれだけの数を動員したのやら。

明日の大一番に備えてさっさと寝るぞと、発見されることを嫌って焚火《たきび》も焚かずに寝ることになったが、その晩は冷え込みに負けつつあるヘレナ嬢の咳が不規則に五月蝿《うるさ》かった。

警戒と寒さのせいで浅い眠りを経て、私達は大一番を迎えるべく全員が騎乗して進み始めた。私はカストルに跨《また》がり、ポリュデウケスをルドルフに貸して、馬車を牽《ひ》いていた馬を荷馬として鞍袋《くらぶくろ》を集中させる。最悪、荷物を捨ててでも素早く駆けるためだ。

冒険のために買い集めた道具を捨てるのは惜しいが、命には替えられないからな。幸い、金はあるのだしまた買い足しても良いし、作っても良いのだから。

「お嬢様、辛いようなら直ぐに仰《おっしゃ》ってくださいね」

「けほ……ごめんなさい、ルドルフ。でも、わたくしは大丈夫ですから。エルヴィーンがくれた薬湯のおかげで、少し楽です」

ヘレナ嬢はルドルフと相乗りだ。騎乗服もないご婦人が馬に跨がる訳にはいかないのもあるが、遂《つい》に体が寒さに負けたのか咳の頻度も増えて微熱を出してしまっていたから。

こうなることを見越して接骨木《エルダーフラワー》や加密列《カモミール》を煎じて備えておいたが——煙草《たばこ》の材料にもな

るため在庫があった——根本的な問題は暖かい所でゆっくりしないと治らないので、さっさとインネンシュタットへ辿り着かねば。

敵は振り切ったが、お嬢様が肺炎で亡くなりました、なんてオチは御免被る。

もう囲まれつつあることは分かっていたので、追っ手を惑わす道行きを諦めて聞いた地点へと向かっていると不意に耳を劈《つんざ》く不快な音が森に響き渡った。

布を力尽くで裂いたような音を何倍にも増幅したような音は、軍用の鏑矢《かぶらや》だ。神事で使う澄み渡った笛のような音を長く残す矢ではなく、戦場の騒音の中でも耳に届く矢が使われる意図は一つしかない。

見通しの利かない森の中でも、広く散った味方に位置を報《しら》せるためだ。

「もうかよ！　クソッ、走れ!!　全速力だ!!」

見つからない努力を諦めた途端に見つかるとは運がない。私はカストルの腹に一蹴り入れて速度を上げさせた。少し遅れてルドルフもポリュデウケスを進ませ、伸ばした手綱を摑《つか》まれていた荷馬も走り出す。

「殿《しんがり》は任せた！」

「はいよ！　馬肢人《ツェンタオア》の本懐ここにありってね!!」

ディードリヒに後尾を任せて縦隊で森を駆ける。背後で弓弦が弾《はじ》ける音が響き、遥《はる》か後方にて生木が裂ける破滅的な音色が続く。

「チッ、賢いわね……遠巻きに遮蔽を置いて近づこうとしないわ！」

「無茶はせんか……いい訓練を受けてるな。仕方ない、速力重視だ！　道を使うぞ!!」

敵は功を狙ってつっこんで来るでもなく、突き放されるのを嫌って遮蔽を挟み、此方《こちら》の位置を把握し続けることを選んだらしい。

となると、のんびり木々を避けて走っている方がよくない。私は数日前に見つけた、林業従事者が使うために切り開いた小道へ馬首を向けた。

「っと!?　危ねぇ!?」

そろそろ道に出る辺り、馬がすり抜けるのに丁度良い隙間を潜《くぐ》ろうと思っていると違和感に気が付いた。本能に従って東方式弩弓《クロスボウ》を木の根元に射かけると、感圧式の罠《わな》が起動して縄が飛び上がってくるではないか。

知らずに進んでいたら縄に後ろ足を取られてカストルが転倒するところだった。

飛び越えさせつつ〝送り狼《シュッツヴオルフ》〟を振るって縄を切り落とし、後続への道を作ってやる。これは森中に似た罠が仕掛けられているな……夜っぴて罠を仕掛けて回るとは見上げた勤労精神だ。

専業斥候の不在に悩まされつつ、それから罠を三度潜り抜けた。一度はさっきと同じ通りやすい場所に縄が飛び上がってくる罠で、後の二つは落とし穴だ。

どれも掛かれば危険な罠だが、直ぐに命を失うような悪辣さがないのは、やはりヘレナ嬢を慮《おもんぱか》ってのことだろう。此方が護衛対象を失うと敗北なのと同じく、奪う側も対象には生きていて貰《もら》わないと困るからな。罠の密度といい、殺傷力といいかなり手ぬるい。その手心が罠の配置を甘くしてくれているから、此方としてはどんどんぬるま湯の温度を調整して貰いたいところである。

「道に出るぞ！　矢に気を付けろ!!」

罠を潜り抜けて小道に出れば、直ぐに道の向こうから騎兵が姿を現した。この道を使われることを想定し、同時に囲い込むために配置されていた部隊だろう。

騎兵が走りながら鏑矢を上げる。今度は三本、それぞれが数拍の間を空けて冬の寒々とした青空に飛び立って、馬蹄《ばてい》の轟《とどろ》きと共に静寂を穢《けが》してゆく。

何らかの符丁だろう。放たれた鏑矢の音色にて、あらかじめ行動するよう命令を下す常套《じょうとう》手段……いや、待て、これは本物の軍集団が使うやり口じゃないか。真逆《まさか》とは思っていたが、本当に騎士団が動いているのか!?

「うわっ、弾かれた!?」

ディードリヒが驚嘆して上げた悲鳴に反応して振り返れば、大いにのけぞっているものの人類で引ける者の少ない強弓が確かに受け止められていた。

追ってきている騎兵の数は五つ。どれも堂々とした見事な体軀《たいく》の鎧《よろい》を着た軍馬に跨がり、騎手本人の全身甲冑《かっちゅう》も煌《きら》びやかだが実用的で、魔法や奇跡による加工が施されていることが分かった。

受け止めたのは騎兵槍《やり》と大楯《おおたて》を構えた先頭の騎士。盾は盛大に歪《ゆが》み、姿勢を崩して辛《つら》そうにしているのは肩でも外れたか。離脱して後方に行こうとしている姿が見えるが、この水平射に近い間合いでディードリヒの矢を受けて生きているだけで十分な大敵と言える。

「いやいやいやいや!?　何だアレ!?　おかしいだろ、本式の重騎兵だぞ!?」

「アタシの弓が……マジで質のいいの持って来てるよ！」

「当たり前だ！　普通の盾なら薄紙みたいなものだろうよ!!　よもや粗悪品が抜けないなんて情けないことを今更言わんだろ!!」

「ったり前でしょ!!　盾ごと胸甲を貫通《ぬい》したことだってあんだから!!」

その自慢は今聞きたくなかった！

つまり、連中が着ている意匠が揃《そろ》った豪華な鎧と大楯は、何らかの上質な鋼を使って更に魔法か神のご加護がかかった一級品ということだ。当たれば即死の一撃を貰って、肩の脱臼程度で済むのが尋常の代物であって堪《たま》るか。それこそ、消耗品に近い盾のくせして、一枚で並の鎧が一揃え買えるような目玉が飛び出そうな物だろうよ。

「クッソ！　倒れろ！　ああ、もう!!」

擬音にし難い複雑な鋼の音色が何度も響く度に期待して後方を見ているが、重装騎士の数が初撃以降減る様子がない。矢がつがえられると複雑な軌道で狙いを逸《そ》らし、傾斜を付けて構えた盾で絶妙に弾いているようだ。

一射毎《ごと》に盾には重篤な損害が刻まれていくものの、技量と品質によって確実に乗り手の損害を防いでいる。

「あー、駄目だぁ!!　馬狙っても上手《うま》く動いて盾を割り込ませてくる!!　こういう帝国騎士の動き、ほんっと嫌い!!」

第二次東方征伐で軽騎兵に散々悩まされてきたのが帝国の騎兵だからな。そりゃあしらう手段は何処《どこ》ででも偏執的にまで仕込まれている筈だ。鉄条網といい何と言い、軽装の騎兵は絶対に殺すという妄念を戦術や装備の端々から窺《うかが》えるお国柄なのだし。

「何でもいいから射《う》ち続けろ！　少しでも寄せるな!!」

叫びつつ、私もカストルを増速させる。鏑矢を聞きつけて森中から集まってきた連中が、両脇や前方からも群がってきたからだ。

突き出される手槍を払って馬蹄で蹴散らし、立ち塞がろうとする者をすり抜けて斬り倒し、木に登って矢を射かけようとする射手へ東方式弩弓を射ち返す。

あまりに忙しい、何だコレ弾幕シューティングか!?

「うわぁ!?　増えた!?」

しかも後方についている重騎兵に増援があったようだ。肩越しに振り返れば、その数は何と一五騎に達している。

「巫山戯《ふざけ》んなよ!?　これちょっとおかしくない!?」

「おかしいに決まってるだろ！　試錬神の嫌がらせか!?」

あまりの敵の豪華さにルドルフは言葉を完全に失って、さっきから地蔵――黙って喋《しゃべ》らないＰＣ《プレイヤーキャラクター》のこと――状態だし、私達《たち》の文句は喉が張り裂けんばかりだ。

重騎兵の中には一際豪勢な金縁の飾りが至るところに施された鎧を着た、如何にも指揮官級の大ボスでございと言わんばかりの個体も含まれていて、ちょっとGM《ゲームマスター》が盛ってくる悪意点の高さが青天井過ぎて冷や汗が出て来た。

GM《ゲームマスター》は理論上無限のリソースを持ってるのだから、PL《プレイヤー》達のリソースに見合った配分にしなければならないって原則を最近忘れがち過ぎませんかね!?

移動を阻もうとする取り巻きの数も多く、倒せば何とかなりそうなボスへの攻撃も重厚な騎士の壁によって届かない。ディードリヒの強弓が確かな抑止力となって接近こそ阻めているし、完全な槍衾《やりぶすま》を組まれる前に私が道を切り開けているので何とかなってはいるがジリ貧感が凄《すご》かった。

多分、魔法を解禁しても一撃での打破は厳しかろう。あの手の全身鎧ともなれば、対魔法性能を持っているのは当然で、そうくれば熱などの基本的な防御も備わっているのが相場である。

実際に工房で見たことがあるのだ。鎧が仮面の貴人によって破壊された折、フランツィスカ様のご厚意で紹介された工房を訪ねて修理して貰った時に。

納品直前の立派な鎧が陳列してあって、あまりの格好《かっこ》好《よ》さに惚《ほ》れて色々聞いたのだ。その一品はかなりの耐熱性能を持っているとかで、実際に焼けた鉄を押しつけられても煤《すす》一つつかない仕上がりだったからな。

〈焼夷《しょうい》テルミット術式〉や〈油脂焼夷材術式〉も直撃させねば効果が薄かろう。いや、飛来物への加護なんかも掛かっていることが多いから、触媒を詰めた棒手裏剣が弾かれるか？

〈轟音《ごうおん》と閃光《せんこう》〉は効果がありそうだが、時間稼ぎで使うのは勿体《もったい》ないな。残弾に制限がある上、効果外だった取り巻きに復帰するまでの時間を稼がれては意味がなくなる。

魔法は腹を括《くく》って真正面から殴り合う段で解禁しよう。

種の割れた手品には意味がない。その意味がよぉく分かった。

「っ……よし、見えてきた!!」

ジリジリと追い詰められつつも、漸《ようや》く森の切れ目が見えた。向こうには大きな川が流れており、馬車が一台ギリギリ通れる貧相な橋もある。

その前には数人の敵が集まっており、横列を敷いて槍衾を構築し終えていた。

背後から来る敵も増え、軽装の騎兵まで交じり出していよいよ限界感が近い。

ああ、分かったよ、こりゃあちょっと格好好すぎることをせにゃならんな。

「ディードリヒ、前に来い!!」

「はぁ!? アタシが止めないでどうすんの!?」

「いいから来い!!」

「ああっ、もう、仕方ないなぁ!!」

自棄糞《やけくそ》気味に三本束ねた矢を一気に放ち、先頭の騎士をたじろがせて馬群の勢いを僅かに削《そ》いだ後、全速でディードリヒが追いついてくる。

「カストルの手綱を頼む！」

「えぇっ、ちょっ、前に槍衾！　どうすんのよ!?」

「今すぐ崩すから、迷わず一直線に駆け抜けろ!!」

　森の切れ間に達し、橋まで数呼吸という所で私は全ての自重を解禁した。

〈見えざる手〉に〈轟音と閃光〉の触媒を握らせて槍衾の眼前まで伸ばして術式を起動。刹那、指向性を持った真昼の太陽以上の光と大型エンジンの騒音を上回る高周波が槍衾の群れを薙《な》ぎ払った。

　閃光に目を潰され、轟音によって脳髄を揺さぶられた歩卒達が衝撃に負けて横列を崩す。

「後の護衛は頼む！　一兵も通さんさ!!」

「エーリヒ!?」

　槍衾が瓦解した横列を馬蹄にて踏みにじり、橋に脚がかかった所で鞍上《あんじょう》から飛び降りて細い手摺《てす》りに飛び移る。偽名で呼べと言っていたのをすっかり忘れたディードリヒは後で叱るとして、速度を緩めなかったことは褒めてやろう。

　続いてポリュデウケスにヘレナ嬢を抱いて跨《また》がったルドルフが通り過ぎていき、最後に口の端から泡を吹くほど疲弊した荷馬が続く。よかった、橋があと少し遠ければ荷物を満載して負担が多かった彼を斬り捨てざるを得なかっただろう。

　後続が行ったことを見届け、私は貴重な〈焼夷テルミット術式〉をそれぞれの橋脚にぶち込んで一気に焼き捨てた。川の流れに晒《さら》されながらも懸命に橋を支えていた脚が炎上し、固定する縄や楔《くさび》が燃え落ちれば、その努力は一瞬で潰れて過半近くが崩れながら水中へと没する。

　馬や脚力に自信がある亜人種なら危険を冒してでも十分に助走すれば飛び越えられなくもないが、そんな時間は与えないしやらせない。

　術式の範囲外であった、槍衾に加わろうと走り寄ってきた三人の歩卒を一息に斬り伏せ、私は剣の血糊《ちのり》を払って一本の線を引きながら叫んだ。

「この線を一歩でも踏み越えんとする者は例外なく斬るっ!!」

　光と音に感覚器を焼かれ、手足を失って悶《もだ》える同輩達を前に森より続々と現れた敵の動きが止まった。

　さぁ、ここからが本番だ。文字通りの背水……気合い入れて行きましょう！　なぁに、凄《すさ》まじい連携で襲いかかってくる帝都の衛兵隊や貯水槽でかち合った仮面の貴人、リプラー子爵邸で怪獣大決戦をやらかしてくれたアグリッピナ氏と比べれば何するものぞ。

「練武神の加護が篤《あつ》いか確かめたい者のみ前に出よ!!」

　啖呵《たんか》を切って〝送り狼《シュツツヴォルフ》〟を構えれば、たじろいだ敵に後方より叱咤《しった》が飛んだ。

「止まるな!!　小兵一人に其方《そなた》らの武威が劣るものではないぞ!!　ここで怯《ひる》めば、それこそ練武神がお嘆きになる!!」

「「おおっ!!」」

「命を惜しむな！　穂先の煌めきが我等《われら》の命の輝きである!!」

　叱咤に応え、怯んでいた敵が見る間にやる気を取り直して陣形を組み直してきた。弓箭《きゅうせん》兵が木に登って射線を確保し、歩卒は前列が槍を並べ、後列が剣を抜いて乱戦に備える。

強大な個に群れで向かう備えを直《す》ぐに整える練度に舌を巻かされた。これは戦列、突き出された槍衾を長大な大剣にて切り開いて乱戦に持ち込んでくる傭兵《ようへい》を相手取る正規軍のやり口だ。

叱咤の声は若いのに全く頼りなさを感じさせない、戦場にて能《よ》く通る指揮官の声音。配下を期待に応えさせようと掻《か》き立てる、実に堂々とした言葉の流れには隠し切れぬ貴族の上品さが滲《にじ》んでいる。

違和感ばかりが強まるが、最早《もはや》ここまで戦闘の気配が高まれば口で言って止まることもなし。活躍してくれた恩賜の指輪が輝く場面は疾《と》うに過ぎている。

いざ、刃にて語り、望む結末《エンディング》を引き寄せん。

横列を組んだ敵が呼吸を合わせ、後方から射かけられる矢の一斉射に続いて走り出した。

射撃の機会を読んで前方へ走り込むことで回避し、当たる物のみを盾で防いで進み続ける。

そして、私を狙って一斉に突き出される槍の狭間《はざま》へ身をねじ込んだ。左から来る物は盾にて打ち払い、右から来る物は刃で受けて押し寄せて、躱《かわ》しきれぬ脚狙いの物は踏みつけて地面にめり込ませ、頭と胸は兜《かぶと》と胸甲の丸みで受けて左右へ流す。

防ぎきれずに頭を左からガツンと打ち据えようとする一撃が飛んで来るが、それは見えていたので〈見えざる手〉の掌《てのひら》で受け止めて、兜に触れる頃にはコツンと当たる程度の衝撃に抑えた。敵は不思議だっただろう、兜を強く殴り倒す筈《はず》だった一撃が有り得ない軽さのカス当たりにされてしまったのだから。

横殴りの雨のような穂先を潜《くぐ》り、強引に剣を振るって槍の柄を叩《たた》き斬り空間を確保して間合いを詰めた。前列の合間より突き出される剣は柄の根元で受け止めて弾《はじ》き飛ばし、手近な男の顔面を盾でぶん殴って吹き飛ばす。

後はもう、嵐のように暴れ回るだけだ。剣で四肢を叩き斬り、顔を切りつけ、盾で手当たり次第に殴りつける。攻撃も剣で、盾で、時に他の敵で受け止めて。とにかく手が届く範囲の敵へ全力で武を叩き付ける。

「どうしたどうした!! 斬られるだけなら犬にでもできるぞ!!」

張り上げた挑発は、むしろ私自身を奮い立たせるための言葉。当たれば死ぬ脆《もろ》い体を抱えて敵中に飛び込むのは、やはり少し怖いものだ。恐怖を抑え、闘志で飼い慣らして戦うことに慣れていても己を鼓舞するのは大事である。

恐怖を鈍らせた者から死ぬ。しかし、恐怖に呑《の》まれても死ぬ。故に恐怖を飼い慣らせ。それは己を活《い》かす鎧《よろい》であり、同時に手綱である。

ランベルト氏の言葉を脳裏に描き、鍛錬と変わらず刃を振るう。その度に敵の密度が減り、足下に溜《た》まる血が濃く、分厚くなっていった。

狭い間合いに対応するべく剣の先を握ってハーフソードに構え、柄頭《つかがしら》と切っ先、そして肘と盾を駆使しひたすらに敵を打ち据える。蹌踉《よろ》めいて倒れた者の頭を踏みつけて意識を刈り取り、堪《たま》らぬと怯んで尻餅を突いた者の顎を蹴り上げ、時には突き飛ばして敵で敵を押し潰し無力化した。

　遮二無二に迫る敵を払うことを優先して戦っているので、トドメを刺せていないこともあって見た目の派手さに反して死者は出ておるまい。目や腕を潰したので戦働きができなくなった者は多かろうが、悲鳴に重なる呻《うめ》きの多さばかりが目立った。

「あっ、悪魔だぁっ……!?」

「つっ、剣の鬼だっ……！　ヒトの姿をした巨鬼だぁ!!」

　全身が血に濡《ぬ》れる壮絶な修羅場に、高い士気を誇った敵の意気が折れ始めた。無惨な姿と重なり合って呻く仲間の姿に臆し、攻撃の手が緩む。

　そして、攻囲が緩んで空間が空いた所に隙無く射ち込まれた矢を切り払い、逃げ遅れた哀れな敵をひっ捕まえて盾にして防ぐと――太股《ふともも》に刺さって酷《ひど》く痛そうだ――静観してはおれぬと、控えていた騎兵達が前進した。

　合流した軽騎兵と重騎兵が列を組んで突っ込んでくる。構える槍の穂先は、森の捜索に備えた歩卒達が持つ手槍の何倍も長く、速度も相まって躱すのは困難。

　切り札を切るのは……ここだ。

「なっ!?」

「うおおお!?」

「がっ……!!」

ここぞと言う時が来たと判断し、私は温存していた戦術を切る。

多重展開した〈見えざる手〉を〈巨人の掌〉で拡張し、巨大な力場の手の〝指の間〟に落ちていた槍を摑《つか》ませ、即席の槍衾を構築した。

子供の時に誰もがやるだろう握った指の間に箸を握り込み、アメコミヒーローや針状の投擲《とうてき》武器を構えるキャラを真似《まね》するアレを槍でやったのだ。手の一本につき槍が四本。それが六本連なると二四本。重ねて展開し、鐺《こじり》を地面にしっかりと押し当てて保持すれば立派な刃の城塞だ。

人間では組めぬ密度の槍衾に騎兵がかかり、次々に倒れていった。槍を薙ぎ倒す勢いで馬が倒れ、刃に畏れて竿立《さおだ》ちになって乗り手を振り落とし突撃を粉砕する。前が止まって後続の勢いが殺されれば、それはもう恐ろしい敵ではなくデカい的に過ぎなかった。

握らせていては大雑把な扱いしかできぬため、〝手〟を元の大きさに縮め一本一本普通に持たせ縦横に振るい鞍上の騎兵を叩き落とす。

そして、一本に〝送り狼《シユッツヴォルフ》〟を預け、私は彼の名前を呼んだ。

「出番だぞ」

空間をねじ曲げるでも切り裂くでもなく、なんの劇的な演出も伴わずに盲《めし》いた愛を詠《うた》い軋《きし》り叫ぶ狂気の魔剣、〝渇望の剣〟が掌中に這《は》いずり出た。

さっきから五月蠅《うるさ》かったのだ。こんな死闘の場に何故《なぜ》自分ではなく、狼《おおかみ》の牙を携《か》えて臨むのかと。そんな正しく扱っても脂で切れ味が鈍り、振り払わねば血糊が落ちぬ鈍《なまく》らよりも自分を振るえと。

剣の癖に妙に独占欲が高い、できれば秘密にしておきたかったという意味での秘密兵器を携えて、未《いま》だ転倒から復帰できぬ騎士達《たち》へ斬りかかる。

「何が……ぐあっ……!?」

盾を扱うために〝送り狼《シュッツヴォルフ》〟と同じ長さ、同じ身幅に姿を変えた――この姿は当人的に業腹らしいが――〝渇望の剣〟を鎧が守り切れぬ脇の下の関節部へと突き刺し、倒れた騎士の筋を断ちきった。

これで一人排除……と思ったが、彼は痛みなど知ったことかと残った左手で縋《すが》り付こうとしてきたため、頭を思い切り打ち据えて気絶させるしかなかった。愛剣では曲がったり欠けたりするのが怖いから、こんなバットみたいに雑な扱い方ができないので、耐久力という一点では本当に頼りになる。

馬から落ちた騎士と騎兵は立ち上がって剣を抜き、突撃の機会を失われた残りも下馬して戦いに加わらんと槍を捨て武器を手にする。

参ったな、士気が高すぎだ。適当に何十人か斬り捨てて心をへし折り、撤退させたかったのに折れる気配が欠片《かけら》もないではないか。

大事な兵士をボロボロにされている大ボスさんも退《ひ》く気はないらしく、今も集まりつつある面子《メンツ》へ迅速に指示を飛ばしているし、この調子だとまだ後続が来るな。一体何百人、この山狩りに動員しているんだ?

貴族が体面を捨てて狩りに来ているという事態が恐ろしくて堪らん。それに、やられすぎて沽券《こけん》に関わると退くに退けなくなって無理押ししているという雰囲気でもない。何が何でも男の誇りに懸けて勝つ。そんな見栄《みえ》の窺《うかが》える、ある種の尊さを感じる意気が感じられて仕方がないのだ。

となると、これはもう斬首戦術狙いしかないか。頭目を失いさえすれば四分五裂となる野盗でもあるまいから、主の仇《かたき》を取ろうと突っ込んでくる忠義深い連中の相手は引き続きする必要はあるものの、それでも最後の一兵まで相手にするよりはマシだろう。

それに……恐らくアイツ、私の権能《TRPG》的に理解するなら指揮によって周囲に支援《バフ》を飛ばす構成だ。居座られる限り敵が延々と強くなるし、逃げなくなる。取り巻きに妨害されるのが厄介だが、確実に潰さないと此方《こちら》の体力《リソース》と魔力が先に底を突く。

これだから対多数戦はキツいんだよなぁ……！

斬りかかってくる騎士に応えて全力で斬り返せば、中々に信じがたいことが起こった。

「なっ……!? かっ、家伝の宝剣が……っ!?」

今や〈神域《スケールⅨ》〉に至った〈戦場刀法〉と〈寵児《スケールⅨ》〉の高みにある〈器用〉を〈艶麗繊巧《えんれいせんこう》〉にて二乗して振るう、固定値ガンギマリの剣は生中な相手なら雑に振るっても、この細腕であろうが剣諸共《もろとも》に斬り伏せる威力がある。

その〝渇望の剣〟が、剣の三分の一ほどに斬り込んで止まった……!?

見れば、剣の樋《ヒルト》に術式が彫金されており、薄く発光して力を発揮しているのが分かった。

刻み込んだ文字が持つ意味に依《よ》って効果を付与する単純な術式だが、込められた魔法はかなり古く、切れ味の先鋭化や靱性《じんせい》、剛性の強化など一本に付与するには中々豪華な顔ぶれ。

これは魔剣だ。〝渇望の剣〟とは異なり、魔法によって作られるか、魔法の効果を植え付けられた極めて高価な武器。私の認識《TRPG》ではお遣いや洞窟漁《あさ》りを卒業する頃の冒険者が携える代物であるが、此方では至って高級品。一品物で市場には基本的に出回らず、性質上優秀な刀匠と魔法使いの伝手《つて》どちらもなければ手に入らない幻の武器。

鎧の豪華さといい、家伝の宝剣と口走っていたが、こんな物は普通の騎士家じゃ持てん。これは相当に高位の家を怒らせたのか？　だが、話に聞いていた男爵家の配下だと、こんな物は筆頭の護衛級で漸《ようや》く持ち出せる代物だろう。何かおかしいぞ。

疑問はさておき、立派な刀剣ではあるが戦場であるため気を遣ってやる暇がない。力と体重を一気に掛けて押《へ》し斬り、ねじ伏せた。

「さぁ、どうした……家宝が惜しいか名が惜しいか、早々に選べ」

剣を構えていた騎士達が微《かす》かにたじろいだのが分かった。見れば、彼等も皆、立派な得物をお持ちでいらっしゃる。魔剣、神の加護を受けた剣、特別な加工はないが素晴らしい品質の剣を持ったお歴々が怯みこそしていないが一瞬考えたのが分かる。

そりゃ誰だって伝来の大事な剣を自分の代で失いたくないわな。もしそうなったら、勝って帰っても家族会議だ。下手すれば家長を罷免されかねん。

それでも構えは解かず、攻める機を窺い続けている闘志と忠誠心は見上げたもの。ほんの僅かな間、とんでもない不祥事が脳裏をよぎって怯えはしたが、逃げる気は毛頭ないと。

厄介だな。どうやって彼等《かれら》を抜いて、更に歩卒の守りまで加わった陣形を抜くか。

鎧には〈目眩《めくら》まし避《よ》け〉や〈耳覆いの守り〉の加護が刻まれているのが肉薄して分かった。戦場で浴びせ掛けられる土、馬上だとより強く感じる降雨と風を防ぎ、砲声に魔法と轟《とどろ》く戦場の騒音から装着者を守る加護は、いつか大枚叩《はた》いてでも僧から付与して欲しいなと憧れたからよく知っている。目を眩ませ、耳を割る音も広範に渡って効果を及ぼす奇跡の効果対象であるならば、在庫が残り二つの〈轟音《ごうおん》と閃光《せんこう》〉の術式は使えない。

〈焼夷《しょうい》テルミット術式〉は残り二本、剣が通じない敵への虎の子。〈油脂焼夷材術式〉は一発あるが、炎で自分の進路も遮られるので、雑魚散らしにはなってもお得感が薄く、切り札とも言える〈雛菊《ひなぎく》の華〉は危害半径の問題もあって流石《さすが》に使えぬ。隔離結界の強度と精度は以前より上がったけれど、自分が有効半径の内にいて影響を受けないようなぶっ壊れじゃないからな。

これは地味で根気が要る作業になるぞ、と覚悟した瞬間、背後から飛んで来る恐ろしい気配があった。

私に向かった殺気が込められていないから反応が遅れたが、大気を切り裂いて僅か左を抜けて行った矢の対象が違ったら危なかった。

何せ重厚な騎士の胸甲が凹《へこ》み、盛大に後方へと吹き飛ぶ威力があったのだから。

「何事だ!?」

「あれはっ、戻ってきたのか!?」

矢は橋上を疾駆する馬肢人《ツエンタオア》から放たれていた。ディードリヒが戻ってきたのだ。

「あの馬鹿っ、行けっつったのに……!?」

彼女は続けざまに矢を三発放って樹上の弓兵を牽制《けんせい》し、それから全速で走り始める。橋の横板を踏み砕く勢いで完全武装の馬肢人《ツエンタオア》が疾駆すると、元々焼かれて崩れかかっていた橋が不安定に揺れ川の流れに乱されていく。

「うぅぅぉぉあああああぁぁぁぁ!!」

そして、最後の踏切で本当に対岸側に残った橋に引導を渡しつつ、彼女は大きく跳んだ。絵画にして飾っておきたい程に美しい跳躍。短い芦毛《あしげ》の髪が晴れ渡った青空の下に映え、崩れた橋が巻き上げる水の反射を受けて美しく煌《きら》めく。

堂々たる馬体の躍動に反して着地は軽やかに。板を割りつつも貫通させることなく、素早く駆けて橋を渡りきると大斧《おおおの》を背から取り出しつつ、空いた右手を差し伸べて叫んだ。

「乗れっ!!」

反射的に彼女の手を取っていた。愛馬達に駆け乗る時と違って鐙《あぶみ》がないので〝手〟の一本に槍を手放させて足場とし、彼女が引っ張り上げてくる力を借りて一気に登る。鞍《くら》の乗らぬ裸馬の背中は酷く不安定ではあったが、彼女の走り方が背の私を気遣っているのか酷く上下に揺れぬため、振り落とされるようなことはなかった。

「良いのか!?」

咄嗟《とっさ》に乗ったものの、ついつい尋ねてしまう。馬肢人《ツェンタオア》戦士の背は、荷物を載せるのを厭《いと》うくらい神聖視される場所。氏神様が乗る場所だからと、旅の間中ずっとブツブツ文句を言っていた彼女が私を乗せるなんて。

「ここでアンタを置いてったら戦士としてのアタシが廃《すた》る!! 一番の戦士ってのは、安穏とケツ捲《まく》ったりしないでしょ!」

敵を迂回《うかい》するべく左方に大きく膨らんで走る彼女の横顔は、闘争に向かった獰猛《どうもう》さの中に気高い輝きを感じさせた。もう、私に集《たか》ろうと生温《なまぬる》い笑みを浮かべていた時の彼女とは違う。

思い出した、一番格好《かっこ》好《い》い戦士になろうとする、模範的な戦士の笑顔だ。

「……ああ、そうだな、最高に格好好いよ!!」

「じゃあ、格好好く締めるよ!! 狙いは!?」

「大将首! 一番派手なのだ!!」

「いよっしゃぁ!! 落ちないでよ!! 人なんて初めて乗せるから、加減なんて知らないからね!!」

指示に従って、私に斬りかかろうと緩い半包囲を敷いていた下馬騎士と騎兵達が容易《たやす》く無視された。私は追ってこられぬよう、進路の間に〈油脂焼夷材術式〉を置いて炎の壁とし、追撃を阻む。折角敵の本陣に食いついても、強力な騎士達に横やりを入れられるまでの時間を少しでも稼いでおきたかった。

「アンタ、魔法使いだったの!?」

「まぁな！」

「最初っから言ってよ！　狡《ずる》くない!?　剣も魔法もどっちも使えるなんて!?」

「事情があるんだよ、私にだって!!」

苦情を聞き流しつつ、騎士までの道をひた走る。僅かに思える距離も戦いながらでは酷《ひど》く遠く感じた。前世で一ラウンド五秒とか一〇秒って長くない？　と文句を言っていたのが申し訳なく感じる程に遠い。

「っ……！　お守りするのだ！　槍衾《やりぶすま》ぁ!!」

「「「応!!」」」

騎士の戦いを見守っていた数十人の歩卒が槍衾を展開する。密集度合いは正しく針の山としか言い切れず、横にも縦にも隙無く広がる槍の壁を抜ける余地はなかった。森の切れ間全てを覆う広さだけあって、速度を落として森に入る以外には、負傷覚悟で刃の雨を潜《くぐ》る他ない。

「これは……ちょっと怖いなぁ！　ヒルデブランド部族の戦士は、この程度じゃ怯《ひる》まないけどっ!!」

「構わず突っ込め！　私が崩す!!」

騎士の隣に控えた、騎乗した僧と思《おぼ》しき豪奢《ごうしや》な装飾の鎧《よろい》を着た者が祈りを捧《ささ》げようとしているので、遅れてはならぬと慌てて〈轟音と閃光〉の触媒を〝手〟に持たせて投擲《とうてき》した。

約七五・〇〇〇カンデラの閃光が再び兵士達の目を灼《や》き、一瞬遅れて僧が請願したであろう〈矢避け〉の奇跡がもたらされた。

飛翔《ひしょうぶつ》物が陣に届くのを妨害する奇跡だ。広義の内には触媒を納めた薬包も飛来物に当たるため、発動される前に投げられてよかった。ギリギリまで発動を待っていたのは、僧が少ないから交互に打って効果時間の隙を潰せなかったからか。

判断はいい。ここからどうにかしたいなら、沢山転がっている槍を投げまくるか、ディードリヒが騎射に移ると考えるだろうからな。無謀な猪《いのしし》武者《むしゃ》でも進んで針山に脆《もろ》い腹を晒《さら》すまいと判断した奇跡の選択は正しい。

しかし、遅い。騎士達が抜かれた時点で惜しまず発動するべきだったな。後で奇跡の対価として神に差し出す何かを惜しんだのやもしれんが、こういうのは敵を侮らずに最初っから全ツッパすべきなんだよ。

温い風が通り抜けていき、閃光に目をやられて頽《くずお》れる戦列を一気に貫いた私達を撫《な》でる。〈矢返し〉の術式や奇跡は高速で襲い来る飛来物の勢いを減じ、狙いを明後日《あさって》の方向に歪《ゆが》めるが馬程度の速度では絡められない。そこまでいくと敵を迎撃に出た前列までも風に巻き込むことになるからだ。

「いいなぁ、コレ!! 魔導具ならアタシに売ってよ! ちょっくら離島圏に持って帰って武名の足しにしてくるから!!」

「言ってる場合か! 何か来るぞ!!」

ジリジリと下がりつつあった敵指揮官の一団、その先頭集団を成していた軽騎兵は閃光の余波を受けて乱れていたが、やはり立派な鎧を纏《まと》った指揮官直卒の五名ほどは鎧の加護か効果を受けていないようだった。

さらに、今まで伏せていた切り札なのだろう。後方から巨大な火の玉が飛んで来た。

極めて原始的ながら最も暴力的で、殆《ほとん》どの人類が抵抗を持たない万能の属性。火箭《かせん》を放つ最も基本的な攻撃術式だ。

やっぱり魔法使いもいたのか。魔導師《マギア》級ではなくとも、殺す武器を持っているという点では大いに脅威だ。術式の構成も込められた魔術も、ミカは疎《おろ》か私にすら届かないものだが、この時期に飛ばされるとキツい物がある。

既に魔法の大盤振る舞いで魔力に余裕がなくなってきている。更に、私は連続して魔法を放った後に魔法を打ち消すような高度な真似《まね》はできん。ディードリヒが回避してくれなければ、人類の炙《あぶ》り焼《や》きが二つ出来上がってしまうではないか。

「ヘン、この程度……!!」

しかし、勇猛な馬肢人《ツエンタオア》は回避などせず、真っ向から魔法に突っ込んだではないか。

何やってんだと怒鳴る暇もなく、火球が壁にでもぶつかったかのように弾《はじ》けて消えた。

「部族の祈禱師《きとうし》衆が小札一枚一枚に込めた守りの加護さ！　生中な魔法なんて、戦の中じゃ無粋だからね!!」

魔法を打ち消す加護が働いている。彼女が着ている小札鎧《スケイルアーマー》、よく見れば小札一枚一枚に北方離島圏の魔導刻印《ルーン》が施されているではないか。淡く赤い文字が輝く鎧は、矢避けや毒よけ、そして魔法を退散させる効果が発揮するよう篤《あつ》い篤い祈りが捧げられていた。

何と凄《すさ》まじい守り。対象に直接効果を及ぼす魔法は、半端な使い手が練った術式ならば、世界を歪めることが〝許されず〟解《ほつ》れてしまう。

これを揃《そろ》え、引き継いでいるから北方離島圏の私兵《ハウスカール》は強いのか。略奪遠征に訪れる連中を北方鎮護の騎士達《たち》が畏れるのか。

魔導を極限まで否定し、純粋な物理によって殴り殺そうとしてくる。そりゃあ大帝国が震え上がり、何百年も忌々しく思っていても対処できんわ。仮に北の大洋を渡る術《すべ》があったとしても、彼等と正面から戦争したくないと時の歴史家が愚痴ったのも頷《うなず》ける！

「うぅうおらぁぁ、邪魔っだぁぁぁぁ!!」

ばがん、とも、ぼごん、とも言いづらい破滅的な音を立てて重装騎兵が吹き飛んだ。斧を大上段に掲げて振り回す、後先を一切考えない斧の斬撃《フルスウィング》が人間の体を玩具《おもちゃ》のように扱ったとしても、馬もよろけて首を妙な方に曲げながら吹き飛び、頑強無比な魔法と奇跡に強化された板金鎧が拉《ひしゃ》げて折れる。

やはり筋力、筋力は大体の問題を解決する。

「お逃げをっ！　後方で立て直して下さい！」

「しかし、其方《そなた》ら!!」

「どうか構わず!!」

頭目格の騎士に襲いかからんとするも、生き残った供回りが立ちはだかった。

正面からディードリヒに打ちかかり、回り込んで守りの甘い背を切りかかろうとする。

だが、私達はその一切を打ち砕いた。

巨大な斧槍《ハルバード》で以《もっ》て大斧を迎え撃った騎士は、真正面から振り下ろされる大質量と馬鹿げた膂力《りょりょく》に潰されて。隙を狙って左右に回り込んだ騎士は、元々の特大両手剣へ姿を戻した〝渇望の剣〟にて斬り伏せる。

「鎧が重そうだねぇっ!!」

棘付《とげつ》きの棍棒《こんぼう》――メイス様！　メイス様じゃないか!!――で殴りかかってきた僧も、再び火箭を放って足止めを試みる魔法使いも蹴散らして私達は騎士に迫った。

「絶対！　何があっても殺すなよっ！」

「えぇっ!?　面倒くさい……」

「じゃあ手を出すな！　その得物じゃ加減できまい!!　横に並べ!!」

「分かった、分かったわよ！　絶対に蹴らないでよ!?　それ痛いんでしょ!?」

愛馬達に指示をする時と違って、脚で胴を緩く挟んで頼んだ。踵《かかと》の拍車で蹴られると、慣れていないディードリヒは痛いのだろう。走っている時、ちょっとだけ私の足を気にしていることくらい分かっていたとも。

速度を合わせて併走された騎士が兜《かぶと》の下でも顔を歪めているのが分かる。このまま後詰めと合流などさせるものか。

「貴様っ……!!」

「供回りはもうおらんぞ！　さぁ、仇《かたき》を討ってみせろ!!」

「くっ、この下郎がぁぁぁ!!」

逃げに専念されぬよう挑発すれば豪奢な騎士は腰の剣を抜き、神威溢《あふ》れる剣で素早く斬りかかってきた。配下が良い物を装備していたから察していたが、一等良い武器をお持ちでいらっしゃる。神々のことに造詣が深くない私では、何の加護が掛かっているか全ては分からないものの、陽導神の加護により強い破邪の力と〝決して折れぬ〟力強さがあることだけは伝わってきた。

相手にとって不足なし。同じく破壊されることのない〝渇望の剣〟にて受け止めれば、太陽の光を放つ剣が強く反応し、また魔剣も不愉快そうに甲高い呻《うめ》き声《ごえ》を上げる。

よかった、対消滅とかしなくて。あと、こっち見た目モロ厄いアレだから、もしかしたら陽導神のご加護の特別効果で大幅に不利だったりしないだろうかと一瞬不安だったのである。

しかし、格好好いなアレ……端から見たら、私完全に悪役じゃないか。

馬肢人《ツエンタオア》の背から私を切り落とし、ともすれば走っている本人を倒そうとする刃を全て受け止めて返しの斬撃を送り続ける。高い魔導耐性と奇跡による守りを受けた鎧は、渇望の剣と私の腕前を以てしても堅固であったが、確実に疵痕《きずあと》を残すことができている。

この魔法の守りがなかったら、首根っこを〈見えざる手〉で引っ摑《つか》んで強引に落馬させ、簡単に決着がついていたのだが。

「ぐうっ、ぬっ……何故《なぜ》っ、何故だ、神よ……この理不尽な試練を何故っ!!」

不安定な馬上で斬り結ぶ不利は、ディードリヒが合わせてくれることで克服できた。体重の移動を先読みして姿勢を合わせてくれるおかげで、鞍《くら》も鐙《あぶみ》もなくとも正しく剣を振ることができる。二本の足で地面を踏みしめている時ほど安定性はないが、私の拙《つたな》い〈騎乗〉でも不安が全くない。

刻まれた斬撃によって、次第に敵手の動きは鈍っていく。良い腕前ではあったが、やはり指揮に特化していたのだろう。守りに入れば一撃で斬り倒されることがないだけの力量はあるが、私を殺すにはまだまだ遠い。

「神よっ！　何故私と麗しのヘレナ嬢を引き裂こうとするのですかっ!!」

……うん？

悲嘆が滲《にじ》む叫びと共に振り下ろされる剣を〈脱刀〉にて弾き飛ばすと、騎士は体勢を崩して馬からどうと落ちた。

いや、それはいい、勝ったし鎧のおかげで多分死なない。

ところで今何つった!?

「ディードリヒ、転進！　はよ！　はよ!!」

「ちょっ、待って!!　んな直《す》ぐに減速できないから！　肩ゆすんないで!!」

ちょっと信じがたい悲鳴を聞いて、慌ててディードリヒに引き返させる。

落馬した騎士は蹌踉《よろ》めきながらも立ち上がり、面覆いが歪んだらしい兜を忌々しげに脱ぎ捨てている。

すると、現れたのは眩《まぶ》しいばかりに麗しい白皙《はくせき》の美貌。貴族的に鋭角な部品が配された顔と豊かに波打つ金の髪は戦陣と汗にまみれて尚《なお》輝きを失わず、鋭くも清廉な人格が滲む松葉色の瞳は決して萎えぬ闘志で爛々《らんらん》と輝いていた。

「下郎！　まだ終わらん！　貴様らを倒してヘレナ嬢を救い出す!!　さぁ、掛かって来い！　シュテルンベルクの名誉は剣の切っ先にこそ宿る!!」

急いで背中から降り、フラフラ斬りかかってくる彼の剣を避けて足を払い、転倒した所で右手を摑み関節を極《き》める。

そして、少々強引だが起き上がらせた。

「失礼……お話を伺いたいのですが」

「何が話だ、人攫《ひとさら》いの下郎め！　私は人質にされても諦めぬぞ！　麗しのヘレナ嬢のためならば、この命どうなろうと構わぬ!!」

なぁんか、思ってたんと話が大分違わねぇか………？

【Tips】金属加工にも興味がある魔導師《マギア》や、鉄火神の僧で剣鍛冶だから一緒に加護も打ち込める、といったごく一部の例外を除いて高品質の魔法や奇跡の掛かった武器を一人で作れる人間は少ないため、それらの武器は最低でも館が建つようなとんでもない金額で取引されている。

「……では、これらは全て、我等《われら》の行き違いによって発生したものだったのだな……？」

「はい。我が元主君、ウビオルム伯爵の名に誓って」

床几《しょうぎ》に腰掛け、即席の天幕内にて不機嫌そうに配下から手当てを受けている少女漫画のヒーローがやれそうな美貌の騎士は頭を掻《か》いた。

貴族らしからぬ仕草ではあるが、気持ちは分かる。私も許されるなら思い切り頭を掻き乱したい。

とんでもない行き違いがあって、双方共に洒落《しゃれ》にならない損害を被ったとあっては、一体どうやって申し開きしようと頭が変になる。

さて、彼の名前はバートラム・フォン・シュテルンベルク卿《きょう》。シュテルンベルク伯爵家の次期家長であり、現在は父君隷下の地元領邦出身者によって固められた騎士団で団長を務め、次期領主となるべく下積み中で御年十九歳のご令息である。

捕まえた彼に訳を説明して、何度目かの嘘《うそ》を言うなという言に遂《つい》に折れ、やむなくまた秘密にしておきたかった秘密兵器――何度目だよ、これ使うの――を出して身分を証明すれば、漸《ようや》く話を真面《まとも》に受け取ってくれた。

そして、バートラム卿の身を案じて駆けつけてきた、未《いま》だやる気満々の部下をどうにかこうにか抑えて、こうやって一席設けてお互いの主張を整理した次第である。

まず、我々の前提は一つ間違っていた。

ヘレナ嬢に結婚の話が持ち上がっていたのは真であるものの、結婚相手がアッテンドルン男爵であることが偽であったのだ。

これは薄々そうなんじゃないかなぁとは踏んでいたものの、やっぱり悲しいすれ違いによって勘違いが発生したものである。

アッテンドルン男爵は単なる仲人で、この輝かしき美男のバートラム卿とヴィーゼンミューレ騎士家の婚姻を仲介していた高貴なる伝書鳩《でんしょばと》に過ぎなかったのだ。

それをヘレナ嬢達が漏れ聞こえてきた断片的で不鮮明に過ぎない話で早とちりした挙げ句、この喜ばしい婚姻話をギリギリまで隠して娘を喜ばせてやろうとしていた父親の要らんサプライズ精神が全てを拗《こじ》らせた。

娘が娘なら親も親である。お見合い話なんて結婚や葬式と並んでドッキリに使っちゃいかん話だろうに。何をどうすれば、こんな簡単な話を何十人も血みどろになる事態に発展させられるんだ。

「……幸いにも死者は出ていないが、手酷《てひど》い怪我《けが》を負った者だらけだ。これは僧会への寄付を弾まねば大変なことになるぞ……装備の再調達を考えると家が傾く者も出かねん……父上に頼み、魔導院にも癒者の派遣を頼まねば……」

今回は恐ろしく高価な防具の数々によって、バートラム卿の御配下にはギリギリ死者が出ていなかったが、半殺しどころか五分の四殺しくらいまでは行った者も多く、家伝の装備を喪失した者も少なくないので全く洒落になっていない。

てて一んとか口で効果音を発しながら、ドッキリと書いたボードを持ったヴィーゼンミューレ卿が現れたら発作的に殺してしまうかもしれん。

冗談はさておき、ここまで話が拗れたヴィーゼンミューレはヤバいと思って対応を誤った。

というのも、婚約は内々に殆《ほとん》ど固まっていたのだが、バートラム卿に花を持たせようと劇的に婚約を申し込ませる余興——言っちゃ失礼だが、もうそんなもんだ——を企画していたため、伯爵家が護衛を引き連れてぞろぞろとやって来ていたのだ。

しかし、本人は駆け落ち気分で幼馴染《おさななじ》みと逐電しており、それに共謀した家臣も多数。

こりゃいかん、自分も相手の面目も丸つぶれじゃねぇかとヴィーゼンミューレ卿は大慌て。

急いで刺客を放つものの雇われ傭兵《ようへい》に軽く追い返されて失敗し、もう駄目だと伯爵家相手に大芝居を打ったそうだ。

即《すなわ》ち、娘が拐《かどわ》かされてしまったと。

帝都の夜会でヘレナ嬢に一目《ひとめ》惚《ぼ》れに墜《お》ちていたバートラム卿は、やっと話が纏《まと》まった麗しの婚約者が傷物になっては可哀想《かわいそう》だと、率いた配下とヴィーゼンミューレ卿から借りた手勢の全てを投じて追いかけっこを行い今に至るという訳だ。

上手《うま》く行っていれば、かなり劇的な演出ではあったろうよ。上手く行けば。

「頭が……頭が痛い……」

私も。できれば、ちょっと中座してきて吐いてもいい？

「私は、誰を責めればいいのだ……？　義父上《ちちうえ》か？　義父上が悪いのかこれは」

まぁ、うん、はい。誰が一番悪いかっつったらそうですね。次点くらいに麗しのヘレナ嬢が悪いのが何とも言えない空気を醸しているけど。

「……後々、義理の実家とのお付き合いで切り札となされるのがよろしいかと」

「いや、だが、これは……扱いきれんぞ……陛下に知られたらなんと仰《おつしや》るか」

皇帝を守る藩屏《はんぺい》として予断なく軍事力を磨き、その身を守る貴族家にあるまじき失態なので、たしかにどんなお叱りが飛んで来るか想像もつかん。こんな喜劇としても酷い出来映えのすれ違いで、虎の子の騎士団が半壊しましたなんていったら伯爵家の沽券《こけん》に関わる。よしんば陛下からはお叱りの小言だけで済んでも、社交界での風聞は壊滅的なものとなろう。幾つかの家からは迂遠《うえん》に絶縁されて、お茶会の繋《つな》ぎすら取れなくなるやもしれん。

「……よし、もみ消そう。義父上にも手伝って貰《もら》ってでも」

「それがよろしいかと」

悲壮な決意を固めてバートラム卿は顔を覆った。

起こってしまったことは如何《いかん》ともし難い。そして、婚約を交わすということはシュテルンベルク伯爵家とヴィーゼンミューレ騎士家は退《ひ》けないところまで関係が深まっている。仲人として家格が低くはない――ヘレナ嬢を愛妾《あいしよう》にはできずとも、帝国内では立派な方なのだ――アッテンドルン男爵家を巻き込んでいる以上、この婚約は〝何事もなく〟進んだことにしなければならないのである。

　だからこれで死人は公的に出なかったし、怪我人もいない。装備の喪失は書類上なかったことにされ、ヴィーゼンミューレ騎士家の財布が寒くなる、もしくは蔵がちょっと広くなることで解決される。向こうも歴史が長い家だ。蔵を漁《あさ》れば戦利品として積み上げてきた神剣や名剣の何本か出てくることであろうよ。

「エーリヒ殿、このことは何卒《なにとぞ》……」

「ええ、私の心に留《とど》めておきます。宮中伯からは、縁を結んだので祝いの手紙を一通くらいとだけお伝えいたしましょう」

　私が殺されていないのは、致命的な打撃。命を永遠に喪失する事態を幸運にも避けられたから。そして、相手に此方《こちら》を殺すだけの力がないからだ。

　この間合い、そして馬上ではないので殺そうと思えば一呼吸でバートラム卿を殺せる。また、外の手勢も間合いを空けさせたので〈雛菊《ひなぎく》の華〉で半壊させ、生き残りを始末するのも簡単。

　やる気はないけれど、たったそれだけの事実で始末してしまった方が自分にとって都合の良い相手も下に置かぬような扱いになる。

　やはり暴力。暴力は大抵の問題を解決する……って、これ考えるの数十分ぶり何回目だ。

　それに私が魔法使いであることも相手は理解していて、仮に何かやっても情報が流れる可能性を考慮し懇願するしかなくなっているのだろう。彼が連れていた魔法使いは、火箭《かせん》の使い方といい情報戦には向いていない構築だと思われる。

故に今、私はこうやって背中に冷たい汗を流しながらも鷹揚《おうよう》に過ごせているのだ。

「邪魔するよ。見つけてきたけど」

立っている角を力尽くでへし折って丸くしているような状態に自分でも居心地の悪さを感じていると、ディードリヒが帰ってきた。

「失礼いたします。バートラム卿……」

「おお……！　彼女が……!!」

毛布に包《くる》まったヘレナ嬢を抱いたルドルフを連れて。

私が状況を説明している間に拾ってこいと頼んでおいたのだ。そして、二人は橋を渡って直ぐに荷馬が走れなくなって足止めされていたため、比較的早く捕まえることができたらしい。

「あ、貴方《あなた》は……？」

「お初にお目に掛かります、麗しのヘレナ嬢。私はバートラム・エヴシェン・ルボル・フォン・シュテルンベルク……貴方の婚約者です」

「え……？　婚約者……？　わたくしの……？」

「はい。貴女《あなた》を迎えに来ました。ああ、こんなに顔が赤い。お風邪をお召しになったのですね。これだけ寒いなら無理はない。君、彼女を私に」

「はっ」

ルドルフの手からヘレナ嬢が渡され、熱で浮かされた少女は曖昧な視界の中で急に現れた美男に見惚《みと》れているようだった。

無理もない。濁った頭に凄《すさ》まじい事態の転変。その上で美男から婚約者だと言われるのだ。頭の中に立派なお花畑を造営している御姫様《おひめさま》ならば、都合のよい状況に呑《の》まれて夢見心地にもなるだろう。実際、半分夢に浸っているような状態だしな。

「直《す》ぐに医者へお見せいたしましょう。我が配下の魔法使いが、多少ですが心得がありますので」

「ええ……ありがとうございます……」

美形に手を握られて発熱とは別の要素で顔を真っ赤にしているヘレナ嬢をルドルフは憂いに満ちた、しかし何処《どこ》か安らいだ表情で眺めていた。

それから静かに天幕から去ろうと後ずさる。

「あっ、ああ、ルドルフ……貴方はいいの……？　貴方も疲れているし、とても体が冷たかったわ……一緒にお医者様に見て貰いましょう……？」

「いえ、お嬢様。どうかお気遣いなく。僕の体が冷たかったのではなく、お嬢様がお熱を出していられただけですよ。医者に掛かり、安静にしていただければと」

毛布の中から差し出される手を丁寧に辞し、従兵は天幕から去った。

私もバートラム卿に一礼し、ディードリヒを連れて出て行く。彼女も変にもつれ合っていた事態の正体が分かって、そしてルドルフの表情から何かを察して黙っているようだった。

天幕から少し離れ、撤収準備をして負傷者の収容を始めている兵士達《たち》からの刺すような視線から逃れるように死角へ向かう。そこには預けていたカストルとポリュデウケスが繋がれており、空気の悪さから不安さを感じているようで、私達の顔を見て安堵《あんど》していた。

「……さて、どうするか」

「どうするもなにも……これ、お嬢様が連れ帰られて終わりってこと？　え？　こんなんでいいの？」

ディードリヒは納得しかねているようだし、私もまぁ腑《ふ》には落ちていないけれども、これ以上の厄介事はご免だ。コトを更に大きくして、巻き込まれただけの人間から本物の誘拐犯に転職するのは気が進まなかった。

「いえ、いいのですよ、これで。お嬢様は家に戻れて、お優しそうな婚約者に大切にして貰える……僕らが望んでいた通りの結末です」

「だけどさぁ、ルドルフ！」

「いいのですよ、ディードリヒさん。本当に。僕も一瞬、淡い夢を見ました。お嬢様をこの手に一度、馬に乗せるためとはいえ抱きしめられただけでも幸せでした」

「……アンタ、本当にそれでいいの？」

馬肢人《ツエンタオア》が眇《すが》めた視線は、諦めるのかと従兵を咎《とが》めていたが、従兵は諦めるのではないと首を振った。

「御姫様を連れて行った騎士の話はめでたしめでたし《Ende gut alles gut》、と結ばれますが……実際は、その後が大変なんですよ。騎士の生活に御姫様はついて行けないし、騎士じゃ御姫様が満足できる生活を用意できない。だからこれは、これこそがめでたしめでたしなんです」

二人は末永く幸せに暮らしました、めでたしめでたし。とあっけらかんに終わる話は多いが、実際はそう上手くいかないものだ。彼が言うとおりにヘレナ嬢は本当にルドルフと行ったとして、その逃走生活の中で嫌気が差していた公算が高い。

上げ膳下げ膳は当たり前、着替えさえ側仕《そばづか》えが手伝っていて欲しい物は商人から御用伺いに来るような生活をしていたお嬢様だ。たとえ数人の従僕を連れていたとしても地方での生活には耐えられなかっただろう。売り飛ばして金にするために宝飾品や魔導具を幾つか持って来ていたが、それでもヴィーゼンミューレの初姫様が納得いく生活をほとぼりが冷めるまでの期間をしのげたとは思えない。

本人は夢見るように刺繍《ししゅう》をしてルドルフを助けると言っていたが、それも本当の苦労を味わう前だから言えること。

上等な乳液や軟膏《なんこう》もなく、日々荒れていく指先を見て同じことがどれだけ思い続けられただろうか。

「僕は一時、楽しい夢を見られたからそれでいい。そして、お嬢様は格好好《かっこい》い婚約者が劇的に助けに来たという新しい夢をご覧になるのです」

「ルドルフ……」

「そっちの方が、ずっと救いがあるじゃないですか」

従兵の幸薄そうな笑顔は最初から変わらないが、何か重荷を下ろしたような晴れやかさがあった。今まで積み上げてきた全てを捨てたというのに。

「それじゃあ……アンタが全然救われてないじゃないの……馬鹿」

「バートラム卿《きょう》にお口添えいただくことも可能だとは思うが」

私の提案に彼は首を横に振った。

もうどれだけ彼が間を取りなそうとしても、ここまで勝手を働いた従僕が信頼されることは二度とない。むしろ、折を見て事故を起こしたことにされるのが分かりきっていると彼は嘆息した。

そして、腰元に吊《つる》してあった剣を叩《たた》く。

「僕には、これが残りました。そして、一時の楽しい夢も。それだけで十分生きていけますよ。インネンシュタットで待っている者達も同じでしょうから……そうですね、皆で冒険者か遊歴の騎士でもやるかと誘ってみます」

空元気の笑いであった。心配させまいと。せめて、巻き込んだ私達には心配要らぬと言い聞かせるように笑って、彼は懐を探って財布を取り出す。

「これ、報酬です。とても足りないでしょうが、せめてもの気持ちに」

受け取った財布の中には、ヘレナ嬢から預かった旅の資金であろう数枚の金貨と沢山の銀貨が詰まっていた。

「……いや、依頼は未完遂だ。貰う訳にはいかん」

だが、私はそれを押し返した。

「仕事はインネンシュタットまでのヘレナ嬢を連れての護衛。なら、受け取る訳にはいかんだろう」

「で、ですが……！」

「じゃ、アタシが貰っとこうかな」

ディードリヒはそう言うと、ルドルフがまた私に押しつけようとしていた財布をつまみ上げた。

「どうせ、インネンシュタットまでは行かないといけないんでしょ？　それに、変にここで別れて、やっぱ折角だから口を封じとこうって思われても困るし。アタシ達ならどうにでもできるけど、悪いけどアンタだけじゃ不安だからね」

「……いいのですか？」

「いいわよ。それに、アタシも思い知ったわ。コレに首輪付けて故郷に引っ張っていくのは、アタシの腕前じゃまだまだ足りないって」

重そうな財布を手の中で弄びながら、馬肢人《ツェンタオア》の戦士は残った耳を不機嫌そうに垂らして睨《にら》んでくる。

「よもや、加減されてたなんてね。アタシじゃまだまだアンタに自分を殺せる女だって認めさせてやれないし……一緒に付いていって、大物をアンタにばっか食われちゃ成長できない」

「加減していた訳じゃないさ」

ただ全力ではなかっただけ、という言い訳を呑み込んで肩を竦《すく》めれば、ディードリヒに一発肩を殴られた。避けることもできたが、甘んじて受け入れておく。元雇用主からの言い付けを守ったのは事実であるが、戦士の矜持《きょうじ》を傷付けてしまったのもまた事実なのだから。

「それに、アタシが焚《た》き付けてエーリヒが参加することとなったんだし、最後まで責任取るべきでしょ。終《しま》いまでちゃんとやる、それが格好好い戦士なんだし」

「……そうだな、格好好いよディードリヒ」

「一回くらい、いい女って言ってもいいんじゃない？」

拗《す》ねる彼女を軽くあしらい、私も懐から袋を取りだした。

「退職祝いだ。持って行け」

小気味良い音を立てる金貨の小袋は、闘技大会で荒稼ぎしたあぶく銭。今まで使う機会がなかったのでとっておいたが、良い機会だ。男の旅立ちにくれてやるには丁度良い。これから新しい生活を始めるなら、どれだけ金があっても足りないだろうから。

「えっ!?　いや、これは……!?」

「ちょっ!?　ズルっ!?　アタシには全然貸してくれなかったのに!?」

あの袋だけで五ドラクマほど入っている筈《はず》だ。装備を調え、生活に必要な道具を買いそろえても暫《しばら》くは食いつないでいけるだろう。

後は当人のやる気と運次第。

「ちょっ、ルドルフそれ寄越《よこ》しなさいよ！　アンタの懐には余るから!!」

「えっ!?　いや、これはお返しするべきでは!?」

「それでディードリヒの装備も揃《そろ》えてやってくれ。荷を牽《ひ》く馬を買い直してもいいだろうし、馬肢人《ツェンタオア》の服は結構良い値段がするからな。ただし、財布の紐《ひも》は絶対にお前が握るんだぞ。ディードリヒには銀貨以上の金を任せるな」

金勘定はルドルフに任せるように言い含めておく。ちょっとしたお遣いでさえ酒の誘惑に負けて失敗する女だ。今度また大金を渡したら、どんな下らないガラクタに化けて帰ってくるか分からんからな。

金貨の袋を巡って暫くぎゃあぎゃあやっていた二人をしばいて黙らせる。幸の薄い男には袋をしまわせ、戦士にはお前は指一本触れるなと強く強く叱った。

「さて、ボチボチずらかるか」

「そーね。また橋飛ばなきゃ……」

「そういえば、よくお嬢様抱えて飛んだなルドルフ」

「いえ、お借りしていた馬が立派だっただけで、僕はそんなに馬術が達者な方じゃないですよ。乗せて貰《もら》っていただけみたいな感じです」

死角に入っているとはいえ騒ぎ過ぎると兵士達が乗り込んできそうだし、主からの命令を振り切ってでも決着を付けたいヤツも多かろうから早々に逃げることにした。

橋を飛び越え、疲労困憊《こんぱい》から少しだけ復帰した荷馬を拾う。ルドルフがお嬢様の荷物と高価な物は橋の上に置いていこうと言ったので少し戻り——ディードリヒが退職金に貰っときゃいいのにとぼやいているが——鞍袋《くらぶくろ》を降ろした。

「これで全部」

中身を確かめて、お嬢様にまつわる道具全てを降ろした彼は手を叩いて埃《ほこり》を落としていたが、それは自分の未練を払っているように見えた。

全てを一緒に、この荷物と置いて去って行くように。

「お待たせしました。エーリヒさんは……」

「私は元々、帰郷するついでに依頼を受けていただけだ。こっちからインネンシュタットに行くより、直《じか》に故郷を目指した方が早い。だからここまでだ」

元々減った路銀稼ぎに過ぎなかったのに、とんだ寄り道になったものだ。しかも費用面でみれば損してるとくれば、私も大概甘い男だな。

余計な予算もないし、雪がチラつく前に帰り着かないとならない。

「そっか。じゃ、アタシは暫くコイツの面倒みてくから……」

「迷惑かけるんじゃないぞ。お酒は一日一リブラまで。お菓子を欲しがってダダを捏《こ》ねるのも止《や》めるように。それと旅の間に呑む酒も……」

「面倒みるのはアタシだって!!」

ぷんすこ怒っているものの、私の下でどれだけ子供みたいな振る舞いをしてくれたと思っているのだと問い詰めると、いい年こいた年上の馬肢人《ツエンタオア》はそっぽを向いた。スーパーの食玩コーナーを見かけた五歳児より性質が悪かったことを自覚して貰いたい。

「ではな。壮健を祈る……ヒルデブランド部族の戦士、ディードリヒ」

「ん、またね、ケーニヒスシュトゥールの戦士、エーリヒ。……アタシの憧れの一人」

別れの挨拶として拳を掲げて一度ぶつけた後、彼女は私の肩に手を回してきた。

そして、寄せてくる唇の間に掌《てのひら》を差し込む。

唇と唇の間、口唇へ被《かぶ》せるように重ねた指の腹に戦士の口づけが落とされる。

酷《ひど》く不機嫌そうな視界と共に。

デコを引っぱたくよりかは大人の対応をしたつもりだ。

実際、私も一瞬呑《の》まれかけたからな。誇りを自覚し、また自分が欲した憧れに向かおうとして、義理を果たそうとする姿は美しかったから。

「まだ甘い」

「フッー、ここは受けとくもんでしょ……」

手の中から逃げ出し、次の文句が出てくるより早くポリュデウケスへ跨《また》がった。カストルの手綱を摑《つか》み走り出す。

「あぁっ、もう！　次に会った時は手込めにしてでも故郷に連れて帰ってやるからね！　押し倒されても抵抗できないくらい強くなってるから!!」

「そうか！　それは楽しみだ！　いつでもかかってこい!!」

戦士の別れ際は湿っぽくてはいかん。

私は一人の戦士が戦士として憧れた姿に立ち返ってくれた喜びを噛《か》み締めつつ、ヒデぇ話ばかりだったが、そう悪い物でもなかったとひたりながら故郷へ向かった……。

【Tips】Ende gut alles gut. 終わり良ければ全て良し、あるいは、めでたしめでたし。まるで言い訳のように、そしてその後の不安を拭うように童話の締めに用いられる文言であるが、大事なのは終わってからもその先があると次に備えることである。

# ヘンダーソンスケール0.1

ヘンダーソンスケール 0.1
【Henderson Scale 0.1】

シナリオに影響を与えない程度の軽い脱線。
　興が乗りすぎて時間が足りなくなり、エンディングは帰り道でとか飯を食いながらとなる程度。

去って行く背中は馬肢人《ツエンタオア》の戦士にとって複雑な存在だった。

最初は繕わずに言えば疎ましかった。

あっさり負けて、しかも部族の長老衆みたいな説教を垂れてくるのだ。武を携える者なら云々《うんぬん》かんぬんは、離島圏で両方の耳にタコができるほど聞かされた。

離島圏における戦士の有り様は、勇猛を振るう時は何処《どこ》までも無慈悲で苛烈にあることを許容し、略奪を美徳としてはいたが、その分平時と己の分に関する戒律は重かったのだ。

帝国の騎士と違って地下の民を安んじることに重きをおかずとも、武を持つ者に自重を促し、誇りを自覚せよという不文律だけはあった。

ディードリヒ、故郷においてはデレクの行いは、それを軽んじるものであったことを今は正しく理解している。

事実、彼女はかなり奔放な振る舞いをしてきたからだ。気に食わないなら殴るか蹴ったし、上位者に喧嘩《けんか》を売って殴り合いなんぞしょっちゅうだった。

それが全て、憧れに近づけなかった葛藤と焦りによるものだったと分かれば、なんと稚拙でみっともない行動だったのかと芦毛《あしげ》の耳まで赤く染まらんばかりの羞恥を覚える。

ともあれ、その尊大で満たされぬ自我を抱えたまま帝国に流れ、運良く己の武で意志を通せるまま時を過ごしていた。

いや、思えばエーリヒが最初に武威を砕いた相手だったのも運がよかったのだ。

もしも彼でなければ、殺されていたかもしれないのだから。

殺されもせず、理《ことわり》を説き、武を高めようとどれだけ鍛錬に付き合っても折れない相手。これだけ得難い相手がこの世にどれだけ存在しているだろうか。

ケーニヒスシュトゥールのエーリヒは強かった。この上なく。

小兵としか形容のしようがない身なのに剣は冬の風より鋭く、身のこなしは月夜の影のように捕らえようがなく、足さばきは風に舞う木の葉の如《ごと》く読みづらい。全力を以《もっ》てしても、自負を込めて振るった大斧《おおおの》が髪の毛一房すら切り落とせなかったことに心が何度折れかけたか。

あらゆる手を尽くして立ち向かっても勝てない相手は、部族の英雄達《たち》だけだったが、それでも良い勝負ができる相手が野営地に転がっているなど思いもしなかったものだ。

そして、彼が自分を見出《みいだ》し、世話を焼き始めるなんてことも。

最初は負けが込んだ苛立《いらだ》ちによって、寝首でも掻《か》いてやろうかなんて戦士らしからぬことが頭を過《よぎ》ったが、それ以降の生活は本当に悪くなかった。

エーリヒが作る食事は美味《うま》かったし、生活を助けてやっている側だというのに不公平な割り振りはしなかった。むしろ、良く食うなとたまに文句は言ったけれど、言葉とは裏腹にしっかり腹を満たせる量の食事を惜しみなく作るのだ。

この男は人が好《よ》すぎるのではなかろうか、と何度思ったことか。

良く遇してくれる彼に心を開いて歩み寄れば、説教も少しずつ受け入れられた。

彼は叱る時は、年下なのに生意気なと思うような叱り方をするけれど、必ず何が悪かったかを教えてくれるのだ。

そして、どうすることが良いことなのかも。

今まで暴れても、走り続けても心の中に掛かり続けた靄《もや》が少しずつ晴れていくような心地だった。

ディードリヒが憧れたのは勇者の背中だったのだ。

拙《つたな》い憧れに追いつけなかった彼女は、何故《なぜ》勇者が格好《かっこ》好《い》いかが心の中で整理が付けられず、結局最も表面的で分かりやすい〝一番だから〟という有り様に焦がれた。

思い返せば、勇者達にだって一番ではない要素なんて幾らでもあったのに。

一番に焦がれるあまり、一番になりたかった理由を忘れたまま大きくなったのは痛恨の極みだ。そうすれば、部族から追放されることもなかったというのに。

いや、だったらこの出会いもなかったのかと思えば、そう悪いものでもないのかと馬肢人《ツェンタオア》は首を傾《かし》げる。

色々あったが、楽しい旅だったのだ。自分を想《おも》って尊重してくれる相手と共にあり、生活を共にして助け合う日々は。

ちょっとしたことでも礼を言われ、できれば褒めてくれる。分からない考え方を口にすることも多かったが、自分の中で咀嚼《そしゃく》していけば、次第にそれが格好好いことなのだなと理解できた。

弱いヤツなんてほっておけばいい、取れるだけ取ればいいと思っていたけれど、言われた通りに振る舞って尊敬されることが〝気持ちよかった〟と分かったのは、下手な護衛を雇って難儀していた隊商を助けた時。

あの子供の光に溢《あふ》れた視線を浴びて、忘れていた昔の気持ちが甦《よみがえ》った。どうして自分が一番になりたかったのかが。

どうしようもない中で正解を探すのは難しいけれど、少しでも良い方向を探そうと足掻《あが》く様も気に入った。

たしかに今までの考えなしの自分ならば、金が入るなら壮園なんてどうなってもいいじゃんと短絡的に考えた。けれど、後々できっと小銭の代価に大勢が死んだと認識すれば、心が痛んだと思うのだ。

切っ掛けは世界中に転がっている。飢饉《ききん》で飢え死にした者が出た村を見れば、代官の無体によって潰れた集落を見た時と同じ痛みが湧き上がってきただろう。そういえば、あの野盗に転じた連中を突き出した所もこうなったのだろうかと。

やらかしたのが悪いんじゃん、と考えていても、きっとどこかで後悔が生まれて心をちくりと刺してくる。少しでも寝づらい夜が増えぬよう「ああ、良いことしたな」と自分を褒められることを増やすのが、自分自身に自分を格好好いと思わせてやるために必要なのだと学んだ。

それでも、彼が言うとおり何が最善だったかを考えたって、あれ以上に腑《ふ》に落ちる答えが出てこないのはディードリヒとしては些《いささ》か業腹ではあったが。

金を返してやっても付け上がられそうで、もっと厳しくしても傷つく人間が増えるばかり。目を瞑《つぶ》れば被害に遭って死んだ者の無念は？　と疑念が尽きない。

今まで思考を挟まずに下してきた過去の選択と合わさって、脳をぐるぐる埋めてくるくらいに悩ましい〝過去〟の蓄積。答えなんて後からしかでないと言っていたけれど、やはり考えると辛《つら》いものは辛い。

ただ、エーリヒならこう言うのだろう。辛いことに耐えて乗り越えるのも戦士だと。

道を誤った貴族のボンボンを助けた時も、少し考え方を正してやれば全部が悪いままで終わらないことも思い出せた。英雄は失敗して泣いていた自分を見て、次にどうすれば成功できるか説いてくれた日のことをどうして忘れてしまったのだろう。

体に染みついて離れることのなくなった弓弦の絞り方も、斧の持ち方も、親に教わったそれより、勝てなくて泣き濡《ぬ》れた日に勇者から教えて貰《もら》って真似《まね》した形に染まっているというのに。

それに名誉が穢《けが》されたと気付いた時の怒りによって、自分が求めていたものの尊さを再認識した。脚本試合を書くことで、何百人もが栄誉を自分自身の武によって勝ち取ろうとして集まる闘技大会の誉れが軽んじられたと認識して湧き上がった憤怒から、ようやく己がどれだけ誇りという概念を大事に思っているかを取り戻せた。

最初は地方の闘技大会だったから、手に入った一番もちっぽけなものだと感じたけれど、振り返れば並んで弓を取っていた者達は皆真剣だった。記念くらいの軽い気持ちで参加している顔もあったけれど、殆《ほとん》どの者が自分はここに居ると戦果によって世界に名を刻まんとする熱意を持っていた。

一番になりたかったのは肯定されたかったから。誰しもこれは変わらない。この世の誰からも認められず、求められないで生きていける人間など存在するまい。

よしんば存在していたとして、それはもう〝人間〟と呼べる存在ではないのだと思う。

そして、最後に学んだのは、誰かにとっての真が全員にとっての真ではないということ。

可哀想《かわいそう》だと思って協力したが、大国の騎士団とコトを構えるようなことになるとはディードリヒは夢にも見ない珍事だ。斧の勲《いさお》としては部族の宴会で語っても引けを取らない大武勲ではあるものの、突拍子がなさすぎて誰も信じてはくれまい。

しかし、分かってはいたもののエーリヒは情に脆《もろ》い。むしろ、途中からの口ぶりでは「これ何かおかしいな」と感付いてはいたのに、ディードリヒが乗り気なのと哀れになったからと付き合っていたが、乗ることに決めた本人からすると教えてくれよという気持ちにさせられる。

思えば、彼の情の深さはおかしかった。

普通、ここまで面倒な手合いの面倒は見るまいよとディードリヒは己を俯瞰《ふかん》して実感する。

服も最低限の装備も高かろうに特に悩むこともなく購入し、嵩《かさ》む食費に文句は出ても食うなとは言われない。それどころか、食う量に合わせて補給を再考する。

それから、自分にとっても痛恨の出来事であった二度の散財。これに激怒しても見放されなかったのは、中々凄《すご》いタマではないだろうか。並の男であったなら、もう付き合ってられるかと今まで説いてきた説教も全部擲《なげう》って放り出すだろうに。

それをまぁ、また稼げば良いや位の軽い気持ちで受け止めて、しかも叱るにしても自分が大変だろうと憤りを晴らすのではなく、ディードリヒの今後を一心に想って言葉を重ねてくるのだ。

その上で、まだ財布の紐《ひも》を余人に任せようとするのは、少し思うところもあるけれど、前科があるので我慢することにした。

「だから絆《ほだ》されたのかなぁ」

独り言に反応する道連れに何でもないと答えつつ、小さくなる背中をただ眺めていた馬肢人《ツエンタオア》は小さく笑った。

ここまで自分を想って色々骨を折ってくれる相手が本当に欲しくなって、連れ帰りたくなったのに振られてしまったなと。余裕のある対応から、全くそんな対象に見られていなかったのは悔しいし悲しいが、仕方がないと理解しているところもある。

何故ならディードリヒもエーリヒも戦士だからだ。どうせなら、自分が認めた相手、最後には手前を殺せるくらいの相手が欲しくなるのも分かるから。

結局、最後まで勝てず、手に入らなかったけれど……まぁ、これを最後にしなければいいのだと馬肢人《ツエンタオア》は思い直すことにした。

それに、恋も戦も大して変わらない。

生きていれば雪辱の機会など幾らでもあるのだから。

世界は広いが存外狭い。似たような家業をして日銭を稼いでいる以上、同じ板きれ《大陸》の上で生きていれば、また出会うこともあるだろう。

片思いというのも存外悪くないものだ。武勲での一番になろうと躍起になるのと一緒で、誰かの中で一番愛《いと》おしい女になろうとするのも似たようなもの。

焦がれるからこそ強くなれると思えば、この遠回りもまた愛しく感じられる。

また立ち上がって目指すだけだ。

「さぁて……とりあえず、インネンシュタットに着いたら一杯やりたいなぁ」

勝ったあとでも負けたあとでも酒杯は欠かせない。祝勝の美酒を呷《あお》り、同時に失恋の涙酒を舐《な》めようとディードリヒは蹄《ひづめ》で地面を蹴った…………。


【Tips】相互にコネクション欄に名前を書き合った者達は、生中なことで分かたれない絆《きずな》を得る。

# 終章

## エンディング

話が続けば、途中でPC達の目的がズレることによって道が分かたれることはある。しかし、悲しむ勿れ。別れようと道は繋がっている。そしてまた出会うこともあれば、懐かしい者達と出会うこともあるのだから。

冬の訪れはいつも慌ただしさと反して酷《ひど》く冷たいものである。

気を張る年貢を乗せた馬車の見送りを終え、年に一度の楽しみである収穫祭も過ぎ去った荘《しょう》は静かに来年への支度を終えていた。

集めた薪《まき》を暖炉やストーブへくべ、綿を入れた服の内で身を縮こまらせながら春を待つ。模範的な荘民は冬は家へ引き籠もり、無聊《ぶりょう》を慰めるように内職に精を出すもの。

ただ、自警団だけは冬でも仕事があった。いや、むしろ秋口から冬にかけてが頑張りどころといえよう。

秋は収穫を狙った盗人《ぬすびと》から野盗、冬は巡察吏が減るのを良いことに越冬場所とタカる相手を求めた傭兵《ようへい》団。荘にとって最も好ましくない連中が寄り集まってくる時節だ。

故にランベルトは配下を連れての見回りを自警団長となって以来欠かしたことはないし、今後も足腰が動く限り続けるであろう。どれほど冷え込もうが配下からのぼやきが増えようが櫓《やぐら》にも人は置くし、この辺りでは珍しい雪が降っても構うことはない。

寒いだの雪が降っているだので戦争が終わらないのと同じく、悪党共も天気が悪いからとサボってはくれないのだから。

むしろ、雪が降って痕跡を掻《か》き消してくれる今こそ、獲物を奪われた熊よりも執拗《しつよう》な巡察吏を撒《ま》くのに適している時期だと精を出す者もいるのだから。

そして、そんな自警団を助けるのが予備自警団員であり、他に戦う術《すべ》を知る者達《たち》である。

ケーニヒスシュトゥール荘の狩人《かりゅうど》はその日、巡回の役目を割り当てられているため普段より幾分早く目を覚ました。綿入りの防寒具を着込み、環境適応力に高いヒト種《メンシュ》に比べて寒さに弱い身を守る。虫や節足動物の形質が混ざる者達にとって、これ程の低気温でも普段とさして変わらぬ身軽さで動けるヒト種《メンシュ》は驚嘆に値する。本来の性質によれば、虫の流れを汲《く》む亜人の多くは越冬しようと無意識に家の中に引き籠もりがちなのだ。

寒いから暖炉の側《そば》に居ようと文句を宣《のたま》う体に鞭《むち》を打ち、弓を背負って家を出る。

冷えのあまりに疝気《せんき》で腹や関節がみりみり痛むのを押して仕事をするのは、荘のためというのもあるが一つの予感があったからだ。

昨日は不思議と愛用の装飾品が五月蠅《うるさ》かった。風も吹いていないのに、ことあるごとにちりりと揺れる。

こういう時は良いことが起こるのだ。良くないことが起こるとき、助けるように鳴るのとは違った音がしていたから。

猟師はいつも通りの道を通って巡回する。漫然と廻《まわ》るのではなく、以前と違った所がないかを入念に調べながら。

自然の全ては彼女の味方である。何かに触れて折れた枝、乱れた落ち葉、残される足跡。

物静かな好敵手達と違って人間は分かりやすくていい。人類種であろうと亜人種であろうと魔種であろうと、みな歌いながら歩いているようなものだ。

荘に変わった所はなかった。早速誰ぞかが風邪を引いたといった噂《うわさ》が聞こえた程度で平穏そのもの。道にもおかしなところはなく、何者かが遠巻きに荘を観察しているような気配もない。

世は事もなし、神々は今日も天にありまし。そんな風情の一日であった。

木の上に陣取って簡単な昼食を摂《と》りながら、猟師はアテが外れたかと小首を傾《かし》げた。自分の予感は中々に当たると自負しているし、耳飾りが鳴る時はもっと確実だというのに。

まぁそんな日もあるかと自分を納得させ、空いた午後を鳥か兎《うさぎ》でも捕って小遣い稼ぎに使おうかと思っていると鋭敏な感覚が一つの気配を拾った。

地平の向こう、秀でた目と樹上の高さというアドバンテージがあって漸《よう》く見える遥《はる》かに影がある。ゆっくりゆっくり近づいてくるそれは騎馬だ。

妙だなと猟師は密《ひそ》かに意識を切り替えた。冷え込む冬は旅をするには不適切な時期というのは言うまでもなく、そして南へ向かう隊商はすでに多くが三重帝国を出ているであろう時期。隊商が放つ斥候ということはあるまい。

なればアレはタカるのに丁度よい荘を見定めに出た傭兵の斥候だろうか。

いや、その線も薄そうだった。馬上の人は単独であり取り巻きの歩卒もいなければ、馬の鞍《くら》に括《くく》り付けた背嚢《はいのう》は身軽さが肝の斥候が使う物ではない。傭兵であれば担いでいるであろう長柄の得物もなく、兜《かぶと》はおろか胸甲すら纏《まと》わずやってくるとは思いがたい。

ましてや空馬にまで荷を乗せた単独行の傭兵など何処《どこ》を探しても見つかるまい。

となれば時節も関係なく出歩いている旅人か、遊歴の武芸者、あるいは火急の用があって街道を行く貴人の遣いか。いずれにせよ警戒する必要はないかと気を緩めた瞬間、風も吹いていないのに耳飾りがちりんと揺れた。

あれからもう三年にもなる。初めて開けた耳飾り以外にもピアスが増え、幾つもの装身具を纏うようになって、遂《つい》には成人の証《あかし》とも言える刺青《いれずみ》まで身に纏ったが、唯一付け替えることもなく大事にし続けた特別な耳飾りが鳴る理由は二つだけ。

一つは身の危険が迫った時。

そしてもう一つは出がけにも思ったが……。

騎影が近づいてきて騎手の姿が鮮明になるにつれ、狩人の心が高鳴った。

ヒト種《メンシュ》としては大して背は高くない。ただ鞍上《あんじょう》にあっても安定した体からは錬磨された武の臭いがした。

また、冬の冷え冷えとした陽《ひ》を浴びて輝く髪が目映《まばゆ》い金色であることが分かる。穏やかな春の陽のような色合いの髪を知っているような気がする。

いや、知っている。あの騎手を猟師は確実に知っていた。

急《せ》かすように耳飾りが鳴るのが早いか、はたまた感極まって別の木に彼女が飛び移るのが早いか、兎《と》にも角《かく》にも居ても立ってもいられなくなって狩人はその身を全力で駆けさせていた。

あの姿を自分が見間違うはずなど、仮に天地がひっくり返ってもあり得ないのだから。

昔よりずっと洗練された身のこなしで樹上を渡り、そして気配を殺す。最近は母親でさえも読みづらくなったと言う殺気の殺し方は、今となっては臆病な山鳥でさえ素手で捕まえられる領域に至った。

ああ、やはりだ。すっと体の中心に一本の筋が入った立ち姿は変わらない。年月相応の成長はしているが、間違いようがない。

狩人は全力で駆け、そして最適の地点を見繕うと身を潜めた。

そしてじっと待つ。種に備わった本能に従っての狩猟方法を忠実にこなすため。

彼我の距離は五〇歩を割った。弓で狙うなら必中の距離だが、飛び道具ではいけない。別の意味での〝飛び道具〟ならまだしも、ただの矢ならば一刀で切り払われるだろう。

狙うは一撃。ヒトの上背の倍ほどある高さから舞い降り、一撃で決める。

不安は全くなかった。普通であれば、これ程の高さから飛び降りてぶつかれば相当に身軽でも多少の怪我《けが》は覚悟しなければならない。不安定な鞍上の獲物に飛びかかるなら尚更《なおさら》だ。逆撃を受けて吹き飛ばされようものなら命にも関わってくる。

だとしても狩人には不安を抱くという発想すらなかった。

ただの一度でさえ、彼が自分を受け止められなかったことはないのだから……………。


【Tips】旅人も冬場は旅籠《はたご》や何処かの荘に腰を据え無駄に出歩かないようにするか、雪が降らぬ南方へ逃げる。そして働きにくくなる冒険者や傭兵達も習性は変わらない。

三重帝国の南方で雪が降るのは実に珍しい。

すったもんだあった次の日に雪がチラついたかと思えば、もう次の日には積もり始めたのだから、今年は神々のご機嫌が大分例年と違う。寒さは強かろうと、そこまで雪になれていない人達は雪道や雪下ろしで散々苦労させられていることだろう。

帝都への出立までに荘を出たことなどなかった私には、見慣れた景色が近づいてくるという感慨こそなかったものの、珍しい出来事に少し心が躍らないでもなかった。

ただまぁ、実家の面々からすると暖炉に火を熾《おこ》さねばならぬ時間が増え、燃料費が高騰すると疎ましいだけであろうが。

ぷかりと一つ煙を吐いて、さてそろそろ麗しの故郷かと感じ入る。

豪雨の朝に帝都を発《た》って早二月、あれからいろいろあり過ぎた。

傭兵からの勧誘を苦労して逃げたかと思えば、馬肢人《ツェンタオア》の戦士と出会って面倒を見ることになり、路銀稼ぎの大会で元雇用主を思いがけず助けることになる。

一人のボンボンが道を誤るのを何とか修正できたと息を吐けば、今度は路銀稼ぎで受けた護衛仕事が実は全くの嘘《うそ》で、貴種の娘さんが衝動的にした駆け落ちの幇助《ほうじょ》だったというオチで、そりゃあもうハチャメチャな目に遭ったのが今旅程最大のイベントであろうか。

結果的には死人も出ず娘さんも親元に帰って、一人の青年の初恋が終わったけれど良い思い出……良い……いややっぱクソだわ。

私史上で一〇指に入るクソ単発イベントだったわ。流石《さすが》にコイツを良い思い出に昇華できるほど人間できてねぇわ。チケットを配らなきゃGM《ゲームマスター》をぶん殴っても神から許されるほどのクソイベントだった。

ディードリヒ達と別れた時は、しんみりして「そう悪いものでもなかったな」とか思っていたが、やっぱ振り返るとクソイベ揃《ぞろ》いじゃねぇか。何で家まで帰るだけで、ここまで色々ないといけないんです？

冷静になるとほんと酷いな。実家に残った足止め組は酷い目に遭っただろうし、インネンシュタットへ先行していた者達も仕事を失って、ルドルフもあの様子。幸せになったのって、正直ヘレナ嬢一人くらいじゃねぇの？

バートラム卿《きょう》も後始末と損害の補塡《ほてん》で大変だろうし、ヴィーゼンミューレ卿も婚約段階から伯爵家に返しきれない借りを背負うとか、ほんともう全方位に迷惑掛けすぎだろ。一番可哀想《かわいそう》なのは、山狩りに狩り出されて私やディードリヒから手酷くやられた兵士や騎士だな。

週一くらいの頻度で斯様《かよう》な単発卓《イベント》に巻き込まれて疲れ果てる羽目になったので、やはり私は何かに呪われているのではなかろうか。出立した頃は、存外なぁーんにもなくてつまらねぇ道のりになったりするだろうなぁと暢気《のんき》していた自分に「心配はいらねぇぞ」と文の一つも送ってやりたくなる。

そんな精神的負荷に苦労しない旅路のせいもあってか、煙草《たばこ》の煙にも二月で随分馴染《なじ》んできた。今呑《の》んでいるのは喉に良い成分の魔法薬を浸透させたものだ。この時期冷え込んで空気が乾くため、昨日は寝さしに少し喉が痛んだのである。

吸い始めから煙に馴染むまでの時間の濃密さはさておき、私は故郷に帰参しようとしている。十二歳の春から数えて随分と長くなった。丁稚《でっち》としてご奉公する期間とみれば大したこともなかろうが、若い内の三年とくれば大したもんである。

ほんと、年食ってからの一年と若い頃の一年は違うからな……。

煙草も燃え終わり喉の調子も良くなったので——一服して喉が良くなる違和感には未《いま》だに馴染めんが——煙管《きせる》の始末をし、街道の調子からそろそろ到着かと居住まいを正そうかと思っていると……。

首筋にほんの微《かす》かに違和感が。

本当に微かな違和感。重く低く、そして鈍い殺気はアグリッピナ氏の使いっ走りをしていた頃に何度となくかち合った熟練の刺客やナケイシャ嬢が向けてきたものだが、これはそれよりも尚《なお》薄い。

獣にでも見られているのを勘違いしたのかと首筋に手をやろうとした瞬間、懐かしい感覚がした。

腰から首筋までを撫《な》で上げていく心地よい寒気。

ああ、私はこれを知っている。そして、これの後に続く物は……。

気配に反応して馬首を巡らせようとするも、ほんの数間であるが私の反応の方が遅かった。首筋に手がかかり、背後から体を抱きすくめられる。首に手が回り、胴は細く堅い甲殻に覆われた多脚で摑《つか》まれる。

死んだ。リアクションに失敗し、手を打たなければ首を狩られる。

だが別にもういいのだ。

こんな〝挨拶〟で私を出迎えてくれるのは一人しかいないし、首根っこはもう摑まれているようなものなのだから、抵抗したって仕方がないだろう？

「つぅかまぁえた」

「……これで黒星が幾つだったかな？」

「あら、お忘れになったフリがお上手ね。覚えているんでしょう？」

吐息に混ぜて呟《つぶや》いた回数は、機会を計っていたように呟く彼女と同じ物だった。

「ただいま……マルギット」

「ええ、おかえりなさい、エーリヒ」

首に回された小さな手を取り万感の意を込めて帰参の言葉を口にすれば、響くように出迎えの言葉が返ってくる。そして、摑まれているのに全く痛みを感じない軽妙な身のこなしで、彼女は私の前に回ってきた。

何も変わっていない、記憶のままの姿をした彼女がそこにいる。

丸みを帯びた可愛《かわい》らしい童女と見まごう顔つき。ヘーゼルの瞳は潑剌《はつらつ》と輝き、よく手入れされた二つ括りの髪の側では飾りにも似た蜘蛛《くも》の目が光る。小柄な体軀《たいく》は綿を入れ暗色に染めた蜘蛛人《アラクネ》の狩人装束《かりゅうど》を纏ってこそいれど、彼女は何も変わっていない。

「見ない間に美人になったね」

「あら、お口の上手なこと。貴方《あなた》も男ぶりが上がりましたわね」

だけど前にあった時より大人びているように思えた。見た目はランドセルを背負っていても変ではないのに、纏う雰囲気は自立した大人のそれ。私がいない三年の間に彼女も成人し、家業を立派にこなしてきたのだろう。働いている大人が漂わせる、余裕ある風格が確かにあった。

ちりんと揺れる耳飾り。何やらゴチャゴチャと増えたピアスの中で、一つだけ異彩を放つ愛らしい少女用の桜貝の耳飾りに心がとろけるような心地になった。

伸びた髪を掻《か》き揚げて耳を晒《さら》せば、彼女も同じような気持ちになってくれたのだろう。微笑《ほほえ》みを浮かべ、荘《しょう》を離れる前にしていたように胸元へ顔を預けてくれる。頑丈さにのみこだわった亜麻の旅装なので、柔らかそうな頰に悪いのではとの心配も余所《よそ》に彼女は心地よさそうに笑っている。

「でも、お互い変わってなくてなによりね」

「ああ、何よりだ」

笑い合っていると跨《また》がっていたカストルが「さっきから人の上で何やってんだよ」と言いたげに嘶《いなな》いたので、少し後ろに座り直してマルギットにも跨がって貰《もら》った。

「立派なお馬ねぇ、まるでお貴族様」

「こんな安っぽい旅装の貴族がいるものかねぇ」

「そう？　吟遊詩人の詩に出てくる遊歴の旅に出た御曹司はそんな風情よ？　とっても素

敵」

　こうも素直に褒められると面映《おもは》ゆくて変な笑いがでそうになる。意識を張ってきちんと気を引き締め、腕の中にある幼馴染みと故郷に着くまでとりとめもなく話をする。

「なんだかとても大人びましたわね、エーリヒ」

「そうかな」

　褒めて貰えると嬉《うれ》しいが、実はこれにはちょっとした種も仕掛けもあるのだけど。

　うん、一人になったから、また絡まれては敵《かな》わんと思って先送りにしまくっていた対人交渉の特性を色々つまんだのだ。色々な出来事を挟んだおかげで、熟練度は多少の無駄遣いをしたって惜しくないくらい溜《た》まったからな。

〈交渉〉を〈円熟〉に上げるのを始めとし〈染み入る声音〉や〈鶯声《うぐいすごえ》〉などの話調子を良くする安い特性を重ね取りして、話していて心地よい交渉上手を狙ってみた。

　その上で物理的な交渉を介さず格下を追い返せる〈圧倒する微笑〉は、意識して切り替え《オンオフ》ができるので良い買い物だったと思っている。かなり良いお値段ではあったものの、威圧を〝他のスキル〟を参照して行える、和マンチであればみんな大好きの別データを参照するスキルの一種だ。この場合、黙って微笑んで威圧することにより、私が身に付けた〈神域《スケールⅨ》〉の〈戦場刀法〉で威圧ができることになる。

　場合によっては、笑顔だけで人が殺せるかもしれない強スキルに飽き足らず、舐《な》められないよう〈滲《にじ》む威風〉という常時発動型の高級特性も取った。これもまた、自分の強さで交渉や相手からの威圧に対抗できる特性だ。馴染んだシステム的に解釈するなら、冒険者Lv分、交渉系技能に常時固定値の補正が入るようなもんだろう。

おかげで頼りなさは大分薄れたと思う。まだランベルト氏みたいに突っ立ってるだけで全ての荒くれ者を怯《ひる》み上がらせる領域にはないが、もうなまっちょろいお坊ちゃまとして煽《あお》られることはあるまい。

「ええ、とても。まぁ、思ったよりも貴方が小柄なままで嬉しくもありますけど。飛びつきやすくてなによりですわね」

「ぐっ……」

言われちゃったか――……これ、ウルスラがちょっかいかけているとは分かっているけれど、私なんでか小柄なんだよな。おかしい、幼少の頃に「よぉし、上背は一八〇cmくらいのマッチョになろう！」と熟練度を割り振ったはずなのだ。

なのになぜか小柄なまま。システムにエラーかバグでも起きてんのか。仮にも弥勒菩《みろくぼ》薩《さつ》っぽい立ち位置の未来仏が賜った権能だぞ。なんで世界の内側に存在している妖精《アールヴ》の悪戯《いたずら》が勝つんだ？　いや、逆に世界の内側にいるからこそ自重して、こちら側の法則を受け入れるようになっているとか？

いや、まだ十五といえば中学生くらいだから、十八にもなればもっと伸びるさ。うん、大丈夫大丈夫……希望は捨てないでおこう。

「それにしても、きっとみんな驚くでしょうね」

「そうかな。まぁ、確かにちょっと驚かせたかったから黙って帰って来たってのはあるけどさ」

「ええ、とっても驚きましたもの。みんなもきっと驚きますわよ？　それこそ、二回目の収穫祭が始まるくらいに」

大げさだなと笑っている中、漸《ようや》く故郷が見えてきた。終《しま》い仕度《じたく》が終わった畑、遠くを見晴らすための櫓《やぐら》、そしてポツポツ立ち並ぶ家。全て遠く離れ、何度も愛《いと》おしく思った光景。

ああ、ついに私はここに帰って来たのか。

「あらためてお帰りなさい、エーリヒ」

「ん……ただいま」

帰るところがあるというのは、本当に良いことだ。

私は帰ってきた。麗しの故郷へと。

「すんすん……」

「どうしたの？」

ただ、抱きしめ合って帰郷の喜びを分かち合っている幼馴染みが鼻を鳴らしているのが気になった。蜘蛛人《アラクネ》には相手の体臭やらで交流する文化はないし、特別に嗅覚に優れている訳でもないのだけど。

「……嗅ぎ慣れない女性の匂いが沢山しますわね？　帝都でお楽しみだったようで何よりですわ」

「ファッ!?」

そして、私が初めて幼馴染みにする思い出話は、友人が沢山できただけだという実に弁解めいた情けない内容になるのだった……………。


【Tips】各行政管区間には関所が設けられており手配されるような悪漢の出入りや禁制品の輸出入を厳しく見張っており、人の自由にも制限がある。

しかし、それらは全て貴種がしたためた通行許可証さえあれば無いも同じである。

# ヘンダーソンスケール1.0

Ver0.5

ヘンダーソンスケール1.0
【Henderson Scale 1.0】
致命的な脱線によりエンディングに到達不可能になる。

悪事を企てる場は少人数かつ防諜《ぼうちょう》の行き届いた場所で、という法則は世界の何処《どこ》でも、何時《いつ》の世であっても変わらない。

帝都の外れ。公的には下級の地方貴族が社交用に苦労しながら買ったことになっている邸宅にて秘密裏に数人の貴族が集まっていた。魔法や奇跡によって認識を誤認させる外套《がいとう》を羽織り、お互いが認識できるようにした割符がなければ正面から直視しても記憶することすら困難な一団は、念には念を入れて会合を催す。

館は派閥の中でも更に分派した力の弱い、表向きには殆《ほとん》ど関係のない貴族の館を半ば強引に接収し、数年がかりで防諜の行き届いた陰謀の城へと変貌させている。

参加者も認識阻害の外套に止《とど》まらず、館に出入りしてもおかしくない各種業者の馬車に紛れて入り込む念の入れよう。

貴族が懸架装置もなく雑多な荷物を積載した馬車に紛れて移動しても構わない。そう判断するほどに重要な会合が開かれていた。

「では、揃《そろ》いましたな?」

頭目格と思《おぼ》しき男が、物理的にも魔導的にも要塞化した部屋で規定の人数が揃っていることを確認して周囲を見回した。長方形の卓には全員で六人の人間が集まっており、彼の言に頷《うなず》いてそれぞれ持ち寄った資料を並べていく。

「全て手筈《てはず》通りに手を入れました。これで、この日だけは警備関係者は全員此方《こちら》の息が掛かった者になります。警備責任者だけは替えられませんでしたが……」

「そちらも計画通りだ。ヤツの上の者に工作を仕掛け、その日は会食に呼び出させて副責任者だけが現場に残る形にしてある」

「それなら安心ですな。副官は所詮騎士……上からの圧力で十分に止められます」

「港湾労働局の管理組合も抱き込みましたぞ。使い捨てるのに丁度良い、そして使うのに不都合のない者を揃えましたのでな」

「魔導師《マギア》の手配もご安心下さい。同志五人の予定をつけ、警戒術式に欺瞞《ぎまん》式を噛《か》ませる準備は万端整っております。その日はたとえ、爆発が起ころうが落雷があろうが院には何事もなかったと通達されますので」

次々に予定されていた準備が纏《まと》まっていることが報告されていく。机の上に並ぶのは、本来であれば持ちだしてはならない〝部外秘〟や〝複写厳禁〟、果ては〝帯出不可〟の印が捺《お》された資料の数々。

それらは紙の間に術式を刻んだ別の紙を挟んで圧着することによって、偽装も改竄《かいざん》も持ち出しもできないよう工夫された最重要機密資料に用いられる官製用紙ばかりであるが、彼等《かれら》は金と組織力にてそれらを誤魔化すに至ったのだ。

「物資の搬入はどうだ？　この間は止められてしまったが……」

「口うるさい主計課長に〝本家を継承する〟必要を作って帰郷させたのでご安心を。新しいのは此方の息はかかっておりませんが、杓子定《しゃくしじょうぎ》規なただの官僚。書類の体裁が揃っていれば、後は算盤《そろばん》を弾《はじ》く以外に疑うことを知らぬ男ですよ」

「聖堂はどうなっている？　連中は利に疎く取り込み工作が進んでいなかったと思うが……」

「無聊《ぶりょう》を託《かこ》っていた連中を焚《た》き付けて、今再《いまふたた》びどの神が本件で最も力を持つべきかという下らぬ内輪揉《うちわも》めを再燃させました。お目見えも近いとあれば、丁度良いくすぶり方の火種でしたので」

「ならばよい。して……」

一人の言葉に皆が要件を悟り、謀《はかりごと》の進行を促した男へと目線をやった。卓の短辺、帝国における上座に座った首謀者らしき男は参加者を一度見渡すと、満を持して懐から取りだした用紙を大きく広げた。

「おおっ、これが……!!」

「素晴らしい。完璧な写しではないですか」

「信じておりましたが、どうやって……」

他の資料を覆い隠すように広げられたのは、今まで交わされていた物のどれよりも高度な偽造と複写防止の措置が施された図面であった。

扁平《へんぺい》で歪《いびつ》に長い鏃《やじり》のような形をした巨大な船の構造図面だ。諸所に書き込まれているのは寸法や設計者の覚書であり、走り書きの計算は構造上の負荷や応力を確かめたであろう限りなく原本に近い一枚。

表題にはこう記されていた。外征航空巡洋艦　仮称テレーズィア級と。

これは二〇年程前に始まり、大々的に進められていた航空艦建造計画における一つの節目となる設計図の完成稿だ。採用されたのは細かな手直しが入った最終稿ではあるものの、これも一つの完成形であり、配管や装甲の傾斜角、細かな術式の配置は変わっているものの根本的な設計は変わらない。

現在、ウビオルム伯爵領の州都ケルニア付近に建造された、帝国最大の航空艦工廠《こうしょう》の乾ドックに半年後の試験航海に控えて艤装《ぎそう》が進められている船と。

「美しい……よくこの大きさを上手《うま》く納め、この重量に纏めたものですな」

「しかし、魔導炉を六基も積んでいるとはいえ、この質量で飛べるのですかな？　前に飛んだのと比べてかなり大きいですし、やはり剛性補助の魔導が切れた途端に分解するのでは」

「そこは心配ない。見よ、ここを。空気より軽い物体を魔術的に精製して大量に収めることで浮力を助けるのだ。試験艦《アレキサンドリーネ》と違って、一切の魔導が働かなくなってもバラバラになるようなことはない」

テレーズィア級と過去の女帝の名を冠することを予定している航空艦は、現在命名艦となる一番艦から三番艦までの起工が始まっているが、それらは全て試験的な性質が強い。三隻それぞれ異なる工廠にて建造し、完成した後に問題がないかを確認して本格的な量産に入る。

何と言っても空は未《いま》だ人類の領域ではない。造って浮かせて、やっと分かる不具合や不足点も多いのだ。

だとしても、この仮称テレーズィア級の完成度は極めて高かった。

区画分割製造構造《ブロック》の導入による効率的な建造、及び魔導の支援による破損部のみを入れ替えて迅速に修理できる設計。必要とされる膨大な魔力の多くを飛翔《ひしょう》、管制術式に回し大量の魔力余剰を確保することによる安定性。

そして、構造的な遊び《余力》を保つことで改修を容易とし、時代後れになってもお色直し《近代化改修》することによって何度も前線へ舞い戻ることができる設計思想の美しさと完璧さにはケチの付けようがない。

帝国の今後百年の興亡を占う船に相応《ふさわ》しい、完璧な淑女であった。

「なるほど、整備性が劣悪だったために新型艦の完成を待たずに整備中の事故で壊れた船《アレキサンドリーネ》とは違うという訳ですな。しかし、惜しい……」

「ええ、惜しいですな。これが我が方が開発した船であれば」

「さすれば新興の者共に大きな顔などさせずに済んだというものを」

だが、彼等にとっては忌まわしい悪女に他ならなかった。

現在の航空艦事業は殆どが現皇帝のシンパによって占められており、投じられた予算と事業規模の巨大さに反して関係者は限られた範囲に集中していた。

それは即《すなわ》ち、甘い蜜を吸える者が少ないことであり、更に今後航空艦事業が成功裏に進んだ場合、関係者の地位が上がることによって相対的に勢いが減ずる者達《たち》も多いことに繫《つな》がる。

航空艦事業を主導するウビオルム伯爵アグリッピナは、公金の注入先を厳選することによって防諜と事業の加速を図り、それは上手く行っている。量産可能になるのは一〇〇年先と予想されていた技術を二〇年で形にしたのだ。それはもう、ライン三重帝国の歴史に偉人として永遠に刻まれる名誉ある功績と言えよう。

しかし、参画しようと政治劇に明け暮れたものの敗れた者達の反応は激烈であった。

これだけ大きな事業だ。乗り遅れてしまった場合の損失は測りきれない。事実、未だ完成していないというのに関われた家とそうでない家の経済格差が大きくなり過ぎたのだ。単に工廠の建造地に適しているという幸運に見舞われた中級の閥を主催していた子爵が、今や伯爵にまで昇爵し帝国有数の富豪となっている点で明らかであろう。

成功の一極化は嫉妬と妨害を生む。たとえ帝国という同じ船に乗っていようと、隣に座っている人間の酒杯に自分より上等な葡萄酒《ぶどうしゅ》が注がれていると我慢ができない者は多かった。

故に、現在の航空艦事業を頓挫させ、体制を一旦再構築させて空席を強引に作り出し、そこへ尻をねじ込もうと目論《もくろ》む謀が進行している。

「だが、浮力の多くをこの気嚢《きのう》とやらに頼っている分、ここが潰れると弱い。そうだな？」

水を向けられた参加者の一人が自信たっぷりに頷いた。また別の資料が取り出され、全員が見られる位置へと配られる。

書かれているのは公式に発表されているあらましに従い、どうすれば船が最低限航行できなくなるかを考えた計画書だった。

「はい。既に同志達と計算を済ませてありますが、気嚢の三分の一も破壊して機能不全に陥らせてやれば、船は確実に座礁しましょう。術式を弄《いじ》るよりずっと確実で安全です」

「そして、そこに皇帝が乗っていれば再考は避けられん」

低く鬱屈した笑いの多重奏が部屋に木霊した。

相手を失脚させるのに一番穏当かつ最も重篤な被害を出させる事態は、繕えないよう最高責任者と大衆の面前での失敗である。

試験航海は非公開かつ秘密裏に行われるものの、公式処女航海には皇帝も臨席するのだ。その数日前に船へ誰にも気付かないよう綿密に細工を施せば、現在の航空艦事業は見直しを余儀なくされるであろう。

信賞必罰の原則に則《のっと》って関係者は大勢更迭されるだろうし、場合によっては領地換えも考えられる。行き着くところまで行き着けば、皇帝が罷免され、彼等にとってより都合のよい支持閥に属する皇帝が就任する公算も高かった。

「では、これで必要な組絵の欠片《かけら》は全て揃いましたな」

「うむ。では任せるぞ。確実な失態を、しかし致命的にはならぬよう起こすのだ。この設計を完全に捨てるのは惜しいのでな」

「そして、再設計の費用は殆ど此方に転がり込んでくると」

「どうせならケルニアの造船工廠も手に入れたいものですな。あの高慢な長命種《メトシェラ》の鼻、いえ、嫌味に長ったらしい耳をへし折ってやった時の顔が楽しみです」

「美貌で知られる魔導宮中伯だ。それはもう様になることであろうよ」

抑えた笑みが抑えきれず哄笑《こうしょう》へ変わる頃、参加者の一人が異変に気付いた。外へ顔を向け、指を立てて静かにするよう皆に促す。

すると、遠くから声が聞こえてくるではないか。罵声と激しい金属音が遠間より響くそれは、聞き間違いようがなく闘争の騒音である。

「馬鹿な!?」

「何があった！　直《す》ぐ衛兵に……」

「いえ、それよりも脱出を急ぎましょう！　この部屋から抜け道が掘ってありますぞ！」

「そ、そうです！　急いで資料を!!　私兵を多く詰めさせているため時間なら幾らでも……」

あり得ぬ事態に困惑しつつも、参加者達は資料を集めて逃げに掛かろうとした。どれだけ丁寧に、どれだけ気を遣っても一切誰にも露見しない完璧な計画はないと分かっていたため、前もって逃走経路は確保してあるのだ。

それに、ここの館に用意した持ち主の家格に見合わぬ量の私兵も、全て何も知らない傭《よう》兵《へい》や、どんな主人でもいいから雇い先が欲しいと飛びつく痩せた遊歴ばかりで固めてあるため、自分達さえ逃げおおせれば漏れる情報は最低限で済む。

「脱出口は何処《どこ》だった!?」

「こっちだ!!」

自分が持ち帰る予定の資料が少なかった一人が逃げ仕度を終えて問えば、同じく一人が巧妙に偽装された飾り棚に手を掛けた。縁の金属装飾を決まった手順で触れれば、隠されていた出口が開く構造になっている。

ただ、出口を開こうとしている男は装飾に触れながら、小さな疑問を抱いた。

何故《なぜ》、彼は脱出口の場所を聞いていたのか。たしか、ここは全員で決めて情報を共有した筈《はず》だ。忘れるような愚か者はいないはず。

そこまで考えた所で、脱出路を開けようとしていた男の意識は途切れた。

脱出口を聞いた男が唐突に卓を飛び越え、彼の後頭部に強烈な掌底を叩《たた》き込んだからだ。

「なっ!?」

「貴様っ、乱心したか!?」

「わっ!?　ひぃ!?」

不意に始まった暴力は謀略の場全体に吹き荒れる。そして、最初は入口側に陣取っていた彼が扉に細工したのだろう。本来は持ち主の割符に応じて魔導的にも物理的にも施錠されていた筈の扉が勝手に開き、巨大な影がぬるりと這《は》いずるように侵入してきたではないか。

二つの容赦ない暴力の嵐が止《や》むまでに掛かった時間は、最初に飾り棚へ顔面を叩き付けられた男が血の跡を描きながら倒れ終えぬ程の短時間に過ぎなかった。

頭目格の男だけが辛うじて意識を保ち、しかし体は動けぬよう巨大な異形の胴体に拘束されている。服を通してもチクリと痛む感覚を伝えてくる胴には、鋭い無数の歩脚が密集していた。

「こっ、これは、何事だ！　何故翻意を……!!」

「翻意？　翻意など最初からありませんよルカーシュ様」

会議の場では名前を呼ばないという不文律をあっさり破った男は、外套《がいとう》の頭巾を取り払うと指を一つ鳴らした。

すると、顔が蠟細工《ろうざいく》のように溶け落ちたではないか。息を飲む凄惨さのある光景であったが、蕩《とろ》けた肉の下から現れるのは筋肉の繊維でもなければ血に濡《ぬ》れた髑髏《どくろ》でもない。

全く知らない、細面の男の顔であった。威圧感とは皆無の女顔ながら、冷たい仔猫目色《キトンブルー》の顔には酷《ひど》く冷徹な光が宿り、引っ詰めた金の髪は照明の下で剣より剣呑《けんのん》に煌《きら》めく。

「そっ、それは、なっ、貴様は……!?　ラドミール男爵は!?」

「ああ、元気ですよ、肉体的には。これはちょっと顔の皮を魔術で借りただけです。ご安心を」

金髪の男は落ちきらず顔に残った肉片を手巾で払うと、人の気配に気付いたのか優雅に卓を飛び越えて入り口に向かい、中で人が暴れた衝撃で再び閉じていた扉を開く。

そして、外から人を招き入れる態勢を整えると、彼は恭しく跪《ひざまず》いて宣言した。

「どうかお控えを。ウビオルム伯爵アグリッピナ様、及びドナースマルク侯グンダハール様、ご入来です」

「なっ……!?　なぁ……!?」

開かれた扉から現れたのは、護衛の騎士を引き連れた優雅な夜会服姿の二人だ。

一人は嫌に目を惹《ひ》く金銀妖眼と淑《しと》やかに束ねた銀髪も麗しい長命種《メトシエラ》。

もう一人も男性の長命種《メトシエラ》で、近年流行の細身の脚絆《きゃはん》と上衣を組み合わせた装束を華麗に着こなす人の良さそうな優男。

「ご機嫌麗しゅう、ヴィスマル伯。この間の園遊会以来かしら」

「久しいなルカーシュ。先日は従兄弟《いとこ》の婚姻祝いを送って貰《もら》ってどうも。お礼状は届いていたかな？　アレは悪い奴《やつ》ではないが、粗忽《そこつ》で筆が遅くてね」

拘束された男に対し、まるで格好に見合った場所で遭遇したような挨拶を送る二人に此《こ》度《たび》の企ての主犯、ルカーシュ・フォン・ヴィスマルは心臓を抉《えぐ》られた様な心地を味わわされた。

これ以上ない程に念を入れた計画だったのだ。信頼できる側近は多いが、多くを秘匿するため自分の手と足を動かしてまで同志を募り緊密な連携の下に情報秘匿を徹底して動き続けた。

特に梟雄《きょうゆう》として密《ひそ》かに畏れられている二人、この企ての末に見下してやるつもりであった今上帝のシンパにして航空艦事業の主導的地位にある者達には、噂話《うわさばなし》すら辿《たど》り着かぬように対策は打っていた筈。

　驚愕《きょうがく》に打ち震えるルカーシュをいないもののように扱って、魔導宮中伯として揺るぐことのない地盤をたったの二〇年で作り上げた女傑が机上の資料を漁《あさ》り始める。

「あらあら、まぁまぁ、これは大変ねグンダハール……ご覧になってよ」

「おやおや、なるほど、たしかにこれは大変ですねウビオルム伯。よくぞここまで部外秘の資料を集めたものだ……魔導院の防諜《ぼうちょう》研究会も質が落ちたかな？」

「そう言うのも酷でなくって？　意志あるところに道はある、とも言いますもの。やろうと思えばできないことがないのが魔導……姑息《こそく》な手段のためとはいえ、心血を注いだ者がいたのでしょう」

「その注ぎ先が陛下へのご忠勤であれば、どれほどよかったか。これではルカーシュ、君を陛下に反逆者として突き出さねばならないじゃないか。悲しいよ」

　随分と外連《けれん》の滲《にじ》む大仰な仕草。まるで悲しいとも驚いたとも思っていない様に、首謀者は泳がされていたことに気が付いた。

　何処かで……分からないが何処かで計画が綻んでいたのだ。そして、その綻びから少しずつ織り地の形を探った者達が好機を見出《みいだ》して動いた。

　これでは益々《ますます》航空艦事業の関係者が強まるばかりだ。暗殺とまではいかずとも、陛下が処女航海にて座乗し行幸の足としてお使いになる予定だった船を故障させる企てを目論んだならば反逆の誹《そし》りは免れぬ。

いや、これは立派に大逆罪の要件を満たしている。首謀者も従犯も、余程の理由がなければ皆斬首の後に晒《さら》し首《くび》にされ、家の特権は剝奪され、財貨の全てが国庫に搾り取られる。後には何一つ残らぬ。この場にいる全員は、鼓動こそ続いていれど、もう死んだようなものだ。

「はっ、謀ったな……！」

「あら、人聞きの悪い……ねぇ、グンダハール」

「そうですな、ウビオルム伯。我々はただ、偶然情報を手に入れ、これは帝国の一大事と馳《は》せ参じたばかりで……」

内部に人を潜り込ませて何を言うか！　と叫びたかったが、それ以上の不平は口を塞がれて形にすることが敵《かな》わなかった。

如何《いか》に大魚であっても、知らぬ間に網の中に誘い込まれていては最早《もはや》どうにもならぬ。自分が船の上に釣り上げられたと悟った首謀者は、今後の暗い将来が波頭の如《ごと》く頭に押し寄せて来ることが、妄想ではなく予知に等しいと理解して絶望した……。

**【Tips】帝国は連座に否定的ではあるものの、大逆罪においては血筋の貴賤《きせん》を問わず実質的な族滅に近い罰則が下される。**

夜空の下、夜陰神の神体に見守られながら陰謀が混じる空気を煙草《たばこ》に通して吸い込むことに随分と慣れてしまった。

まぁ、そりゃそうだ。なんせ二〇年近く密偵として使いっ走りをやって、もう十分に中年の領域に達しているのだから。

警戒のために登った屋敷の屋根の下では、大勢の配下や協力者が縄を打った大逆人を連行し、多数の証拠を収めた木箱を慎重に運んでいる。個室に主要格の人物を連れ込んだお二人は、今頃は全く色っぽくない意味での〝お楽しみ〟に耽《ふけ》っていることだろう。

哀れなことだ。その実、自分が楽しむためだけに物語という概念だけを集めている書痴と、目的があって偉くなるのではなく〝偉くなるのが楽しい〟なんて権力性愛とでも呼ぶべき奇癖を患った変態に過ぎない連中に玩具《おもちゃ》にされ、今後の人生と積み上げてきた物を台無しにされるのだから。

努力の方向が明後日《あさって》の方向に向かっていたとしても、流石《さすが》に同情を禁じ得ない。

魂の底まで無理矢理漁られるのは、訓練で擬似的に味わうにしてもしんどかったからなぁ……死なないように加減されているなら尚更《なおさら》だろう。

穏当に死ぬことすら許されなくなった大逆人に、一人くらいは哀悼の意を示しても罰を下す狭量な神はいるまいと思って――そもそも、あの変態二人が大手を振って歩いている以上あり得まい――何の助けにもならないであろう祈りを捧《ささ》げていると、背後に気配が湧いた。

「こんばんわ。今宵《こよい》も好《い》い月ですね」

「……ああ、そうだな」

夜闇によく馴染《なじ》む濃い紺色の隠密《おんみつ》装束に身を包み、音もなく長大な体をのた打たせて這いずるのは、つい先程同じ部屋で暴れ回った人物。

無数の歩脚を犇《ひし》めかせ、末尾には鮮やかな曳航肢《えいこうし》を持つ胴体。半外套の下では二対四本の腕の内、下方の一対が折りたたまれて隠されている。

そして、口を動かすことなく喋《しゃべ》る、月の下で映えるいっそ嘘《うそ》くさいまでに整った美貌。美人過ぎて逆に一切の特徴がない、無個性とは逆の意味で人探しをするのが難しそうな赤毛の美女との付き合いも思い返せば長くなったものだ。

「これでまた、暫《しばら》くは味方になりますね」

「コトの規模が規模だけに長引きそうだ……関係者は両手の数じゃきくまい。周章《しゅうしょう》狼狽《ろうばい》して逃げ出そうとする連中を、根っこから全て捕まえるのは大変だからな。変節漢を主に持つとお互い苦労する」

「いえ、私はこれでいて結構楽しんでいますよ」

喜色を声に滲ませながらも完全な無表情を保つという器用な真似《まね》をするナケイシャは、座り込むとさも当然の権利のように手を此方《こちら》に差し出してきた。

私も分かっていたので、吸っていた紙巻きの煙草を黙って差し出してやると、彼女はそれを何の抵抗もせず受け取って口に運ぶ。

かつて殺し合った私達《たち》が、こうやって煙草を分け合う間柄になった理由は一つ。あれだけ盛大にやり合ったにも拘《かか》わらず、必要さえあればアグリッピナ氏とドナースマルク侯が協力することに何ら躊躇《ためら》いを覚えない変態だからだ。

そして、その変態の配下は企てに巻き込まれると、こうやって上官や部下に同僚、時に家族を殺し殺されした相手と仲良しこよし手を取って協力する羽目になる。

妥協と効率を追い求めた歪《いびつ》な協力体制は、時に破綻し、時にまた結び遭うというクソ面倒くさい夫婦みたいな厄介さで延々と続いている。協力した数も、敵に回って殺し合った数も、土壇場で裏切ったり裏切られたりした数を思い出すのが馬鹿らしくなるくらい。

「お疲れですね。また随分と濃い物を吸って」

「疲れもする……顔を変えて何ヶ月他人として企てに参画してきたか。他人の記憶を自分の脳に備忘録代わりに突っ込んで生活するのは中々にしんどい」

少し短くなった煙草が返ってきたので、受け取ってまた一口燻《くゆ》らせる。いつからか私も効率重視になり、余程のんびりしている時以外は〝品がない〟なんて言われる紙巻きの煙草を作るようになってしまった。一々煙管《きせる》に葉っぱを詰めるという行為に趣ではなく、面倒くささを感じるようになったら人間お終《しま》いだな。

とはいえ、これはこれで煙管よりも簡単に葉っぱを切り替えられて、時にこっそり魔法を使う触媒にもなるから便利なのだけど。

短くなってきた煙草の代わりに新しい物を懐から取りだし、それが〝成り代わってい た〟男の趣味の品を間違えて取りだしてしまったことに気が付いて、軽く精神に波が立つ。

私は苛立《いらだ》ちを誤魔化すように気に食わない煙草をナケイシャへ押しつけると、彼女も何も言わずに受け取って咥《くわ》えた。

必要があれば他人の顔も記憶も奪って、成り代わって生活するのは精神的な負担が大きい。相手の懐に入るには一番効率的とはいえ、禁忌を一二個単位《ダース》で蹴飛ばして踏みにじっているような行為だ。魂にも正気にも良いはずがあろうこともない。

ほんと、なんでこんな生活に慣れるような有様になっちまったのやら。

詳しい理由は、もう難解すぎる推理小説のように入り組んでいて訳が分からないので調べるのを諦めた。多分、分量にしたら凄《すさ》まじく分厚いのが何冊も積み上げられて、しかも一つの謎から幾つも分岐して最終的に真犯人に辿り着くのは読者の想像にお任せします、という推理好きに喧嘩《けんか》を売る感じの仕上がりになるので深く考える方が馬鹿を見る。

ただ、どうにかこうにか丁稚《でっち》を終えて冒険者になったけれど、私はアグリッピナ氏の策謀に負けてしまったという訳だ。

やっぱアレかなぁ、助言という名を借りた誘導に乗せられて、辺境ではなく帝都近辺で旗揚げしたのが悪かったか。たしかにお試しでやってみたら上手《うま》く行ったので、幼馴染みを連れて失せ人《うせびと》探しやらに精を出したのが悪かったんだとは思うんだけどなぁ。

どうあれ、今や私はアグリッピナ氏の密偵だ。冒険者として表向きには帝都の尊い方々の御用を聞いて回る、社交も礼儀もそつなく熟《こな》せる便利な駒として方々に顔を売っているけれど、実体はこんな血生臭い様なのだから、理想通りとは言い難い。

視界の端っこでピコピコと煙草の先端が揺れていた。

火を貸せと言いたいのだろう。ナケイシャは魔法が使えないにしても、火を熾《おこ》せる魔導具くらいは持っている筈《はず》なのに。

私は改めて自分用の煙草を新しく咥え、燃え尽きつつあった煙草から火を移した後に顔を寄せた。

煙草の先端が触れあい、まるで唇を介して舌が絡み合うように赤く火が移る。

互いの目を見つめ合って煙草が燃える様を見ながら、役割を終えた煙草を弾《はじ》いて宙に飛ばした。すると、予《あらかじ》め着火する時に付与していた術式が起動し、灰の一つも残さず地面に届く前に消えていく。

吸い殻なんて個人情報の固まりみたいなものだからな。一片たりとて残しておける訳がない。

ほうと煙を吐けば、絡み合う百足《むかで》のように色が違う煙が一つに混じり合ってたなびく。

「……これ、趣味悪いですね。どんな男に成り代わっていたんですか」

「煙草の趣味の悪さどおりの男だよ」

されど、貰った側からの評判は酷《ひど》く悪かった。まぁ、私も好きな味じゃなかったけど、急に煙草の配合が変わると疑われるから我慢して吸ってたんだから、貰い煙草に文句をつけるんじゃありません。

しかし、アグリッピナ氏の側仕《そばづか》えをやった時から数えて、彼女との付き合いも長くなったものだ。

最初は言うまでもなく、初めて殺し合った時と同じく剣呑《けんのん》な関係だった。ドナースマルク侯は諦めが悪いのか肝が太いのかアグリッピナ氏の企てには高確率でちょっかいをかけてきたし、となるとお二人の手足である私達がぶつかり合うのも必然。

それに腕をぶった切られた雪辱戦か、彼女は私が出てくるとどんな些細《ささい》な状況でも率先して殴りかかってきたからな。

私とやり合っていたのが熟練度効率的によかったのか、途中からはもう一対一だとかなりしんどいくらいに練度があがり、バンバン新技も開発してくるから本当に始末が悪かった。

今では一対一での殺し合いなら、五分五分で相打ちになるのだから洒落《しやれ》にならん。

「ああ、ところでエーリヒ……私、今晩はもう休暇なのですよ」

あれはたしか、第二工廠《こうしよう》の建造地誘致合戦が縺《もつ》れた時だっけ？　何度目かも分からないくらい殺し合ったナケイシャの腕前が私と拮抗《きつこう》し、状況の悪さもあって、このままだと同時に致命傷を叩《たた》き込み合って相打ちになりかけた時。

彼女は寸前で攻撃を止めたから、私も剣を止めて睨《にら》み合ったんだよな。

その時に言われたのだ。ドナースマルク侯はウビオルム伯と協力する方向に舵《かじ》を切っているので、今殺し合うのは止《や》めないかと。

それから、ついでのように言われたのだ。

私も貴方《あなた》が欲しいですしと。

血の臭いはしても色っぽい匂いはしなかったんだけど、果たして何の因果でこうなったのだろうか。

「この後、お暇ですか？」

分かって聞いているな、この女はと思いつつ、私は首を縦に振るのだった………。

**【Tips】貴族間の関係は流動的で、昨日まで酒杯に毒を混ぜ合った相手と仲良く手を取り合うことなど特段珍しいことでもない。**

組み伏した蜂蜜色の体に朱が差し、蠱惑《こわく》的な色合いを更に悩ましいものへ変えていた。珍しく表情を笑みに歪《ゆが》めた顔の左頬には青い痣《あざ》が浮かび、止まりきらぬ鼻血が流れている。首には羽交い締めにした痕が赤く残り、右の脇腹と腹にも痣が数ヶ所。私にも大量の鬱血と打撲痕があり、自分ごと背中を壁に叩きつけた痛々しい負傷が背中へ刻まれていることであろう。

ぽたと彼女の頬を汚し、大顎で口へ運ばれた赤い粒は額から漏れた私の血。どうやら額もちょっと割れているらしかった。

付き合っているのは相手が強く望むからというのもあるが、どうにも元々は凶暴な性質の百足人《センチピードニイ》は一発殴り合って体を温めるのが〝暖気運動《愛撫》〟に近いらしく、こうなる度にお互い要らん怪我《けが》を作るのはどうかと思うんだ。

暗黙の了解で骨や関節に響く怪我はさせていないけれど、痛いものは痛いのでどうにかならんものかしらね。

いや、この関係を鑑みるに、私の頭がどうにかされてしまったというのが正しいのかもしれないけれど。

殺し合いを兼ねた熱烈な口説きを贈られて悩んだ私は、冒険者に誘ったせいで一緒に暗がりへ引きずり込んでしまった公私共に相方となっていたマルギットに相談したものだ。

どうやって断れば良いかと。

されど、返ってきたのは期待していたのとは別の回答。

「そこまで熱烈に求められているなら、無下にするのも可哀想《かわいそう》じゃなくって？」

事もなげに言う幼馴染みに呆《あき》れ、君がいてくれるだけでいいんだと抱きしめた私は、その時は知る由もなかったろうな。

よもや、その幼馴染み当人が面白がって焚《た》き付けて、行き着くところまで行き着かせてくるなんて。

その結果がご覧の有様だよ!!

うん、まぁ、〝ご馳走《ちそう》〟になってるお前に何も言う権利はねぇと叱られたら、精々「ぐぅ」と呻《うめ》くのが限界なんだけど。

どうせ今回の同盟も決定的な場面が近づけば、お互いの寝首を掻《か》くために破綻するのだろうから、長くは続くまいによくやるね。私も彼女も。

一度情を交わしてしまった相手を中々斬り捨てられないのは、どう考えても密偵として弱点だよなぁ。アグリッピナ氏は、そこまで考えて私を使っているのは百も承知ではあるけれど。

打擲と裂傷、そして酷い全身の疲労を伴う交歓を陽導神に追いかけられた夜陰神が閨《ねや》に帰っていく頃まで続けた私達《たち》は、流石《さすが》に疲れ果てて休憩していた。

煙草《たばこ》を燻らせ、朝になったら配下からの事後処理報告を聞くために塒《ねぐら》へ戻らないとならないため酒ではなく水で割った果実の汁で喉を潤す。

人心地ついたところで、寝台の上にて交わりの痕跡を隠そうともせず寝そべる女に聞いた。

「あの子、そろそろ誕生日だろう」

「……ええ、もうじき成人です。早い物ですね、月日は」

あー、いや、うん、そりゃやることやってるんだから、こういうこともあるよ。アグリッピナ氏には生温《なまぬる》い笑顔を貰《もら》ったけど、敵の有力な諜報員《ちようほういん》を数ヶ月拘束したと言い張って誤魔化したし、ナケイシャとは異なる節足を持つ幼馴染みも意味深な笑いだけをくれたけど。

「これ、誕生日の贈り物だ」

あまり私物を仕事に持ち込まないようにしているけれど、日程的には〝こうなる〟と

思っていたし――あと、情報を抜くという点では、これも仕事と言える――名付けもさせてもらえず、未《いま》だに顔も見たことのない娘の節目を祝う支度はしていたのだ。

「渡してやってくれ」

分かっているのは生まれた頃と、娘で私と似た色の髪と目を授かったことくらい。好きな食べ物は疎《おろ》か、名前も知らない娘にしてやれることと言えば、都度都度仕事に障らない程度の贈り物をあげるくらい。

武器は色気がないし、そういうのは百足人《センチピードニイ》の周りが適した物を宛《あて》がうだろうと思い、せめて娘らしい物を渡すことにしている。今日持って来たのは銀の髪留めだ。金色の髪を長く伸ばしていると聞いたので、長く使える点で成人祝いには丁度良いかと思って。

受け取って貰えているのか分からないけれど、せめて父親が生まれてきたことを厭《いと》うておらず、祝福していると分かってさえくれれば嬉《うれ》しい。

しかし、劣性遺伝――あれ？　言い方変わったんだっけ？――である金髪と青い目が遺伝するなんて珍しいよな。特に南方の血は、北方の血より濃くて表出し易《やす》いというのに。

「渡しておきます。喜ぶと思いますよ」

「そうかね」

「ええ、貴方と会った時、貴方が自分の娘だと分かるようにと贈り物を大事にして、全て身に付けていますから」

……それはそれでどうなんだ？　今まで結構色々贈ったと思うんだが。指輪とか首飾りとか簪《かんざし》とか、全部使ってたら相当にケバ……じゃなくて、派手になると思うんだけど。金額が愛情とは限らないけど、せめてと思って金や銀、宝石を使った可愛《かわい》らしいのにしていたからな。

あと、別れ際に凄《すご》いことを言われた。

あの子、もうそろそろ実戦に出ますよと。

私はクランの猛犬みたいなことになりませんように、と色々な神々に祈らずにはいられなかった………。


【Tips】ヒト種《メンシュ》と似た体の部分の遺伝は、地球の人類とそう変わらない遺伝の法則に従っている。


百足人《センチピードニイ》が居住まいを正し、携行している魔法薬で怪我を治して朝日から逃れるように近隣の活動拠点へ戻ろうとしている時。

首筋に鈍い殺気を感じた。

仕えている相手が相手だけあって、よくあることだ。

ここまで近い間合いに入り込まれているということは、睦《むつ》み事《ごと》の最中もエーリヒの個人的な退避場所の近辺に貼り付けていた数名の配下は〝排除された〟かと察しつつ、ナケイシャは気付いていないふりをしつつ進み……不意打ちを狙って、気配の方へ巨体をのたくらせて放つ蹴りを見舞った。

しかし、当たれば巨木を軋《きし》ませる蹴りがかき混ぜたのは、冷えた朝の空気だけ。

拙《まず》い、釣られたと咄嗟《とっさ》に首を守って振り返れば、目の前に突きつけられる金属の塊。

だが、朝日を反射して光るそれは命を刈り取る武器ではなかった。簡素ながら上品な銀色の酒杯ではないか。

酒杯を持つ手を辿《たど》れば、視線はにんまりと意地悪な笑みを浮かべて逆さまになった童女の顔へと行き着く。

金髪の密偵と同じく、何度もナケイシャを悩ませてきた敵手。三十路《みそじ》を疾《と》うに過ぎているというのに、愛らしさに一点の陰りもない蜘蛛人《アラクネ》の笑顔だ。

「お楽しみのようでしたけど、気を抜きすぎではなくって？」

「そのようですね。警告、感謝します」

実際、激しすぎる荒淫に肉体は下手な戦闘よりも疲弊していたが、それが言い訳になるような界隈《かいわい》ではない。ともすれば寝所にて異性と絡み合っている相手の首筋に短刀を突き立てることが一種の正道とさえなる仕事で、疲れているのがなんだと自分でも思った。

単に今は幸運だっただけに過ぎないと百足人《センチピードニイ》は理解していた。今は味方だから、独断で排除すれば方針が崩れるからこそ、手に握られた物は短刀ではなく酒杯であった。

この蜘蛛人《アラクネ》は、使い勝手の良さからエーリヒと別行動して彼を諜報面で助けることが多いものの、いざ同じ戦場で組まれたらナケイシャとて圧倒的な不利を自覚するような敵手であることを理解しているがため、全く幸運だったとしか言い様がない。

近くの庇《ひさし》からしおり糸を垂らして虚空にぶら下がっていた蠅捕蜘蛛種《はえとりぐも》の蜘蛛人《アラクネ》密偵は、命綱を斬り捨てると音も立てずに地面へと降り立つ。

そして、酒杯を持つ手とは逆の手に持っていた酒瓶を掲げて言った。

「折角ですし、飲み直しませんこと？　あの人はこれからお仕事ですけど……まだ、貴女《あなた》はお時間があるでしょう？」

「……悪くありませんね。では、近くの塒で」

ここで断るのは逃げているような気がしたため、百足人《センチピードニイ》の密偵は誘いを受けた。交代要員が見張りを排除されたことに気が付き、別件が始まっていると気付くのにそう時間はかかるまい。

なら、ここで将来的に敵対することが確定している相手から情報を得る努力をする方が、相対的に見て有益であろうと判断して百足《むかで》は蜘蛛の誘いを呑《の》んだ。

ナケイシャはマルギットを近くの露見しても惜しくない――ないしは、既に割れているであろう――退避場所へ誘う。木賃宿の一室を偽装名義で通年借り切っている部屋があるのだ。

つまみもないのに酒を挟んで相対する二人は、表面上和やかに酒杯を打ち合わせた。一方は崩れたことが殆《ほとん》どない笑顔で、一方は美貌の仮面を作って貼り合わせたような無表情で。

「今回は中々大変でしたわね……あの人も長期の潜入で、精神魔法まで使って難儀そうにしていましたわ」

「私はああいう技術に疎いのですが、読むのではなく取り込むのは端から見ても辛《つら》そうですね」

「ええ、熟練して自己防衛を学んでも、完全に取り去るのにはコツがいるようで。影響を拭う手伝いが大変ですわ」

これからは、毎日一刻は鏡とにらめっこしているでしょうね、と笑っている蜘蛛人《アラクネ》に百足人《センチピードニィ》は隠しようのない嫉妬を感じていた。

時折金具と擦《こす》れて音を立てる片耳の年季が入った貝殻の耳飾り。首を絞めるように飾る首飾り《チョーカー》や左手の薬指に嵌《は》められた指輪には、何らかの魔法が付与されており同時に先程まで肌を合わせていた男の好みが香る。

反面、百足人《センチピードニィ》の体には何もない。装飾など敵に利用されることもある弱点に過ぎぬと分かってはいるが、肌寒さを感じる程に彼女は自分が頼りなく思った。仕事の帰りだから着込みは着ており、外套《がいとう》の下には折りたたんで収納できる棍《こん》があり、指先の延長の如《ごと》く自在に操れる鎖分銅も身に付けているというのに。

エーリヒがナケイシャに対して持ってくる物は、全て消え物だった。何処《どこ》その銘菓や惚《ほ》れ惚《ぼ》れするような味わいの酒など、好みを把握した物を目の前で毒味をして——お互い、毒物への耐性があるため飾りのような行為だが——寄越《よこ》してくれるのが嬉しくないといえば嘘《うそ》になった。

それでも、目に見える装身具で「これは私の伴侶だ」と主張されているのが、無性に羨ましくて仕方がなくなる時がある。

耳飾りなど指や武器が引っかかれば耳が千切れるのに。首飾りなど引っ張られれば首が絞まるのに。指輪など武器の取り回しを悪くし、接近戦時に敵の被服に引っかかる怖《おそ》れもあるというのに。

分かっていても、目に見える物が欲しくなる。

一時、稚気に溢《あふ》れた、自分でも恥ずべき考えだが娘への贈り物をひっそり懐にしまってしまおうかと考えることすらあった。

「次の予定も面倒ですわねぇ……一応すり合わせは進んでおりますが、また領邦外でしょう？　しかも、何名かは衛星諸国にいらっしゃるようで……また遠出が増えますわ」

「困りますよね……娘さんも大事な時期でしょうに」

「ええ、まったく」

会話を通して情報を探り合いつつも、ナケイシャは女として負けていると歯がみし、口《こう》腔《こう》内にて大顎を擂《す》り合わせてしまう。

ああ、あの魅力的で殺し甲斐《がい》のある男が、完璧に自分の物ではないことが悔しかった。

未だ自分の懐に入れきることも敵《かな》わず、その胸に切り落とした首を抱えることも敵わず。

ただ心地よさそうに蜘蛛の巣に自ら絡め取られている姿を近くで眺めているばかり。

一方で笑顔の蜘蛛人も内心は穏やかではなかった
優勢であることは分かっている。況《ま》してや相手を焚《た》き付ける悪い遊びは、誰でもない自分がやったことであると誰よりも理解している。

それは、蜘蛛人《アラクネ》の性《さが》である、誰より優秀な獲物と共にあるのだという一種の誇示に由来する行為だ。自分が愛し、愛されている雄は他の雌が欲し、身分を落としてでも縋《すが》ろうとする相手だと認識することで己と相手を高めようとする、闘争本能と破滅的な願望に溢れた行為。

もし彼女が荒事の世界に身を置かねば。静かに壮園で狩人《かりゅうど》として暮らしていれば、斯《か》くも奇妙な本能を拗《こじ》らせることもなかったであろう。

然《さ》れども彼女は飛び込んでしまった。隣にいようと決めた相方と一緒に暗闘の泥に沈むことを。仕方なくでもなく、ただただ喜びの内に選択して。

暗い世界に巻き込むのを嫌って、ただの冒険者をしていると妹には嘘を吐《つ》き続け、友人付き合いをしているだけの魔導師《マギア》や僧侶と違って、自分は最後に一緒に死ぬ相手として選んで貰えたという優越感と共に。

ただ、彼は少しずつ捕《と》らわれてもいる。

この百足人《センチピードニィ》が意図して行ったかは兎《と》も角《かく》、彼の中には確かに余人の住む空間が生まれてしまった。名前も知らない、いつか戦場でぶつかるかも知れない娘と、それを産んだ女の場所が僅かにでも。

足一本とは言わぬ。僅かに指数本でも獲物を持って行かれるのが、これ程までに業腹なのかと蜘蛛人《アラクネ》は知らなかった。最初は悪い遊び程度で、一緒に楽しんでいるつもりが気付けばこれだ。

それに、戦場で感じる頼られているという心地よさはさておき、戦っている間、彼は熱心にナケイシャだけを見るのだ。殺す敵として認識しているだけとは分かっていても、その重さと熱さは拭いがたい。

殺意と本人も言語化し辛い感情を熱心に向けていることが、知らぬ間に蜘蛛人《アラクネ》にとって恐ろしく不快なこととなっていた。

これが自分が少しでも重ね合える感情であれば違ったというのに。

たとえば、あの造成魔導師の教授のように一緒に支える相手としてエーリヒを共有していたならば、マルギットは同胞として嫉妬を覚えることはなかったろう。

あるいは吸血種《ヴァンピーレ》の僧侶であれば、眩《まぶ》しそうに定命を眺めている姿は自分達《たち》が娘を見ている目に近かったから、また許せたはず。

そして他ならぬ、今もベタベタしている妹御であれば、可愛らしいわねと余裕を持って見ていられる。慕わしいと思う気持ちは一緒だから。

しかし、殺意は、殺意だけはマルギットが共有できぬ……欲しいと思ったことがないはずの感情なのに、それを一心に受け取っている女が許せなく思うのだ。

愛した男に殺したいと思われるなど普通ではないが、何故《なぜ》かマルギットには甘美な物のようにも感じられる。殺したいと思ったことはないけれど、どうしてか殺されるのは悪くないかなとすら感じるのだ。

愛した人の全てで一番にいたいという、甘ったるい未通女《おぼこ》が見る夢心地の感情のようでもあるけれど、本質的にはもっと深い所にある種族的な欲求なのだとは思う。

結局、自分の心とはいえ自分の思うままにならない。昔はそれが楽しかったけれど、一部だけは許し難く思う己を蜘蛛人《アラクネ》は笑顔の裏で不愉快に思った。

ナケイシャがマルギットに嫉妬するように、マルギットもナケイシャに嫉妬している。

二匹の獰猛《どうもう》な生き物は、暫《しば》し情報を摺り合わせた後に同じ見解に至る。

「さて、また仲良くすることになりそうですわね」

「ええ、毎度のことですが」

喋《しゃべ》っても問題ない情報だけを迂遠《うえん》に話し合っても、やはり諜報員《ちょうほういん》として活動した期間が増えると何となく分かることもあるものだ。

たとえば、相手がいつ頃此方《こちら》を使い捨ててくるかが。

相互に良いように使い捨て合おうとしている間柄だから今更だが、やはり破局の時はそう遠くないところまでやって来ている。

大一番は昨日済んでしまった。あとは確定した勝利をどれだけ、より見栄えがよく利のある勝利にするか。

あわよくば、全て自分の物にしてしまうかの領域になる。

それを理解した二人はニッコリ笑い、握手で別れることにした。

「ではまたお会いいたしましょう」

蜘蛛人《アラクネ》は笑顔だった。

「ええ、それまでどうかご壮健で」

百足人《センチピードニイ》も変わらず無表情だった。

しかし、心の裡《うち》で言葉に被《かぶ》せて突きつけた言葉は変わらない。

次は殺す、と。

複雑怪奇な世界に生きる、複雑怪奇な魂を抱えた女達は背負った業に従って今後も戦いを続ける。

どちらかが死ぬか、または殺されるまで…………。


【Tips】虫や節足動物の血を汲《く》む亜人は、時にヒト種《メンシュ》からすると理解が全く及ばない複雑な思考を持つ。

Aims for the Strongest Build Up Character
The TRPG Player Develop Himself in Different World
Mr. Henderson Preach the Gospel

CHARA

名前

# ディードリヒ

Dietrich

種族

Zentaur

ポジション

軽騎兵・弓騎兵

特技

膂力 スケールⅦ

技能

- 長柄斧術
- 長弓騎射術
- 障害踏破

特性

- 馬の体躯
- 巨体
- 傷ついた誇り

# あとがき

まず、暑い日に麦茶を絶やさず作ってくれた優しさが恋しい祖母へ。

そして、今回もかなり際どい進行になってしまったのに怒鳴りもせず、更に難しい交渉判定を成功させて宿願を叶《かな》えてくださった担当氏。複雑な構図や要求に期待以上のイラストで返してくれることに定評のあるランサネ様。何より、野望が叶うまで支えてくださった読者諸氏へ本書を捧《ささ》げます。


さて、例によって海外SFかぶれも大概にしとけよ、というあとがきの始まりも今回で七回目。冊数だけで言えば指輪物語（93年新版）と並びました。読み過ぎて分解するくらい読み続けた本と――規模や売上げはさておき――並べる喜びに打ち震えております。

これも偏《ひとえ》に皆様からのご支援と感想、及び支援物資などあってのことです。なので、皆様あれですよ、飲み会とかで「アイツが今暢気《のんき》に小説出してられるのは、俺がラーメン奢《おご》ってやったからなんだぜ」とワシが育てた発言を遠慮なくしてください。

冗談はさておき、本当に皆様からの篤《あつ》い支持のおかげで、念願叶ってダイス付きの特典を発売することができました。電子書籍派とかSNSを見ない方には「何のこっちゃ」かもしれませんが、受注生産の限定版で遂《つい》に宿願を果たすことができたのです。

ダイスですよダイス。TRPGを題材としている身としては、凄《すさ》まじいまでの栄誉です。

しかもオリジナル書き下ろしデザインの逸品です。

最初はコミカライズしたいと同じく、まぁ無理だろうねと察しつつ吐き出す妄言のつもりで呟《つぶや》いていた願望が、よもや最高の形で実現してしまうとは思いもしませんでした。

しかもダイストレーとのセットです。中央では四冊ぶりの登場となるマルギットが抱擁感たっぷりに手を広げて、投げるダイスを迎え入れてくれるんです。実に素晴らしいデザインだと思いませんか？

誰かが、例の金髪の顔が描いてあるとかピンゾロが連発する呪物なんじゃ？　とか言ってる気がしますが、そんな事実はありません。サイコロの工作精度は絶対です市民。確率は常に六分の一で、描かれた内容によって偏るなどということはありません。イイネ？

万が一、ピンゾロが連発して一セッションで経験点が二五〇点溜《た》まったとか、どうでもいい所でクリティカルが出てガッカリしたとか、大惨事表で凄《すご》い結果が出たなんて言われても当方は一切関知いたしません。全ては使用者のリアルラックに依《よ》るものとご理解ください。免責事項をお読みの上、判定に挑んでください（凄く小さい字で）。

まぁ、たしかに私も迷宮で王国を作るシステムでの厄災表や禁書を回収する魔法使いになる時、あと異形から御標を守るメルヘンな世界での歪《ゆが》み表とか、永い後日談に陥った世界で狂気を占う時には、愛用している別のダイスを取り出すかもしれませんが、ちゃんと確率的には六分の一ですよ。

ええ、作中で言及したことがあるとおり、確率は無限回の試行の末に集束するものなので、偏ることはあるかもしれませんが、確率は確率です。安心してご利用ください。

ダイスは特に思い入れのある道具なので、本当に嬉《うれ》しいです。私は大学生の時、楽しい時間の多くをコイツが転がって出る目に左右されることに費やしてきましたから。拙著を彩る経験に基づく話も何もかもが、ダイスによって導かれていました。あの小汚くて薄暗い古巣に思いを馳《は》せれば、喜びは尚《なお》大きくなるばかり。

物語の題材とした趣味になくてはならない物が形になる歓喜は、語っても語り尽くせませんが、残ページの都合もあるためそこそこにしておきましょう。末永く皆様の手元にて、運命を占う一投で掌《てのひら》に握られることを願うばかりです。

残ページがどうのこうのと宣《のたま》ったばかりですが、実は今回一〇ページくらい枠があるんですよね、あとがき。いや、前回は内容を削るのに苦労したんで、初稿段階で必死こいて文章を整えたりしてみたんですよ。

そうしたら「今計算したが、あとがきは一〇ページほど必要になる。お前の頑張りすぎだ！」と担当さんから連絡が来ましてね。

過去最長じゃないでしょうか。凡庸な私に何をそれだけ語れというのでしょう。

さて、あとがきとあれば本編にも多少は触れておくべきかと思いますので、ネタバレを避けつつ語りましょうか。あとがきから小説を読む奇矯な人は少ないとは思いますが、配慮はあっても損をしないでしょうしね。

書籍化するにあたって、私はWeb版読者にも新鮮な気持ちで読んで貰《もら》いたいのと、ちょっと上等なラーメンを奢ってくれるのに近い金額を出しても惜しくないと思っていただけるよう沢山加筆しております。既読勢でも「俺これ知らねぇ話だなぁ……」と今までも首を傾《かし》げていただけたかと存じますが、今回は特に多いです。

それこそ表紙の時点で「え？　誰コレ？」と五巻に続いて首を傾げてくださったのではないでしょうか。

なにせ九割五分書き下ろし。ほぼ完全書き下ろしといってもいい物量で皆様をおもてなししておりますので、滅茶苦茶《めちゃくちゃ》頑張りました。その上で厚さは従来とほぼ同じ。我ながら馬鹿じゃないかコイツと思わないでもないですが、皆様が満足できたなら、それだけでアドなのでヨシ！　としましょう。皆様の喜びは一マナ三ドロー並のアドがあるのですから。

話の内容としては、Web版だと帰郷までにエーリヒが巻き込まれたクソ単発シナリオの数々を回想していたのを、ちゃんと一つの話に纏《まと》めた形になりますね。

そして、また節足動物がヒロインかという感想が前回ありましたので、公式はバランス調整のために新ヒロインを追加することを決定しました。これは従来の均衡を保つためのもので、公式の性癖に偏った内容であったことは事実です。よって、某《ウルなんとかさん》の塔は禁止されます。

冗談が過ぎるやもしれませんが、ページを埋める悪あがきだと笑ってやってください。こう、トランプを使うシステムもあるので、いつかカードスリーブとかも特典にできたらなぁ、とダイスに味を占めて妄想し始めているんですよ。因《ちな》みに私は三回戦まであるゲームだと最大でダブルマリガンを四回したことがあります。更にトリプルマリガンも二回付いてくる！　ご安心ください、リアルラックは感染性の病気ではありません。だから、ほら、安心して使ってええんやで……？


何はともあれ、完全新規シナリオに伴いヒロインも初お目見えとなる、言及こそあれど登場していなかった新種族です。

それに、ほら、今流行《はや》ってるじゃないですか、ウマの娘さんが。これも広義のウマ娘ですよ。ほら、喜べよ、哺乳類だぜ？

今までのヒロイン勢は、何にせよ人間としての軸が固まっているというか、将来の方向性が決まっている割としっかりした人物揃《ぞろ》いでした。マルギットは覚悟ガンギマリ勢だし、妖精達《たち》もフワフワしつつも価値観にはシビア。ミカは将来の道筋を既に定めており、ツェツィーリアも僧として身を捧げる人物で、ナケイシャも徹頭徹尾の密偵ですから。

唯一エリザだけは未成熟ではありますけど、彼女も色々覚悟を決めてきて成長を果たしていますし、目指すところは昔から変わっていません。

これはアレですかね、何にでもなれるのに敢《あ》えて荒事に喜んで突っ込んでいく変な金髪のせいですかね。類が友を呼んじゃった、みたいな。実際、あの金髪に普通の娘さんがついてくのは無理だと思いますし。

斯様《かよう》な面々の中で、ディードリヒは珍しくフラフラした人物です。戦士としての力量は備わっているけれど、自分が何になりたいかを知らない人物。体は育ってきているけれど、まだ大人になれていない彼女は、エリザに次いで精神的成長を描きたくて盛り込むことにしました。

最初は、もっとおちゃらけて太鼓持ちみたいなキャラ付けだったのですが、まぁご覧の通りになりました。どいつもこいつも腹が据わっていて、やりたいことが決まっているせいで思春期みたいな心の揺れとかは書けてなかったんですよね。ミカのそれは、成長とかとはちょっと違いますし。

だから、書いてみたい要素を突っ込んで生まれたヒロインなので、女っ気がないやんけ！　という理由だけで足したのではないとご理解いただけたらと存じます。何者になりたいかは分からずとも、誰からも認められたいと思う青い時期があった者として。

そして、ついに待望のマルギット再登場です。思えば長い道のりでした。一巻で表紙を飾ったヒロインが四冊分も出てこないとか自分でもどうかと思いますが、幼馴染《おさななじ》み故の信頼と愛の深さは時間と距離を隔てようと不朽であると描写したかったんです。

いよいよ次巻からは、我等《われら》が蜘蛛人《アラクネ》ヒロインが出ずっぱりで、とうとう本来の目的であった冒険者に！　盛り上げていきますので、次巻が出せるよう感想やレビュー、布教などしていただけたらと！　何卒《なにとぞ》……！　何卒っ……!!

恐らく皆様がこれを読んでいる頃には、既にコミカライズの話が進展していることと思いますが、其方《そちら》も是非是非読んでいただきたく存じます。あとがきを執筆している六月某日時点では公表できていませんが、発売している頃には連載開始日とかも決まっている筈《はず》ですし。いやぁ、春に間に合ってよかったです㈱オーバーラップにおいてはFGO歴に則《のっと》り八月までを春とする、と社則に載せて貰えるよう交渉中です)。

ランサネ様のデザインの素晴らしさは勿論《もちろん》のこととして、コミカライズ担当の内田テモ様も実にいい節足を描いてくださいました。しかも私がネームに出す、一々小五月蝿《こうるさ》い指定まで呑《の》んでいただいて、もう感動しておりますよ。素晴らしい仕上がりなので、皆様と喜びを共有したいと思いますので、コミカライズの方もどうかよろしくお願いします。

少し落ち着きつつはあるものの、彼《か》の疫病も未《いま》だ終わったとは言い難《がた》い中ですが、私も古巣以外に気兼ねなく集まれる場所を確保できたので、またＴＲＰＧを楽しみたいと思います。気兼ねなく、叶った理想の具現であるダイスを手に楽しい一時を送れるようになることを願って止《や》みません。

特に令和ちゃんが平成さんからの引き継ぎが甘くて、気温がエライことになってますからね。皆様も油断せず、しかし熱中症にならぬようお気を付けてお過ごしください。令和ちゃん、そろそろ昭和おじちゃんにガチで説教されるんじゃないかしら。

それでは、七巻でまたお会いできることを祈っております。

【Tips】作者はTwitter（ID：@schuld3157）にて〝ルルブの片隅〟や〝リプレイの外側〟と称して本編で書けなかった設定や小話を不定期に公開している。

new マルギット

## 作品のご感想、
## ファンレターをお待ちしています

あて先

〒141-0031
東京都品川区西五反田8-1-5 五反田光和ビル4階
オーバーラップ文庫編集部
「Schuld」先生係／「ランサネ」先生係

OVERLAP

# TRPGプレイヤーが異世界で最強ビルドを目指す 6
## ～ヘンダーソン氏の福音を～

発　　行　2022年7月25日　初版第一刷発行

著　　者　Schuld
発 行 者　永田勝治
発 行 所　株式会社オーバーラップ
〒141-0031　東京都品川区西五反田 8-1-5
校正・DTP　株式会社鷗来堂
印刷・製本　大日本印刷株式会社


Printed in Japan　ISBN 978-4-8240-0239-6 C0193


オーバーラップ　カスタマーサポート
電話：03-6219-0850 ／受付時間 10:00～18:00（土日祝日をのぞく）

オーバーラップ文庫
重版
ヒット中!
俺は星間国家の
I am the Villainous Lord of the Interstellar Nation
悪徳領主!
好き勝手に生きてやる!
なのに、なんで領民たち《あいつら》感謝してんの!?
善良に生きても報われなかった前世の反省から、「悪徳領主」を目指す星間国家の伯爵家当主リアム。彼を転生させた「案内人」は再びリアムを絶望させることが目的なんだけど、なぜかリアムの目標や「案内人」の思惑とは別にリアムは民から「名君」だと評判に!?　星々の海を舞台にお届けする勘違い領地経営譚、開幕!!
著 三嶋与夢　イラスト 高峰ナダレ
シリーズ好評発売中!!

第10回 オーバーラップ文庫大賞
原稿募集中！
イラスト：冬ゆき
【賞金】
大賞…300万円
（3巻刊行確約＋コミカライズ確約）
金賞……100万円
（3巻刊行確約）
銀賞………30万円
（2巻刊行確約）
佳作………10万円
キミが物語の王様
【締め切り】
第1ターン 2022年6月末日
第2ターン 2022年12月末日
各ターンの締め切り後4ヶ月以内に佳作を発表。通期で佳作に選出された作品の中から、「大賞」、「金賞」、「銀賞」を選出します。
投稿はオンラインで！ 結果も評価シートもサイトをチェック！
https://over-lap.co.jp/bunko/award/
〈オーバーラップ文庫大賞オンライン〉
※最新情報および応募詳細については上記サイトをご覧ください。
※紙での応募受付は行っておりません。